중국신화전설 2

中國神話傳說

中國神話傳說

by Yuan Ke(袁珂)

세계문학전집 17

중국신화전설 2

中國神話傳說

위앤커

전인초, 김선자 옮김

민음사

일러두기

1. 『중국신화전설 2』에는 본래 4장의 삽도만이 들어가 있으나, 독자의 이해를 돕기 위해 역자 임의로 그림을 삽입했다. 도움을 받은 책들은 다음과 같다.
于友善繪畵,『中國一百賢臣圖』, 新世紀出版社, 1995.(『賢臣』으로 약칭)
盧禺光(延光)繪畵,『一百儒士圖』, 新世紀出版社, 1995.(『儒士』로 약칭)
成寅 編,『中國神仙畵像集』, 上海古籍出版社, 1996.(『神仙』으로 약칭)
朱新昌·朱新龍繪畵,『炎黃源流』, 江西敎育出版社, 1996.(『炎黃』으로 약칭)
2. 인명이나 지명 등의 고유명사는 우리말 발음으로 표기하였고 괄호 안에 원문을 넣었다.

주 목왕(周穆王)이 서왕모(西王母)를 만나는 장면(주진편 제1장)

공자(孔子)가 항탁(項橐)에게 질문을 하는 장면(주진편 제6장)

소사(簫史)와 농옥(弄玉)(주진편 제17장)

용모(龍母)의 전설(주진편 제21장)

차례

제6부 주진편

1권 차례

제6부

주진편

周秦篇

제1장
주 목왕과 서왕모

주(周) 무왕(武王)이 주(紂)를 토벌하여 천하를 통일하였으나 그의 증손인 소왕(昭王)에 이르자 주 왕조의 위세와 덕망도 점차 쇠퇴해 가기 시작했다. 그 당시 남방에 월상국(越裳國)이라고 하는 나라가 있었는데 소왕에게 몇 마리의 흰 꿩을 바치고자 하였다. 그러나 길이 험해 미처 보내오지 못하자, 놀기 좋아하는 소왕은 친히 시종들을 거느리고서 꿩 몇 마리를 받기 위해 남방으로 갔다. 소왕 일행은 가는 도중에 많은 나라들을 지나가게 되었는데 그들은 그 나라에 상당히 큰 폐를 끼치게 되었다. 그래서 모두들 소왕 일행에 대해 불만을 갖게 되었는데 그 중에서도 특히 초(楚)나라 사람들의 불만이 컸다. 그래서 그들은 묘책을 생각해 두었다가 소왕 일행이 돌아올 때 톡톡히 한번 혼을 내주기로 했다.

과연 얼마 지나지 않아 소왕과 그의 시종들은 꿩에다가 토끼 몇 마리까지 얻어들고 신나게 돌아왔다. 그들이 막 한수(漢水)가에 이르렀을 때였다. 하늘 빛이 이상하게 어두워지는 것이 큰

비가 내릴 것 같기도 했고 또 무슨 일인가가 일어날 것 같기도 했다. 우리 안에 들어 있던 꿩과 토끼들은 이리저리 껑충거리며 어쩔 줄을 몰라했다. 그런데 초나라 사람들이 소왕 일행을 위해 일찌감치 준비해 둔 배가 강가에서 그들을 기다리고 있었다. 그들은 비가 내리면 옷이 젖을까봐 걱정이 되어 급히 배의 선실로 들어갔다.

하늘은 여전히 어둠침침했으나 비는 내리지 않았다. 배가 떠나 강 한가운데까지 왔을 때였다. 물살이 가장 센 그곳에서 갑자기 뭔가 부서지는 듯한 소리가 들려왔고 이어서 처참한 비명소리들이 들려왔다. 소왕과 그의 시종들이 탄 배가 모두 조각조각 부서지고 있었던 것이다. 사람과 말, 화려한 수레며 꿩, 그리고 토끼들까지도 순식간에 강물에 빠져 거친 물살에 휩쓸려 내려가고 말았다. 이것이 바로 초나라 사람들의 계책이었다. 그들은 아교로 교묘하게 붙인 배를 소왕과 그의 시종들에게 바쳤고, 따라서 그 배를 탄 소왕 일행이 강의 중간쯤에 이르렀을 때에 굳었던 아교가 물에 녹으면서 배가 부서지는 참변이 일어났던 것이다.

소왕의 마부는 신여미(辛餘靡)라고 하는 사람이었는데 팔이 길고 힘이 센 장사였다. 그는 급류 속에서 있는 힘껏 헤엄치며 이미 죽어가고 있는 주인, 소왕을 찾아내었다. 그리고 그는 한쪽에는 소왕을 끼고 다른 쪽 손으로는 열심히 물살을 헤쳐 마침내 한수를 건넜다. 그러나 그가 강가에 막 올라와 보니 방금 그렇게도 기뻐했던 불쌍한 소왕은 눈의 흰자위를 드러낸 채 자신의 품속에서 숨져 있었다. 주인을 위했던 신여미의 충성심은 나중에 후(侯)로 봉해져 보답을 받는다. 소왕은 그리하여 죽은 채로 귀국하게 되었고, 계략에 걸려들어 죽었기 때문에 창피하다고 하여 주나라 사람들은 소문도 내지 않은 채 슬그머니 장례식을 치르고 말았다.

소왕이 죽고 나자 그의 아들인 만(滿)이 왕위에 올랐다. 그가 바로 유명한 목왕(穆王)인데 그는 아버지인 소왕보다도 더 노는 것을 좋아했고 곳곳을 돌아다니는 것을 즐겼다.

그 당시 서방의 머나먼 나라에서 화인(化人)이라고 하는 마술사가 왔다. 그는 재주가 아주 유별나서 불 속에 뛰어들어도 머리카락 한 올 타지 않았으며, 공중에 서 있어도 밑으로 떨어지지 않았고 도시 하나를 동쪽에서 서쪽으로 옮겨놓을 수도 있었다. 또 조금도 거침없이 벽을 뚫고 지나갈 수도 있었다. 목왕은 그런 그를 보고 천신(天神)이 하계로 내려온 것이라고 여겨 자신이 할 수 있는 한 최선을 다해 그를 환대하였다. 그러나 그 괴상한 화인은 목왕이 마련해 준 화려한 침실이며 맛있는 음식, 좋은 음악과 미녀들에 대해서 조금도 만족해하지 않는 것이었다. 그는 오히려 그것들이 너무 하찮은 것이라고 여기는 것 같았다. 그러던 어느 날 그는 목왕을 초대하여 자신이 사는 곳에 가보자고 하였다. 목왕이 그의 옷소매를 잡으니 곧바로 하늘로 치솟아 구름 속에까지 들어가서야 멈췄다. 화인은 그를 이끌고 자신이 사는 궁전으로 갔다. 화인의 궁전은 그야말로 금빛 찬란했다. 온통 진주와 옥으로 장식되어 있는 그곳에서 목왕이 보고 듣고 먹은 모든 것은 인간 세계에서 구경할 수 있는 것이 아니었다. 그 궁전을 구경하다가 자신의 궁전을 내려다보니 그 초라한 모습이란 정말 진흙 덩어리와 썩은 나무로 엮어놓은 양 한심해 보였다. 화인은 다시 목왕을 데리고 어느 곳인가로 갔다. 그곳엔 아무것도 없었고 다만 가지각색의 아름다운 빛과 색채들이 가득 차 있었는데 눈앞이 어지러울 지경이었다. 게다가 온갖 듣기 좋은 음악소리까지 들려오니 마음이 다 혼미해지려고 했다. 목왕은 더 이상 머물 수가 없어 화인에게 자신을 다시 인간세계로 데려다 달라고 부탁했다. 그러자 화인은 손으로 목왕을 밀었고 목왕은 공중에서 떨어지면서 후다닥 깨어났다. 눈을 뜨고 보니 자신은 여전히 별전(別殿)에 얌전히 앉아 있었고 좌우의 시종들도 아까 보았던 대로였다. 탁자 위에는 조금 전에 따라놓은 술이 그대로 있었고 차려놓은 음식들도 아직 따끈따끈했다. 목왕은 옆의 사람들에게 물었다.

「내가 방금 어딜 다녀왔지?」

그러자 그들이 대답했다.

「아무데도 가지 않으셨습니다. 다만 잠시 넋을 잃고 앉아 계시더군요」

곁에 앉아 있던 화인도 말했다.

「저와 왕께서는 그저 한바탕 정신적인 유람을 다녀온 것뿐입니다. 몸은 조금도 움직이지 않지요」

이렇게 되자 목왕은 돌아다니고 싶은 욕구가 더욱 강하게 일어났다. 정신적인 유람이 이렇게 재미있는 것이라면 실제로 각지를 돌아다니며 구경을 하는 것은 그 얼마나 흥미로울 것인가! 그래서 그는 국사며 백성은 돌보지도 않고 팔 준마(八駿馬)가 끄는 마차를 타고서 천하를 주유하기로 결심했다.

목왕의 이 팔 준마에게는 범상치 않은 내력이 있었다. 그 당시 조보(造父)라고 하는 유명한 마부가 있었는데 이 팔 준마는 바로 그가 과보산(夸父山)에서 잡아온 야생마를 길들여 목왕에게 바친 것이다. 이 야생마들은 본래 옛날 무왕이 주(紂)를 토벌하고 나서 화산(華山), 즉 과보산에 풀어놓았던 전마(戰馬)들의 후손이었다. 그런 내력 때문인지는 몰라도 그 말들은 드세면

주 목왕(『炎黃』)

서도 한편으로는 명마의 혈통을 간직해 품위가 있어 보였다. 조보는 말을 잘 모는 마부였을 뿐 아니라 또 말을 기르는 데에도 뛰어난 기술을 지니고 있었다. 팔 준마는 바로 그가 자신의 기술을 발휘해 길러낸 말들이었는데 그들은 각각 화류(驊騮)·녹이(綠耳)·적기(赤驥)·백희(白犧)·거황(渠黃)·유휘(踰輝)·도려(盜驪)·산자(山子)라고 불렸다. 어떤 책에 보면 그 팔 준마에게 더욱 아름다운 이름들을 부여하기도 했다. 예를 들어 팔 준마 중의 어떤 말은 너무나 빨리 달려서 발에 흙이 묻지 않을 정도였다고 하고 또 어떤 말은 새보다도 더 빨리 날았다고 한다. 또 하룻밤에 만리를 달리는 말이 있었고, 등에 날개가 돋아 있어서 하늘을 날아다닐 수 있었다고도 하는 등 모두가 그들을 신비롭게 서술해 놓고 있다. 조보가 이런 팔 준마를 목왕에게 바치니 목왕은 그 말들을 동해도(東海島)의 용천(龍川) 부근에서 기르게 했다. 그곳에는 〈용추(龍芻)〉라고 하는 풀이 자라고 있었는데 보통 말도 이 풀을 먹으면 하루에 천리를 달릴 수 있었다고 하니 팔 준마는 더 말할 나위도 없었다. 옛말에 〈한 줄기 용추만 있으면 용마가 된다〉라고 하는 말이 있는데 여기 나오는 〈용추〉는 바로 동해도에서 자라는 그 신기한 풀을 가리킨다.

조보는 그의 스승인 태두(泰豆)에게서 말 모는 기술을 배웠다. 태두는 말 모는 기술을 가르치기 전에 우선 땅 위에 나무 막대기들을 세워놓았는데 막대기 사이는 발 하나를 밀어넣기가 어려울 정도로 촘촘했다. 태두는 조보에게 그 막대기들 사이를 쏜살같이 달려 왔다갔다하게 했다. 넘어지거나 스쳐서도 안 되었다. 조보는 사흘이 지나자 드디어 그것을 완전하게 해낼 수 있었고 스승인 태두까지도 감탄을 금치 못하며 말했다.

「너는 정말 영민하구나, 무엇을 가르쳐도 금방 배울 수 있겠다!」

그래서 태두는 말 모는 자신의 기술을 조보에게 가르쳤다. 조보는 스승이 자신에게 가르쳐준 것을 열심히 연구하고 부지런히 연습하여 마침내 기술이 뛰어난 말몰이꾼이 되었다.

주 목왕이 천하를 순수(巡狩)하러 떠나게 되니 그는 조보에게 팔 준마가 끄는 수레를 끌게 하였다. 그리고 시종 몇몇을 거느리고 좋은 날을 선택하여 길을 떠났다. 그는 북방에서 서방으로 길을 잡아 갔고, 가면서 양우산(陽紆山)에서 수신 하백을 만났다. 또 휴여산(休與山)에서는 성품이 온화한 제대(帝臺)를 만났다. 곤륜산에서는 황제(黃帝)의 궁전을 구경했으며 적오족(赤烏族)의 나라에 가서는 그들이 바친 미녀를 얻었다. 그리고 흑수(黑水)에서는 자신을 잘 대접해 준 장비국(長臂國) 사람들에게 상을 내리기도 했다. 그런 후에 여덟 필의 준마가 이끄는 수레는 곧바로 대지의 서쪽 끝, 태양이 지는 엄자산(崦嵫山)으로 달려갔고 그곳에서 그는 오랫동안 보고 싶어했던 서왕모(西王母)를 만나게 되었다.

목왕은 흰 옥와 검은 옥, 그리고 가지각색의 비단을 서왕모에게 바쳤고 서왕모는 그 선물들에 감사해하며 공손하게 받았다. 이튿날 목왕은 요지(瑤池)에서 연회를 열어 서왕모를 대접했다. 원래 서왕모는 〈봉두난발에 머리장식을 하고 표범의 꼬리에 호랑이의 이빨을 한〉 야만적인 괴신(怪神)이었다. 그러나 예(羿)가 불사약을 받아간 후로 1천여 년이 지난 지금은 그런 모습이 많이 바뀌어 상당히 우아하고 예절을 갖출 줄 아는 인물로 변해 있었다. 잔치가 시작되기 전에 서왕모는 잔치를 베푼 목왕을 위해 악기 반주가 필요없는 노래를 불렀다.

흰구름 하늘 높이 걸려 있어
산그림자 나타나는데
그대는 아득히 먼 곳으로 떠나네.
그대와의 거리 멀기도 해서
산과 물이 겹겹이
우리 사이에 놓여 있네.
오직 바라는 것은 그대
오래도록 건강해
그 어느 날엔가
우리 다시 만날 수 있기를.

마음이 흡족해진 목왕도 노래로 화답했다.

동쪽의 내 나라로 돌아가면
그 땅을 잘 다스리리.
백성들이 모두 잘살게 되면
다시 와 그대를 만나리라.
아마도 삼 년이 채 되기 전에
그대의 땅으로
돌아올 수 있으리라.

잔치가 끝나자 목왕은 수레를 몰아 엄자산(崦嵫山) 꼭대기로 올라갔다. 엄자산은 태양이 지는 곳으로 〈엄자(弇兹)〉라고도 불린다. 엄자(弇兹)는 서해의 섬에 사는 엄자(弇兹)신과 이름이 완전히 같다. 엄자신은 사람의 얼굴에 새의 몸을 하고 있었으며 귀에는 푸른 뱀 두 마리를 걸었고 발로는 붉은 뱀 두 마리를 딛고 있었다. 그 생김새가 북방의 바다신인 우강(禺强), 그리고 동방의 바다신인 우호(禺虢)와 비슷하다. 그 신은 본래 산신(山神)이었는데 나중에 바다의 신이 되었다고도 한다.

각설하고, 목왕은 엄자산에 오르자 돌로 비석 하나를 세우고 그 비석에 서왕모의 사적을 간단히 새겼다. 그리고 거기에 〈서왕모의 산〔西王母之山〕〉이라고 새겼다. 비석 옆에는 홰나무 몇 그루를 심었는데 목왕이 친히 삽을 들고 한 그루를 심어 서왕모를 만난 기념으로 삼았다. 이제 드디어 떠날 시간이 되었을 때, 서왕모는 다시 시를 한 수 읊어 목왕에 대한 석별과 기대의 정을 노래했다.

내가 서쪽으로 와서
이 광야에 살기 시작한 뒤
호랑이, 표범을 벗삼았고
까마귀, 까치와 함께 살았지요.
이 땅을 지키며 떠나지 않은 것은
내가 화하(華夏) 고제(古帝)의 딸이기 때문.
가엾은 것은 나의 선량한 백성들,
그들은 이제 그대를 따라가지 못하고 이곳에 남아야 하지요.
악사들이 생황을 불면
음악소리 속에 우리의 영혼이 날아오릅니다.
만백성의 군주이신 당신,
당신만이 하늘의 유일한 희망.

노래가 끝나자 모두들 인사를 나누며 아쉬움을 남긴 채 헤어졌다.

목왕이 이렇게 엄자산을 떠나 중국으로 돌아오는 길이었다. 도중에 어떤 사람이 손재주가 무척 뛰어난 언사(偃師)라는 자를 목왕에게 바쳤다. 목왕은 언사를 불러 물었다.

「네게 어떤 재주가 있느냐?」

언사가 대답했다.

「왕께서 분부하시는 것이라면 무엇이든 만들 수 있습니다. 지금 제가 만들어놓은 것이 하나 있는데 보시겠습니까?」

목왕이 말했다.

「그래, 나중에 가지고 와서 함께 보자」

이튿날 언사는 이상한 복장을 한 사람을 데리고 와 목왕을 뵈려 하였다. 목왕은 행궁(行宮)에서 그들을 접견하였다.

「그대와 함께 온 사람은 누구인가?」

목왕이 물었다.

「이 사람은 제가 만들어낸 사람인데 노래도 하고 춤도 출 수 있사옵니다」

언사가 인사를 올리며 대답했다.

목왕은 순간적으로 무척이나 놀랐다. 아무리 자세히 보아도 그 사람의 일거일동은 진짜 인간과 조금도 다름이 없었다. 그런데 가짜 인간, 즉 만들어낸 인간이라니 얼토당토 않은 소리였다. 하지만 어쨌든 그가 노래하는 모습을 우선 보고 나서 이야기하기로 했다. 그래서 목왕은 늘 자신의 곁에 있는 사랑하는 비(妃) 성희(盛姬)와 궁중의 시종들, 궁녀들을 모두 불러내 그 사람이 노래부르는 것을 구경하게 했다. 그 이상한 사람의 노래가 드디어 시작되었다. 그는 노래를 부르며 춤도 추었는데, 머리를 흔드는 모습이며 가느다란 팔과 다리를 놀리는 모습 모두가 박자에 딱 들어맞았고 노래 솜씨 역시 제법이었다. 변화무쌍한 자태로 자연스럽게 노래하고 춤추는 그 모습 어디에서도 그가 가짜 인간이라는 인상은 받을 수 없었다. 목왕은 점점 의심이 들었고 슬그머니 이런 생각까지 하게 되었다.

「아무래도 저놈은 진짜 사람인 것이 분명하지……」

이제 노래가 거의 끝나가고 있었다. 그 괴인(怪人)은 목왕의 곁에 앉아 있는 비빈(妃嬪)들에게 게슴츠레한 눈빛을 보내기 시작했다. 눈알이 쉼없이 돌아가고 있는 모습이 마치 그녀들에게 자신의 애정을 나타내 보이고 싶어하는 것 같았다. 목왕은 그 모습을 보고 그자가 진짜 사람이라는 것을 믿어 의심치 않았다. 화가 머리끝까지 치밀어오른 목왕은 자신을 우롱한 언사를 당장 끌어내어 목을 치라고 명령했다. 언사는 깜짝 놀랐다. 그래서 아무것도 모르고 여전히 그런 행동을 계속하고 있는 그 괴인을 잡아당겨 목을 비틀었다. 이어 손과 발을 잡아뽑고 가슴도 열어젖혔다. 알고 보니 그 괴인은 가죽이며 나무, 아교와 칠, 그리고 가지각색의 염료들로 만들어졌던 것이었다. 괴인의 몸 속에는 창자며 배, 심장과 간, 허리, 폐 등의 내장과 뼈, 관절, 그리고 피부와 털, 치아와 머리카락 등 모든 것이 다 갖추어져 있었는데 그 모든 것이 다 여러 가지 재료들로 만들어진 가짜였던 것이다. 그러나 언사가 그것들을 다시 원래대로 조립하자 미녀들을 향해 눈짓을 보내던 그 괴인이 다시 만들어져 아까 하던 행동을 계속하고 있었다. 목왕이 그 광경을 보고는 하도 괴이해 사람을 시켜 괴인의 심장을 꺼내와 보라고 하였다. 그러자 괴인은 노래를 부르지 못하였다. 또 간장을 끄집어내니 괴인은 눈이 멀어 동서남북을 분간하지 못하였다. 신장을 떼어내니 이제 괴인은 한 발자국도 움직이지 못했다. 그때서야 목왕은 그 괴인이 가짜 인간이라는 것을 믿게 되었고 기가 막힌 듯이 한숨을 내쉬었다.

「인간의 손재주가 대자연의 섭리에 이를 수 있다니, 정말 신과 같은 재주로고!」

목왕은 자신이 탄 수레와 똑같은 화려한 마차 한 대를 준비시켜 언사를 태우고서 주나라로 돌아갔다.

목왕은 귀국하는 도중 여전히 이곳저곳을 구경하며 유유자적하게 노닐고 있었다. 그러던 차에 갑자기 남방의 서 언왕이 모반을 일으켜 낙읍 일대를 치려 한다는 보고를 듣게 되었다. 놀란 목왕은 조보에게 급히 수레를 몰게 하고 소수의 날랜 병사들을 거느리고서 하룻밤 사이에 천리를 달려 돌아와 주나라가 처한 위기를 수습하였다. 서 언왕은 기세가 맹렬하긴 했지만 숨어버리는 것 또한 빨랐다. 목왕이 그렇게 급히 돌아오니 서 언왕은 얼른 후퇴하여 깊은 산속으로 들어가 다시는 나오지 않았던 것이다. 그리하여 반란은 싱겁게 평정이 되었는데 그 모든 것이 조보가 수레를 빨리 몰아 돌아올 수 있었기 때문이라고 하여 목왕은 그를 조성(趙城)에 봉하였다. 조보는 후에 조나라의 시조가 되었다.

그런데 서 언왕은 군사를 일으켜 반란을 꾀했으면서 왜 이렇게 용두사미 격으로 흐지부지 끝냈던 것일까? 거기에는 다음과 같은 이야기가 전해지고 있다.

전설에 의하면 서(徐)나라(지금의 安徽省 泗縣 북쪽에 있었음)의 궁전에서 어떤 궁녀 하나가 갑자기 임신을 하게 되었다고 한다. 그녀는 여러 달이 지나자 알을 하나 낳았는데 그것이 상서롭지 못한 것이라고 생각하여 물가에 내다버리고 말았다. 마침 그 근처에서 과부할머니가 곡창(鵠蒼)이라고 하는 개를 기르고 있었는데 그 개가 물가에 나가 놀다가 버려진 알을 발견하게 되었다. 곡창은 그것을 입에 물고 돌아와 자신의 몸으로 따뜻하게 품어주었다. 그렇게 하루이틀, 몇 날이 지나갔다. 그러자 기이하게도 그 알 속에서 어린아이가 태어났다. 그 아이는 태어날 때 개처럼 누워 있었다고 하여 〈언(偃)〉이라는 이름을 얻게 되었다. 〈언(偃)〉이라는 것은 〈앙(仰)〉이라는 뜻이다. 또 다른 전설에 의하면 그 아이가 태어날 때 살만 있고 뼈가 없어 자꾸 쓰러졌기 때문에 〈언〉이라고 불렸다고도 한다. 어쨌거나 본래 그 알을 낳았던 궁녀는 알 속에서 아이가 태어났다는 사실을 알게 되었고 아이를 다시 데려다가 자신의 아들로 삼았다. 아이가 자라 어른이 되자 총명하고도 자애로웠는데 마침내는 서나라 왕의 뒤를 이어 임금이 되었다. 그가 바로 언왕(偃王)이었다.

언왕은 왕이 되자 어진 정치를 펼쳤고 이웃 나라와도 화목하게 지냈다. 그리하여 백성들은 모두 그를 지지하였고 여러 제후들도 그를 칭송하였다. 그가 다스리는 서국은 나날이 강대해져 갔다. 그는 목왕처럼 그렇게 국사를 내팽개친 채 이리저리 떠돌아다니지 않았다. 다만 그에게는 신기한 물건들을 수집하는 취미 하나가 있을 뿐이었다. 그래서 늘 사람들을 시켜 깊은 바다에 들어가 괴상한 물고기를 잡아오게 하거나 산속에 가서 이상한 짐승들을 잡아오게 하였고, 그것들을 분류하여 궁전에 진열해 놓고 틈이 날 때마다 감상하곤 하였다. 물론 이런 취미는 그가 나라를 다스리는 데에 아무 영향도 끼치지 않았다.

그 당시 주 목왕이 서방으로 순수를 떠나 오랫동안 돌아오지 않으니 멍청한 관리들 때문에 주나라는 엉망이 되어 있었다. 서 언왕의 나라는 점점 강성해져 갔고, 서 언왕 자신도 이런 기회를 틈타 주나라를 쳐서 목왕 대신 천자의 자리를 차지해 보고 싶다는 야망을 갖게 되었다. 그러나 그는 그 일을 조심스레 진행시켜 갔다. 교통이 불편하다는 명분을 내세워 진(陳)나라와 채(蔡)나라(두 나라는 각각 지금의 안휘성과 하남성에 있었음) 사이에 운하를 파 그곳을 통해 수로(水路)로 진격하려는 계획을 세웠다. 그런데 운하를 팔 때였다. 진흙 속에서 붉은색의 활과 한 묶음의 붉은 화살이 나왔다. 서 언왕은 그것을 보고 하늘이 내리신 상서로운 징조라고 여겼고, 주 목왕 대신 천자가 되어 보겠다는 야심이 더욱 끓어올랐다. 장강(長江)과 회하(淮河) 일대의 제후들은 서 언왕이 신궁(神弓)과 신전(神箭)을 얻었다는 소식을 듣고 모두들 서 언왕에게는 천자가 될 충분한 자격이 있다고 믿게 되었다. 그래서 앞을 다투어 서 언왕에게로 모여드니 얼마 지나지 않아 그 수효가 36국에 달했다. 서 언왕은 드디어 출병하기로 결정을 했고 북쪽으로 주나라를 향해 진격하기로 했다.

그러나 서 언왕에게는 야심은 있었으되 그 야심을 실현시킬 만한 박력이 부족했다. 즉 그는 군사를 일으켰음에도 불구하고 밀고 나가기보다는 여전히 우물쭈물하며 상황을 살피고만 있었던 것이다. 그가 이렇게 망설이고 있는 사이 주 목왕은 서방에서 하루에 천리를 달려 주나라를 구하러 왔으니 결국 그의 소심함은 주 목왕에게 시간과 기회만 제공한 결과가 되고 말았다. 더구나 주 목왕의 기세가 등등한 것을 보고 그에 대항해 싸우다가는 혈전이 불가피할 것이고 또 그렇게 되면 무고한 백성들이 다치게 될 것이라고 생각했다. 본성이 자애로웠던 서 언왕은 백성들이 그런 재앙을 당하는 모습을 차마 볼 수가 없었다. 결국 서 언왕은 목왕의 군대와 마주치게 될 때마다 뒤로 물러났고 마침내는 팽성(彭城) 무원현(武原縣) 동산(東山) 기슭에까지 후퇴해 오게 되었다. 그 후 서 언왕은 깊은 산속으로 들어가 다시는 나오지 않았으니 그의 개인적인 영웅주의는 이렇게 용두사미로 끝나고 말았던 것이다.

그러나 백성들은 여전히 그를 존경하였으니 그를 따라 산속으로 들어가 야인(野人) 노릇을 한 사람들이 셀 수 없이 많았다고 한다. 그런 연유로 해서 이 산은 서산(徐山)이라고 불리게 되었고 언왕은 그 산의 동굴에다가 방을 하나 만들고 그 안에서 늙어 죽을 때까지 살았다. 언왕이 죽은 뒤에 사람들은 그 동굴 안에 그의 신상(神像)을 세워놓고 그를 모셨다. 전설에 따르면 그 신상은 무척이나 영험했다고 하는데 그래서인지 그 신상에 가서 소원을 비는 사람들이 대대로 끊이지 않았다고 한다.

그러면 주 목왕은 어떻게 되었을까? 전설에 의하면 전쟁이 채 끝나기도 전에 목왕을 따라 남방으로 가 전쟁을 했던 병사들은 모조리 변해 버렸다고 한다. 군자는 원숭이나 백학으로, 소인은 진흙이나 벌레 등으로 변했다고 하는데 이것은 아마도 그들이 이겼던 그 전투에서 적지 않은 병사들이 죽어갔다는 것을 의미하는 것이 아닌가 여겨진다. 주 목왕이 이들처럼 변했는가 아닌가 하는 문제에 대해서는 전설에도 언급되어 있지 않다. 그러나 역사적 기록에 따르면 아주 오랫동안 살아 천수를 누렸다고 하는 것으로 보아 그의 병사들처럼 변신하지는 않았던 것 같다. 아니, 변신하지 않았을 뿐 아니라 그는 평생동안 만족함을 누리며 살았다. 천하를 두루 구경하러 돌아다니면 각 나라에서는 숱하게 많은 보물들을 바쳐왔다. 거국(渠國)에서 바쳐온 화제경(火齊鏡) 같은 것은 보물 중에서도 이름난 것이었다. 이 거울은 크기가 두 자 여섯 치나 되었는데 밤에 보아도 대낮처럼 똑똑하게 보였다. 또 거울을 보고 이야기를 하면 거울 속의 사람도 그의 말에 대답을 하였다. 또한 서호(西胡)에서 바쳐온 곤오할옥도(昆吾割玉刀)나 야광상만배(夜光常滿杯) 같은 것은 특히 유명했다. 한 척쯤 되는 길이의 그 칼로 옥을 자르면 마치 진흙 덩어리가 베어지듯이 쉽게 잘라졌다. 또 술잔은 아름다운 옥으로 만들어졌으며 세 되쯤 되는 술이 들어갔는데 밤이 되면 술잔에서 뿜어져 나오는 빛이 사방을 환히 밝혀주었다. 밤에 연회가 있을 때 그 잔을 정원에 놓아두면 새벽이 다가올 무렵에 달콤하고 향기로운 이슬이 잔에 넘쳐흘렀다. 이 감로(甘露)를 마시면 장수할 수 있었다고 하는데, 목왕은 아마 이 감로를 자주 마신 데다가 늘 이리저리 여행을 하며 마음이 즐거웠기 때문에 오래도록 살 수가 있었던 것 같다. 황당하게 놀면서 일생을 보내면서도 그렇게 오래 살 수 있었다니, 참으로 뜻밖의 결과라 아니할 수 없다.

제2장

주 선왕과 두백

주 목왕이라는 인물은 확실히 신화적인 색채가 농후한 인물이다. 앞장에서는 목왕의 서방 여행과 서 언왕과의 전쟁에 대해서만 서술하였다. 그에 관한 그 밖의 짤막한 신화전설들은 집어넣지 못하였으므로 이제 이번 장에서 보충해 보기로 한다.

제1권의 「요순편」에서 우리는 떠돌아다니기 좋아하는 단주(丹朱)에 대한 것을 서술한 적이 있다. 바로 그 단주가 목왕 어머니의 꿈에 나타나 낳게 된 것이 목왕이다. 그러므로 목왕이 돌아다니기를 좋아한 것은 이미 신화적인 근거가 있는 셈이다. 그는 상당히 신성(神性)을 지닌 인물이었다. 그가 서국(徐國)을 정벌할 때 친히 군사를 이끌고 나섰는데, 동방의 구강(九江)에 이르렀을 때 건너갈 배가 보이지 않았다. 그때 목왕이 큰 자라와 악어를 불러내 다리 역할을 하게 해 군사들이 강을 건널 수 있었다고 하는데, 악어는 크기가 얼마나 되는지 알 수조차 없었고 큰 자라는 한 무(畝)나 되는 크기에 무게도 삼만 근이나 나갔다고 한다. 어느 해엔가는 지리한 비가 석 달을 끊이지 않고 내렸다. 심심해진 목왕은 피리를 꺼내 불었다. 그러자 석 달을 내리던 비가 순식간에 그치는 것이었다. 또 목왕은 온몸이 하얀 래(耗)라는 이름의 맹견을 기르고 있었는데 하루에 천리나 되는 길을 달릴 수 있었고 호랑이나 표범도 잡아먹었다. 이런 것들이 모두 목왕의 신성(神性)을 내보여주는 예가 된다.

목왕이 이러했으니 목왕과 교유하는 인물들도 모두 보통이 아니었음은 당연하다. 목왕이 두번째로 만유의 길을 떠나 동방에 이르렀을 때, 정(鄭)나라의 병읍(邴邑)에서 정공(井公)이라고 하는 기인을 만나 사흘 동안 통쾌하게 도박을 즐겼다. 그러고는 나가서 한바퀴 돌아다니며 놀다가 들어와 또다시 정공과 도박을 했다. 정공은 은자(隱者)이기도 했고 선인(仙人)이기도 했다. 『고악부(古樂府)』에 보면 〈정공은 육박을, 옥녀는 투호를 잘한다(井公能六博, 玉女善投壺)〉라고 하여 정공을 옥녀와 비교했는데 이것으로 보면 정공을 선인으로 간주한 것이다. 선인 이야기가 나왔으니 말이지만 전설 중의 목왕은 신인(神人)이나 선인들과 자주 내왕을 했다. 아름다운 신녀 두 명이 좋은 술을 들고 하늘에서 내려와 목왕에게 술을 권했다는 이야기도 전해진다. 또 목왕은 선인 의이자(意而子)를 불러다가 영비궁(靈卑宮)에 머물게 하였다. 의이자는 목왕과 함께 선도(仙道)를 논하기만 하면 되는 줄 알았는데 목왕이 그에게 사도(司徒) 노릇을 하게 하자 불만을 품고 제비로 변해 어디론가 훌훌 날아가 버렸다. 그래서 후세 사람들은 제비를 〈의이(意而: 燕兒, 즉 제비)〉라고 불렀다. 이런 전설들은 재미있기는 하지만 모두 후세의 것들이고 또 좀 자질구레한 이야기에 속한다. 이에 비하면 목왕의 우림군(羽林軍) 중에서 고분융(高奔戎)이라고 하는 용사에 관한 이야기는 상당히 흥미가 있다.

서쪽에서 서왕모를 만나고 동쪽으로 돌아오던 목왕이 방향을 남쪽으로 돌려서 가다가 거대한 모래늪을 지나게 되었다. 모래늪이라는 것은 모래와 물이 섞여 있는 곳으로 『산해경』에 보이는 유사(流沙)와 비슷하다. 목왕이 처음 그곳에 도착했을 때에는 모래 속에 물이 있어 사람과 짐승이 모두 물을 마실 수 있어서 별 어려움을 느끼지 못했다. 그러나 가면 갈수록 물이 점점 말라서 마침내는 한 방울의 물도 구할 수 없는 지경에 이르게 되었다. 주위에는 온통 누런 모래뿐, 사람이고 짐승이고 모두 목이 말라 어쩔 줄 몰라했다. 천자라는 고귀한 신분의 목왕은 더욱 목마름을 견딜 수 없어 수레 안에서 숨을 헉헉거리며 거의 의식을 잃어가고 있었다. 성격도 난폭하게 변해 아무나 닥치는 대로 죽이려 하였다. 시종들은 모두 당황하여 병사들을 시켜 빨리 말을 타고 가 물을 길어오라고 하였지만 갑자기 어디에서 물을 구할 수 있었겠는가. 참으로 딱한 노릇이었다. 바로 그때 우림군 중의 고분융이 수레를 타고 목왕의 뒤를 따라오고 있다가 그 광경을 보고 떠오르는 생각이 있었다. 그래서 얼른 허리춤에서 비수를 꺼내어 수레를 끄는 왼쪽 말의 목을 찔렀다. 말의 목에서 맑은 피가 흘러내렸고 고분융은 뿔로 된 술잔에 그 피를 받아 목왕에게 바쳤다. 그것을 마시고 난 목왕은 갈증이 풀려 기력을 되찾았다. 목왕은 고분융의 지혜로움을 칭찬하며 옥패(玉佩)를 하사했다.

도성으로 돌아와 잠시 휴식을 취한 목왕은 다시 동쪽으로 만유의 길을 떠났다. 지금의 하남성 형양(滎陽)·정주(鄭州) 부근에서 사냥을 하고 있는데 갈대숲 속에 호랑이 한 마리가 숨어 있는 것이 보였다. 목왕의 수레가 그곳으로 다가오고 있었다. 그때 우림군의 선발대는 이미 도착해 있었다. 호랑이가 목왕을 놀라게 할까봐 걱정이 된 고분융은 창이나 칼을 사용하지 않고 맨몸으로 호랑이와 싸워 그놈을 사로잡으려 하였고, 마침내 그 일을 해냈다. 목왕은 무척 기뻐하며 그에게 말 40필을 하사했고 그 호랑이를 동괵(東虢) 땅에 가두어두게 하였다. 그 후 그곳은 〈호뢰(虎牢)〉라고 불리게 되었는데 지금의 하남성 형양현 서북쪽에 있다. 고분융은 이처럼 지혜롭고도 용맹스런 인물이었다. 목왕의 신하 중에 이런 인물이 있었기에 목왕은 어느 곳엘 가든지 마음을 놓을 수 있었다.

목왕 이후 몇 대를 지나 왕위는 여왕(厲王)에게로 이어졌다. 여왕은 재물을 몹시도 탐하는 데다가 포악하기까지 하였으니 주나라는 점차 쇠퇴해 가기 시작했고, 마침내 그는 백성들에 의해 국외로 쫓겨나 돌아오지 못한 채 그곳에서 죽고 말았다. 여왕의 뒤를 이어 왕위에 오른 사람은 그의 아들인 선왕(宣王)이었다. 이후의 역사가들이 평하는 대로 비교적 어진 왕이었던 선왕 때에 이르러 주나라에는 어느 정도 중흥의 기운이 감도는 듯했다. 그러나 그것도 잠시, 정치적인 여러 조치들이 실패하는 바람에 선왕 말년에는 여전히 쇠락해 감을 면치 못하였다. 그리고 선왕 자신도 패륜에 빠져 결국에는 복수의 칼을 갈던 원귀(怨鬼)에게 비참한 죽음을 당하게 되고 만다.

그 이야기는 대충 다음과 같다.

당시 두(杜)나라에 항(恒)이라고 하는 제후가 있었다. 벼슬을 하고 있었는데 두(杜: 지금의 陝西省 長安縣 동남쪽) 지방에 봉해졌기 때문에 두백(杜伯)이라고 하였다. 선왕에게는 여항(女胻)이라는 비가 있었는데 선왕은 그녀를 무척 총애하였다. 그런데 그녀는 젊고 잘생긴 두백을 좋아하게 되었고 그를 유혹해 정을 통하고 싶은 생각을 갖게 되었다. 그러나 정직했던 두백은 그런 구차하고 염치를 모르는 행위에 말려들고 싶지 않았다. 그래서 그는 처음에는 완곡하게, 나중에는 노골적으로 그녀의 청을 거절했다. 수치심이 분노로 바뀌었는지 그녀는 선왕에게로 가 엉엉 울며 두백을 헐뜯었다.

「그 항(恒)이라는 놈은 너무나 나쁜 놈입니다. 벌건 대낮에 저를 범하다니요……」

이 말을 듣자 선왕은 그것이 사실인지 아닌지를 가려보지도 않고 곧이 들었다. 화가 머리끝까지 치밀어오른 선왕은 두백을 잡아들여 초(焦: 지금의 河南省 陝縣 남쪽) 땅에 가두게 했다. 그러고는 신하인 설보(薛甫)와 사공기(司工錡)를 시켜 두백을 심문하게 했는데 선왕은 그를 죽여 없애야만 화가 풀릴 것 같았다.

이렇게 두백이 죽음을 눈앞에 두고 있고 또한 그의 죄상이 명백하게 밝혀지지 않고 있을 때였다. 두백의 친구 중에 역시 조정에서 벼슬을 하고 있던 좌유(左儒)라는 사람이 있었다. 그는 두백이 그야말로 기묘한 누명을 뒤집어쓰고 있다는 것을 알고 억울함을 참을 수 없어 당당히 선왕을 찾아가 친구인 두백의 결백을 주장하였다. 반복하여 이야기하기를 몇 차례, 그는 열심히 두백을 변호하였지만 고집스런 선왕은 좌유의 충언을 외면하였다. 그리고 그의 말에 귀를 기울이는 대신 오히려 그를 꾸짖었다.

「왕의 뜻을 거역하고 친구를 두둔하다니, 네 이놈!」

그러자 좌유가 대답했다.

「제가 들은 바로는 주상께서 옳은 도리를 행하시고 친구가 도리에 어긋하는 행동을 할 때에만 주상을 따르고 친구를 벌하라고 하였습니다. 이 말을 거꾸로 생각해 보십시오. 친구가 행하는 것에 도리가 있고 주상의 행동이 도리에 어긋나는 것이라면 친구의 편에 서서 주상을 거역하는 수밖에 더 있겠습니까?」
선왕은 그 말을 듣고 벌컥 화를 내며 벽력같이 소리를 질렀다.
「네 이놈, 감히 나를 거역하다니, 건방진 놈 같으니라구! 네가 방금 한 말을 취소한다면 목숨만은 살려줄 것이나, 그렇게 하지 않는다면 죽는 수밖에 없을 것이다!」
좌유는 담담하게 웃으며 말했다.
「옛부터 절개 있는 선비들은 아무렇게나 자신의 목숨을 버리지는 않았지만, 또한 그렇게 쉽게 자신의 소신을 굽혀가면서까지 목숨을 구걸하지는 않았다고 들었습니다. 죽일 테면 죽이십시오! 나의 죽음으로 친구 두백의 결백을 증명할 수 있을 것이며 또한 동시에 주상께서 두백을 죽이시는 것이 잘못된 일임을 증명해 보일 수 있을 것입니다……」
이 말에 화가 치밀어오른 선왕은 앞뒤 가리지 않고 무고한 두백을 죽이고 말았다. 선왕이 스스로의 위세를 과시하기 위해서라도 자신의 충언을 듣지 않을 것임이 분명하다고 여긴 좌유는 집으로 돌아가 울분에 가득 찬 가슴을 안은 채 자살하고 말았다.
한편 두백은 죽기 전에 한맺힌 목소리로 말했다.
「주상께서 나를 죽이지만 나는 결백하다. 사람이 죽은 뒤에 아무것도 모른다면 그것으로 그냥 끝날 것이다. 그러나 만일 영혼이 있어 죽은 뒤에도 의식이 있다면 삼 년 안에 반드시 주상으로 하여금 그가 죽인 자가 무고하게 죄를 뒤집어쓴 것이 확실하다는 것을 깨닫게 해주리라」
시간은 유수와 같이 흘러 어느새 삼 년이 지나갔다. 사람들은 두백이 죽을 때에 했던 말을 이미 기억하고 있지 않았다. 그러나 두백이 기약했던 그날은 결국 다가오고 말았다.

두백(『炎黃』)

주 선왕은 많은 제후들을 불러모아 포전(圃田: 지금의 河南省 中牟縣 서남쪽) 일대의 습지에서 사냥을 하고 있었다. 수백 대의 수레를 동원하였고, 따라온 시종만도 수천 명이나 되었으며 휘날리는 깃발들은 온 들판을 뒤덮었다.

때는 마침 태양이 머리 꼭대기에 떠 있는 정오였다. 수많은 사람들과 수레들 틈에서 이상한 수레 한 대가 갑자기 튀어나왔다. 말과 수레가 모두 흰색이었고 그 안에는 붉은 옷을 입은 사람이 앉아 있었는데, 붉은 모자를 썼고 손에는 역시 붉은 활과 화살을 들고 있었다. 사람들이 놀라 바라보니 그는 바로 삼 년 전에 죽은 두백이었다. 두백의 모습은 살아 있을 때와 별반 다름이 없었으나 다만 억울하게 죽어간 것에 대한 보복을 하려는 듯 살기를 띠고 있었다. 사람들이 놀라서 사방으로 흩어져 도망쳤고 들판 위의 말들도 어지러이 날뛰었다. 두백은 수레를 몰아 선왕을 쫓아갔다. 무슨 일인가 싶어 뒤를 돌아다 본 선왕의 얼굴빛이 순간 하얗게 질렸다. 선왕은 힘겹게 화살을 들어 올렸다. 활이라도 쏘아서 이 원귀를 물리쳐보려 함이었다. 그러나 두백의 수레는 질풍처럼 선왕의 수레를 앞질렀다. 두백은 활시위를 팽팽하게 당겼다. 〈핑!〉 하는 소리와 함께 유성처럼 날아간 화살은 선왕의 심장에 정확하게 꽂혔다. 화살을 잡은 채 얼굴이 일그러진 선왕의 몸은 뒤로 한번 젖혀지더니 앞으로 고꾸라져 자신의 활 위에 엎어져서 꼼짝도 하지 않았다. 음산한 바람이 한줄기 스쳐가더니 눈깜짝할 사이에 두백의 수레는 사라져버렸다. 사방으로 혼비백산하여 도망쳤던 제후들이 탄 수레가 다시 개미떼처럼 모여들기 시작했다. 그들이 화살에 맞은 선왕을 살펴보니 막 숨이 끊어진 듯, 아직도 체온이 남아 있었다. 시체를 메고 돌아와 다시 자세히 검사해 보니 화살에 맞아 몸이 뒤로 젖혀졌다가 다시 앞으로 고꾸라지는 통에 척추뼈까지 다 부서져 있었다.

두백의 고사와 비슷한 이야기로는 윤길보(尹吉甫)와 그 아들인 백기(伯奇)에 관한 것이 있다.

윤길보는 선왕이 왕좌에 있을 때 그를 보좌했던 대신(大臣)이었다. 그에게는 백기라는 아들이 있었는데 사람됨이 무척 성실하고 온화했다. 본처가 죽은 뒤 윤길보는 다시 아내를 얻어 아들을 또 낳았는데 그는 백봉(伯封)이라 하였다. 백봉도 성품이 착하여 형과 사이좋게 잘 지냈다. 그러나 젊은 계모는 자신의 아들인 백봉이 윤길보의 후계자가 되기를 원했다. 그러자면 백기를 없애버려야만 모든 일이 잘될 것이었다.

어느 날 그녀는 남편에게 말했다.

「백기란 놈, 생긴 것은 성실해 보이지만 마음은 아주 시커먼 녀석이에요. 제가 예쁘게 생긴 것을 보고는 사람들이 없을 때 수작을 걸어오곤 한답니다」

윤길보는 믿을 수 없다는 듯이 말했다.

「착실한 내 아들이 아무려면 그럴 리가 있나!」

그녀는 노기등등하게 말했다.

「내일 뒤뜰의 누각에 숨어서 직접 보세요. 그러면 아시게 될 테니까」

윤길보는 반신반의하였다. 그러나 이튿날 아침이 되자 그는 뒤뜰의 누각에 숨어서 후원의 동정을 살폈다.

그녀는 남편이 자신의 계략에 말려든 것을 알고는 내심 몹시 기뻐했다. 그리고 벌을 열 마리쯤 잡아 자신의 옷깃과 옷자락 사이에 숨겨두었다. 후원으로 간 그녀는 꽃밭 사이를 오가며 꽃 구경을 하고 있는 척하였다. 그때 후원에 살고 있던 백기가 부모에게 문안을 드리기 위해 평소와 다름없이 그곳을 지나가게 되었다. 계모는 백기가 자신의 곁으로 가까이 올 때를 기다려 놀란 듯이 호들갑을 떨며 소리쳤다.

「어머나, 벌 좀 봐!」

그러면서 그녀는 옷소매를 좌우로 흔들어 옷깃과 옷자락 사이에 숨겨둔 벌을 날려보냈다. 벌들이 그녀 주위를 왱왱거리며 맴돌았고 어떤 벌은 그녀의 몸 위를 기어다니기도 했다. 백기는 그 모습을 보자 얼른 달려가 벌을 잡으려 하였다. 계모는 얼굴이 붉어진 채 여전히 옷소매를 휘두르며 「벌이야, 벌!」 하면서 소리를 질렀다. 백기는 계모의 옷소매를 붙잡고서 그녀의 몸 위를 기어다니는 벌 몇 마리를 잡아 밟아 죽였다.

누각 안에 숨어 지켜보던 윤길보는 밀고 당기는 그 모습이 영락없이 수작을 거는 것이라고 여겼다. 모든 것이 명약관화해진 지금, 그는 더 이상 참을 수가 없었다. 즉시 아들을 잡아오게 한 그는 사건의 앞뒤를 묻지도 않은 채 지독한 매를 때려 문밖으로 내쫓아버렸다.

집에서 쫓겨난 백기가 입고 있는 것은 짧은 바지 하나뿐이었다. 그나마 자신이 아끼던 거문고〔琴〕가 옆에 있어 그것을 들고 상처를 어루만지며 그는 가슴아픈 유랑길에 올랐다. 어느 강가엔가 도착하게 된 백기는 깊은 상심에 빠져 그곳을 배회하고 있었다. 그때서야 그는 자신이 계모의 계략에 말려들었다는 것을 깨달았지만 자신의 결백을 밝힐 방도가 없었다. 때는 이미 음력 구월이라, 서리가 내리기 시작할 때였다. 그는 연잎으로 옷을 삼아 몸을 가리고 바람에 마른 문배〔山梨〕꽃을 따먹으며 겨우겨우 목숨을 이어갔다.

한편 동생 백봉은 형이 쫓겨난 것을 알고는 너무나 가슴이 아파 침식을 잊고 형을 그리워했다. 아버지와 어머니 몰래 몇 차례나 형을 찾으러 나가보았지만 나이가 어린 그는 아무리 해도 형을 찾을 수가 없었다.

날씨는 점점 추워져 갔다. 새벽이 되면 강가의 풀잎과 모래 위에 하얀 서리가 얇게 얼어 있곤 했다. 백기는 맨발로 그 서리 위를 걸어다니며 거문고에 맞추어 자신이 지은 「이상조(履霜操)」의 노래를 불렀다.

> 새벽 찬바람을 맞으며
> 얼어붙은 서리 위를 걷는다.
> 아버지는 내 마음을 알아주지 않으시고 계모의 말만 믿으시네.
> 집을 떠나온 내 가슴
> 찢어질 듯 아픈데,
> 하늘이시여, 내게 무슨 죄가 있습니까?
> 악한 자가 복을 누리고
> 선량한 자가 고통을 겪게 하시니
> 그 사랑을 나누어주심이
> 너무 지나치십니다.
> 하늘이시여!
> 누가 있어 나를 돌볼 것이며
> 또 그 누구라서
> 내 하소연을 들어주리오!

그 노래가 너무나 처량하고 격정적이어서 강물에까지 물결이 일렁일 정도였다. 노래를 마친 백기는 더 이상 살아가는 것이 아무 의미가 없다고 여겨 거문고를 껴안은 채 강물에 뛰어들었다. 그 강물에는 선인이 살고 있었는데 백기가 연주하는 거문고 소리를 듣고는 그의 처지를 가엾게 여겨 물고기를 보내어 그를 강물 속의 궁전으로 데려오게 했다. 그러고는 그에게 물속에서도 살 수 있는 약을 먹였다. 그때부터 그는 강 밑에 살면서 때때로 거문고를 뜯으며 슬픈 노래를 불렀다.

이때부터 달밝은 밤이면 애절하고도 유장한 노랫소리가 거문고 반주에 맞추어 바닷속으로부터 들려왔다. 그 노래는 너무나 명료하게 서리내린 강물 위를 흘러다녔다. 어부들이 이곳을 지날 때마다 모두들 이 기이한 노랫소리를 들을 수 있었다. 처음에 그들은 무척 놀랐지만 자꾸 듣게 되자 습관이 되었고, 나중에는 자기들도 그 노래를 배워 그 일대 어부들의 애창곡이 되었다. 그리하여 그 노래는 수시로 그들의 입에서 흘러나왔다.

어느 날 선왕이 교외로 사냥을 나갔는데 윤길보도 선왕을 모시고 함께 가게 되었다. 그런데 우연히 백기가 물에 빠진 그 강가를 지나다가 어부들이 슬픈 어조로 노래하는 「이상조」를 듣게 되었다. 선왕과 윤길보는 자신들도 모르는 사이에 그 노래에 빠져들었다. 수레에 앉아 있던 선왕이 고개를 끄덕이며 말했다.

「정말로 사람을 슬프게 만드는 노래로구나!」

말을 타고 있던 윤길보는 속으로 생각했다.

〈이 노래는 혹시 내가 내쫓은 아들 백기가 부른 것이 아닐까?〉

윤길보는 집에 돌아오자마자 곧 사방으로 사람을 풀어 아들의 행방을 알아보게 했지만 그 어디에서도 백기의 소식은 들을 수가 없었다. 백기가 쫓겨난 후 자신의 후처는 날이 갈수록 음험한 면모를 내보이고 있었다. 그는 노래의 내용을 음미하며 그날 자신이 누각에서 보았던 광경을 떠올려보았다. 생각하면 할수록 의심은 더욱 구름처럼 피어올랐다. 그는 아들을 찾아내어 확실한 사정을 알아보고 싶었다.

백기는 강물 속에서 아버지와 동생을 그리워했다. 그리움이 사무치니 거문고와 노래조차도 자신의 적막한 영혼을 위로해 주지 못했다. 점차 그는 목소리를 잃어갔고 몸도 쇠약해 갔다. 강의 선인이 그에게 먹인 약도 그의 생명을 연장시켜 줄 수는 없었다. 그러다 마침내 그는 강물 속의 궁전에서 죽고 말았다. 죽은 뒤에 그는 꼬리가 긴 회갈색의 작은 새가 되었다. 그리고 밭 근처 뽕나무에 올라앉아서는 꼬리를 흔들며 큰소리로 울곤 했다.

그때 마침 그의 아버지인 윤길보가 수레를 타고 밭 근처를 지나가고 있었다. 바람을 쐬며 우울한 심정을 달래고 있던 참이었다. 뽕나무 위에서 울어대는 새의 울음소리가 참으로 기이하다고 느낀 윤길보는 그 새가 혹시 자기의 아들이 변한 것이 아닐까 하고 생각했다. 만일 자기 아들이 변한 것이라면 혹시 무슨 할말이 있는 것이 아닐까? 이렇게 생각하고 있는데 새의 울음소리는 더욱 처절해져 갔다. 울음소리를 따라가 보니 과연 뽕나무 위에 꼬리가 긴 회갈색 작은 새가 한 마리 앉아 있었다. 그 새는 자기를 뚫어지게 바라보며 날개를 푸드덕거렸다.

윤길보가 새에게 말했다.

「새야, 네가 내 아들이라면 내 수레로 날아오렴. 그리고 내 아들이 아니라면 여기 있지 말고 저 멀리 날아가 버려라!」

윤길보가 미처 말을 다 끝내기도 전에 새는 그의 수레 덮개 위로 날아와 앉았다. 이런 기이한 광경을 보고 윤길보는 기쁨과 슬픔을 동시에 느꼈다.

「백기야, 정말로 너를 고생시켰구나!」

그러고는 그 새를 수레에 싣고 함께 집으로 돌아갔다. 집에 도착하자마자 새는 안으로 들어가 뜰의 우물가에 앉아서 슬픈 목소리로 울기 시작했다.

집에서 그 소리를 듣고 나온 계모가 우물가의 새를 바라보면서 말했다.

「어디서 굴러온 새야? 무슨 목소리가 저렇게 듣기 싫담?」

윤길보는 아내의 마음을 떠보려고 사실대로 이야기했다.

「이 새는 우리 불쌍한 아들 백기라오. 타향을 떠돌다가 죽어 새로 변해서 돌아왔소!」

작은 아들 백봉이 집안에서 그 이야기를 듣고는 놀랍고도 기뻐 뛰쳐나왔다. 그리고 작은 손을 흔들며 말했다.

「네가 정말 우리 형이라고? 형, 돌아온 걸 환영해! 이제 다시는 헤어지지 마. 응?」

그러나 계모는 사나운 얼굴로 아들을 밀어내고 구석에서 빗자루를 집어들어 휘두르며 소리쳤다.

「이 불길한 새야, 꺼져라! 재앙을 불러들이는 못된 새야, 어서 꺼져라!」

윤길보는 자신의 아내가 그렇게 사납게 구는 것을 보고 마루에서 활을 가져다 그녀에게 건네주며 말했다.

「그렇게 쫓아버릴 것 없소. 그렇게 그 새가 싫으면 아예 이 활로 쏘아버리시오!」

그녀는 남편이 말하는 것의 의미를 알아차리지 못하고 빗자루를 던져버리고는 활을 받아들고 우물가의 새를 조준해 쏘려고 하였다. 그러나 그때 윤길보는 벽에 걸려 있던 활을 꺼내어 아내의 등을 향해 한 발을 쏘았다. 그녀는 그대로 쓰러져버렸다.

백봉은 엄마가 쓰러진 것을 보고 달려가 시체를 끌어안고 통곡을 하였다. 우물가의 새는 날개를 푸드덕거리며 괴상한 소리를 질렀다. 윤길보는 모든 사실을 백봉에게 일러주었다. 그때부터 그들 부자는 새와 함께 영원히 같이 살게 되었다.

백기가 변한 이 새는 그의 아버지가 「고생이 심하구나!」라고 한 말을 따서 〈백로(伯勞)〉라고 불리게 되었다. 지금도 해마다 초여름이면 녹음이 우거진 곳에서 슬프고도 격하게 울어대는 새가 있는데 그 새가 바로 백로이다.

제3장
주 유왕과 포사

선왕이 이렇게 죽은 후 그의 아들인 유왕(幽王)이 천자의 자리에 오르게 되었다. 그 당시 조정에서는 귀족인 윤씨(尹氏)가 권력을 마음대로 휘둘러 국사는 엉망진창이 되어 있었고 백성들 역시 그 등쌀에 견디기 힘들 지경이었다. 그러나 윤씨의 권세가 하도 당당해 불만을 토로했다가는 화를 입을까 두려워 모두들 울분을 삼킨 채 한마디 말도 하지 못하고 있었다.

윤씨 일가는 대단한 세도가였는데 몇 대를 거치도록 식구를 분가시키는 일이 없었다. 그래서 하인과 종들까지 합쳐 수천 명이 한집에서 살고 있었는데, 커다란 주방에서 그들이 먹는 밥 모두를 지었다. 그러던 어느 해, 대 기근이 들었는데 이 세도가에도 어느 정도 그 영향이 미쳤던 모양이었다. 모두가 흰 쌀밥을 먹기에는 쌀이 좀 모자랐다. 그래서 냄비며 솥들을 다 동원하여 죽을 끓여 몇 끼를 먹게 되었는데, 수십 리 떨어진 곳에서도 그들이 꿀꺽꿀꺽 죽을 삼키는 소리를 들을 수 있었다고 한다. 어느 날엔가는 죽을 먹으려고 사람 수를 점검해 보니 30명이 보이지 않았다. 아무리 찾아도 찾을 수가 없었는데 마침내는 죽을 끓이는 거대한 솥 안에서 그들을 찾아내었다. 그들은 호미와 삽을 들고서 솥 바닥의 죽을 긁어먹고 있었던 것이다. 이런 전설들로 미루어보아 당시 윤씨네의 세도가 그 얼마나 대단했는가를 짐작해 볼 수 있다.

이렇게 권세를 남용하는 자들이 조정을 차지하고 있으니 정치 제도는 자연히 문란해졌고 민생은 엉망이 되었다. 이런 상황에서 일어났던 여러 가지 기이한 이야기들이 후세에까지 전해지게 되었으니 그것은 다음과 같다. 예를 들어 기산(岐山)에서 흘러나오기 시작하는 경수(涇水)·위수(渭水)·낙수(洛水)가 한꺼번에 말라버렸다든가 또는 주(周)민족의 발상지인 기산까지도 무너져버렸다는 이야기가 있었다. 또 멀쩡하던 소가 갑자기 큰 호랑이로 변했다거나 양떼가 이리떼로 변했다는 이야기도 전해졌다. 뿐만 아니라 백성들은 낙수의 남쪽에 이리떼를 막기 위한 성을 짓고서 사람들을 잡아먹는 사나운 이리떼를 피하여 그 성에 숨어살았다고 하기도 한다. 이러한 재난들은 모두가 국가가 멸망하려 할 때 미리 나타나는 징조라고 하는데, 고대의 사관(史官)들은 이러한 신화와 전설들을 아주 상세하게 역사서에 기록해 두었다.

이제 이야기하려는 신화전설 역시 사서(史書)에 기록된 것으로, 이 전설에 의하면 주나라 멸망의 원인이 포사(褒姒)라고 하는 여인에게 있는 것처럼 되어 있다. 이 가련한 여인은 하걸 때의 말희, 그리고 은주 때의 달기와 함께 왕조를 멸망시킨 여인으로 묘사되어 오래도록 사람들의 입에 오르내렸다. 그러나 포사는 〈나라를 망하게 한 재앙의 근원〉이라는 세 여인 중에서도 가장 무고하게 죄를 뒤집어쓰고 있다고 볼 수 있다. 이제 그녀

포사(『炎黃』)

에 관한 이야기를 해보도록 하자.

유왕(幽王)이 총애하는 비였던 포사는 본래 집없는 고아였다. 포(褒)나라의 어떤 사람이 자신의 죄를 씻기 위하여 유왕의 후궁에 그녀를 노예로 바쳤다. 처음에 그녀는 유왕의 후궁에서 숱하게 많은 다른 여자 노예들처럼 그다지 눈에 띄는 인물은 아니었다. 그런데 어느 날 후궁에 놀러나왔던 호색한 유왕의 눈에 들어, 깊은 산골짜기에 피어난 아름다운 꽃 같던 그녀는 단번에 부귀영화를 누리게 되었다. 그러나 그녀는 자신이 소유하게 된 모든 화려한 것들과 낯선 사내의 사랑에 대해 조금도 기쁨을 느끼지 못하였다. 그래서 그녀의 표정은 늘 차가웠으며 우울함이 감돌기까지 했다. 그녀는 이 세상에 자기 혼자밖에 없다는 고독감에 휩싸여 있었으니 그녀에게는 부모형제도 없었고 또 어떻게 자신이 태어나게 되었는지도 알 수가 없었기 때문이었다. 다른 여인들의 교태스런 모습과 간드러진 웃음에 싫증을 느끼고 있었던 유왕은 이렇게 아름답고도 우울한 여인을 만나게 되자 신선한 느낌이 들어 그녀를 더욱 사랑하게 되었다. 그래서 마침내 포사는 유왕의 아들까지 낳게 되었는데 아이의 이름은 백복(伯服)이라 하였다.

당시 유왕의 왕후는 신후(申后)였다. 그녀는 신후(申侯)의 딸로 일찌감치 아들 하나를 두었는데 이름은 의구(宜臼)라 하였다. 의구는 이미 자라 어른이 되었으므로 명실상부하게 태자로 책봉되었다. 그런데 포사가 백복을 낳자 유왕은 신후를 폐위시키고 의구를 죽이려는 생각을 품게 되었다. 자신이 사랑하는 여인 포사를 왕후로 삼고 그녀가 낳은 아들 백복을 태자로 삼고 싶었던 것이다. 그래서 한번은 태자 의구와 함께 궁원을 거닐던 유왕이 반은 진심으로, 그리고 반은 장난으로 호랑이 우리에서 호랑이를 풀어 태자를 잡아먹게 하려 하였다. 그러나 태자 의구는 배짱이 두둑했다. 똑바로 버티고 서서 눈을 부릅뜬 채 호랑이에게 소리를 지르니 그 모습이 마치 호랑이 조련사와 같았던 모양이다. 입을 크게 벌리고 발톱을 세웠던 사나운 호랑이는 쫑긋 세웠던 두 귀를 늘어뜨린 채 얌전히 땅바닥에 엎드려 꿈쩍도 하지 않았다. 호랑이를 데리고 노는 척하며 의구를 죽이려던 유왕의 계책은 그리하여 수포로 돌아갔다. 그러나 이 일이 있은 지 얼마 되지 않아 유왕은 결국 신후를 폐하고 의구를 쫓아낸 뒤 포사를 왕후로, 백복을 태자로 삼았다.

이러한 유왕의 행위가 옳지 못하다고 생각한 주나라의 사관(史官) 백양(伯陽)은 자기 나라의 사기를 훑어보다가 잘라지고 뜯어진 간책(簡冊)의 한 부분에 기록된 신화전설에 갑자기 눈이 갔다. 거기서 그는 지금 자기 나라의 왕후인 포사가 본래 〈요녀(妖女)〉였음을 알고는 탄식을 금치 못하며 말했다.

「재앙은 이미 닥쳐왔구나! 주나라는 이제 멸망하게 되었으니 구할 방법이 없도다!」

옛날, 아주 먼 옛날 하(夏)나라의 기운이 쇠퇴해 갈 무렵이었다고 한다. 갑자기 하늘에서 암수 두 마리의 용이 내려오더니 하나라 왕의 궁전에서 공개적으로 교접을 하는 것이었다. 그러면서 자신들은 포(褒)나라 선대(先代)의 왕과 왕후라고 하였다. 하나라의 왕과 신하들은 이 광경을 보고 모두 놀라서 괴상한 이 용 두 마리를 어떻게 처리해야 좋을지 몰라 쩔쩔매고 있었다. 죽일 것인가, 쫓아낼 것인가? 아니면 그대로 둘 것인가? 점을 쳐보았지만 그 모두가 좋지 않은 방법이라는 점괘가 나왔다. 그때 누군가가 기발한 생각을 해냈는데 그것은 바로 그 용의 정액을 거두어 보관해 두자는 것이었다. 점을 쳐보니 그렇게 하면 대길(大吉)이라고 하였다. 그래서 옥(玉)과 말(馬), 가죽과 규(圭), 벽(璧)과 비단 등 여섯 가지 물건을 그 용들 앞에 가져다 놓고 자신들의 의견을 간책에 써서 공손히 축수하며 그들의 동의를 구하였다.

이 방법은 즉시 효과가 있었다. 괴상한 용 두 마리는 갑자기 모습을 감추었고 그들이 떠나간 자리에는 용의 정액이 남아 있었다. 하나라 왕은 상자에다가 그것을 정중하게 담아 보관하였다. 그후 하에서 은으로, 은에서 주로 이어지는 동안 아무도 감히 그 상자를 열고 속에 무엇이 들었는지 보려고 하는 사람이 없었다.

그렇게 하여 주나라 여왕(厲王) 말기에까지 이르게 되었다. 그런데 여왕은 호기심이 동하여 마침내 그 상자를 열어보았으니 그로 인하여 크나큰 재앙을 초래하게 되었다. 용의 정액이 궁전에 흘러내려 바닥을 더럽히고 비릿한 냄새를 풍겼던 것이다. 아무리 닦고 닦아도 그것은 깨끗이 없어지지를 않았다. 그래서 여왕은 후궁의 궁녀들을 데려다가 발가벗은 채 용의 정액을 향하여 소리를 지르게 했다. 그렇게 하여 사악한 것을 물리치려 함이었다. 그런데 뜻밖의 일이 일어났다. 그녀들이 소리를 지르자마자 쏟아졌던 정액이 한군데로 모이더니 커다란 검은색 도마뱀으로 변하여 여왕(厲王)의 후궁을 향해 가는 것이었다. 후궁의 궁녀들은 그 괴상한 도마뱀을 보고 질겁을 하며 놀라 비명을 지르면서 도망쳤다. 그런데 그때 마침 이〔齒〕를 빼느라고 도망치지 못한 예닐곱 살 난 어린 궁녀가 그 도마뱀과 부딪치고 말았는데 그녀는 자라서 어른이 되자 저절로 임신을 하게 되었다. 그러고는 때가 되자 딸을 낳게 되었으나 아비도 없이 저절로 생긴 아이였기 때문에 겁이 난 그녀는 아이를 궁정의 담 밖으로 던져버렸다. 이때 여왕은 이미 죽고 없었으니 이것은 선왕 때 일어난 일이었다.

아기를 내다버린 이 일이 일어나기 한두 해 전, 도성의 거리에서 아이들이 이런 노래를 부르고 다닌 적이 있었다.

산뽕〔山桑〕으로 만든 활
기초(箕草)로 만든 화살통
그것이 주나라를 망하게 할 거야.

이 노래는 널리 유행되어 곳곳에서 들을 수 있었고 마침내는 왕궁에까지 전해져 선왕의 귀에 들어가게 되었다. 아이들이 부른다는 이 노래의 의미를 곰곰이 생각해 본 선왕은 깜짝 놀라 사람들을 시켜 주나라를 멸망하게 할 것이라는 그것들을 찾아보게 하였다. 그때 마침 시골에서 올라온 한 부부가 산뽕으로 만든 활과 기초로 짠 화살통을 둘러메고 거리에서 장사를 하고 있었다. 그들은 목청을 돋구어 소리쳤다.

「산뽕으로 만든 활이오! 기초로 만든 화살통을 사시오!」

그 노래가 어찌된 것인지 살펴보러 나왔던 선왕의 부하들은 부부가 외치는 소리를 듣고는 황급히 선왕에게 달려가 보고하였다. 선왕은 급히 병사들을 보내어 그 부부를 잡아다가 죽이라고 명령하였다. 그런 상황을 알게 된 어떤 사람 하나가 시골에서 올라와 아무것도 모르는 그 부부를 가엾게 여겨 몰래 그들에게 빨리 도망치라고 하였다. 부부는 그 사람의 말을 듣고 손발이 후들거렸다. 아직 다 팔지도 못한 활과 화살통을 급히 거두어 둘러메고 황망히 도망치기 시작했다. 그런데 하도 급해서 방향을 잘못 잡았던지 성 밖으로 도망쳐야 할 부부가 오히려 왕궁

근처로 오게 되었고, 아무리 그곳을 벗어나려 해도 벗어나지 못한 채 날이 저물어가고 있었다. 마침내 어둠이 찾아왔고 어느새 한밤중이 되었다. 부부가 급하여 어쩔 줄 몰라하고 있을 때였다. 근처의 멀지 않은 곳에서 아기 우는 소리가 들려왔다. 소리를 따라가 보니 궁정의 담 밑에 웬 아기가 가엾게도 버려져 있었다. 달빛과 별빛을 빌려 자세히 들여다보니 아기는 참으로 귀여웠다. 부부는 자신들이 쫓기고 있는 입장이었음에도 불구하고 가엾은 생각이 들어 이 어려운 상황에서 만나게 된 아기를 거두어 키우기로 작정을 하게 되었다. 활과 화살통을 담았던 멜대는 이제 아기의 안락한 요람이 되었다. 아기는 그 안에서 울지도 않고 가만히 잠이 들었는데 미소를 띠고 자는 모습이 아름다웠다. 부부는 교대로 멜대를 둘러메고서 이리저리 도망치다가 하늘이 밝아올 무렵 마침내는 성문을 드나드는 군중들 틈에 끼어 무사히 도성을 빠져나오게 되었다. 그들은 곧바로 서남쪽으로 가 포국(褒國: 지금의 陝西省 褒城縣 동남쪽)에 이르렀다. 먹고 살기 위하여 그들은 그곳에서 포후(褒姁)라고 하는 귀족의 노예로 들어갔다. 그들이 데리고 온 아기도 노예가 되었는데 본래 이름이 없었기 때문에 주인의 성을 따라 포(褒)라는 성을 갖게 되었고 이름은 사(姒)라 하였다.

포사의 주인인 포후는 공무로 도성에 갔다가 어찌된 일인지 법에 저촉되는 일을 하게 되어 감옥에 갇히고 말았다. 그때 포후는 자신의 노예인 포사가 아름답게 생겼다는 것을 떠올리고 그녀를 바쳐 자신의 죄를 씻을 수 있게 되기를 바랐다. 결국 그의 뜻은 이루어져 포사는 왕궁으로 들어가게 되었고 포후는 풀려났다.

이상이 바로 사관 백양이 간책에서 읽었다는 이야기이다. 여기에서 우리는 포사가 본래 어떤 〈요녀〉였으며 또 그녀가 어떻게 해서 왕궁에 들어오게 되었는가 하는 것들을 알 수가 있다. 물론 이 이야기 속에는 신후를 폐하고 포사를 왕후로 삼은 유왕의 행위에 대하여 울분을 느꼈던 백양의 상상력이 다분히 가미되어 있음을 알아야 할 것이다.

사실 포사가 〈요녀〉일 것이라는 생각을 갖고 그녀를 보게 되면 그녀에게는 다른 사람들과 다른 그 어떤 〈요기〉 같은 것이 확실히 있었다. 잘 웃지 않는다는 것이 바로 그 〈요기〉를 나타내 주고 있었다. 왕은 그녀를 무척이나 총애하였고 왕후의 자리에까지 올라가게 해주었으며 온갖 사치를 다 누릴 수 있게 해주었다. 왕은 또 그녀를 조심스럽게 대했고 그녀가 하고 싶어하는 것은 무엇이든 다 해주었다. 노예의 처지에서 왕후의 자리에까지 올라갔으니 그만하면 그녀는 꿈속에서조차도 웃어야 마땅했다. 그러나 그녀는 웃지 않았다. 아니, 웃지 않았을 뿐 아니라 미소조차 내비치지 않았다. 왕은 온갖 방법을 동원하여 그녀를 웃겨보려고 했지만 그것은 늘 허사로 끝나고 말았다. 그녀의 이러한 점은 보통 사람의 눈에는 확실히 〈요기〉로밖에 보이지 않았다.

이러한 수수께끼를 수천 년이 지난 지금의 우리가 푼다는 것은 더욱 어려운 일이다. 한 노예의 가슴 깊은 곳에 숨겨져 있는 기쁨과 고통을 누구라서 명확하게 알 수 있을까? 어떤 사랑의 기억이 그녀를 괴롭게 했던 것일까, 아니면 능욕당하고 있다는 수치심이 그녀를 고통스럽게 만들었던 것일까? 그것은 아무도 확실하게 알 수 없는 문제이고 우리들 역시 그 수수께끼를 풀려고 애쓸 필요는 없다. 어쨌든 유왕은 그녀를 웃겨보려고 온갖 고생을 했지만 한번도 성공하지 못하였다. 그러다가 마침내 그는 스스로 생각하기에 아주 그럴 듯한 방법을 떠올리게 되었는데 사실 그것은 가장 어리석은 방법이었다.

유왕은 사람들을 시켜 봉화대(烽火臺)에 봉화를 올리고 둥둥 소리를 내어 큰북을 치게 했다. 그러자 각지의 봉화대에서도 봉화가 오르고 북소리가 울려퍼지기 시작했다. 봉화대의 정확한 명칭은 〈봉수대(烽燧臺)〉이다. 본래 낮에 올리는 불을 〈수(燧)〉라고 하였기 때문이다. 수는 〈낭연(狼煙)〉이라고도 하였는데 이리의 똥을 태워서 연기를 피워올렸기 때문에 그런 이름이 붙게 되었다. 낭연은 바람이 불어도 흔들림 없이 곧바로 하늘로 올라갔기 때문에 먼 곳에서도 그것을 볼 수가 있었다. 한편 밤에 피우는 것을 봉화라고 했다. 봉화대 위에 길고(桔皐)라는 틀을 세우고 그 위에 쇠로 만든 둥우리 같은 것을 놓았다. 그리고 그 안에 땔감을 가득 넣어두고 있다가 일단 긴급한 사건이 발생하면 즉시 거기에 불을 붙였다. 그러면 하늘 높이 치솟는 큰 불꽃이 보였다. 이러한 봉수대는 도성에서 변경까지 교통의 요충지마다 설치되어 있었고 그것을 전담하는 사람을 두어 지키고 있게 하였다. 변경에 급한 일이 생기면 그것은 즉시 봉수대를 통해 도성으로 전해졌고, 마찬가지로 도성에 재난이 있게 되면 그 소식 역시 봉수대를 통해 변방으로 전해졌다. 이렇게 봉수대라는 것은 국가의 존립과 관계된 중요한 일을 담당하고 있는 곳이었는데 어리석은 유왕은 포사를 웃기기 위하여 그 중요한 봉수대를 이용해 장난을 쳤던 것이다.

이제 봉화는 올랐다. 각지의 제후들은 도성에서 전해 온 이 봉화를 보고는 천자인 유왕에게 무슨 일이 일어난 줄 알고 모두들 서둘러 병마를 이끌고 도성으로 달려왔다. 그러나 막상 도착해 보니 도성에는 아무 일도 없었다. 어린아이가 개미를 데리고 놀다가 갑자기 개미들이 나르는 먹이를 빼앗으면 놀란 개미들은 잃어버린 먹이를 찾아 이리저리 부딪치며 황망해한다. 각지에서 몰려온 제후들이 바로 그 꼴이었다. 그들은 실망하기도 하고 화를 내기도 하며 자신들이 떠나온 곳으로 되돌아갔다. 한편 봉수대에서 유왕과 함께 이 모습을 바라다보고 있던 포사는 갑자기 깔깔거리며 웃기 시작했다. 뚫려 있는 길목마다 사람들과 말로 가득 찼고 깃발은 어지러이 휘날렸다. 수레들이 서로 부딪치니 장군들은 화를 내었다. 장군들의 화난 호령 소리를 들은 병사들은 웅얼거리며 볼멘소리로 장군들을 원망했다. 한쪽에서 몇몇 부대들이 뒤섞여 사소한 오해로 서로 싸우느라 말들이 넘어지고 사람들이 고꾸라지는 혼란이 일어나는가 하면, 다른 쪽에는 지금 막 도착한 부대의 척후병이 나타났다. 말을 탄 척후병은 숲속에 숨어 손바닥을 눈 위에 얹어 햇빛을 가리며 고개를 내밀었다 숨겼다 하면서 적이 있는지를 살펴보고 있었다. 본래 적이 없는데 이런 혼란이 일어나고 보니 포사로서도 웃지 않을 수가 없었는지 그녀는 깔깔거리며 웃어대었다. 어리석은 유왕은 포사의 아름다운 그 웃는 모습을 보자 말할 수 없이 즐거워졌다. 그는 포사를 웃게 하고 또 자기 자신도 덩달아 기뻐질 수 있는 유일무이한 방법을 찾아내게 되었다는 것이 너무나 흡족했다. 그래서 포사를 웃게 하고 싶어질 때마다 그는 봉수대에 봉화를 올리게 했다. 그러나 속는 것도 한두 번, 제후들은 더 이상 그 봉화에 속지 않았고 몰려드는 제후들의 숫자는 갈수록 줄어들었다. 그에 따라 포사의 웃음도 점점 줄어들었다. 그러다가 마침내는 그런 어리석은 장난을 치며 즐겼던 자들이 벌을 받게 되는 최후의 날이 다가오게 되었다.

본래 유왕의 장인이었던 신후(申侯)는 매우 세력이 큰 제후였다. 그는 사위인 유왕이 아무 이유도 없이 신후(申后)를 폐하고 태자인 의구까지도 수차례에 걸쳐 죽이려 하는 것을 보고 더 이상 참을 수 없을 만큼 화가 났다. 그런데 마침 유왕이 못된 인물로 이름이 높았던 괵석보(虢石父)를 재상에 임명하여 백성들의 원성이 자자하였다. 신후는 이 기회를 틈타 증(繒)·서이(西夷)·견융(犬戎) 등 몇 개 민족과 연합하여 군사를 일으켜 유왕을 쳤다. 유왕은 간담이 서늘해질 정도로 놀라 급히 봉화를 올려 구원병을 청했다. 그런데 뜻밖에도 그를 구하러 오는 제후는 아무도 없었다. 유왕은 포사를 데리고 동쪽으로 도망쳤으나 여산(驪山: 지금의 陝西省 臨潼縣 동남쪽) 기슭에서 피살당했고 포사는 견융족에게 포로로 잡혀 서방으로 끌려갔다. 한편 몇몇 제후들은 신후(申侯)와 함께 태자 의구를 추대하여 천자의 자리에 오르게 하였으니 그가 바로 평왕(平王)이다. 평왕은 나날이 강성해지는 서방의 견융족을 피해 도성을 호경(鎬京)에서 동방의 낙읍(洛邑)으로 옮겼다. 이때부터 주나라는 점점 쇠퇴해 갔으니 그저 이름만 남아 있을 뿐 사실은 멸망한 것이나 다름없었다.

제4장
주 영왕과 장홍

평왕(平王)이 동천(東遷)한 이후 10여 대가 지나 왕위는 영왕(靈王)에게로 전해졌다. 주(周)나라의 국세는 이미 기울어 어떻게 회복해 볼 도리가 없는 지경에 이르러 있었다. 영왕의 할아버지였던 정왕(定王)이 재위하고 있던 시절, 초나라의 장왕(莊王)이 정왕의 사신이었던 왕손만(王孫滿)에게 왕권을 상징하는 구정(九鼎)의 크기와 경중(輕重)에 대해서 물었던 적이 있었다. 그때 왕손만 자신의 기지와 말재주로 물리쳤던 일이 있었는데(이 일에 대해서는 「예우편」 제9장에서 이미 언급한 바 있다), 그때에 우리는 거기서도 이미 주나라 왕실의 권위가 땅에 떨어질 대로 떨어졌다는 것을 알 수 있었다. 상황이 그러했으니 영왕이 왕위에 오른 뒤에도 왕실은 나날이 쇠미해져 천자(天子)의 명령이라는 것이 제후들에게 아무런 영향력도 행사할 수가 없었고, 해마다 한번씩 체면치레로 억지로나마 행해지던 천자에 대한 제후들의 알현도 이제는 제대로 실행되지 않게 되었다. 진(晉)나라의 평공(平公)만 하더라도 패주(霸主)의 신분이라고 하여 오려고 하지 않았고, 다른 제후들도 그의 눈치만 보며 우물쭈물할 뿐이었으니 그러한 모든 일들이 영왕의 심기를 불편하게 만들고 있었다.

영왕의 생김새와 풍채를 보면 기개가 있고 당당한 모습이 보통 사람들과는 크게 달랐다. 태어날 때부터 기골이 장대하고 잘생겼을 뿐 아니라 입술의 양쪽에서 위를 향해 치솟은 시커먼 팔자 수염(이전에 사람들은 그것을 〈자(髭)〉라고 불렀다)은 그의 모습을 더욱 늠름하고 위풍당당하게 만들어주었다. 그 팔자 수염은 태어날 때부터 있었던 것으로, 참으로 기이한 일이었으니 조야의 많은 사람들이 모두 그 모습을 보고 놀랐다. 또한 그 소식은 다른 나라에까지 전해져서 각국의 제후들까지도 자신의 궁정에서 그것에 대해 수군거리곤 했다. 그래서 그가 성장해 왕위에 오르게 되었을 때 사람들은 그에게 〈팔자 수염 왕(髭王)〉이라고 하는 별명을 붙여주었다. 영왕은 그것에 대해서 긍지를 갖고 있었지만 그렇다고 해서 남들을 깔보거나 하지는 않았다.

그러나 그는 즉위한 지 얼마 되지 않아 10여 년의 세월과 수백 만의 돈을 들여, 또 셀 수도 없이 많은 백성들을 끌어다가 일을 시켜 화려하기 그지없는 곤소대(昆昭臺)라고 하는 누각을 정성들여 지었으니 모두가 그 위엄 있는 수염에 걸맞게 하려 함이었다. 그 누각은 하늘을 찌를 듯이 높이 솟아 있었고 장엄하기 그지없는 것이었지만 기이한 것은 그 누각이 아니었다. 신기한 것은 오히려 그 누각을 짓기 위해 찾은 장소인 악곡(崿谷)이라는 곳에서 자라고 있던 거대한 나무였다. 그 나무의 가지는 서로 뒤엉켜 구불구불 뻗어나가고 있었는데 용이며 뱀, 그리고 가지각색의 동물 모양을 하고 있었다. 그것이 얼마나 거대했던지 누각을 짓는 데 필요한 모든 목재를 그 나무 한 그루로 충당

할 수 있을 정도였다. 굵은 줄기로는 대들보나 기둥을 만들었고 가느다란 가지로는 서까래와 두공(斗拱)을 만들었다. 조금만 다듬어도 원래 지니고 있던 용이며 뱀 등 여러 동물들의 모습이 되살아났으니 누각의 기둥들 사이에서 온갖 동물이 꿈틀거리며 움직이는 듯했다.

이렇게 기이한 누각이야말로 영왕의 그 당당한 외모——특히 고귀하게 치솟은 팔자 수염——와 잘 어울리는 것이었으니 영왕은 그 누각에 앉아 자신을 알현하러 오는 제후들을 맞이할 작정이었다. 그렇게 하면 화려한 그 누각이 자신의 위엄 있는 수염과 어울려 제후들에게 깊은 인상을 줄 수 있을 것이었고, 그것은 또한 땅에 떨어지기 직전인 왕의 권위를 조금이나마 회복시켜 줄 수 있을 것이기 때문이었다. 그러나 모든 것이 기대와는 달랐다. 자신을 알현하러 오는 제후들은 극히 일부였을 뿐, 발호하고 있는 대국의 제후들은 자신이 10여 년의 세월에 걸쳐 세운 그 누각과 수염에 대해서 아무런 관심도 보이지 않았다.

그것은 곤소대 위에 쓸쓸히 앉아 있는 영왕을 곤혹스럽게 만들었다. 그 순간 그에게 일전에 대부 장홍(萇弘)——사람들은 그를 〈지다성(智多星)〉이라 불렀다——이 했던 말이 생각났다. 장홍은 천자를 알현하러 오지 않는 건방진 제후들을 오도록 만들 수 있는 방법이 있다고 했던 것이다. 장홍은 음양의 술법에 정통한 사람이었다. 영왕은 그가 신통력과 법술을 갖춘 사람이기 때문에 그 신통력으로 능히 제후들을 불러올 수 있는 재주가 있다는 것을 믿었다. 그러나 그것은 일종의 사술(邪術)이었기 때문에 그런 방법으로 제후들을 오도록 만든다는 것은 천자의 체면을 상하게 하는 것이라고 여겨 그의 말에 아무런 응답도 하지 않았던 것이다. 그러나 이제 제후들이 모두 그를 거들떠보지도 않고 천자의 체면이 말씀이 아닌 지경에 이르렀으니 장홍을 불러 그의 재주를 한번 시험해 보는 것도 괜찮을 듯 싶었다. 그래서 내시에게 분부를 하여 장홍을 불러오게 하였다.

사람들은 장홍을 장숙(萇叔)이라고 불렀다. 그는 촉(蜀) 지방 출신이었고 마른 체격이었으며 갸름한 얼굴에는 어딘가 우울한 분위기가 감돌고 있었다. 또한 양처럼 생긴 두 눈은 반짝거리며 총명하고 지혜로운 빛을 발했다. 그는 왕의 명령을 받고 즉시 입궁하여 곤소대로 가 영왕을 뵙고 절을 한 뒤 한쪽에 서 있었다.

영왕이 말했다.

「일전에 그대가 나에게 제후들을 오도록 만들 수 있는 방법이 있다고 했는데 그것이 도대체 어떤 방법인가?」

장홍이 공손하게 대답했다.

「신의 방법이라는 것은 그 옛날 무왕께서 은나라의 주(紂)를 정벌할 때 강태공이 사용했던 방법과 비슷한 것이옵니다」

「그런가? 하지만 과인은 아직 잘 알아듣지 못하겠는걸」

영왕은 장홍의 말에 흥미를 보이며, 습관적으로 팔자 수염을 위로 치켜올리면서 미소를 지었다.

「그래, 강태공이 무슨 방법을 사용했던고?」

「무왕께서 주를 정벌하실 때」

장홍은 말을 시작했다.

「각국의 제후들이 모두 모여 참전하기로 약속이 되어 있었습니다. 그런데 때가 되어도 정후(丁侯)가 나타나지 않는 것이었습니다. 강태공은 정후의 초상화를 그려 거기에다가 매일 활을 쏘게 했습니다. 그렇게 30일을 계속했더니 정후가 그만 중병에 걸리더랍니다. 정후가 점을 쳐보았더니 주나라에서 무슨 일인가가 일어나 병에 걸리게 된 것이라고 하는 점괘가 나왔습니다.

겁이 난 정후는 즉시 무왕에게 사신을 보내어 잘못을 빌고 곧 참전할 것이라고 언약을 하였습니다. 그러자 강태공은 갑일(甲日)과 을일(乙日)에 정후의 머리에 박혀 있던 화살을 뽑고 병일(丙日)과 정일(丁日)에는 눈에 꽂혀 있던 화살을 뽑았으며 무일(戊日)과 기일(己日)에는 배의 화살을, 경일(庚日)과 신일(辛日)에는 허벅지의 화살을, 그리고 임일(壬日)과 계일(癸日)에는 발에 박힌 화살을 뽑았습니다. 화살이 하나씩 뽑힐 때마다 정후의 병은 조금씩 차도를 보였으며 화살이 완전히 다 뽑히자 마침내 병이 다 나았지요. 신은 바로 그것과 비슷한 방법을 사용해서 제후들을 오게 하려는 것입니다」

「그거 좋구먼」

영왕은 낮게 중얼거렸다.

「과인은 그대가 신통력이 뛰어나고 법술을 잘 부린다는 이야기를 들었네. 다만 내 눈으로 직접 보지 못했을 뿐이지. 이제 내 앞에서 그 재주를 한번 보여주게나」

장홍은 영왕이 아직도 자신의 능력을 의심하고 있다는 것을 알고 미소를 지으며 말했다.

「신의 법술은 그리 뛰어나지 못하여 보여드릴 만한 것이 없사옵니다. 폐하께서 법술을 보시고자 하신다면 두 분의 신인(神人)을 모셔다가 폐하를 위하여 직접 법술을 부리도록 해보겠습니다」

「그대가 신인들을 불러올 수 있다면 더욱 좋은 일이지」

영왕은 흥미진진해하며 말했다.

「그렇다면 나도 사람을 시켜 준비를 좀 해야지. 내일…… 그래, 내일 이곳에 후궁들과 만조백관을 모이게 하여 구경을 시켜주어야겠네. 어떤가?」

다음날 아침, 곤소대에는 과연 잔치판이 벌어졌다. 화려한 등(燈)과 형형색색의 오색 실로 장식된 누각에는 푸짐한 음식상도 차려져 신인의 강림을 기다리고 있었다. 후궁과 비빈들은 화사하게 화장을 하고 아름다운 옷을 차려입고 모여들었으며 문무백관들도 저마다 화려한 조복을 입는 등 의관을 정제하고 그 자리에 나타났다. 영왕도 자신의 그 위엄 있는 팔자 수염을 멋있게 다듬는 일을 빼놓을 수 없었다. 마침내 모두들 모여 각자의 자리에 앉았다.

바싹 마른 장홍이 곤소대의 가운데에 서서 하늘을 향해 중얼중얼 주문을 외웠다. 가늘고 길다란 손톱을 옷소매 속에서 꺼내들고 두어 번 두드리며 하늘을 향해 몇 번 손짓을 하니 정말로 이상한 일이 벌어졌다. 여태까지 구름 한점 없이 맑게 개어 있던 하늘에 갑자기 쟁반만한 크기의 먹구름이 두 덩어리 생겨나기 시작했다. 그 구름 덩어리는 점점 아래로 내려오면서 커지더니 마침내는 서기(瑞氣)가 어린 오색구름이 되었다. 그리고 그 구름 위로 용과 봉황이 끄는 수레가 나타났고 수레 위에 두 명의 신인이 단정한 자세로 앉아 있는 것이 보였다. 수레는 곧장 곤소대를 향하여 내려왔고, 두 명의 신인은 각자 자신의 수레에서 내렸다. 그들은 깃털로 만든 옷을 입고 있었고 머리카락과 수염은 노리끼리했으며 이목구비가 유별나게 단정하여, 기이하고도 맑은 분위기가 감도는 것이 보통 사람과는 어딘가 달랐다.

영왕은 그대로 앉아 있을 수가 없어 얼른 일어나 자리에서 내려와 신인의 강림을 친히 맞아주었다. 신인들은 자신의 자리에 가서 앉았다. 내시들이 풍성한 술자리를 차려주었고 술잔이 두어 순배 돈 뒤에 영왕의 요구에 따라 신인들이 법술을 부리기 시작했다.

신인 중의 한 사람이 일어나며 말했다.

「날씨가 너무 덥지요? 제가 눈을 내리게 해서 좀 시원하게 만들어드리지요」

말을 끝내자마자 그는 입을 오므려 〈후우!〉 하고 하늘을 향해 숨을 내뿜었다. 그러자 검은 구름이 몰려오더니 눈이 펄펄 내리기 시작했고 얇은 여름옷을 입고 있던 왕과 다른 모든 사람들은 피부에 소름이 돋을 정도의 추위에 덜덜 떨게 되었다. 궁중의 연못이며 우물이 모두 얼어붙었다고 내시들이 소리를 질렀으며 사람들은 추위를 참지 못해 이가 아래위로 딱딱 맞부딪칠 지경이었다. 영왕은 여우 가죽으로 만든 옷을 가져오게 하여 손님들에게 입도록 하였으며 또 깔개를 가져다가 곤소대의 바닥에 깔게 하였다. 그렇게 하고 나서야 겨우 따뜻해져 더 이상 추위에 떨지 않아도 되게 되었다.

그러자 또 다른 신인이 일어나 말했다.

「너무 추워서 견디기가 힘드시지요? 제가 좀 따뜻하게 만들어드리겠습니다」

그는 손가락으로 자리를 세 번 두드렸다. 그랬더니 방금까지도 하늘을 뒤덮고 있던 검은 구름과 펄펄 날리던 눈꽃송이들이 삽시간에 어디론가 사라져버리고 뜨거운 태양이 나타나더니 후끈한 바람이 얼굴을 스치기 시작했다. 가죽옷을 입고 있던 귀인들은 갑자기 견딜 수 없는 더위를 느꼈고 엉덩이 아래에서 불을 때는 것 같은 느낌을 받게 되었다. 영왕은 냉큼 가죽옷을 벗었으며 깔고 앉아 있던 곰 가죽 깔개도 걷어내었다. 그리고 내시들을 시켜 그것들을 다시 창고로 갖다 두게 하였다.

여러 남녀 귀인들은 이 두 신인이 부리는 재주, 즉 갑자기 겨울이 되었다가 또 순식간에 여름이 되는 그런 재주에 혼이 빠질 정도로 감탄을 하며 마음속으로 경탄해 마지 않았다. 영왕은 특히 더 신이 나서 사람들을 시켜 다시 술자리를 차리게 하고 무희들에게 춤을 추고 노래를 부르게 하여 흥을 돋우었다. 그날 하늘에서 내려온 신인과 땅 위의 인간들은 서로 술잔을 주고받으며 해가 뉘엿뉘엿 지도록 통쾌하게 마셨다. 마침내 흥이 다하여 헤어져야 할 시간, 두 신인은 다시 구름 수레에 올라 하늘나라의 궁정을 향해 떠났다.

이러한 시험을 거친 뒤 영왕은 장홍의 신통력과 법술이 대단하다는 것을 새삼 깨달았다. 하늘에 사는 신인들까지 지상으로 내려오게 하는 재주는 정말이지 보통 사람의 능력으로는 행하기 어려운 것이었다. 그래서 영왕은 장홍을 궁중에 살게 하며 법술을 부려 자신을 알현하러 오지 않는 그 건방진 제후들이 고분고분 제 발로 걸어오도록 만들어보라고 하였다.

법술은 의외로 간단해 보였다. 우선 왕궁의 화원 태호(太湖)가에 인공적으로 만들어놓은 산 옆에 사람 키만한 대나무 막대기를 일렬로 늘어놓았다. 그 막대기는 대략 10여 개쯤 되었는데 대나무 꼭대기에는 반들거리는 커다란 눈을 가진, 거무스름하게 말라빠진 들고양이 머리를 하나씩 걸어놓았다. 그리고 들고양이의 뒤통수에다가 각각 작은 나무 팻말을 달고서 거기에다가 진(晉) 평공(平公)이며 제(齊) 장공(莊公), 초(楚) 강왕(康王)과 송(宋) 평공(平公), 노(魯) 양공(襄公)…… 등의 이름을 써넣었다. 그리고 매일 그 앞에 가서는 그것들을 향해 주문을 외우기도 하고 뭔가 손짓을 하기도 했다. 그런 후 목표물에서 대여섯 걸음 떨어진 곳에 서서 특별히 만든 작은 활에 화살을 메겨 들고양이를 향하여 쏘는 것이었다. 그 화살이 눈에 맞든 귀에 맞든, 혹은 이마에 가서 맞든 그는 조금도 개의치 않았고 더 이상

쏘지도 않았다. 다음날이 되면 그는 여전히 그곳에 가서 또다른 고양이를 향하여 똑같이 화살을 쏘았다. 그렇게 십여 일이 지나자 모든 고양이 머리에 화살을 다 쏠 수 있었고 일을 마친 장홍은 화살을 맞은 그 괴물들을 그대로 거기에 둔 채 좋은 소식이 들려오기만을 기다리고 있었다.

장홍의 계획에 의하면 그가 행한 이 법술은 큰 효험이 있을 것이었다. 고양이 머리 하나는 바로 발호하는 제후 한 사람을 의미하는 것이었으니 화살이 어느 부위에 가서 맞든 그 맞은 부분에는 종기가 생길 것이었다. 마치 강태공이 정후의 초상에 화살을 쏘았을 때 그러했던 것처럼 말이다. 그리고 병이 난 제후들은 점을 쳐본 후 주나라로 달려와 용서를 빌 것이었다.

그러나 이러한 그의 계산은 완전히 빗나가고 말았다. 아무리 오랜 시간을 기다려도 제후들은 그림자도 비치지 않았다. 햇볕을 쬐고 비를 맞은 고양이의 머리가 썩어 문드러질 지경이 되어도, 또 그 고양이에 꽂힌 화살이 비바람을 못 이겨 땅바닥에 떨어질 정도가 되어도 제후들이 찾아올 기미는 그 어디서도 찾을 수가 없었던 것이다. 장홍이 몰래 사람을 보내어 염탐을 해보았지만 그 제후들은 병에 걸리기는커녕 밥도 잘 먹고 말도 잘 타고 잠도 잘 자는 등 건강하기만 했다. 장홍의 법술은 완전한 실패로 끝나고 말았던 것이다.

영왕의 질책과 내막을 아는 신하들의 멸시 정도는 그에게 있어서 아무것도 아니었다. 장홍은 자신의 실패가 너무나 참담해서 쥐구멍이라도 있으면 들어가고 싶을 정도였다. 깊은 가을밤, 달빛이 스며드는 창가에서 그는 마음속의 고통 때문에 잠을 이루지 못했다. 가느다란 손가락을 머리 뒤에 대고 누워 어둠 속에 잠긴 방 안의 들보를 바라보며 생각에 생각을 거듭했다. 도대체 왜일까? 왜 강태공이 성공했던 일을 자신은 성공시키지 못했단 말인가? 아무리 생각해도 알 수 없는 일이었다. 그러다가 그는 마침내 깨달았다. 어렴풋이나마 그 이유를 알 수 있을 것 같았다. 강태공이 법술을 부린 것은 불의를 벌하고 모든 사람들을 단결시키려는 데에 그 동기가 있었다. 그렇게 함으로 해서 중대한 어떤 공덕을 쌓을 수 있었던 것이다. 그러나 그가 부린 법술은 강태공의 그것과는 동기부터가 달랐다. 쓰러져가는 주나라 왕조의 체면을 지키기 위한 것이었을 뿐 그야말로 명분이 없는 행위에 불과했던 것이다. 그러니 귀신인들 자신의 그러한 행위에 감응할 리가 있었겠는가?

그러나 법술이 먹혀들어가지 않아 장홍 혼자서 부끄러워하고 있었던 일은 사실 별것이 아니었다. 문제는 그 소식이 점점 멀리 퍼져나간 데에 있었다. 그 소식을 전해 들은 제후들은 주나라 왕의 부도덕한 그 행위에 대해 불만을 갖지 않을 수가 없었다. 그 중에서도 불만이 가장 컸던 사람은 제후 중의 패자(覇者)라고 할 수 있었던 진나라의 평공이었다. 그는 장홍이라는 자가 모든 일을 벌인 장본인이라는 사실을 알고 그 고약한 자를 영왕의 곁에서 제거해야겠다고 마음 먹었다. 그러나 그것은 쉬운 일이 아니었다. 비록 법술이 말을 안 들어 실패하기는 했지만 장홍의 지혜로움과 또한 곤소대에서 신인들을 불러왔던 그 재주만으로도 영왕은 장홍을 여전히 깊이 신임하고 있었던 것이다. 그래서 진 평공은 대부 숙향(叔向)을 불러 방법을 물었다.

숙향의 성은 양설(羊舌), 이름은 흘(肸: 흘〔迄〕로 읽음)이라 했다. 진나라의 공신인 양설직(羊舌職)의 아들이었으며 숙향은 그의 자(字)였다. 현명하고도 지혜로웠기 때문에 평공의 〈지다성(智多星)〉이라 할 만했고 그의 절대적인 신임을 받고 있었다.

숙향이 명령을 받고 조정으로 들어오니 평공은 장홍을 제거하고자 하는 자신의 뜻을 그에게 말했다. 숙향은 아름답게 돋은 턱수염을 비비 꼬며 고개를 숙인 채 생각에 잠겨 있다가 엷은 미소를 띠며 한 걸음 앞으로 다가와 말했다.

「주군께서 장홍을 제거하시는 것은 사실 그리 어려운 일이 아닙니다. 제게 수레 몇 대만 주신다면 주나라로 가겠습니다. 주나라 왕이 장홍을 죽이도록 만들 수 있는 방법이 있지요」

그 말을 듣고 평공은 무척이나 기뻐하며 그에게 수레 다섯 대를 주어 주나라로 가게 했다. 숙향은 주나라 왕에게 바칠 선물을 특별히 준비하여 낙읍(洛邑)을 향해 출발했다. 얼마 되지 않아 낙읍에 도착한 숙향은 영왕을 알현하고서 평공의 영왕에 대한 공경의 마음을 전했다. 영왕은 평공의 그런 태도에 대해 흡족해 마지 않았다. 물론 평공이 직접 와서 자신을 알현했더라면 금상첨화였겠지만 숙향이라도 와서 그러한 평공의 입장을 전한 것만으로도 왕조의 체면은 유지할 수 있는 것이라고 여겼다. 그래서 성대한 잔치를 베풀어 사신을 대접하고 주나라에 보름 가량 머물게 하면서 장엄하고 아름다운 곤소대의 여기저기를 구경시켜 주었다. 물론 숙향은 곤소대 위에 앉아 있는 영왕의 그 위엄에 찬 팔자 수염도 몇 번이나 보았으며, 공적인 일을 하는 틈틈이 혼자서 장홍을 찾아가곤 하였다. 두 사람은 의기투합하여 자주 만났는데 영왕은 그 사실을 알고서 무척이나 흐뭇해하였다.

귀국하기 전날, 영왕에게 작별 인사를 하기 위해서 숙향은 조당(朝堂)으로 갔다. 영왕은 그를 위해 작별의 잔치를 벌였고 또한 선물까지 주었다. 주거니 받거니 술잔을 돌리며 그들은 즐거운 자리를 가졌고 숙향도 술을 거나하게 마셨다. 마침내 술자리가 끝났다. 사람들이 돌아간 뒤 신하들은 그 자리에서 숙향이 떨어뜨리고 간 듯한 편지를 발견했다. 그것을 펴보니 장홍이 숙향에게 보낸 편지인 듯했는데 그 내용은 놀라운 것이었다.

> 진나라의 주군께 저를 대신하여 아뢰어주십시오. 저와 주군께서 약속하셨던 그 일 말씀인데 이제 때가 무르익은 것 같다고요. 병사를 일으켜 공격을 하셔도 좋을 것 같습니다.

신하들은 그것을 보고 대경실색하였다. 감히 숨길 수가 없어서 그들은 즉시 영왕에게 달려가 그 편지를 바쳤고 편지를 본 영왕 역시 놀라움을 금치 못하며 숙향을 불러오라 일렀다. 그러나 숙향은 이미 짐을 싸서 밤을 도와 자기 나라로 돌아간 뒤였다. 그 사실은 영왕의 의혹을 더욱 크게 만들었다. 게다가 편지의 필적을 살펴보니 영락없는 장홍의 필체였다(사실 그것은 교활한 숙향이 장홍과 함께 사귀면서 몰래 흉내낸 것이었지만). 그러고 보니 장홍이 이전에 곤소대에서는 신인을 불러오는 등 놀라운 재주를 부렸는데 제후들을 오게 만드는 법술을 부릴 때에는 그것이 통하지 않던 것이 이상했었다. 또한 숙향이 주나라에 와서 공적인 일을 볼 때를 제외하고는 줄곧 장홍과 함께 있지 않았던가. 이제 모든 것이 분명해졌다. 장홍이 주나라를 배반한 것이 틀림없었다. 영왕은 화가 치밀어올라 견딜 수가 없었다. 즉시 장홍을 잡아 가두라고 명령을 내렸고 반역죄로 사형에 처하도록 하였으며 지체없이 당장에 형을 집행하라고 했다.

「억울하옵니다, 정말로 억울하옵니다」

장홍은 두 대의 커다란 마차에 묶였고 많은 사람들이 구경하러 나왔다. 하늘도 슬퍼하는 듯 검은 비구름이 낮게 드리워져 있었고 마차 위에 꽂힌 천자의 깃발만이 펄럭펄럭 소리를 내며 휘날리고 있었다. 절망으로 가슴이 터질 듯한 장홍은 억울하다고 미친 듯이 소리질렀다. 세상을 온통 울리는 듯한 애절한 울부짖음이었지만 그 누가 귀를 기울일 것인가!

얼굴이 거무튀튀한 뚱보 옥리조차도 그의 고통을 즐기는 듯한 말투로 가까이 다가와 일부러 이렇게 빈정거릴 뿐이었다.

「장홍 선생, 뭐 그렇게 소리지를 것 있소. 당신이야말로 학문도 깊고 법술까지 부릴 수 있는 신통력을 가진 사람 아니오? 무엇이든지 다 알지 않소! 천체의 변화가 어떠한가, 해와 달의 운행이 어떠한가, 어느 날 비가 내릴 것이며 또 어느 날 바람이 불 것인가, 그리고 길한 날은 언제이며 흉한 날은 언제인가, 누구의 운수가 좋고 누구의 운세가 나쁜가 하는 모든 것을 당신은 알고 있지 않소. 그럼에도 불구하고 오늘 당신이 이렇게 비참한 죽음을 당하게 되리라는 것을 모르다니…… 〈아무리 지혜로운 자가 깊이 생각을 한다고 해도 실수하게 되는 날은 있다(智者千慮, 必有一失)〉더니, 바로 그 꼴이 아니오? 하하하……」

장홍은 마침내 거열형(車裂刑)을 당해 죽고 말았다. 이것이 바로 장홍의 죽음에 관한 한 가지 전설이다.

또다른 전설에 의하면 장홍은 숙향의 참언 때문에 영왕의 의심을 사서 결국에는 촉(蜀) 땅으로 쫓겨가게 된다. 장홍은 자신이 영왕에게 충성을 다했는데도 모함을 당해 쫓겨나게 된 것이 아무리 생각해도 억울하여 견딜 수가 없어서 칼로 배를 갈라 창자를 끄집어내어 조각조각 잘라버린 뒤 짧은 생애를 마감했다고 하는데 그 이야기는 어딘가 일본인의 할복을 연상케 한다. 어쨌든 촉 땅의 사람들은 그의 죽음을 애도하여 그가 흘린 피를 모아 나무 상자에 넣어서 땅속에 묻어주었는데, 삼 년이 지난 뒤 그 상자를 열어보니 상자 속의 피가 모두 반짝이는 벽옥으로 변해 있었다고 한다. 후세의 〈벽옥단심(碧玉丹心)〉이라고 하는 말은 바로 여기에서 비롯된 것이다.

제5장
악관 사광과 왕자교

당시 장홍이 주나라의 유명한 인물이었다면 진(晉)나라의 유명한 인물로는 사광(師曠)이 있었다. 사광은 평공의 악관(樂官)이었는데 귀가 무척이나 밝아서 사면팔방에서 불어오는 바람소리의 곡조까지도 알 수 있을 정도였다. 특히 거문고를 잘 뜯었는데 그가 연주를 하면 하늘의 옥양(玉羊)이며 백학(白鶴) 등의 신기한 동물들이 모두 그 연주를 들으러 내려왔다고 한다. 한번은 사광이 거문고를 연주하고 있는데 하늘에서 검은 학 열여섯 마리가 날아와 날개를 펼치고 입에는 명월주(明月珠)를 물고서 질서정연하게 춤을 추는 것이었다. 신나게 춤을 추다가 한 마리가 실수를 하여 입에 물고 있던 명월주를 떨어뜨렸고, 당황한 그 학은 고개를 숙이고 구슬을 찾았다. 마침내 구슬을 찾아내어 다시 입에 물고 춤을 추는 학의 무리 속으로 섞여들어 갔지만 그 말썽꾸러기 때문에 이미 대오는 흐트러져 엉망이 되고 말았다. 진 평공은 그 모습을 바라보며 웃음을 참을 수가 없어 옷소매로 입을 가리고 웃었다.

사광의 음악적 경지는 상당히 높았다. 그는 무슨 악기의 소리든지 한번 듣기만 하면 잘못된 음조를 즉시 알아낼 수 있었다. 언젠가 한번은 진 평공이 사람들을 시켜 커다란 종을 만들게 한 적이 있었다. 종이 다 완성되자 평공은 악공들을 불러 종의 소리를 들어보게 하였다. 맑게 울려퍼지는 종소리는 악공들의 귀를 즐겁게 해주었다. 모두들 종소리가 아주 좋으며 아무런 문제도 없다고 이구동성으로 말했다. 그러나 유독 사광만이 머리를 가로 저으며 말했다.

「종소리가 조화롭지 못해요. 다시 만들어야 합니다」

진 평공이 대답했다.

「다른 악공들은 모두 훌륭하다고 하는데 왜 그대만이 아니라고 하는가?」

그 말에는 사광에 대한 불만의 뜻이 내포되어 있었다. 그러나 사광은 자기의 주장을 계속 내세우며 고집스럽게 말했다.

「아닙니다. 후세에 만일 소리를 아는 사람이 있어 저 종소리를 듣는다면 분명히 조화롭지 못하다고 말할 것인데 그렇게 되면 주군을 대신하여 제가 부끄러워서 어찌하겠습니까」

훗날 위(衛)나라의 영공(靈公)이 진나라를 방문할 때 그의 악관인 사연(師涓)도 함께 왔는데 사연은 그 종소리를 듣고 조화롭지 못하다고 말했다. 그때서야 진 평공은 사광이 정말로 소리를 아는 사람이라는 사실을 깨달았고 또한 그가 권력에 굽히지 않는 강한 성격을 가진 인물이라는 것을 알게 되었다.

사광의 성격이 꼿꼿하다는 것을 말해 주는 또다른 이야기가 있다.

어느 날 진 평공이 신하들과 술을 마시고 있을 때였다. 모두들 술이 거나하게 취했을 무렵 평공이 감개무량한 목소리로 말했다.

「세상에서 임금 노릇을 하는 것보다 더 신나는 일이 또 있을까? 말 한마디만 하면 모두들 벌벌 떨며 감히 거역하지를 못하니 말이야」

그때 눈이 먼 사광은 평공의 곁에 앉아 있었는데 그 말을 듣자 무릎 위에 놓고 있던 거문고를 번쩍 들더니 평공을 향하여 집어던지는 것이었다. 평공은 급히 옷을 주워 입고 얼른 자리를 피했다. 거문고는 벽에 부딪쳐 박살이 났고 벽에도 구멍이 뚫렸다. 평공은 놀라서 물었다.

「태사(太師)께서는 지금 누구에게 그것을 집어던지셨소?」

「방금 어떤 어리석은 인간이 주군 앞에서 감히 망령된 말을 하는 것을 들었습니다. 그래서 그자에게 던진 것이지요」

평공은 얼른 사실을 밝히며 말했다.

「그 말은 내가 한 말이오」

「저런!」

사광은 눈썹을 찌푸리고 고개를 가로 저으며 말했다.

「그런 말은 한 나라의 주군이 하기에 적합한 말이 아닌 줄로 아옵니다」

평공은 갑자기 부끄러워져서 사광에게 대답할 말이 없었다. 거문고 때문에 망가진 벽을 신하들이 진흙으로라도 얼른 다시 칠하려 했지만 평공은 그것을 막으며 말했다.

「그대로 두거라. 그 벽은 앞으로 나를 깨우쳐주는 거울이 될 수 있을 것이니」

당시 진나라의 국경이 주나라와 접해 있었는데 주나라의 성취(聲就)와 부여(復與) 땅을 진나라가 빼앗았다. 주나라는 늘 그 땅을 되찾고자 했으나 힘이 부족했다. 주 영왕의 아들이 태자 진(晉)이었는데 어려서부터 뛰어나게 총명한 아이였다. 진 평공은 주 영왕 따위는 안중에도 없었지만 태자 진만은 조금 두려웠다.

어느 해였다. 주나라의 수도였던 낙읍(洛邑)의 곡수(谷水)와 낙수(洛水)가 합쳐져 큰 홍수가 나 왕궁의 아래까지 물에 잠겼다. 곧 왕궁까지도 떠내려갈 판이었다. 다급해진 영왕은 흙을 쌓아 물을 막으라고 명령을 내렸다. 당시 태자 진은 나이 겨우 열서너 살이었지만 담력이 크고 지혜로워 그 방법이 옳지 못하다는 것을 아버지에게 말씀드렸다. 영왕은 물론 아들의 말을 듣지 않았다. 그러나 그에게 그처럼 담력이 있고 지혜로운 아들이 있다는 소식은 널리 퍼졌고 인근의 제후들은 태자 진을 존경해 마지 않았다. 주나라의 태자가 그렇게 총명하다고 하니 만일 그가 왕위를 계승하기라도 한다면 진나라에게 빼앗긴 땅을 되찾으려 할 것이 아닌가! 그것이야말로 골치 아픈 일이 아닐 수 없었다. 이것이 바로 진 평공을 고민하게 만드는 이유였다.

가슴속을 꽉 막고 있는 이 문제를 해결하기 위하여 평공은 숙향을 다시 주나라로 보내어 상황을 파악해 보도록 하였다. 장홍이 억울하게 죽음을 당했다는 사실에 대해 영왕은 조금 후회를 하고는 있었지만 이미 지나간 일, 진나라와 돈독한 외교 관계까지 맺고 있는 지금 그 일에 대해서 다시 언급할 필요는 없었다. 숙향은 공적인 일을 모두 마친 뒤 특별히 짬을 내어 태자 진을 알현하였다. 그와 대화를 나누면서 그의 사람됨을 헤아려 보려는 의도였다. 그러나 대화를 나누기 시작하자 뜻밖의 일이 일어났다. 태자가 다섯 가지 질문을 하면 숙향은 그 중 세 가지를 대답할 수가 없었던 것이다. 이야기를 하면 할수록 더욱 그러했다. 교활하고 지모가 뛰어났던 늙은 외교관 숙향은 목덜미에 진땀만 흘리다가 우물쭈물 작별인사를 하고 자기 나라로 돌아왔다. 숙향은 평공에게 보고했다.

「태자 진이라는 소년, 이제 겨우 열다섯 살밖에 안 되었지만 대단합니다. 제가 도저히 적수가 되지 못했어요. 성취와 부여 두 군데의 땅을 돌려주시는 것이 현명한 처사일 듯하옵니다. 만일 그가 왕위를 계승하게 된다면 우리에게 큰 골치덩어리가 될 것입니다」

그 말을 듣고 난 평공은 혼자서 마음속으로 중얼거렸다. 어차피 우리가 가질 수 없는 땅이라면 생색이나 내고 돌려주는 것이 낫지 않을까. 그렇게 결정을 내리려는 찰나, 악관인 사광이 반대하며 말했다.

「조급해하실 것 없습니다. 눈먼 이 늙은이를 다시 한번 보내주십시오. 그 아이와 한번 이야기를 해보겠습니다. 저까지도 넘어간다면 그때 가서 돌려주셔도 늦지는 않을 것입니다」

평공은 수염이 허연 이 늙은 태사가 씩씩거리며 이야기하는 모습을 보고 그가 마음속으로 못마땅해하고 있다는 것을 알았다. 그래서 기꺼이 그를 가도록 해주었다. 사광은 음악을 배운다는 핑계로 주나라에 갔다.

주나라에 도착한 사광은 태자 진을 만나보았다. 때는 한겨울이라, 태자 진은 당상(堂上)에 앉아 있었고 사광은 비록 이름이 알려졌다고는 하나 일개 미천한 악사였기 때문에 당하(堂下)에서 있었다. 사광이 태자에게 여러 가지 문제들을 물어보았지만 태자는 자신의 견해를 확실하게 대답하였다. 그 모습으로 보건대 그는 학문이 깊고 나름대로 탁월한 태도를 지니고 있는 인물임에 틀림없었다. 그렇게 한참을 이야기하다 보니 사광은 발이 시려워 견딜 수가 없어서 제자리걸음을 하며 말을 했다.

「훌륭하신 말씀입니다. 정말 훌륭하신 견해이군요!」

「태사께서는 왜 제자리걸음을 하고 계십니까?」

「날씨가 춥기 때문이지요」

사광은 얼굴을 들고 대답했다.

「발이 꽁꽁 얼었기 때문에 제자리걸음을 하여 발을 녹이려는 것입니다」

높은 자리에서 편안하게만 살아온 태자는 자신이 무엇이든지 다 알고 있다고 자부해 왔지만 그런 조그만 문제에 대해서는 신경을 써본 적이 없었다. 갑자기 부끄러운 느낌이 든 태자는 얼른 말했다.

「태사께서는 이리 앉으시지요」

신하들이 사광을 부축하여 당상으로 오르게 해 앉을 자리를 마련해 주었다. 그리고 슬(瑟)을 가져다가 사광에게 한 곡 연주해 줄 것을 부탁했다. 사광은 슬을 연주하며 「무사(無射)」라고 하는 노래를 불렀다. 노래를 마치고 나서 불쑥 태자에게 슬을 내미니 태자 역시 그것을 연주하며 「교(嶠)」라는 노래를 한 곡 불렀다. 그렇게 주인과 손님이 서로 노래를 부르며 즐겁게 놀다가 마침내 헤어질 시간이 되었다. 태자 진은 사광에게 네 마리의 말이 끄는 마차를 하사하여 그에 대한 자신의 존경심을 표시하였다.

진나라로 돌아온 사광은 평공에게 말했다.

「태자는 분명히 총명하고 재주가 뛰어난 인물입니다. 그러나 아깝더군요. 제가 그와 이야기를 나눌 때 자세히 들으니 목소리가 맑지 못하고 천식 기운이 있는 것 같았습니다. 그 목소리로 추측해 보면 얼굴색도 불로 익혀놓은 듯이 불그레할 것입니다. 그런 사람들은 대개가 다 폐병에 걸려 있지요. 그러니 주상께서는 걱정하실 것이 하나도 없는 줄로 아옵니다. 3년을 못 넘기고 하늘나라로 갈 테니까요」

사광이 이런 말을 한 지 3년이 채 못 되어 과연 태자 진이 세상을 떠났다는 소식이 진나라에까지 전해져 왔다. 평공은 이제 아무것도 거리낄 것이 없었고 성취와 부여 땅은 여전히 진나라의 수중에 남아 있게 되었다.

태자 진은 왕자교(王子喬), 혹은 왕교(王喬)라고도 한다. 전설에 의하면 그는 이때 죽은 것이 아니라 신선의 도를 닦아 백일승천하여 신선이 된 것이라고 한다.

이 밖에 왕교라는 이름을 가진 인물이 또 있다. 주 영왕 시대의 태자 진 이외에 한나라 명제(明帝) 시절, 하동(河東) 엽현(葉縣)에서 현령 노릇을 했던 왕교가 있다. 그는 매월 초에 상서대(尙書臺)로 일을 보러 나갔는데 다른 사람들이 아무리 둘러보아도 그가 타고 온 마차가 보이지 않았다. 다만 들오리 한 쌍만이 동남쪽에서 날아오는 것이 보일 뿐이었다. 그것을 괴이하게 여긴 어떤 사람이 그 사실을 명제에게 고해바쳤다. 명제도 이상하다는 생각이 들어 비밀리에 사람을 보내어 그물을 쳐서 그 들오리를 잡아오게 하였는데 그물 속에서 나온 것은 들오리가 아니라 신발 한 켤레였다. 몇 번을 계속해 보아도 마찬가지였다. 자세히 살펴보니 그것은 4년 동안 상서관(尙書官)들에게 지급했던 바로 그 신발이었다.

이 밖에 또 익주(益州) 건위(犍爲) 무양(武陽) 땅에도 왕교가 있었다. 무양에는 북평산(北平山)이 있었는데 산꼭대기에 하얀 두꺼비가 살았다. 그것은 육지(肉芝)라고도 하였는데 먹으면 장생불사할 수 있었다고 하지만 아무도 그것을 본 적이 없었다.

왕교는 줄곧 도를 닦아온 인물로서 하루 종일 산을 바라보며

왕교(『神仙』)

기도를 드리는 일을 십여 년 동안 계속해 왔다. 그런 후에 산에 올라 여기저기 뒤진 끝에 마침내 하얀 두꺼비를 잡을 수 있었다. 왕교가 그것을 먹으니 몸이 튼튼해지고 힘이 세어졌으며 달리는 말도 따라잡을 수 있는 정도가 되었다. 후에 그는 동권산(東巏山)에서 득도하여 신선이 되었고 사람들은 무양에 교선사(喬仙祠)를 지었다.

이렇게 몇 사람의 왕교에 관한 이야기가 전해져 내려오고 있지만 여기서는 태자 진 왕교에 대해서만 서술해 보기로 한다.

그는 왕자교(王子喬)라고도 불리며 생(笙)을 부는 것을 가장 좋아하였는데 그것을 불어서 봉황이 우는 것과 흡사한 소리를 낼 수 있었다. 부구공(浮丘公)이라는 도사가 왕교에게 선풍도골이 있음을 알아차리고서 그를 데리고 숭고산(嵩高山)으로 가 그곳에서 여러 해를 살았다. 어느 해 백량(柏良)이라는 친구가 그 산에 놀러갔다가 뜻하지 아니하게 그를 만나게 되었다. 왕교는 백량에게 말했다.

「집에 돌아가거든 자네 우리 식구들에게 말 좀 전해 주게. 7월 7일날 구씨산(緱氏山) 기슭으로 와서 나를 기다려달라고 해주겠나? 내가 식구들과 작별 인사를 좀 하려고 그러네」

마침내 그날이 되었다. 왕자교는 하얀 학을 타고 구씨산 꼭대기에서 기다리고 있던 식구들을 향해 손을 흔들어 작별의 인사를 하였다. 영왕의 가족들은 산기슭에서 멀리 그의 모습을 바라보았지만 그 험하고 높은 산꼭대기로 올라갈 수 있는 방법이 없었다. 왕자교는 그렇게 산꼭대기에서 며칠을 머물다가 하얀 학을 타고 여유작작하게 하늘로 날아 올라갔고 잠시 후에는 그의 모습을 찾아볼 수 없게 되었다. 다만 구름을 뚫고 수놓은 신발 한 켤레가 떨어졌는데 그것은 멀리 산기슭에서 아들을 전송

하는 아버지에게 기념으로 남긴 것 같았다. 그리고 그런 연유로 해서 그곳은 훗날 〈아버지를 위로한 언덕〔撫父堆〕〉이라고 불리게 되었다. 사람들은 그 언덕에 〈자진사(子晉祠)〉라는 사당을 세웠는데 아주 오랜 세월이 지나도록 그곳에서는 끊어질 듯 이어지는 피리 소리 같은 것이 들려와 사람들의 호기심을 불러일으켰다고 한다.

이 밖에 최문자(崔文子)와 왕자교에 관한 전설이 또 하나 전해지고 있다. 최문자는 왕자교에게서 신선의 도를 배웠다. 왕자교는 최문자가 도를 배울 만한 인물인가 아닌가 하는 것을 시험해 보고 싶었다. 그래서 하얀 무지개로 변해 약 한 사발을 들고 비틀거리며 방에서 나가 최문자에게 약을 주었다. 최문자는 깜짝 놀라 손에 집히는 대로 창을 집어들고 무지개를 쫓아버렸다. 약 사발이 땅 위에 떨어지는가 했더니 하얀 무지개가 순식간에 사라지고 땅바닥에는 왕자교의 신발 한 짝이 남았다. 최문자는 그 신발이 또 무슨 괴이한 짓을 할까봐 겁이 나서 그것을 방 안에 넣고 헌 대나무 바구니로 덮어두었다. 그런데 얼마 지나지 않아 바구니 속에서 새의 울음소리가 들려왔다. 최문자가 살그머니 열어보았더니 갑자기 거대한 새 한 마리가 바구니 속에서 후다닥 튀어나오는 것이었다. 그 새는 창틀을 부수고 밖으로 나가 날개를 펼친 채 하늘 높이 날아 올라갔다.

이렇게 하여 최문자가 신선의 도를 배우는 일은 끝장이 났고 훗날 그는 붉은 약장사 깃발을 든 채 이곳저곳을 떠돌아다니며 약을 팔았다고 한다. 그러나 그는 어쨌든 선인에게서 몇 년 간이나마 신선의 도를 배웠던 사람인지라, 서당개 3년이면 풍월을 읊는다는 말도 있거니와, 그가 파는 그 약이 역병에 걸린 사람을 적지 않게 고쳐주었다고 한다.

이 밖에도 왕자교의 묘지에 관한 신기한 이야기가 전해지고 있다. 그의 묘지는 장안(長安) 무릉(茂陵)에 있었다. 서진(西晉) 말기 오호(五胡)의 난(亂)이 일어났을 때 어떤 사람이 그의 묘를 도굴하러 들어갔는데 묘 속에는 아무것도 없었고 공중에 매달려 있는 보검만이 보였다. 도굴꾼은 그 보검을 훔치려고 하였지만 보검에서는 용이나 호랑이의 울음소리처럼 웅웅거리는 소리가 나고 있어서 감히 접근을 할 수가 없었다. 보검에서 신이 나오려나 하고 바라보고 있을 때 갑자기 휘잉 하는 소리가 나더니 보검이 묘지를 뚫고 하늘로 날아가 순식간에 사라져버리는 것이었다.

이러한 전설의 의미는 다른 데 있지 않다. 영명했지만 불행하게도 일찍 세상을 떠난 가엾은 왕자에 대해서 사람들이 깊은 동정과 존경심을 갖고 있었다는 것을 보여주고 있는 것이다.

제6장
공자와 항탁

장홍이나 사광과 동시대인이지만 조금 후에 나타난 노(魯)나라의 공자(孔子) 역시 모두들 잘 알고 있는 유명한 인물이다. 공자의 제자들이 펴낸 것으로 알려진 일종의 강의록인 『논어(論語)』에 보면 공자는 〈괴력난신을 말하지 않았다(不語怪力亂神)〉라고 기록되어 있는데 아이러니컬하게도 공자와 그의 제자들에 관한 기이한 이야기들, 즉 〈괴력난신〉이라고 할 만한 이야기들이 많이 전해진다. 또한 공자 자신이 〈괴이한 것을 언급한(語怪)〉 적도 많은데, 여러 가지 기록에서 그러한 예를 찾아볼 수 있다. 그런 면에서 보면 공자가 괴력난신을 말하지 않았다고 하는 것은 제자들이 스승을 위해서 체면치레로 그랬던 것일 뿐, 사실은 그리 믿을 만한 주장이 못 되는 것 같다. 이제 공자와 그의 몇몇 제자들에 관한 이상한 이야기들을 서술해 보기로 한다.

공자에 관한 이야기를 하자면 우선 그의 아버지인 숙량흘(叔梁紇)에 대해 먼저 언급하여야 한다.

춘추시대 노나라와 다른 몇몇 제후국이 함께 힘을 합쳐 핍양

(偪陽)이라고 하는 작은 나라(山東省 嶧縣 남쪽)를 공격했다. 그러나 핍양 사람들은 일찌감치 방어할 준비를 다 해두었기 때문에 견고하게 성을 지키고 있어서 조금도 두려워하지 않았다. 또한 몇 번이나 공격을 당했는데도 성은 든든하여 전혀 흔들리는 기미가 보이지 않았다.

그러던 어느 날이었다. 갑자기 성문이 활짝 열리는 것이 마치 나와서 교전을 하려는 듯이 보였다. 제후의 군대는 마침내 성으로 진격할 때가 되었다고 여겨 둥둥 북소리를 울리고 함성을 지르면서 앞으로 나아갔다. 성 안에서도 군사들이 밀려나와 응전을 하였는데 진퇴를 거듭하며 싸우던 핍양의 군사들이 점차 성 안으로 후퇴해 들어가기 시작했다. 제후의 군사들은 그것이 계략인 줄도 모르고 그들의 뒤를 따라 성 안으로 진격해 들어갔다. 일부분의 군사들이 성 안으로 들어갔을 때였다. 갑자기 성루에서 웅웅거리는 소리가 나더니 거대한 철문이 서서히 내려오기 시작하는 것이었다. 급박한 순간이었다. 바로 그때 성 안으로 진격해 들어갔던 전사 중 키가 10척이 넘는 거대한 사나이 하나가 튀어나오더니 철문 아래로 뛰어들어가 두 손으로 문을 받쳐들고 힘껏 밀어올리는 것이었다. 그야말로 멋진 사나이였다. 근육이 한껏 튀어나온 두 어깨와 거대한 체구는 그대로가 든든한 쇠기둥이 되어 철문을 더 이상 내려오지 못하게 받쳐 주고 있었다. 이미 성 안에 갇힌 꼴이 되었던 군사들은 그 틈을 타 얼른 밖으로 도망쳐 나왔다. 그때서야 한숨을 돌린 사람들은 힘이 장사이고 기골이 장대한 그 사나이가 노나라 추읍(郰邑)의 공흘(孔紇), 즉 숙량흘이라는 것을 알았다. 바로 그가 공자의 아버지였다. 이후 연합군은 몇 차례의 힘겨운 교전 끝에 마침내 핍양을 점령했고 그 나라를 멸망시켰다. 그리고 숙량흘은 그 전

공자(『炎黃』)

쟁에서 큰 공을 세웠기 때문에 노나라 추읍의 대부(大夫)가 되었다.

공자는 태어나면서부터 생긴 것이 특이했다. 머리의 사면이 튀어나온 데다가 가운데가 움푹 들어간 것이 마치 노나라 니구산(尼丘山)같이 생겼다고 하여 이름을 구(丘)라 하였고 자를 중니(仲尼)라 하였다. 그는 공흘의 자식 중에서 둘째였는데 〈중(仲)〉이란 바로 둘째라는 의미이다. 공자의 아버지와 어머니는 그가 어렸을 때에 잇달아 세상을 떠났다. 공자가 자라 어른이 되었을 때에는 아버지를 닮아 기골이 장대했고 그런 연유로 해서 사람들은 그를 〈장인(長人)〉이라 부르기도 했다.

한번은 공자가 채나라〔蔡國〕에 간 적이 있었다. 그가 여관에서 머물고 있을 때 밤중에 좀도둑이 몰래 들어와 그의 나막신〔木板鞋〕을 훔쳐갔다. 도둑은 그것을 장물아비 집에 갖다 두었는데 그 신발이 유별나게 큰 것을 본 장물아비는 신기한 생각이 들어 자를 가지고 신발의 크기를 재어보았다. 그런데 그 크기가 자그마치 한 자 네 치나 되었다고 하니 공자가 보통 사람들과는 확실히 달랐던 것이다. 그 나막신은 몇 차례 임자가 바뀐 끝에 8백여 년이 지난 뒤 진(晉) 혜제(惠帝) 원강(元江) 연간(291-299)에 이르러서 무고삼보(武庫三寶) 중의 하나가 되었다. 무고삼보란 한(漢) 고조(高祖)가 백사(白蛇)를 벨 때 사용했던 칼과 공자의 나막신, 그리고 왕망(王莽)의 머리인데 원강 원년(295)의 화재로 인하여 한 고조의 칼만 〈지붕을 뚫고 하늘로 사라졌을 뿐〉 공자의 신발과 왕망의 머리는 모두 타버렸다고 한다.

공자는 기골이 장대했을 뿐 아니라 힘도 장사였다. 그의 아버지와 마찬가지로 그 역시 철문을 들어올릴 수 있을 정도였고 위급한 상황에서는 호랑이라도 발로 걷어차 넘어뜨릴 수 있었다. 그리고 활쏘는 기술과 마차를 모는 재주도 상당히 뛰어났다고 한다. 사람들이 그의 학문이 깊다고 그를 칭송하면 그는 겸손하게 말했다.

「제가 무엇을 할 줄 알겠습니까? 마차를 모는 일? 활을 쏘는 일? 제가 할 수 있는 것이라고는 마차를 모는 일밖에 없습니다」

그러나 사실 그는 활도 상당히 잘 쏘았다. 그가 구상(瞿相)의 원포(園圃)에서 활을 쏘았을 때 그 모습을 본 사람들은 모두 갈채를 보내며 그를 둘러쌌다고 하는데, 얼마나 많은 사람들이 그를 에워쌌는지 마치 튼튼한 담과 같아서 비집고 들어갈 틈조차 없었다고 한다.

이처럼 공자는 무예에도 조예가 깊고 힘도 장사였지만 절대로 자신의 힘과 무예를 자랑한 적이 없었다. 언제나 그는 온화하고 점잖은 모습이었다. 〈공자가 한가로이 집에 있을 때 매우 단정하고 또 온화했다(申申如也, 夭夭如也).〉 어떤 때에는 오히려 아주 작은 일에도 지나치게 조심하는 편이어서 그의 힘이나 무공과 어울리지 않는다는 느낌을 받는 경우가 많았다. 예를 들어보자면 다음과 같은 일이 있었다.

노나라의 성문은 오래되어 다 썩어서 언제라도 무너져 내릴 수 있는 가능성이 있었다. 그러나 아주 오랫동안 그것은 늘 그저 그런 상태였고 정말로 무너져 내리지는 않았기 때문에 사람들은 별 신경을 쓰지 않고 그냥 지나다녔다. 그러나 공자는 매번 그곳을 지날 때마다 허리를 조금 굽히고서 재빠르게 지나가는 것이었다. 그 모습을 본 사람들이 웃으면서 공자에게 말했다.

「걱정 마세요, 성문은 언제나 그 모양이었어요」

그러면 공자는 대답하는 것이었다.

「바로 늘 그 모양이기 때문에 특별히 조심하여 방비하는 것이라네」

공자는 이처럼 문인이며 학자였다. 힘만 뛰어나고 지혜가 없는 일개 무사는 아니었던 것이다.

그는 무척이나 도덕을 강조하였다. 그가 여행을 하다가 〈승모(勝母)〉라는 곳에 이르게 되었을 때 해가 저물어 어두워졌음에도 불구하고 그는 그곳에서 묵으려 하지 않았다. 바로 그곳의 지명이 〈어머니를 이긴다〔勝過母親〕〉는 뜻을 갖고 있었기 때문이다. 또 〈도천(盜泉)〉이라는 곳을 지날 때에는 몹시 목이 말랐지만 그곳의 물을 마시지 않았다. 그 역시 그곳의 이름이 마음에 들지 않았던 까닭이다.

그는 평소에 주(周) 문왕(文王)을 가장 존경하였는데 문왕이 창포장(菖蒲醬)을 즐겨 먹었다는 것을 알고서 자기도 그것을 먹어보려 하였다. 그러나 그것은 냄새가 고약해서 정말이지 먹기가 힘들었다. 그럼에도 불구하고 3년간이나 노력하여 드디어는 그것을 먹을 수 있게 되었다. 또한 문왕은 주량이 보통이 아니어서 아무리 마셔도 취하지 않았는데 공자 역시 열심히 노력한 결과 마침내는 100여 잔이나 마실 수 있게 되었다고 한다.

공자는 또한 음악을 사랑하였다. 그는 중년이 되었을 때 노나라의 유명한 음악가였던 사양자(師襄子)에게서 거문고를 연주하는 방법을 배웠다. 사양자는 〈격경양(擊磬襄)〉이라고도 불렸는데 이것은 경(磬)을 잘 쳤기 때문에 붙여진 이름이었다. 물론 거문고도 열심히 공부했다. 공자는 그에게서 자신도 이름을 잊어버린 옛날 음악을 한 곡 배우고 있었다. 10여 일이 지났을 때 사양자가 말했다.

「이제 이 곡조는 완전히 연주할 수 있게 되었으니 다른 곡조를 하나 배우기로 하는 것이 어떻겠소?」

「아닙니다」

공자가 대답했다.

「악곡의 박자 정도야 이제 터득했지만 그 음악의 이치에 대해서는 아직 알지 못하는 까닭입니다」

계속해서 어느 정도 그 곡조를 연주하게 된 후 사양자가 또 물었다.

「음악의 이치에 대해서도 이제는 터득하게 되었을 것이니 다른 곡조를 배우는 것이 어떻겠소?」

「아닙니다」

공자는 여전히 말했다.

「음악의 이치에 대해서는 어느 정도 깨달았지만 그 곡을 만든 사람의 취지에 대해서는 아직 아는 바가 없습니다」

사양자는 할 수 없이 공자가 그 곡을 계속 연주하도록 내버려 두었다. 한참 후 사양자는 참을 수가 없어서 다시 물었다.

「작곡자의 의도에 대해서도 이제는 깨달았을 것이니 다른 곡을 배우기로 합시다, 어때요?」

「작곡자의 의도는 알았지만 그의 위인됨에 대해서는 아직 알지 못하고 있습니다」

할 수 없이 사양자는 공자가 그 곡조를 계속 치도록 내버려 두었다. 한참이 지나니 과연 공자는 그 곡조의 정수를 터득한 듯한 연주를 하였다. 곁에서 그것을 듣고 있던 사양자는 더 이상 참지 못하고 말했다.

「참으로 훌륭한 연주로구나. 마치 음악 속에 엄숙하고도 장엄하며 깊고 오묘한 이치가 들어 있는 것 같고, 높은 곳에 올라가 가슴을 탁 터놓고 있는 듯한 느낌이 드는 것을 보니……」

공자는 그때서야 거문고를 앞으로 밀어놓고 줄을 어루만지며 먼 곳을 바라보는 듯한 눈빛으로 중얼거렸다.

「그래요, 이제서야 이 음악을 만든 사람의 위인됨을 알 수 있을 것 같습니다. 그 사람은 키가 크고 피부색이 검으며 눈은 약간 근시이지만 천하를 다스리는 군주의 기개를 갖고 있군요……」

「당신이 묘사하고 있는 사람은 주 문왕이 아니오?」

「주 문왕이 아니라면 누가 이렇게 훌륭한 음악을 만들 수 있겠습니까?」

이 말을 듣고 난 사양자는 자리에서 일어나 공자에게 두 번 읍(揖)을 하며 말했다.

「당신의 말이 맞습니다. 이제야 생각이 나는군요. 제가 예전에 스승에게서 이 곡조를 배울 때 스승께서 그 곡의 제목이 〈문왕조(文王操)〉라고 말씀하셨습니다」

공자가 노나라에 머물며 30여 세가 되었을 때였다. 당시 노나라에는 맹손(孟孫), 숙손(叔孫), 계손(季孫)이라고 하는 권신(權臣)들이 있었는데 그들이 권력을 휘두르며 전횡하였기 때문에 나라 꼴이 엉망진창이었다. 공자는 그러한 권신들의 꼴도 보기 싫었거니와 자신에게는 그러한 현실을 변화시킬 만한 능력이 없다고 여겼기 때문에 제나라로 가버렸다. 공자가 제나라의 수도에 도착하여 성문을 지나려 할 때였다. 어린아이 하나가 한 손에 병을 들고 자신의 마차 옆을 지나가고 있었다. 그 아이는 이목구비가 수려하고 총명하게 생겼는데 처음에는 깡총깡총 뛰어가다가 천천히 걷기 시작하더니 마침내는 아주 느릿느릿 걸어가는 것이었다.

똑바로 앞을 바라보며 단정하게 걷는 모습이 마치 무엇엔가 단단히 이끌려 온 정신을 팔고 있는 그런 모습이었다. 공자는 이상한 생각이 들었지만 곧 사정이 어떻게 된 것인지를 깨닫게 되었다. 어딘지는 모르지만 아주 먼 곳에서 유장하고 아름다운 음악소리가 들려오고 있었는데 그 아이는 바로 그 음악을 귀기울여 듣고 있었던 것이다. 공자도 주의를 기울여 자세히 들어보았다. 그러다가 기쁨에 겨워 만면에 희색이 돌며 감격한 듯 마부에게 말했다.

「빨리빨리 달리시오. 「소악(韶樂)」의 연주가 방금 시작되었소!」

「소악」이라는 것은 아주 유명하고도 귀한 음악이었다. 바로 순(舜)임금이 남긴 음악으로 대부분 피리나 생황 등의 관악기를 사용하여 연주하는데 그 음악이 울려퍼지면 마치 봄날의 구름이 갑작스레 모여들고 학이 아흐레를 우는 것 같았으며 온갖 새들이 꽃밭에 모여들어 지저귀는 듯했다. 순임금이 권좌에 있을 때 이 음악을 연주하면 하늘의 봉황들까지도 모여들어 짝을 지어서 춤을 추었다고 한다. 이런 전설들로 미루어보아 그 음악이 얼마나 사람들의 영혼을 감동시키는 것이었는지 짐작할 만하다.

공자는 급히 제나라의 사당으로 가 마침 그곳에서 연주되고 있는 「소악」을 들을 수 있었는데 어찌나 황홀하던지 정신이 아득하여 술에 취한 것처럼 몽롱했다. 음악을 들은 지 석 달이 지나도 그 기이한 음악소리는 줄곧 귓전에서 맴돌고 있었다. 그래서 고기를 먹어도 고기 맛을 잊을 정도였다. 또한 그는 사람들을 만나기만 하면 감탄하며 이렇게 말했다.

「정말이지 그 음악이 나를 이렇게 감동시킬 줄은 짐작도 못했어!」

공자가 그렇게 「소악」을 찬미하는 것으로 보아 그의 순임금에 대한 존경심도 문왕에 대한 그것에 못지않은 것이었음을 알 수 있다.

공자가 박학다식한 인물이었음은 누구라도 알고 있다. 어떠한 어려운 문제라도 모두 그에게 묻기만 하면 명쾌하고도 원만한 해답을 얻을 수가 있었다.

한번은 노나라의 대부인 계환자(季桓子)가 사람을 시켜 우물을 파게 하였는데 진흙 속에서 토기로 된 항아리 같은 것이 나왔고 그 속에는 양이 한 마리 들어 있었다. 계환자는 그것이 도대체 무슨 괴물인지 알 수가 없어 박학하기로 소문이 난 공자에게 물어보기로 하였다. 사람들은 그에게 공자라는 사람은 아는 것이 많기 때문에 우물 속에서 나온 그 이상한 괴물이 무엇인지도 알 것이 분명하니, 사실을 말하기 전에 한번 속여보아도 무방할 것이라고 말했다.

계환자는 사람들의 말대로 해보기로 했다. 그래서 공자에게 사람을 보내어 말했다.

「우리 집에 우물을 파는데 흙 속에서 개가 한 마리 나왔습니다. 그것이 도대체 무슨 괴물일까요?」

「내가 아는 바에 의하면……」

공자는 조금도 당황하는 빛이 없이 말했다.

「그것은 아마 개가 아니라 양일 것이오. 내가 알고 있는 바에 의하면 나무나 돌의 정령은 기망량(夔罔兩)이라 하고 물의 정령은 용망상(龍罔象)이라 하지요. 또 흙의 정령은 분양(羵羊)이라 합니다. 그러니 당신들이 흙 속에서 파낸 것은 분명히 양이지 개가 아닐 것이오」

계환자의 말을 전하러 왔던 그 사람은 깜짝 놀라서 급히 돌아가 자기가 공자에게 들은 말을 그대로 전해 주었다. 계환자는 고개를 끄덕이고 감탄을 금치 못하며 말했다.

「정말 훌륭해. 쪽집게같이 맞추는구먼!」

공자(『儒士』)

당시 노나라와 남쪽으로 국경을 마주하고 있던 나라는 오나라〔吳國〕였는데 국세가 상당히 강성했다. 오나라의 왕 부차(夫差)가 월나라〔越國〕를 공격하여 월나라의 구천(勾踐)을 회계산(會稽山)에 꼼짝도 못하게 몰아넣은 뒤 월왕이 산 위에 쌓은 성을 무너뜨렸다. 월왕은 하는 수 없이 항복을 하였는데 오나라의 군대는 무너진 성터에서 거대한 뼈를 하나 파냈다. 그것은 사람의 뼈가 아니었지만 그렇다고 해서 동물의 뼈도 아닌 것 같았다. 그 뼈는 얼마나 크던지 마차 하나에 가득 찰 지경이었다. 도대체 그것이 무엇인지 궁금해진 오나라 왕은 노나라로 사신을 보내어 공자에게 물어보게 하였다.

「뼈 중에서 가장 큰 것이 무엇입니까?」

공자가 대답했다.

「옛날 우(禹)임금이 홍수를 다스릴 때 회계산에서 천하의 신들을 모이게 한 적이 있다고 들었습니다. 그때 방풍씨(防風氏)의 우두머리가 늦게 도착해 우임금이 그를 죽였지요. 그리고 그의 시체를 회계산에 묻었다고 하는데 그의 뼈 한 토막이 마차 한 대에 가득 찰 정도였다고 하니 그것이야말로 세상에서 가장 큰 뼈가 아니겠습니까」

공자가 말한 것과 오나라 군사들이 회계산에서 얻은 그 뼈는 미리 맞춰본 것도 아닌데 정확하게 일치했다. 오나라의 사신은 공자의 말을 듣고 신이 나서 거듭 경의를 표한 뒤 기분 좋게 자기 나라로 돌아갔다.

그로부터 얼마 지나지 않아 북쪽에 접해 있는 제나라에서 이상한 일이 일어났다. 어느 날 갑자기 다리가 하나밖에 없는 이상한 새가 왕궁으로 날아오더니, 날개를 펼치고서 하나뿐인 다리를 절룩이며 이리 비틀 저리 비틀 춤을 추는 것이었는데 그 모습이 우습기도 하고 놀랍기도 하였다. 제나라의 경공(景公)은 그 새가 무슨 새인지, 또 그 새의 춤이 길한 것인지 아니면 흉한 것인지 알 수가 없어 오나라 왕이 그랬던 것처럼 공자에게 사신을 보내어 물어보게 했다. 공자는 제나라의 사신에게 다음과 같이 대답해 주었다.

「그 새는 상양(商羊)이라고 하는데 물의 정령입니다. 일전에 어떤 어린아이가 이상한 놀이를 하는 것을 본 적이 있지요. 그 애는 다리 하나를 구부리고 눈썹을 움직이며 마치 무엇인가를 물어보는 듯한 표정을 짓더니 다시 다른 쪽 다리로 팔짝팔짝 뛰며 노래를 부르는 것이었어요. 〈곧 비가 내리려고 하네. 상양이 춤추는 것을 보니!〉 이제 제나라에 그 이상스런 새가 나타난 것은 바로 큰 비를 예고하는 것이 아닌가 하는 생각이 드는군요. 어서 돌아가 백성들에게 도랑을 잘 치우고 제방을 튼튼히 하여 홍수에 대비하라고 전하십시오」

제나라 사신이 돌아온 지 얼마 지나지 않아 과연 동북방에서 오래도록 보지 못했던 큰 비가 내렸고 각국에는 홍수가 범람하여 집이 떠내려가고 사람들이 목숨을 잃었다. 제나라에는 특히 많은 비가 내렸으나 공자의 말에 따라 방비를 철저히 하였기 때문에 피해가 가장 적었다. 엄청나게 내리던 비가 그친 뒤 경공은 공자를 칭송하여 말했다.

「성인의 말씀에는 정말 틀림이 없구나. 금방 그러한 일이 일어나다니!」

공자는 동요와 민가(民歌)에도 많은 관심을 쏟았다. 그것들을 통하여 많은 새로운 것들을 알 수 있었고 또 그것은 어려운 여러 가지 문제들을 풀 수 있는 방법을 제시해 주었기 때문이다. 예를 들어 공자는 성성(猩猩)이라는 짐승을 한번도 본 적이 없었지만 그 짐승을 보면 곧 이름을 알아맞출 수 있었다. 그것은 그가 초나라 소족(昭族) 사람들이 부르던 성성이에 관한 노래를 알고 있었기 때문이었다.

공자와 자하(子夏)가 어느 곳에선가 꼬리가 아홉 개 달린 새를 보게 되었을 때였다. 다른 사람들 역시 그 새의 이름이 무엇인지 궁금해하고 있던 차에 공자를 만나게 되니 모두들 그 새가 무엇이냐고 물었다. 그러자 공자가 대답했다.

「그 새의 이름은 재두루미(鶬)라 하지요」

자하가 물었다.

「그것이 재두루미라는 것을 어떻게 아십니까?」

공자가 대답했다.

「강가의 어부들이 노래하는 소리를 들었지. 〈재두루미야, 재두루미야! 거꾸로 돋은 깃털이 어지러이 흩날리는구나! 몸에 붙은 아홉 개의 꼬리는 길기도 하구나!〉라는 노래였어. 그래서 내가 그 이름을 알지」

이러한 것들은 모두 공자가 민가 같은 것들을 유심히 들었다는 것을 설명해 주는 증거가 된다.

공자는 자기가 잘 모르는 것들에 대해서는 다른 사람들에게 허심탄회하게 물었고 또 확실하게 알 때까지 계속 공부했다. 그래서 머릿속에 온갖 학식들을 갖추게 되었고 당대에 가장 박학다식한 인물로 이름을 떨치게 되었던 것이다.

공자가 박학했다는 것을 알게 해주는 전설들은 여러 가지가 있다. 우선 진후(陳侯)에게 숙신씨(叔愼氏)의 화살이 어떤 것인지를 설명해 주었고,[1] 초나라의 소왕(昭王)을 위해서는 강에 떠

1) 진후의 궁정에 떨어져 매가 맞은 돌화살이 아득한 옛날 북쪽 숙신씨의 것이라는 내력을 설명해 준 것이다.

내려 오는 평실(萍實)이 무슨 열매인가를 알려주었으며,[2] 제나라의 경공에게는 큰 종〔大鐘〕이 망가지게 된 연유를 설명해 주었다. 그리고 자로(子路)에게는 날씨가 맑을 것인지 흐릴 것인지를 가르쳐주었는데, 그러한 이야기들로 보아 공자가 알고 있는 지식들이 무궁무진했었음을 알 수 있다.

그러나 전설을 보면 이렇게 박학다식했던 공자도 난감한 경우에 처할 때가 있었는데 이 위대한 인물을 난처하게 만들었던 것은 다름아닌 젖내조차 가시지 않은 어린아이인 경우가 많았다.

두 명의 아이들이 태양의 원근(遠近)에 대해 논쟁했다고 하는 이야기는 아마 모두들 잘 알고 있을 것이므로 여기서 다시 자세히 언급할 필요는 없겠다.[3] 여기서는 다만 공자와 항탁(項橐)이 서로 수수께끼 같은 질문과 대답을 해나가다가 공자가 항탁에게 지고 말았다는 이야기를 서술해 볼까 한다.

어느 날 공자가 마차를 타고 동쪽으로 놀러 나갔다가 길에서 아이들이 놀고 있는 모습을 보게 되었다. 그런데 예닐곱 살쯤 되어 보이고 빼빼 마른 데다가 머리통만 커다란 한 아이가 멀찌감치 떨어진 채 혼자 서서 놀고 있는 것이었다. 공자는 이상한 생각이 들어 아이에게 물었다.

「얘야, 왜 다른 아이들하고 같이 놀지 않고 너 혼자 노는 거냐?」

아이가 즉시 대답했다.

---

2) 평실을 갈라 먹어보라고 하며, 그 열매를 얻으면 패왕이 될 수 있다고 말해주었다.

3) 한 아이는 해가 아침에 뜰 때 크고 낮에는 작으니 해가 뜰 때가 우리에게 더 가까이 있다고 하고, 또 한 아이는 해가 뜰 때는 춥고 낮에는 더우니 낮에 해가 더 가까이 있다며 말다툼을 하는데, 공자가 판결을 내리지 못했다는 이야기이다.

「놀이 따위가 무슨 소용이 있다고요? 놀이라고 해봐야 서로 죽이는 것 아니면 다치게 하는 그런 놀이들인데요. 더구나 놀이를 해보아야 무슨 공을 쌓는 것도 아니지 않습니까? 옷이나 찢어지고 배만 고파질 텐데요. 저애들하고 돌멩이 던지는 놀이 따위를 하느니 차라리 집으로 돌아가 쌀이나 빻지요」

이렇게 말을 하기는 했지만 아이는 결국 아이인지라, 어느새 돌멩이와 흙을 가져다가 길 가운데에 성을 쌓아놓고는 자기가 성을 지키는 장군이라고 하며 그 성 위에 앉아 있는 것이었다.

마차를 타고 있던 공자가 웃으면서 아이에게 말했다.

「애야, 너의 성은 어째서 마차에게 길을 내어주지 않는 거냐?」

그러자 아이는 눈썹을 치켜올리며 항의하는 듯한 목소리로 대답했다.

「노인장의 모습을 뵙자니 얼굴에 학문의 깊이가 드러나 있습니다. 위로는 하늘의 이치를 터득하시고 아래로는 땅의 이치, 그리고 또한 인간의 도리를 모두 파악하신 현인 군자이신 듯한데 마차가 성을 피해 가야 한다는 도리를 어찌 모르신단 말입니까? 자고 이래로 성이 마차에게 길을 내어주는 법이 어디 있다는 말씀이십니까?」

공자는 할 말이 없었다. 그래서 아이의 성을 피해 빙 돌아서 가는 수밖에 딴 도리가 없었다. 아이가 그렇게 총명하고 귀여워 공자는 다시 그 아이에게 말을 걸었다.

「요녀석, 나이도 어린 녀석이 어찌 그렇게 말을 잘 하느냐? 무척 영악한 놈이로고」

그러자 아이가 다시 대꾸를 했다.

「제가 듣기로 물고기는 태어난 지 사흘이 지나면 물속에서 헤엄을 치는 방법을 터득한다고 했고 토끼는 들판을 뛰어다닐 수 있다고 했습니다. 또한 용은 이빨을 드러내고 발톱을 세울 줄 알게 된다고 했으며 사람은 태어난 지 사흘이 지나면 아비와 어미를 알아본다고 했습니다. 그것이 모두 자연스러운 일인데 어찌 절더러 영악하다 하십니까?」

공자가 그 말을 듣고 마차에서 내려와 흥미로운 얼굴로 아이에게 물었다.

「얘야, 좀 물어보자. 네 녀석은 어디 사는 누구냐?」

아이는 장난스럽게 눈을 깜박이며 대답했다.

「저는 시골 구석에 사는 항탁(項橐)이라고 하며 아직 자(字)는 없습니다」

「네게 몇 가지만 다시 물어보자꾸나」

공자는 계속 말했다.

「한번 대답해 보렴. 너 돌이 없는 산이 어느 산인지 아느냐? 또 어떤 물에 물고기나 새우 따위가 없으며 어느 문에 문짝이 없느냐? 바퀴가 없는 마차는 무엇이겠으며 송아지를 낳지 않는 소는 무엇이겠느냐. 또 망아지를 낳지 않는 말은 무슨 말이겠느냐. 어떤 칼의 손잡이 밑에 둥그런 칼코등이〔刀環〕가 달리지 않았으며 어떤 불에 연기가 없느냐. 그리고 아내가 없는 사람은 누구이며 남편이 없는 여인은 누구이겠느냐. 어떤 날이 부족하며 어떤 날은 남아돌아가느냐. 또 어떤 나무에 나뭇가지가 없고 어떤 성(城)에 장이 서지 않겠느냐. 한번 맞춰보려므나」

아이는 생각도 하지 않고 바로 대답했다.

「흙산〔土山〕에 돌이 없고 우물물에는 물고기 따위가 없습니다. 텅 빈 문에 문짝이 없고 가마에는 바퀴가 없지요. 진흙으로 만든 소는 송아지를 낳지 못하고 나무로 깎은 말은 망아지를 낳지 못합니다. 땔감을 베는 도끼〔柴刀〕에는 둥그런 칼코등이가 없고 반딧불에는 연기가 없습니다. 선인(仙人)에게는 아내가 없고 옥녀(玉女)에게는 남편이 없지요. 겨울날은 짧고 여름날은 길어 남아돌아갑니다. 그리고 고목에는 나뭇잎이 없으며 사람이 살지 않는 텅 빈 성에는 장이 서지 않습니다」

「훌륭하구나」

공자는 고개를 끄덕이며 말했다.

「그럼 다시 물어보자. 너는 어느 집 지붕 위에 소나무가 자라는지 아느냐? 그리고 문 앞에 갈대가 자라는 것은 무엇이고, 침대에 향포(香蒲)가 자라는 것은 뭔지 아느냐? 개는 자기 주인을 물 수 있을까? 며느리가 시어머니를 부를 수 있다고 생각하느냐? 집에서 기르는 닭이 꿩으로 변할 수 있을까? 그리고 개는 여우로 변할 수 있다고 생각하니?」

이러한 질문들이 도대체 뭐란 말인가?

그러나 아이는 대답했다.

「지붕에 소나무가 자란다 하는 것은 곧 서까래를 말함이요, 문 앞에 갈대가 자란다는 말은 문에 드리운 발을 일컫는 것입니다. 침대에 향포가 자란다는 것은 곧 침대 위에 깐 돗자리를 가리키는 것이지요. 개가 주인을 무는 것은 낯선 사람이 주인 곁에 앉아 있기 때문이며, 며느리가 시어머니를 부르는 것은 며느리가 꽃밭에 앉아 막 꺾은 꽃을 머리에 꽂아달라고 하는 것이지요. 닭은 당신이 그것을 늪에 갖다가 던져놓으면 꿩으로 변할 것이고 개를 야산에 내쳐놓는다면 여우로 변하겠지요」

공자는 계속해서 아이에게 물었다.

「너 하늘이 얼마만큼이나 높고 땅은 또 그 얼마나 두꺼운지 아니? 하늘과 땅에는 기둥이 몇 개나 있으며 바람은 어느 곳에서 불어오는 것인지, 비는 또 어디서 내리기 시작하는 것인지 알고 있니? 서리는 어디에서 내려오는 것이며 이슬은 어디서 오는 것일까?」

아이 역시 계속해서 대답했다.

「제가 알고 있는 바에 의하면 하늘은 1억9천9백9리이며 땅의 두께 또한 그것과 비슷하다고 합니다. 하늘과 땅에 기둥 따위는 없으며 천지를 버티게 해주는 것은 사방의 구름 기운이라고 합니다. 또 바람은 창오(蒼梧)에서, 비는 높은 산에서 시작되며 서리는 하늘에서 내려오고 이슬은 온갖 풀의 이파리 위에서 생겨나는 것이지요」

공자는 아이가 막힘이 없이 청산유수처럼 대답하는 것을 보고 더 이상 어떻게 해볼 도리가 없어 잠시 침묵하고 있었다. 아이는 공자가 입을 다물고 아무 말도 하지 못하는 것을 보고는 장난스레 고개를 갸웃거리면서 공자에게 물었다.

「어르신께서 그렇게 많은 것을 물으셨으니 이제 제가 몇 가지 여쭤보아도 되겠지요? 어르신은 거위나 오리가 어떻게 물 위에 떠 있을 수 있는지 아십니까? 기러기는 어떻게 울음소리를 낼 수 있으며 소나무나 잣나무는 어째서 겨울에도 늘 푸른 것일까요?」

공자는 궁리 끝에 궁색한 답변을 하였다.

「오리나 거위가 물 위에 뜰 수 있는 것은 발이 네모지기 때문이지. 기러기가 울 줄 아는 것은 목이 길기 때문이며 소나무나 잣나무가 겨울에도 푸른 것은 속이 꽉 차 있기 때문이야」

「틀렸어요」 아이는 고개를 가로 저으며 말했다.

「그럼 다시 대답해 보세요. 자라 같은 것들도 물 위에 뜰 수 있는데 그것들도 발이 네모나던가요? 두꺼비도 울음소리를 낼 줄 아는데 목이 긴 것은 아니잖아요. 또 대나무 역시 겨울에도 푸르지만 대나무의 속이 꽉 차 있는 것은 아니지요?」

공자가 대답할 말이 없어 우물거리고 있을 때 아이가 다시 물었다.

「그럼 다시 한 가지 여쭈어볼까요? 하늘에 빛나는 별이 도대체 몇 개나 될까요?」

공자는 대답할 말이 없어 이렇게 말했다.

「우리가 아직까지 이야기했던 것은 모두 땅 위의 것들이었는데 갑자기 왜 하늘로 올라가는 거니?」

그러자 아이는 웃으며 말했다.

「좋아요. 하늘의 일은 말하지 않기로 하지요. 땅 위의 것들만 갖고 이야기해 보기로 해요. 땅 위에 널려 있는 집은 도대체 모두 몇 채나 될까요?」

그 질문에도 공자는 대답을 할 수가 없어서 또 이렇게 말했다.

「여태까지 우리들은 눈앞에 있는 일들에 대해서 말했잖니. 금방은 하늘에 대해서 묻더니 어째 또 땅에 대해서 묻니?」

아이는 웃으며 다시 말했다.

「그래요. 그러면 하늘과 땅에 대한 것 말고 눈앞의 것들에 대해서만 물을게요. 음…… 어르신의 눈앞에 있는 그 머리카락과 눈썹, 수염은 몇 가닥이나 될까요?」

공자는 여전히 눈을 크게 뜬 채 대답할 말을 찾지 못하고 있었다. 그러다가 마침내 한숨을 쉬며 말했다.

「그래, 그래. 이 나이가 되어서야 이제 알겠구나. 그야말로 후생가외(後生可畏)로다」

말을 마친 공자는 이제 더 이상 장난을 칠 기분이 아니었다. 얼른 마차에 올라 집으로 돌아와 더욱더 열심히 학문에 전념하였다. 그래서 후대 사람들은 당시 항탁의 나이는 겨우 일곱 살이었지만 공자의 스승 노릇을 하였다고들 말했다. 또 항탁이 말싸움에서 공자를 이긴 것이 어린아이들의 자랑거리가 되었다고도 한다.

항탁은 노나라 사람이었는데 불행하게도 열 살까지밖에 살지 못하고 단명하였다. 그래서 사람들은 다른 아이를 그의 모습으로 분장시켜 〈소아신(小兒神)〉으로 모시고 제사를 지내주었다. 또 어떤 사람들은 『논어(論語)』, 「자한(子罕)」편에 나오는 〈달항당인(達巷黨人)〉이 바로 항탁을 가리키는 것이라고 주장하기도 한다.

제7장
공자와 노자

공자 나이 51세가 되었을 때 그는 자기 자신이 오래도록 알고자 해왔던 진리를 아직도 깨닫지 못했다고 생각했다. 그런데 듣자하니 남방의 초나라에 학문이 뛰어나고 아는 것이 많은 노담(老聃)이라고 하는 현인(賢人)이 산다고 하니, 아예 제자들을 데리고 초나라로 가 그에게서 많은 지혜를 얻고자 했다.

사람들은 노담을 〈노자(老子)〉라고 불렀다. 그에 관한 신화와 전설도 많지만 다음 장에서도 언급할 것이기 때문에 여기서는 다만 공자가 그를 만났던 일에 관해서만 서술하기로 한다.

전설에 의하면 그는 주(周)나라의 수장사(守藏史)를 했었다고 하는데 수장사라는 것은 지금의 국립도서관 관장 같은 벼슬이다. 그는 그 일을 하다보니 지루하고 재미가 없어져 사직을 하고서 고향으로 돌아가 은거하는 중이었다. 공자는 제자들을 이끌고 마차를 타고서 초나라 고현(苦縣) 뢰향(瀨鄉)으로 가 노자가 사는 곳을 물었다. 그리고 기러기 한 마리를 들고서 공손한 태도로 그를 찾아갔다. 기러기를 들고 간 것은 노자에게 예를 차리기 위한 것이었다. 노자는 공자가 북방의 유명한 현인이라는 것을 알고 있었기 때문에 기꺼이 공자를 맞아들였다. 모두들 자리에 앉은 후에 노자가 입을 열었다.

「정말 잘 오셨습니다. 듣자하니 당신은 북방의 현인이라 하던데 어떻게…… 진리는 찾으셨는지요?」

「글쎄요, 영 그렇지가 못합니다. 그래서 이렇게 선생님을 찾아뵌 것입니다. 뭔가를 좀 배울까 해서요」

그러자 노자는 다 빠져 몇 개 남지도 않은 치아 때문에 쪼그라들어 납작해진 입을 움직이며 공자에게 철학적 이치에 대해서 말을 하기 시작했다. 노자는 대부분 하늘의 도리〔天道〕에 관한 이야기를 했다. 공자가 알고 있는 것은 대개 인간의 도리〔人道〕였기 때문에 자연히 크게 다를 수밖에 없었다. 게다가 노자는 강한 초나라 사투리를 썼고 또 빠진 이빨 사이로 바람이 새어나와 발음이 명확하지 못했다. 그래서 공자는 그가 이야기하는 것을 알아들을 것도 같았고 또 못 알아들을 것 같기도 했다. 또한 몇 번이나 노자의 말을 멈추게 하고 결론만을 듣고 싶었지만 노자가 너무나 몰입하여 이야기하고 있었기 때문에 기회를 찾을 수가 없었다. 공자는 계속 노자의 이야기를 들었다.

「……백역(白鶂)이라는 동물을 보십시오. 그놈들은 눈동자조차 움직이지 않고 서로 바라보기만 하여도 임신을 하게 됩니다. 충(蟲)의 수놈은 바람 부는 위쪽에, 암놈은 아래쪽에서 서로 감응하여 임신을 하게 되고, 유(類)라는 동물은 자웅을 겸하고 있어서 자연적으로 임신을 하게 됩니다. 그러니 천성(天性)이라는 것은 바꿀 수가 없는 것이고 운명이라는 것 역시 바꿀 수가 없습니다. 때〔時機〕라는 것은 잡아둘 수 없는 것이고 진리 역시 막을 수 없는 것이지요. 진리를 얻기만 하면 모든 것이 가능하고 진리를 잃으면 모든 것이 불가능합니다……」

노자가 이야기를 잠시 쉬는 틈을 타 공자는 기다렸다는 듯이 몇 마디를 물었고 노자는 그것에 대해 대답했다. 그러자 공자는 더 이상 물을 것이 없어 입을 다물고 앉아서 방금 노자가 들려준 말의 의미를 음미하고 있었다. 노자 역시 나이가 많이 든 데다가 말을 많이 한 연고로 힘이 빠져서 아무 말 없이 묵묵히 앉아 있었다. 밖에서 두 사람의 대화에 귀를 기울이고 있던 공자의 제자들은 안에서 아무 소리도 들리지 않자 이상한 생각이 들어 살그머니 창 틈으로 고개를 내밀고 안의 동정을 살폈다. 두 노인네는 방 안의 자리 위에 마주앉아 아무 말 없이 꼼짝도 하지 않고 나무 토막처럼 앉아 있었다.

노자는 공자의 제자들이 문 틈으로 엿보는 것을 슬쩍 살피고는 공자에게 말을 걸었다.

「저들이 당신의 제자들이오? 들어와서 앉으라 하시지요」

「들어오너라」

공자가 제자들에게 말했다.

제자들은 스승의 말씀에 따라 줄줄이 안으로 들어왔다.

「앞에 있는 저 인물은 누구입니까?」

노자가 물었다.

「자로(子路)입니다」

공자가 대답하며 소개를 하였다.

「아주 용감한 인물이지요. 그 다음은 자공(子貢)이라 하는데 말재간이 뛰어납니다. 그 다음은 증삼(曾參), 효도가 무엇인지를 아는 인물입니다. 그 다음이 안회(顔回)인데 제법 자애로우며, 맨 마지막이 자장(子張)으로 군사적 재능이 좀 있지요」

제자들은 인사를 하고 나서 모두 공자의 뒤쪽에 가서 앉았다. 노자는 공자의 제자들을 하나하나 살피고 나서 감탄해하며 말했다.

「훌륭합니다. 모두 훌륭한 제자들이로군요. 남방에 〈봉(鳳)〉이라고 하는 새가 산다고 들었습니다. 그 새가 사는 곳에는 아무것도 자라지 않고 돌무더기만 천리에 걸쳐 쌓여 있다고 합니다. 그래서 하늘이 그를 위해 경지수(瓊枝樹)라고 하는 나무를 내려주어 먹고살게 해주었지요. 그 나무는 높이가 백여 길이나 되고 아름다운 옥(璆琳琅玕)이 주렁주렁 열렸다고 하는데 봉새는 바로 그 열매를 먹고 살았어요. 천제께서는 그러고도 마음이 놓이지 않아 머리가 세 개 달린 이주(離朱)라는 괴인을 보내어 그 나무를 지키게 했지요. 이주는 세 개의 머리로 돌아가며 잠을 자고 끊임없이 깨어 있으면서 나무에 매달린 옥들을 감시했다고 합니다. 그야말로 주도면밀한 생각이 아니겠어요? 그 봉새는 화려하기 그지없는 깃털을 갖고 있었는데 기이한 것은 그 깃털들 사이에 여러 가지 글자들이 숨어 있었다는 거지요. 머리에는 〈성(聖)〉자, 어깻죽지 밑에는 〈인(仁)〉자, 오른쪽 날개에는 〈지(智)〉자, 그리고 왼쪽 날개에는 〈현(賢)〉자 등이 말입니다. ……그러니 그 봉새야말로 당신과 당신의 제자들을 상징하는 것이 아니고 무엇이겠습니까? 그러나 천하에 도가 행해지지 않으면 그 새는 절대로 세상에 나타나지 않는다고 합니다. 그 새의 출현은 곧 세상의 평화와 행복을 상징하는 것이지요. 그런데 당신은, 아, 이렇게 묻는 것을 용서하십시오. 당신은 왜 이렇게 어지러운 세상에 이러저리 곳곳을 떠돌아다니며 한곳에 안주하지 않는 것인지요?」

「……」

공자는 노자에게 작별을 고하고 제자들을 이끌고서 귀로에 올랐다. 돌아오는 길에 노자가 자신에게 했던 말들의 의미를 되새겨보느라 그는 몇 날 며칠을 아무 말도 하지 않은 채 입을 다물고 지냈다. 제자들은 그런 스승이 이상하게 여겨져 말을 걸었다.

「선생님, 그날 노담 선생을 만나보셨는데 그 분이 어떤 분인 것 같습니까?」

「대답하기 어려운 질문이구나」

공자는 조금 우울하기도 하고 깊은 생각에 잠긴 것 같기도 한 표정으로 말했다.

「내가 이야기를 하나 해줄까? 새라는 것이 날아다니는 동물이라는 것을 나는 알고 있다. 또 물고기는 물속에서 헤엄칠 줄 알며 길짐승은 땅 위를 걸어다닌다는 사실도 안다. 그래서 길짐승은 그물을 사용해서 잡을 수 있고 물고기는 낚시질을 해서 낚을 수 있으며 새는 활을 쏘아 잡을 수 있다. 그러나 유독 용(龍)이라는 것은 어떻게 생긴 것이지 그 생김새조차 알 수가 없기 때문에 잡을 방법도 없다. 그것은 합쳐지면 하나의 거대한 전체요 흩어지면 오색찬연한 무늬가 된다. 그것은 작을 수도 있고 아주 커다란 것일 수도 있으며 나타나고자 할 때는 모습을 드러내지만 숨어 있고자 하면 아예 숨어버리기도 한다. 또한 구름을 타고 음양의 기운을 몰고서 구층 높은 하늘로 올라간다. 그렇기 때문에 사람들이 그것을 보게 되면 모두 입을 헤 벌리고 놀라서 입다무는 것조차 까마득히 잊어버리곤 한다. 내가 노담이라는 인물을 만났을 때 바로 그런 인상을 받았느니라. 이 세상의 어느 것으로도 그를 비유할 수가 없고 그와 견줄 만한 것이라고는 오직 용이라는 동물밖에 없구나!」

공자는 노자를 만나고 나서도 노자의 권고, 즉 여기저기 떠돌아다니지 말라는 그 말에 따를 수가 없었다. 그러기에는 세상을 구해야 한다는 마음이 너무 간절했기 때문이었다. 그래서 그는 여전히 제자들을 이끌고 이 나라 저나라로 주유하며 다녔다. 공자는 자신이 세상에서 유용하게 쓰여지기를 원했고 자신의 〈도(道)〉를 실행할 수 있게 해줄 수 있는 군주를 만나기를 기원했다. 그래서 이리저리 다니며 그런 군주를 찾았지만 그것은 쉬운 일이 아니었다. 어떤 곳에 가게 되면 앉았던 자리의 온기가 가시기도 전에 그곳을 떠났고, 혹은 굴뚝에 불을 땐 연기로 인한 그을음이 생길 틈도 없이 머물지도 않고 바로 다른 곳을 향하여 떠나곤 했다. 그러나 조정에 들어가는 길은 멀고도 험한 법이라, 곳곳을 다니면서 뜻하지 아니하게 당했던 봉변이 한두 가지가 아니었다.

한번은 공자가 위나라〔衛國〕를 떠나 진나라〔陳國〕로 가는 길에 송나라〔宋國〕의 광읍(匡邑: 지금의 河南省 睢縣)을 지나게 되었다. 그곳에서 아주 불행하다고 할 만한 오해가 생겼다. 공자의 생김새가 양호(陽虎)라는 인물을 많이 닮았는데 양호가 누구인가 하면 바로 얼마 전 노나라 왕의 명령에 따라 광읍을 공격했던 인물이었다. 공자가 광성(匡城)을 지나는데 마침 마차를 몰고 있던 안연(顔淵)이 들고 있던 채찍으로 성벽의 무너진 곳을 가리키며 무심코 말했다.

「일전에 양호가 군대를 이끌고서 이 무너진 곳을 통해 성으로 공격해 들어갔지요」

길가에 있던 한 시골 사람이 그의 이 말을 듣고서 얼른 광읍의 수장에게 가서 고해바쳤다.

「일전에 우리들을 공격했던 양호가 또 왔습니다」

광읍의 수장은 군사들을 보내어 공자와 그의 제자들을 포위하게 했다. 그리고 며칠이 지나도 포위를 풀지 않으니 제자들의 얼굴에는 배고픈 기색이 역력했다. 공자는 하늘을 우러러 탄식했다.

「군자에게도 곤궁한 때는 있는 법인가?」

슬픔에 가득 찬 공자의 이 말을 들은 자로는 치밀어오르는 화를 억누를 수가 없어 눈을 부릅뜨더니 칼을 뽑아들고 북이나 종을 치는 것 같은 소리를 내면서 광읍의 사람들과 이판사판 싸워보려 하였다. 공자는 황급히 그를 막으며 말했다.

「내 가르침의 뜻은 인의(仁義)에 있지 않더냐. 네가 지금 아무것도 돌아보지 않고 나가 싸우겠다고 하는 것은 나의 가르침에 위배되는 것이다. 바로 나를 죽여 다른 사람들에게 내보이는 것과 다름이 없느니, 가만히 있거라. 내가 이제 슬픈 노래를 불러 그들을 감동시킬 것이니 너희들은 내가 부르는 노래를 따라하기나 해라」

공자는 거문고를 뜯으며 노래를 불렀고 제자들이 따라 불렀는데 그 곡조와 노랫소리가 너무나 슬펐다. 그리고 그 슬픈 노래가 채 끝나기도 전에 일진광풍이 휘몰아치더니 곧바로 광읍의 병사들을 날려버렸다. 그 바람이 얼마나 강했는지 병사들은 제대로 서 있지도 못하고 땅 위에 엎드려야 했으며 투구와 갑옷들도 모조리 날아가 버렸다. 그때서야 그들은 자기들이 포위하고 있는 인물이 양호가 아니라 성인 공자라는 것을 알고 사방으로 흩어졌다.

그 후 공자는 위나라로 갔으나 그곳에서 영공(靈公)과의 관계가 그리 좋지 않아 다시 진나라로 돌아가려 하였다. 진나라로 가는 길에 다시 송나라를 지나게 되었는데 그곳에서 불유쾌한 사건이 또 하나 일어났다.

당시 송나라는 경공(景公)이 다스리고 있었는데 그가 총애하는 신하 중에 환퇴(桓魋)라는 자가 있었다. 그는 공자가 제자들을 이끌고 송나라에 왔다는 이야기를 전해 듣고 몹시도 불안해했다. 행여나 공자가 송나라의 경공을 만나게 되어 자신이 누리고 있는 권력을 앗아갈까 걱정이 되었기 때문이었다. 그래서 몰래 사람들을 보내어 공자의 행동을 감시하게 하였다. 때마침 공자는 제자들을 거느리고 성 밖의 큰 나무 밑에 앉아 진나라에 가게 되면 진나라 왕에게 중용을 받을 수 있게 하기 위해서 예를 행하는 연습을 하고 있었다. 그 모습을 본 염탐꾼은 환퇴에게 상황을 그대로 설명하였고 보고를 들은 환퇴는 더욱 의심을 하게 되었다. 그는 즉시 사람을 보내어 그 나무를 베어버리게 하였다. 그것을 구실로 시비를 걸어서 공자를 해치려는 의도였다. 그러나 공자는 그런 시비 따위는 안중에도 없는 듯 조금도 두려운 표정을 짓지 않았으며 그저 담담한 태도로 이렇게 말할 뿐이었다.

「하늘이 내게 이런 덕을 주었거늘 환퇴가 나를 어찌하랴!」

공자의 제자 중 공량유(公良孺)는 힘이 장사인 용사였다. 그는 환퇴가 사람들을 시켜 나무를 베어버리게 하는 광경을 목도하고는 분노하였다. 즉시 그는 나무의 뿌리를 뽑아버리고는 길가에 베어진 채 모로 누워 있는 나무 등걸을 둘러메다가 원래 나무가 심어져 있던 자리에 다시 심었다. 그러고 나서 흙으로 잘 덮어주니 키만 조금 작아졌을 뿐 본래 모습과 별반 다를 것이 없었다. 공자와 제자들은 아무 일도 없었던 듯이 다시 나무 밑에 앉아 예를 행하는 것을 연습한 뒤 천천히 마차에 올라 그곳을 떠났다.

공량유가 나무의 뿌리를 뽑아버리고 다시 베어진 나무를 심는 광경을 보고, 환퇴가 시비를 걸라고 보낸 병사들은 놀라서 기절할 지경이었다. 그리고 그때서야 공자의 제자들이 글만 잘하는 것이 아니라 문무를 겸비하였기 때문에 만만히 건드릴 상대가 아니라는 것을 깨달았다. 그래서 그들이 마차에 올라 당당하게 떠나는 모습을 그저 멍하니 바라다보고 있을 수밖에 없었다.

다음날, 호기심 많은 사람들이 그 나무가 어떻게 되었는지 보러갔다. 이상하게도 나무에는 이미 새로운 뿌리가 돋아났고 나뭇잎 역시 이전보다 더욱 무성하고 푸르렀다.

공자가 평생 동안 겪었던 어려움 중에 소위 〈진나라에서 양식이 떨어졌다(在陳絶糧)〉는 이야기가 있는데 그 경위는 다음과 같았다.

그가 이리저리 수년간을 떠돌아다녔지만 자신을 알아주는 군주가 없자 일단 진나라와 채나라〔蔡國〕 사이에서 잠시 머물기로 했다. 그때 마침 초나라에서 사신이 와 그를 모셔가려 하였다. 공자는 기분이 좋아 당장에라도 제자들을 이끌고 초나라로 가려고 했다. 진나라와 채나라의 대부들이 그 소식을 듣고 갑자기 조급해하기 시작했다. 모두들 모여 의논하기를 〈공자는 현인이고 초나라는 큰 나라요. 이제 초나라가 공자를 모셔가려 하는데 만일 저 영감이 초나라에서 벼슬을 하게 되면 우리처럼 초나라에 붙어 있는 작은 나라들은 골치 아프게 될 것이오〉라 했다. 그래서 두 나라에서는 병사들을 대충 뽑아 보내어 공자의 무리들을 포위하게 했다. 그를 죽일 수도 없고 또 그들을 잡아들여 감옥에 가둘 수도 없는 바에야 아예 그들을 포위하여 꼼짝 못하게 해서 굶어죽게 만들려는 것이었다.

그렇게 이레를 포위당하고 있을 때였다. 이제는 더 이상 음식으로 먹을 만한 것이 없어, 명아주잎이나 콩잎 같은 것으로 끓인 풀떼기 죽 속에서 곡식 알갱이를 찾기조차 힘든 지경에 이르렀다. 모두들 배가 고파서 정신이 없었고 부황이 나서 얼굴색도 엉망이 되었다.

그러던 어느 날 저녁, 제자들은 저녁을 먹고——저녁이라고 해봐야 반 공기밖에 안 되는 나물국뿐이었지만——방에 깔린 자리 위에 이리저리 눕거나 기대어 앉아 있었다. 공자는 여느 때와 다름없이 자신의 방에 앉아 느리게, 혹은 빠르게 거문고를 뜯고 있었는데 딩딩당당 울리는 그 소리는 자기 자신을 위로하는 소리 같았다.

바로 그때, 갑자기 대문 밖에서 키가 9척이나 되는 낯선 사람이 들어왔다. 머리에는 높은 모자를 썼고 몸에는 검은색 두루마기를 입었는데 문에 들어서면서부터 웅얼거리며 큰소리를 질러 방 안에 있던 사람들을 놀라게 했다. 자공이 옷을 걸치고 방에서 나와 뜰을 가로질러 가며 괴인에게 물었다.

「너는 누구냐?」

괴인은 대답 대신 반들거리는 흐리멍텅한 눈으로 자공을 힐끗 보았다. 그러더니 또다시 큰소리를 지르면서 털북숭이 손을 내밀어 자공의 양쪽 겨드랑이를 잡았다. 그러고는 위로 한번 들어올리고 왼쪽으로 한번 흔들고 하여 자신의 겨드랑이 밑에 자공을 끼웠다. 자공은 살려달라고 소리를 질렀지만 괴인은 얼른 몸을 돌려 도망치기 시작했다.

이때 자로가 보검을 들고 방에서 뛰쳐나와 괴인과 싸우기 시작했다. 그러자 괴인은 자공을 무기로 삼아 보검의 공격을 피하였다. 자로는 하는 수 없이 보검을 내던져버리고 맨손으로 자공을 빼앗으려 하였다. 괴인과 자로는 자공을 가운데 두고 한동안 씨름을 하였고 마침내는 힘이 센 자로가 자공을 빼앗아올 수 있었다. 자공을 자리 위에 눕히니 금방이라도 숨이 넘어갈 것처럼 보였다. 그러나 자로는 그것에 신경을 쓰지 않고 다시 괴인과 싸움을 벌였다. 뜰에서 그들은 밀고 당기는 싸움을 계속하였는데 20-30차례를 싸워도 승패를 가릴 수가 없었다. 자로의 힘이 세다고는 했지만 괴인이 하도 날렵하고 잽싸서 요리조리 피하는 재주가 비상하니 시간이 지날수록 자로의 힘은 점점 빠져갔다.

그때 공자가 제자들과 함께 방에서 나와 계단 앞에서 그들이 싸우는 모습을 구경하게 되었다. 공자가 자세히 보니 그 괴인의 양쪽 겨드랑이가 붙어 있어서 마치 커다란 손바닥으로 박수를 치는 것과 같았다. 이상한 생각이 들어 한참을 바라보다가 마침내 깨달은 바가 있어 자로에게 소리를 쳤다.

「겨드랑이 밑으로 손을 넣어서 그놈을 꽉 잡아라!」

자로는 그 말을 듣고 기회를 틈타 괴인의 겨드랑이 밑으로 손을 넣어 갈비뼈를 꽉 잡았다. 그러고 나서 힘을 주니 괴인은 제대로 서 있지도 못한 채 힘없이 땅바닥에 쓰러졌다. 그 괴인은 사람이 아니라 대가리부터 꼬리까지가 9척이나 되는 거대한 서어[4]였는데 그놈은 땅바닥에서 몇 번 몸부림을 치더니 곧 힘없이 축 늘어져 죽어버렸다. 자로가 잡았던 것은 그놈의 지느러미로 양쪽에 각각 한 개씩이 달려 있었다. 그것이 바로 괴인의 팔이었으며 공자가 마치 박수를 치는 것 같다고 느꼈던 커다란 손바닥이었다.

제자들은 이 광경을 보고 모두들 경악을 금치 못하였다. 공자는 계단 밑으로 내려와 그 괴물을 자세히 살펴보고 나서 탄식

---

4) 붕어의 일종, 혹은 〈메기〉라는 기록도 있다.

을 하며 말했다.

「이 괴상한 것이 도대체 어떻게 해서 생겨난 것일까? 옛말에 어떤 물건이든지 오래되면 온갖 정령들이 거기 붙어서 요괴가 된다고 했다. 이 거대한 서어 역시 그런 것이 아니겠느냐. 아마 내가 시운이 좋지 못해 재난에 봉착해 있으니 이놈이 그 틈을 타서 여기까지 와 소란을 피운 것 같구나. 그러나 모두들 배가 고파 죽을 지경인데 어쨌든 잘됐다. 이 요괴놈이 제 발로 걸어 들어와 우리의 양식이 되어주었으니 말이야. 내일 당장 이놈을 삶아 먹어버리자. 그러면 되는 것이야. 뭐 두려워할 것들 없다」

말을 끝내고 나서 공자는 다시 거문고를 뜯기 시작했다. 제자들은 다음날까지 기다릴 것도 없이 바로 일을 시작했다. 팔을 걷어붙이고 바쁘게 서어를 요리하기 시작했던 것이다. 뼈를 발라내고 살만 남겨서 잘게 다져 솥에 넣고 부글부글 끓여, 두어 그릇씩 먹으니 고기가 조금 질긴 것 빼고는 맛이 꽤 괜찮았다. 그 고기를 다 먹었지만 아무런 문제도 생기지 않았고 병에 걸려 자리에 누워 있던 사람들도 힘을 얻어 일어났다. 다음날 아침, 모두들 기운이 나서 거문고도 뜯고 노래도 부르며 칼춤을 추기도 하니 전혀 포위되어 있는 사람들 같지 않았을뿐더러 오히려 명절을 보내는 사람들 같았다.

진·채 두 나라 군대는 자기들이 그렇게 오랫동안 공자의 무리를 포위하고 있었는데도 지쳐 죽기는커녕 갈수록 더 생기가 도는 것을 보고 더 이상 어쩔 수 없다고 여겼다. 그래서 마지막으로 구곡명주(九曲明珠)를 공자에게 보내어 거기다가 실을 꿸 수 있으면 포위를 풀고 놓아줄 것이지만 실을 꿰지 못하면 그들 모두가 굶어죽을 때까지 포위를 풀지 않을 것이라고 했다. 공자와 제자들은 구곡명주를 받아들고 오랫동안 궁리를 했다. 그리고 몇 차례 시도를 해보았지만 도저히 실을 꿸 수가 없었다.

「아, 생각났다!」

공자가 갑자기 기뻐하며 말했다.

「얼마 전 우리가 위나라를 떠나 진나라로 올 때 길에서 처녀 둘이 뽕나무에서 뽕을 따는 모습을 보지 않았더냐. 그때 내가 그녀들에게 농담삼아 말을 건네었지. 〈남쪽 가지는 요조하고 북쪽 가지는 길구나(南枝窈窕北枝長).〉 그러자 그녀들이 나무 위에서 내게 대답했어. 〈부자(夫子)께서는 진나라 땅에서 양식이 떨어져 곤란을 겪게 되실 것입니다. 구곡명주에 실을 꿰지 못하시거든 뽕 따는 우리에게 와서 물으세요〉라고 말이야. 그때는 그녀들이 농담을 하는 것이라고 여겨 곧 그 말을 잊어버렸지. 이제 와서 돌이켜보니 그녀들이 한 말은 분명히 까닭이 있던 거였어. 아무리 생각해도 사람을 보내어 그녀들에게 물어보는 것이 좋을 것 같구나」

그러자 안회(顔回)와 자공이 가겠다고 나섰고 공자는 이 일을 그들에게 맡겼다. 두 사람은 겹겹이 싸인 포위망을 뚫고 위나라와의 접경 지역에 이르렀다. 그리고 그곳에서 뽕 따는 두 아가씨의 집을 수소문하여 찾아가 문을 두드렸다. 누군가가 문을 열고 나왔다.

「아가씨들은 집에 안 계십니다」

그러면서 그들에게 수박을 한 통 주고는 꽝 소리가 나게 문을 닫아버렸다.

「이상하군, 이게 무슨 뜻이지?」

안회가 들고 있던 수박을 매만지며 알 수 없다는 듯이 말했다.

안회보다는 머리가 재빠르게 돌아가는 자공이 생각 끝에 말했다.

「수박 씨는 수박 안에 있지. 우리에게 수박을 준 것은 바로 그 아가씨들이 밖에 나간 것이 아니라 집 안에 있다는 뜻이야」

그래서 두 사람은 다시 문을 두드렸다. 이번에 문을 열고 나온 것은 깔깔거리며 웃고 있는 장난스런 두 아가씨였다. 안회와 자공은 자기들이 지금 겪고 있는 재난에 대해서 상세하게 설명을 하고 구곡명주에 실을 꿸 수 있는 방법을 좀 가르쳐달라고 부탁을 하였다.

「그게 뭐 그리 어려울 게 있어요?」

아가씨들이 말했다.

「그 실에다가 우선 꿀을 좀 바르세요. 그리고 개미 한 마리를 잡아다가 꿀 바른 실을 허리에 잡아매세요. 그런 다음 개미더러 구슬의 구멍으로 들어가라고 하는 겁니다. 만약 개미가 그 구멍을 비집고 지나가지 않으려고 한다면 연기를 조금 훅 불어줘 보세요. 개미가 얼른 그 속으로 지나갈 것입니다」

두 사람은 뽕 따는 아가씨들에게 고맙다는 인사를 하고 돌아왔다. 그리고 그녀들이 가르쳐준 방법대로 해보았더니 과연 쉽게 구슬에 실을 꿸 수 있었다. 진·채나라 군사는 약속을 지키지 않을 수가 없어 포위를 풀어주었고 공자와 그의 제자들이 의기양양하게 떠나도록 내버려두는 수밖에 없었다.

이 이야기에 대해서는 약간 다른 전설이 전해지기도 한다. 이야기의 줄거리는 대략 비슷하지만 뽕 따는 아가씨의 이름이 다른데, 그녀는 〈두삼낭(杜三娘)〉이라 했다. 자공이 그녀를 찾으러 갔을 때 그는 그녀의 이름을 모르고 있었다. 그래서 수수께끼를 푸는 것 같은 과정을 거쳐서야 비로소 그녀의 이름과 사는 곳을 알 수 있었다.

그 아가씨는 뽕나무 밑에 큼지막한 흙무더기를 쌓아놓고 또 조금 떨어진 곳에도 역시 자그마한 흙 무더기를 세 군데에 만들어놓았다. 자공은 그것을 보고 곰곰이 생각했다. 〈뽕나무〔桑〕〉는 원래 나무〔木〕이고 나무 옆에 흙〔土〕이 있으니 그것은 바로 〈두(杜)〉자일 것이었다. 또 멀지 않은 곳에 흙 무더기가 세 개 있으니 그것은 그녀가 〈셋째〔三〕〉라는 뜻이고 그렇게 해보면 그녀의 이름은 〈두삼낭(杜三娘)〉일 것이었다. 그래서 그는 길을 가는 나무꾼에게 그녀의 이름을 아느냐고 물었다.

「마을에 두삼낭이라는 아가씨가 살고 있습니까?」

그러자 나뭇꾼은 한 수의 시를 읊듯이 대답했다.

「갈대가 우거진 연못과 물억새풀이 아름다운 집을 둘러싸고 있지요./ 온갖 아리따운 풀과 기이한 꽃들이 하얀 담에 기대어 자라고 있어요./ 작은 다리 건너 흐르는 물 따라 북쪽으로 가세요./ 그곳에 바로 두삼낭의 집이 있답니다」

자공은 나뭇꾼이 가르쳐준 대로 두씨 집을 찾아가서 두삼낭을 만나 구곡명주에 실을 꿰는 방법을 알아낼 수가 있었다.

공자가 이 나라 저 나라를 돌아다녔지만 그 어느 곳에서도 그를 알아보고 그의 〈도(道)〉를 실행하게 해줄 만한 군주를 찾을 수가 없었다. 게다가 갈수록 나이는 많아져 이제 더 이상 희망이 없어 보였다. 그래서 그는 만년을 자신의 고향인 노나라(魯國)에서 보내기로 했으며 그곳에서 공자는 『시(詩)』와 『서(書)』를 다듬었고 『예(禮)』와 『악(樂)』을 정리했으며 『춘추(春秋)』를 짓는 등 많은 문화적인 작업을 했다. 그러고 난 후에 마침내 세상을 떠나 땅속에 잠들었다. 그가 세상을 떠나던 날, 그는 이른 아침에 일어나 지팡이를 짚고 문 앞에서 천천히 산보를 하며 노래를 부르듯이 중얼거렸다고 한다.

태산(泰山)이 곧 무너질 것이라고 하지
양목(梁木)이 곧 쓰러질 것이라고 하지
철인(哲人)이 곧 스러져갈 것이라고 하지

그러고 나서 돌아와 몸이 안 좋다고 느끼고서 자리에 누워 이레가 지난 뒤 세상을 떠났다.

공자가 죽은 뒤 제자들은 그의 시체를 노나라 교외 사수(泗水) 가에 안장했다. 사람들이 공자의 묘 앞에 모여 눈물을 흘리며 공자의 죽음을 애도할 때 사수의 물결까지 순간적으로 잠잠해져 그 흐름을 멈추고 단단한 고체처럼 변했었다고 한다.[5]

공자의 무덤 앞에는 백여 그루의 나무가 심어져 있었는데 모두가 기이한 품종으로 나중에는 하늘을 찌를 듯한 나무들이 되었지만 노나라 사람들은 대대손손 그 나무의 이름들을 가지각색으로 부르는 수밖에 없었다. 그 이유는 다음과 같았다. 공자의 제자 중에는 다른 나라 사람들이 적지 않았는데 공자가 세상을 떠났다는 소식을 듣고 모두들 장례식에 참석하러 왔다. 그들은 각각 자기 나라에서 가장 유명한 나무의 묘목을 가지고 와서 묘 앞에 심었는데 이름을 알 수 있는 나무는 떡갈나무(柞樹), 흰 느릅나무(枌樹), 낙수(雒樹), 여정수(女貞樹), 오미수(五味樹), 참단수(毚檀樹) 등밖에 없었다. 그리고 그 밖의 나무들은 도무지 이름을 알 수가 없는 것들이었다. 또한 이상하게도 공자의 무덤에는 가시나무나 사람을 찌르는 그런 풀들이 돋아나지 않았는데 그것은 어쩌면 공자의 품성을 나타내주고 있는 것인지도 몰랐다. 살아 있을 때나 죽은 후에도 공자에게는 그러

5) 고체로 변한 것이 아니라 물이 흐름을 멈추었다고도 한다.

한 종류의 일관성이 있었던 것이다.

공자가 죽은 지 오랜 시간이 흐른 뒤에도 그에 관한 신기한 전설이 전해지고 있다. 노나라의 어떤 사람이 배를 타고 다른 나라로 다니며 장사를 하고 있었다. 그런데 어쩐 일인지 배가 방향을 잃고 표류하다가 어떤 섬에 도착하게 되었다. 섬사람들은 그곳을 단주(亶洲)라고 부르고 있었는데 그곳은 유명한 선도(仙島) 중의 하나였다. 그 사람이 눈을 뜨고 흘깃 보니 이게 어찌된 일인가! 바로 공자가 72제자를 거느리고 유유자적하게 거닐고 있는 것이 아닌가! 더구나 그 모습은 참으로 즐거워 보였다. 그 사람이 막 공자에게 물어보려고 하는 순간 공자가 제자들을 거느리고 자신의 앞으로 다가와 다급한 목소리로 말하는 것이었다.

「당신은 어째서 여기에 온 것이오. 나라가 위급한 지경에 처해 있는 것도 모른단 말이오?」

그러고는 자신이 손에 들고 있던 지팡이를 그 사람에게 주며 말했다.

「얼른 눈을 감으시오. 그리고 이 지팡이를 타고 빨리 노나라로 돌아가 왕께 아뢰시오. 어서 성벽을 수리하여 적의 침입에 대비하라고 말이오」

그 사람은 좀 미심쩍은 느낌이 들었지만 감히 거역할 수가 없어 지팡이를 들고 해변가로 갔다. 그리고 눈을 감고서 한 발을 내딛었다. 귓가에 들리는 것이라고는 휘이휘이 하는 바람소리와 파도소리뿐이었는데 자신이 타고 있는 지팡이는 이미 단순한 지팡이가 아니라 하늘 높이 날아오르는 살아 있는 물건이었다. 그는 도대체 자신이 어떻게 가고 있는 것인지 몹시 궁금했지만 겁이 나서 실눈조차 뜰 수가 없었다. 밥 한 그릇 먹을 만한 시간이 흐른 뒤, 바람 소리와 파도 소리가 잠잠해지는 듯했고 퓨우 하는 소리와 함께 땅 위에 내리는 듯한 느낌이 들었다. 그가 살그머니 눈을 떠보니 그곳은 분명히 자신의 조국, 노나라의 해변이었다. 땅 위에 발을 내딛고 자세히 보니 자기가 타고 온 것은 여전히 보통 지팡이였다. 이제 도착했으니 그 지팡이는 필요가 없어졌기 때문에 그는 지팡이를 들어 바다를 향해 내던졌다. 바로 그때 기이한 일이 일어났다. 〈쿵—〉 하는 엄청나게 큰소리가 들리더니 파도가 몰아치면서 그 지팡이는 뿔이 달리고 발톱을 세운 용으로 변하는 것이었다. 그 용은 거센 파도를 헤치며 동쪽을 향하여 유유히 헤엄쳐 갔다. 그때서야 그 사람은 공자와 그의 제자들이 모두 이미 선인(仙人)으로 변해 있었다는 사실을 깨닫게 되었다.

그는 급히 노나라 군주를 찾아갔다. 노나라 왕은 그가 하는 말이 미치광이의 허튼소리라고 여겨 조금도 귀담아 듣지 않았다. 그러나 그때 이상한 일이 일어났다. 수천 마리의 제비들이 진흙을 물고 와서 노나라의 성을 수리하는 것이었다. 그때서야 노나라 왕은 제비들의 행동에 감동을 받아 사람들을 시켜 곡부(曲阜)성을 대대적으로 수리하게 하였다. 그리고 마침내 성의 보수가 끝났을 때 제나라가 군대를 보내어 곡부를 쳤다. 그러나 곡부는 이미 준비를 철저히 해두었던 터라 제나라의 군대가 아무리 공격을 해도 함락시킬 수가 없었다. 결국 그들은 포위를 풀고 자기 나라로 돌아가버렸다. 이런 전설들로 보아 죽은 지 오랜 시간이 흘렀지만 공자가 자신의 조국을 얼마나 사랑했는가 하는 것을 알 수가 있다.

제8장
공자와 그의 제자들

공자는 교육을 자신의 평생 동안의 주요 사업으로 삼았다. 그는 30여 세가 되었을 때에 교육을 시작했는데 전설에 의하면 그에게는 3천 명의 제자와 72명의 수제자가 있었다고 한다. 공자는 교육에 대해서 다음과 같이 말한 적이 있었다.

「학비로 말린 고기 열 장밖에 못 낸다고 하더라도 나는 그가 교육받을 기회를 빼앗지 않을 것이다」

열 장의 말린 고기라면 옛날에 사람들이 처음 만날 때 인사치레로 주고받던 작은 선물로 결코 많은 것이 아니었다. 공자는 그런 적은 보수도 마다하지 않았던 것이니 그의 교육에 대한 열정이 얼마나 대단한 것이었는지를 알 수 있다.

그런데 공자의 수제자가 반드시 72명씩이나 되는 것은 아니었지만 어쨌든 그리 적지는 않았던 것 같다. 그 중에 예를 들어 보자면, 우선 안회(顔回)가 있다. 그는 공자의 첫번째 제자였으며 또한 공자가 가장 아끼던 제자였는데 안연(顔淵)이라고도 불렸다. 그의 집은 가난했지만 그는 배우는 것을 좋아하였다. 그

안회(『儒士』)

는 밥 한 소쿠리와 물 한 바가지만 있으면 아주 궁벽한 골목에 서라도 기꺼이 공부를 하며 기나긴 하루를 보낼 수 있었다. 가난한 것을 두려워하지 않고 늘 탐구하려는 정신을 공자는 높이 샀던 것이다.

그러나 공자가 안연을 좋아했던 것은 그가 이렇게 열심히 공부를 했기 때문만은 아니었다. 그것은 바로 안연이 지혜와 용기를 겸비했으며 또한 재능과 지모가 출중했기 때문이었다.

안연이 얼마나 지혜로웠는가에 대해 이야기해 보기로 하자. 공자가 재난을 당했던 어떤 때, 그는 자공을 제나라로 보내어 한 가지 일을 해결하고 오라고 하였다. 자공이 그 일을 하러 떠난 지 오랜 시간이 지났지만 아직 돌아오지 않고 있었다. 공자는 마음이 놓이지 않아 『역경(易經)』을 펼쳐들고 점을 쳐보았다. 그랬더니 나온 점괘가 정괘(鼎卦)의 구사효(九四爻)로 나왔는데 효상(爻象)에 〈솥의 발이 부러지다(鼎折足)〉라고 나와 있었다. 공자는 제자들에게 말하였다.

「효상에 〈솥의 발이 부러지다〉라고 나와 있는 것을 보니 자공은 돌아오지 못할 것 같구나」

공자의 그 말에 모두들 고개를 끄덕였지만 안연만은 아무 말 없이 입가에 미소를 띠고 있었다. 공자가 그에게 물었다.

「너는 왜 말이 없이 웃고만 있는 거냐?」

안연이 대답했다.

「자공은 아마 돌아올 것입니다」

「자공이 돌아올 것이라는 것을 어찌 아느냐?」

「솥에 발이 없다면」

안연이 말했다.

「배의 형상이 아니겠습니까? 자공은 분명히 배를 타고 돌아올 것입니다」

그 후 얼마 지나지 않아 자공은 과연 배를 타고 돌아왔고 사람들은 안연의 지혜가 보통 사람을 뛰어넘는 것이라고 칭찬해 마지 않았다.

이번에는 안연의 용감성에 대해 이야기해 보자. 공자가 어떤 나라에선가 하는 일 없이 무료하게 시간을 보내고 있을 때였다. 갑자기 어떤 괴물이 공자를 보러왔다. 때는 마침 저녁 무렵으로 안연과 자로(子路) 두 사람이 문 앞의 계단에 앉아 이야기를 나누고 있었다. 그들은 공자를 만나러 온 괴물을 보았는데 그것은 사람도 아니고 귀신도 아닌 것이 머리는 작았고 얼굴은 뾰족했으며 몸은 거대하게 컸고 눈에서는 인광 같은 것이 번쩍번쩍 빛나고 있었다. 아주 흉악한 기운이 흐르는 그 모습은 보는 사람들로 하여금 소름이 돋게 만들기에 충분했다. 자로는 이름난 용사였음에도 불구하고 그 괴물을 보자마자 겁에 질려서 입을 덜덜 떨고 있었다. 그러나 안연은 한마디 말도 없이 벌떡 일어나더니 허리춤에서 보검을 꺼내어 괴물을 향해 내리쳤다. 그런 상황이 닥치리라는 것을 예상치 못했던 괴물은 갑자기 당황하여 몸을 돌려 도망치기 시작했다. 안연은 괴물을 쫓아가 그의 허리띠를 잡고 힘껏 잡아당겼다. 그러자 괴물은 몸을 한바퀴 돌리더니 징그럽고 무시무시한 흰 구렁이로 변하는 것이었다. 안연은 조금도 두려워하지 않고 칼을 휘둘러 구렁이를 토막내 버렸다. 공자가 밖에서 뭔가 살벌한 소리가 들려오는 것을 느끼고 나와 보니 구렁이는 이미 안연의 손에 죽어버린 뒤였다. 공자는 감탄하며 말했다.

「그래, 내가 듣기로 용감한 사람은 두려움을 모른다고 했지. 그리고 지혜로운 사람은 어떤 상황에도 미혹되지 않는다고 했다. 안연이야말로 지혜로울 뿐 아니라 용감하다고 할 만하구나!」

안연은 이처럼 지혜롭고 용감했을 뿐만 아니라 말재간 또한 뛰어났다.

한번은 공자가 제자들을 이끌고 성 밖의 교외로 나간 적이 있었다. 그때 어떤 부녀자가 길가에서 뽕을 따는 것을 보았는데 머리에는 상아로 된 빗을 꽂고 있었다. 공자는 제자들의 말재간을 시험해 보기 위하여 그들에게 말했다.

「너희들 중에 누가 가서 저 여인의 머리빗을 얻어올 수 있겠느냐?」

그러자 안연이 앞장서 나서며 용감무쌍하게 대답했다.

「제가 가서 얻어오겠습니다」

그는 말을 끝내자 곧 부인에게로 가서 인사를 한 뒤 말했다.

「저에게는 배회산(徘徊山)이라는 것이 있습니다. 온갖 나무들이 그 위에서 자라지만 그 나무들은 가지만 있을 뿐 이파리는 없습니다. 그리고 온갖 짐승들이 그 숲속에 살지만 마실 것만 있지 먹을 것은 없습니다. 그래서 부인께 그물을 한쪽 빌려주실 것을 부탁드립니다. 그것으로 짐승들을 잡아볼까 하고요」

부인은 안연의 그 말을 듣고는 조금도 머뭇거리지 않고 머리에서 상아빗을 꺼내어 그에게 주었다. 안연은 그 상아빗을 받아들고서 말했다.

「이상하군요. 어떻게 부인께서는 까닭도 묻지 않으시고 저에게 빗을 주시는 것인지요?」

부인이 대답했다.

「제가 까닭을 묻지 않았다고요? 방금 당신이 배회산이라고 하지 않았나요? 배회산이라는 것은 바로 당신의 머리가 아닌지요? 그리고 당신은 또 온갖 나무들이 그 산에 자라고 있다고 했지요. 그리고 그 나무들이 가지만 있을 뿐 이파리는 없다고 하셨잖아요. 그것은 바로 머리카락을 말씀하시는 거지요. 또한 그 숲속에 온갖 짐승들이 자란다고 하셨는데 그것은 바로 머리의 이(蝨)가 아닙니까. 그 짐승을 잡을 그물이라고 하시면 바로 저의 빗을 말씀하시는 것 아니던가요. 그래서 제가 제 머리에 꽂고 있던 빗을 빌려드린 것인데 뭐가 이상하다는 말씀입니까?」

공자는 곁에서 두 사람의 대화 내용을 듣고 있다가 찬탄을 금치 못하며 말했다.

「안연의 말재간도 뛰어나다만 부인의 지혜야말로 빼어난 것이라고 하지 않을 수 없구나!」

안연은 총명하고도 배우는 것을 좋아했으며 머리가 특출나게 좋았다. 그리고 이마가 툭 튀어나와서 바싹 마른 얼굴이 어떻게 보면 초이렛날의 초생달 같았다. 게다가 거친 밥을 먹고 물만 마셔서인지 영양 상태가 좋지 않아 몸도 빼빼 마른 것이 얼굴 생긴 것과 똑같았다. 그래서인지 스무 살이 갓 넘었을 때 이미 머리가 반백이 되었고, 스물아홉이 되었을 때에는 머리가 온통 하얗게 변해서 애늙은이 같은 꼴을 하고 있었다. 그리고 얼마 지나지 않아 공자가 말한 대로 〈아깝게 일찍 죽고 말았는데〉 그 때 나이 겨우 서른둘이었다. 어떤 전설에 의하면 안연이 그렇게 일찍 죽은 직접적인 원인은 공자와 벌인 시력〔眼力〕 싸움 때문이었다고도 한다.

그것은 어느 해 가을이었다. 공자와 안연은 태산(泰山)으로 놀러갔다. 태산의 꼭대기에서 멀리 동남쪽을 바라보니 오나라〔吳國〕 도성의 궁궐 문까지 눈에 들어왔다. 공자는 안연에게 물었다.

「너 저기 오나라 궁성의 문이 보이느냐?」

그러자 안연이 대답했다.

「보입니다」

공자가 다시 물었다.

「그 문 밖에 뭐가 있느냐?」

안연은 눈을 가늘게 뜨고서 한동안 열심히 바라보다가 머뭇거리며 대답했다.

「하얀 비단이 한 필 있는 것 같습니다. 그리고 그 앞에는 푸른 옷감이 있고요」

공자가 말했다.

「아니다, 네가 잘못 보았구나」

안연은 다시 기를 쓰고 그곳을 바라보려 하였지만 공자는 급히 손으로 안연의 눈을 문지르며 말했다.

「됐다. 이제 그만 보고 내려가도록 하자」

두 사람은 함께 태산에서 내려왔다. 오는 길에 안연은 눈앞이 어질어질한 것이 어딘가 몸이 허한 것 같은 느낌이 들었다. 그는 영 기분이 찜찜해 공자에게 물었다.

「스승님께서는 제가 잘못 보았다고 하셨는데 그럼 스승님께서 보시기에 그곳에는 무엇이 있었습니까?」

「백마 한 마리였느니라」

공자가 말했다.

「그리고 그 앞에는 말에게 먹일 갈대풀 꼴이 한 묶음 있었지」

그러나 안연은 그 말을 그다지 믿지 않았다. 스승과 제자는 그들이 오나라 궁궐 문을 바라보았던 시각을 기억해 두었다. 그리고 발 빠른 사람을 골라 준마를 타고 오나라로 가서 당시 상황을 알아보게 했다. 그가 돌아와 보고하기를 그날 궁궐 문 밖에 매어져 있던 것은 과연 한 마리 백마였으며 말 앞에는 꼴이 한 묶음 놓여져 있었다고 대답했다. 안연은 그때서야 스승인 공자를 우러르며 땅바닥에 엎드리는 예로써 절을 했다. 스승은 정말로 성인이었으며 그랬기 때문에 정신을 집중할 수 있었고 시력도 특별나게 좋았던 것이다. 자기로서는 발뒤꿈치도 따라가지 못할 일이었다. 그러나 안연이 태산의 산꼭대기에서 그렇게 먼 거리에 있는 사물의 색깔, 즉 흰색과 푸른색을 구별해 낸 것도 사실 그렇게 쉬운 일은 아니었다. 그의 시력 역시 그리 범상한 것은 아니었던 것이다. 그러나 안연은 스승과 그 눈싸움을 벌인 뒤 정신을 너무 소모하였고 또 기력이 쇠잔하여 돌아온 지 얼마 지나지 않아 머리카락이 온통 하얗게 변해 버리고 이도 모두 빠져버렸다. 그리고 얼마 되지 않아서 그만 세상을 떠나비렸으니 모두가 이길 수 없는 스승을 억지로 이겨보려고 애썼던 그 고집스런 성격 때문이었다.

공자의 제자 중 안연 이외에 가장 유명한 인물이 바로 자로이다.

자로가 처음 공자의 문하에 들어왔을 때에 그는 완전히 일개 무사였다. 머리에는 장닭의 깃털이 달린 모자를 썼고 허리춤에는 긴 칼을 찼으며 칼자루에는 수퇘지의 껍데기를 씌웠다. 모든 것이 그의 용맹스러움을 드러내주는 것들이었다. 그는 다른 제자들이 책 읽는 소리를 듣고 자기도 입술을 움직여 되지도 않는 소리로 따라 읽는다고 웅얼거렸다. 그럴 때마다 머리에 꽂힌 닭털이 흔들거렸으며 칼자루에 씌운 돼지 껍데기도 움직이는 것 같았다. 동료들은 그의 이런 태도를 비웃고 또 싫어했으며 공자까지도 그를 야만적이고 거칠며 속되다고 비난하였다. 어떤 사

자로(『儒士』)

람들은 그가 천둥의 정령〔雷精〕에 감응하여 태어났기 때문에 일생 동안 용감한 행동과 강한 성격을 좋아하게 된 것이라고 이야기하기도 하는데 그 말은 그다지 신빙성이 없다. 그러나 전설에 의하면 공자가 그를 처음 만났을 때 이렇게 물었다고 한다.

「너는 무엇을 좋아하느냐?」

그러자 자로는 조금도 생각해 보지 않고 바로 대답했다.

「긴 칼을 좋아합니다」

이 이야기는 아마도 사실일 것 같다. 그야말로 자로의 거친 말투나 신분에 들어맞기 때문이다. 역사서에 보면 자로가 일찍이 공자를 〈욕보인〉 적이 있었는데 공자가 그를 잘 선도하여 유가(儒家)의 길로 들어서게 된 것이라고 한다. 이것 역시 민간전설에 근거하고 있는데 상당히 재미있는 이야기가 전해지고 있다.

한번은 공자가 자로를 데리고 산에 놀러갔는데 공자가 목이 말라 자로에게 시냇가에 가서 물을 좀 길어오라고 하였다.

자로가 시냇가로 가 물을 긷고 있을 때 눈이 화등잔만 하고 이마가 허연 커다란 호랑이 한 마리가 갑자기 튀어나왔다. 자로는 순간적으로 깜짝 놀랐으나 맨손으로 호랑이와 격투를 벌이기 시작했다. 그리고 다급한 김에 호랑이의 꼬리를 잡아당겼다. 꼬리를 손목에 휘감고 있는 힘을 다해 잡아당기니 호랑이의 꼬리가 쑥 뽑히고 말았다. 호랑이는 엉덩이에서 피를 흘리고 고통에 찬 소리를 지르며 도망쳐 버렸다. 자로는 호랑이 꼬리를 품속에 넣고 물을 마저 길은 뒤 돌아왔다. 그는 의기양양한 표정을 감추지 못하며 공자에게 말했다.

「스승님, 훌륭한 선비는 호랑이를 어떻게 잡습니까?」

「훌륭한 선비는 호랑이의 머리를 잡는다」

공자가 대답했다.

「그러면 중간쯤 되는 선비는요?」
「중간쯤 되는 선비는 호랑이의 귀를 비틀어 잡지」
「그러면 가장 낮은 선비는 어떻게 잡나요?」
「가장 별볼일없는 선비는」
공자가 느릿느릿 대답했다.
「호랑이의 꼬리를 잡아당기지」
자로는 그 말을 듣고 부끄러워져 한마디 말도 없이 품속에 감추고 있던 호랑이 꼬리를 꺼내어 던져버렸다. 그러나 마음속으로는 공자를 원망하며 중얼거렸다.
「스승님께서는 시냇가에 호랑이가 있으리라는 걸 아시면서도 날더러 가서 물을 길어오라고 하신 거야. 나를 호랑이 밥으로 만들려는 생각이 아니고 뭐였겠어?——스승님도 참 너무 독하신 분이야」
그래서 그는 손에 집히는 대로 둥그런 돌멩이를 주워 품속에 감추고 다시 공자를 찾아갔다. 그 돌멩이로 공자를 없애려는 생각이었다.
「스승님, 훌륭한 선비는 사람을 죽일 때 어떻게 죽입니까?」
자로는 기세등등하게 물었다.
「훌륭한 선비는 붓끝으로 죽이지」
공자는 조금도 당황해하지 않고 대답했다.
「중간쯤 되는 선비는요?」
「중간쯤 되는 선비는 혓바닥으로 죽인다」
「그러면 가장 못난 선비는요?」
「가장 못난 선비는」
공자가 미소를 지으며 대답했다.
「돌멩이를 품에 감춰서 죽이지」

공자는 단번에 자로의 마음을 알아맞췄다. 자로는 더 이상 어쩌지 못하고 품속에 감춰두었던 돌멩이를 꺼내어 버리는 수밖에 없었다. 그리고 그때부터 자로는 공자에게 복종하며 다시는 두 마음을 품지 않았다고 한다.

이 일은 아마 자로가 공자의 문하에 처음 들어왔을 때 일어났던 것 같다. 그 이후로 자로는 공자의 끈기 있는 가르침 덕분에 본래의 거칠고 투박한 성품을 버리고 공자의 가장 충실한 제자로 변했던 것이다. 그래서 공자도 이렇게 말하곤 했다.

「내가 중유(仲由)를 얻은 뒤로부터 나를 욕하는 소리가 내 귀에까지 들어오지 않는다」

중유는 바로 자로의 자(字)이다. 공자가 그처럼 위풍당당한 무사를 얻게 되었으니 누가 감히 공자를 무시할 수 있었겠는가. 자로는 위인됨이 지나치게 강직하였기 때문에 스승과 가끔 충돌하기는 하였지만 그의 품행은 거의 나무랄 점이 없었다. 그래서 공자가 정치적으로 벽에 부딪쳐 제자들이 점차 흩어져 제 갈 길로 갈 때에도 공자는 탄식을 하면서 이렇게 말하곤 했다.

「중국에서는 나의 도가 행해지지 않으니 뗏목을 타고 바다를 건너 다른 나라로나 가볼까. 아마 나를 따라올 이는 중유밖에 없지 않을까 한다」

그러나 이 용사는 아깝게도 위나라에서 공리(孔悝)의 난을 만나 그 내란의 와중에서 싸우다가 죽고 만다. 그는 목숨이 경각에 달린 순간에도 적군이 끊어버린 갓끈을 움켜쥐고서 이렇게 말했다고 한다.

「군자가 죽는 것은 별것이 아니다만…… 갓만은 떨어뜨릴 수 없지」

부상을 입은 그가 갓끈을 붙잡고 땅바닥에 쭈그리고 앉아 있을 때 그를 포위하고 있던 적군이 벌떼처럼 달려들어 칼과 창으로 그를 난자하여 죽이고 말았다. 그리고 그를 죽인 병사들은 그의 시체를 칼로 다져 고기장을 만들어버렸다. 그렇게 해서 그들은 가슴속의 원한을 풀었던 것이다. 그런 슬픈 소식을 들은 공자는 통곡을 하며 눈물을 흘렸고 집 안에 보관해 두고 있던 고기장을 모조리 다 쏟아버리라고 말하였다.

자로가 그렇게 야성적이고 거칠었다면 공자의 또다른 제자인 자공은 말도 잘하고 영리했으며 총명했다. 생긴 것도 준수하였고 콧대도 높았다. 입술과 아래턱 부분에 아름다운 수염이 조금나 있었지만 그것을 깎아버리면 젊은 아녀자와 다름없이 아름답게 생겼다. 공자는 자공의 언변이 너무 매끄럽다 하여 자주 그를 낮춰 말하곤 했지만 그의 언변 덕분에 공자와 그의 제자들은 여러 차례 어려움에서 벗어날 수 있었고 또 몇 차례의 오해를 풀 수도 있었다. 지금 이야기하고자 하는 두 가지 사건만 보더라도 그것을 알 수 있다.

한번은 자공이 자로와 함께 정나라(鄭國)의 신을 모신 사당〔神社〕 부근을 지나가고 있었다. 사당 앞에는 당목〔社樹〕이 한 그루 자라고 있었는데 줄기가 굵어 가지가 많이 뻗어나가 있으며 나뭇잎이 무성한 천년 묵은 오래된 나무였다. 나무 위에는 신령스런 새가 살고 있었는데 그 새는 신통력이 있고 다양한 변괴를 일으킬 수 있는 그런 신조(神鳥)였다. 사람에게 복을 줄 수도 있고 재앙을 내릴 수도 있는 능력이 있었던 것으로 보아 후세 전설에 나오는 야조(冶鳥) 종류이거나 혹은 산소(山臊) 귀매(鬼魅)의 일종이었던 것 같다. 자로는 그것도 모르고 그 새가 이상하게 생긴 것이 신기하여 재미있겠다고 생각하고는 나무 위로 기어올라가 그 새를 잡으려고 하였다. 그러자 신조는 잡히기는커녕 오히려 법술을 부려 자로가 나무 중간쯤에 붙어버리도록 만들었다. 자로는 올라갈 수도 없고 내려올 수도 없는 난감한 상황에 처하게 되었다. 자공은 그 광경을 보고 깜짝 놀랐지만 한편으로는 우습기도 하였다. 그는 그것이 모두 신조의 조화라는 것을 알고서 신조에게 그를 풀어줄 것을 간청하였다. 자공의 언변이 뛰어나니 신조는 자기를 잡겠다고 기어 올라오던 그 망나니가 사실은 별 잘못이 없다고 여기고는 법술을 풀어 주었다. 그렇게 해서 한바탕의 소동이 조용히 끝을 맺게 되었던 것이다.

또 한번은 공자가 남방의 초나라로 가다가 〈아곡(阿谷)〉이라고 하는 골짜기를 지나가게 되었다. 그곳에서 어떤 아름답고 단정한 소녀가 귀에 비취옥을 매달고서 냇가의 하얀 바윗돌 위에 앉아 빨래를 하는 모습을 보게 되었다. 그때는 이미 정오로 날씨가 조금 더워 모두들 목이 말랐다. 마차를 길가에 세운 공자는 마차 안에서 잔을 하나 꺼내어 자공에게 건네주며 말했다.

「저 아가씨에게 가서 물을 한 잔 얻어오너라. 생긴 것으로 보아하니 단정하고 조용한 성품을 지닌 것 같은데 그 심성이 어떠한지 좀 보아야겠다. 네가 가서 그 빼어난 언변으로 그녀를 한번 시험해 보고 오너라」

자공은 잔을 들고 그녀에게 다가가 예의를 차리며 말했다.

「저는 북방 산야에서 온 사람입니다. 남방의 초나라로 가는 길인데 날씨가 이렇게 더우니 가슴이 답답하고 목이 마르군요. 제게 물 한 잔만 주시어 이 목마름을 해결할 수 있게 해주시겠습니까?」

소녀는 자공을 힐끗 보더니 미소를 지으며 대답했다.

「이 아곡의 시냇물을 보십시오. 그 물이 맑든 탁하든 그것은 이렇게 졸졸 흘러서 바다로 들어간답니다. 그 물은 모든 사람의 것이지 저 혼자의 것이 아니지요. 목이 마르시면 직접 떠서 마시면 되실 일이지 일개 아녀자의 허락을 받으셔야 하나요?」

그러면서도 소녀는 자공의 손에서 잔을 받아 물을 담아 땅 위에 부었다. 그리고 또다시 한 잔을 가득 떠서 자공 옆의 모래땅 위에 놓으면서 말했다.

「이해해 주십시오. 예의상 당신에게 직접 이 잔을 건네드릴 수는 없답니다」

자공은 물이 가득 담긴 그 잔을 땅 위에서 들어올려 돌아와 스승에게 드렸다. 그리고 방금 소녀와 나누었던 대화를 그대로 스승에게 고하였다. 공자는 그 말을 듣고 나더니 고개를 끄덕이며 말했다.

「오냐, 알겠다」

그리고 이번에는 마차에서 거문고를 꺼내어 거문고 줄을 조절하는 줄받침〔軫〕을 없앤 뒤 자공에게 주며 말했다.

「이걸 가지고 가서 다시 그녀에게 몇 마디 말을 시켜보거라. 그리고 뭐라고 대답하는지 들어보려므나」

자공은 거문고를 가지고 다시 그녀에게 다가가 말을 걸었다.

「아까 당신이 하신 말씀은 맑은 바람처럼 부드러웠습니다. 그러면서도 저의 부탁을 거절하시지는 않았지요. 그래서 제 마음이 무척 기뻤답니다. 자, 여기 거문고가 있는데 줄을 조절하는 줄받침이 없어요. 거문고〔琴〈情〉〕[6]의 음을 조절할 수 있는 방법이 있을까요?」

소녀는 그 말을 듣더니 눈썹을 약간 찌푸리고 두 뺨에 홍조

6) 〈琴〉의 발음은 〔친〕, 〈情〉의 발음은 〔칭〕인데, 발음이 비슷한 두 글자를 이용해 그녀의 마음을 떠보는 것이다.

를 띠는 것이 어딘가 좀 고민하는 것 같은 모습이었다. 그러나 여전히 단정한 태도로 자공에게 말했다.

「저는 산골짜기 궁벽한 곳에 사는 여인이올시다. 아무것도 모르지요. 오음육률(五音六律)에 대해서도 아는 바가 전혀 없습니다. 그런데 어떻게 당신을 대신해서 거문고〔琴〈情〉〕를 조절할 수 있겠습니까?」

자공은 소녀가 한 말을 그대로 공자에게 전했다. 공자는 그 말을 듣더니 고개를 끄덕이며 또 말했다.

「알겠다」

그리고 마차에서 다시 다섯 냥의 가는 갈포를 꺼내어 자공에게 주며 말했다.

「이것을 가지고 가서 다시 말을 걸어보고 뭐라고 하는지 들어보아라」

자공은 가는 갈포를 들고 그녀에게로 가서 다시 말을 걸었다.

「저는 북방 산야에서 온 사람입니다. 남방 초나라로 가는 길이지요. 이곳에서 당신을 만나 벌써 두 차례나 좋은 말씀을 들었습니다. 여기 가는 갈포 다섯 냥이 있는데 당신께 선물로 드립니다. 제 마음의 표시지요. 저 역시 직접 당신에게 드릴 수는 없으니까 여기 시냇가, 당신 곁에 놓겠습니다」

소녀는 그 말을 듣더니 갑자기 눈썹을 치켜올리고 화를 내며 예쁜 얼굴에 눈을 부릅뜨고서 자공에게 소리쳤다.

「당신이 군자라면 당신 갈 길이나 가십시오. 왜 자꾸 여기 와서 귀찮게 구는 겁니까? 또 아무 이유도 없이 당신의 재물을 이런 궁벽한 산골짜기에 떨구시다니, 도대체 무슨 까닭입니까? 저는 나이 어린 소녀에 불과합니다. 어찌 당신의 선물을 받을 수가 있겠습니까. 빨리 돌아가세요. 그렇지 않으면 누군가가 당신을 용서치 않을 거예요」

자공은 소녀가 말하는 그 〈누군가〉라는 것이 그녀의 애인이거나 약혼자일 거라고 생각했다. 시험의 목적은 이제 달성되었다. 영리한 자공은 더 이상 그녀를 귀찮게 하지 않고 물가의 갈포 다섯 냥을 집어들고 얼른 그녀에게 〈미안하다〉고 말하고는 돌아와 공자에게 그녀와 나누었던 대화를 들려주었다. 공자는 그 말을 듣고 고개를 끄덕이며 감탄한 듯 말했다.

「맞다, 맞아. 『시(詩)』에 이르기를 〈남방에는 거대한 나무가 있으나 그 밑에서 쉴 수가 없고 한수(漢水)에는 봄을 노래하는 소녀가 있으나 그녀에게 애모의 정을 표시할 수 없네〉라고 했는데 아곡의 이 소녀가 바로 그 내용과 다름이 없구나!」

자공의 언변이 뛰어나기는 했지만 그것도 소용이 없는 경우가 있었다. 어느 농부에게 잃어버린 말을 돌려달라고 했다가 이루지 못한 이야기가 바로 그것이다.

그것은 공자가 열국(列國)을 주유할 때의 이야기이다. 다니던 도중 피곤하여 마차를 큰 길가에 세워놓고 잠시 쉬고 있었다. 그때 갑자기 마차를 끌던 말이 고삐를 끊고 길가의 밭으로 달려가 남의 곡식을 먹어치우기 시작하는 것이었다. 밭에서 일을 하고 있던 농부들이 달려가 말을 잡아두었다. 자공은 자기의 언변이 뛰어나다는 것을 믿고 그들에게 가서 말을 돌려달라고 하였다. 그는 밭 저편의 농부들을 향해 자신의 빼어난 언변을 구사하기 시작하였다. 위로는 하늘의 도리부터 아래로는 땅의 이치에 이르기까지, 온갖 제자서와 역사서를 언급하고 경전을 인용하여 이야기를 하는데 조금도 막힘이 없이 청산유수와 같은 말재주를 구사하는 것이었다. 농부들은 눈을 크게 뜨고 자공을 바라보며 말문이 막혀 아무 말도 하지 않았다. 그러다가 결국에는 참지 못한 농부들이 소매를 걷어부치고 싸울 듯한 자세를 내보이며 밀고 당기기 시작하여 자공을 돌려보냈다. 이때 자공의 얼굴색이 멋쩍게 변하며 기운 없는 기색이 역력하자 모두들 어쩔 줄 몰라하고 있었다. 바로 그때 어딘가 조금 모자라는 것 같은 데다가 공자를 모시기 시작한 지 얼마 되지 않은 마부가 나서서 공자에게 말했다.

「제가 가서 그 말을 찾아오겠습니다. 보내주십시오」

공자는 마침 적당한 인물을 찾지 못하고 있던 중이라 그를 한번 보내보기로 했다.

마부는 농부들에게 다가가 이렇게 말했다.

「이 일은 뭐 그리 복잡한 일이 아니에요. 당신들이 동해(東海)에서 밭을 갈고 농사를 짓지 않으면 우리도 서해에서 농사를 짓지 않지요. 그러니 생각해 보세요. 우리 말이 어떻게 당신들의 곡식을 먹어치우지 않을 수 있겠어요?」[7]

농부들은 그 말을 듣고 서로 멍하니 얼굴을 쳐다보았다. 그 말의 뜻을 알 듯도 했고 모를 듯도 했기 때문이다. 그러다가 그들은 갑자기 그 말의 뜻을 깨닫고 무척이나 기뻐하며 고개를 끄덕이고 말했다.

「맞아, 맞아, 당신 말이 일리가 있소. 바로 우리들의 마음과 맞는 말이오. 조금 아까 그 작자처럼 하루종일 이야기해도 알아듣지 못할 말과는 다르군. 그자는 도대체 무슨 소리를 하는 건지 알아들을 수가 없더라니까」

그러고는 뽕나무 밑에 잡아두었던 말을 기꺼이 풀어 마부에

7) 이 부분은 의미가 조금 이상한데, 다른 판본에 의하면 다음과 같이 해석될 수 있다. 〈그대들이 동해부터 서해에 이르기까지 경작하고 있으니, 우리 말이 어찌 당신들의 곡식을 먹지 않을 수 있겠소?〉

게 주었다.

일찍이 뛰어난 말재주로 〈노나라를 존립하게 하였고 제나라를 어지럽혔으며 오나라를 멸망시키고 진나라를 강성하게 만든, 그리고 월나라가 패자가 되게 만든(存魯, 難齊, 破吳, 强秦, 覇越)〉 그 유명한 자공이 들판에서 농부들과 대화를 나눌 때에는 일개 마부보다 못했다는 사실을 그 누가 믿을 수 있을 것인가.

제9장
증삼과 공야장

증삼(曾參)은 공자의 제자 중에서도 이름난 효자였다.

어느 날 증삼이 야외에 땔감을 베러 나갔을 때였다. 어떤 사람이 찾아왔다가 주인이 집에 없다는 것을 알고 다시 돌아가려 하였다. 그러자 증삼의 어머니가 손님에게 말했다.

「가지 마십시오. 증삼이 곧 돌아올 것입니다」

그러고는 오른손으로 왼손을 살짝 꼬집었다. 그런데 이상하게도 들판에서 땔감을 베던 증삼이 왼손에 갑작스런 통증을 느껴 일을 중단하고 도구를 추려들고는 집으로 돌아왔다. 그는 사립문 밖에서 어머니를 보고 물었다.

「어머니, 오늘따라 제 왼손이 왜 이렇게 아픈 걸까요?」

그러자 어머니가 대답했다.

「별거 아니다. 손님이 오셨는데 네가 없다고 가시려고 하기에 내가 내 손등을 꼬집어 너를 돌아오게 한 것이다」

이 이야기는 증삼이 어머니에게 얼마나 효도를 하였기에 두 사람의 정신이 그렇게 서로 통할 수 있었는가 하는 것을 말해

증삼(『儒士』)

주고 있다. 어머니의 팔이 바로 자기의 팔과 다름이 없었기 때문에 어머니가 자신의 팔을 꼬집자 그도 역시 팔에 통증을 느껴 즉시 돌아왔다는 것이니 오늘날의 전화나 호출기보다도 훨씬 더 훌륭했던 것이다. 그러나 이와는 달리 증삼의 어머니가 자기 아들을 진정으로 이해하지 못했던 그런 이야기도 전해지고 있는데 그 내용은 다음과 같다.

증삼이 노나라 비지(費地)에서 살고 있을 때였다. 비지의 어떤 사람이 증삼과 동명이인이었는데 시내에서 나쁜 짓을 하다가 사람을 죽이게 되었다. 그러자 누군가가 증삼의 어머니에게 달려와 말했다.

「증삼이 사람을 죽였어요!」

그러나 증삼의 어머니는 베틀에 앉아 베를 짜며 미소를 지었다.

「우리 아들은 사람을 죽이지 않네」

그러면서 계속 베를 짜고 있는데 조금 있다가 어떤 사람이 또 달려와 외쳤다.

「증삼이 사람을 죽였답니다」

그때 어머니의 마음속에는 약간의 의혹이 생겨 마음이 어지러웠지만 겉으로는 태연을 가장하고 머리를 숙인 채 말없이 베만 짜고 있었다. 잠시 후, 어떤 사람이 또 와서 그녀에게 말했다.

「증삼이 사람을 죽였다니까요」

그러자 그녀는 더 이상 참지 못하고 베를 짜던 북을 집어던지고서 담을 넘어 밖으로 달려나갔다. 나중에야 그녀는 그것이 한바탕의 오해였다는 것을 알았다고 하니 모자간의 텔레파시도 어느 정도는 한계가 있었던 모양이었다.

증삼은 아버지에 대해서도 똑같이 극진한 효도를 다하였다.

어떤 때 보면 효도가 지나쳐서 멍청해 보일 때도 있었다. 예를 들어 한번은 증삼이 오이밭에서 오이를 돌보다가 잠시 실수로 막 싹이 올라오는 오이의 묘목을 밟아 부러뜨린 일이 있었다. 아버지인 증석(曾晳)은 화를 참지 못하고 손에 집히는 대로 커다란 몽둥이를 들어 아들의 등짝을 향해 내리쳤다. 증삼은 잘못에 대한 벌을 달게 받는다는 자세로 피하지 않았고 따라서 몽둥이는 그의 등에 정통으로 내리꽂혔다. 그는 땅바닥에 쓰러진 채 한나절이 지나서야 깨어났는데 여전히 등에 얼얼한 통증을 느끼면서도 얼굴에는 미소를 띠고 아버지를 찾아가 말했다.

「아까 제가 아버님께 잘못을 했습니다. 아버님께서 저에게 교훈을 내려주셨는데 그때 너무 힘을 쓰셔서 손을 삐셨지요?」

그렇게 아버님에게 문안을 드리고는 자기 방으로 돌아가 거문고를 타며 노래를 불렀다고 한다. 평상시와 다름없이 행동하여야 자기 마음이 이미 다 풀어져서 원망하는 뜻이 조금도 없다는 것을 아버지에게 보여드릴 수 있었기 때문이었다.

이 일이 있은 후 증삼은 자신의 효도가 괜찮은 것이었다고 생각하고 득의양양한 태도로 스승인 공자를 찾아갔다. 공자는 일찌감치 이 일에 대해서 알고 있었는데 말도 안 되는 일이라고 여겨 제자들에게 증삼이 찾아오거든 들어오지 못하게 하라고 일러두었다. 증삼은 문전박대를 당하고서 영 입맛이 썼다. 그리고 자기가 무슨 잘못을 했기에 스승께서 자기를 그렇게 백안시하는 것인지 알 수가 없었다. 그래서 증삼은 다른 사람에게 부탁하여 스승께서 왜 그러시는 것인지 좀 알아봐 달라고 하였다. 공자는 그 사람에게 이렇게 말했다.

「증삼에게 왜 잘못이 없다는 말이냐? 증삼은 그 옛날 순(舜)이 자신의 눈먼 아버지에게 어떻게 했는지 듣지도 못했다더냐?

눈먼 아버지가 작은 회초리로 순을 때리면 순은 그냥 몇 대 맞고 있었지만 커다란 몽둥이로 때릴라 치면 얼른 도망쳐 버렸다. 왜 그랬는지 아느냐? 말도 안 되는 이유로 화를 내는 그런 폭력을 피하려 함이었다. 그런데 증삼을 보아라. 자기 아버지가 커다란 몽둥이로 때리려 하는 것을 보면서도 도망을 치지 않다니, 자기 몸으로 말도 안 되는 폭력을 감수한 것이 아니고 무엇이냐. 게다가 만일 증삼이 그 몽둥이에 맞아 죽었다고 해보자. 그 아버지는 아들을 죽였다는 패륜의 오명을 평생 덮어쓰고 살아야 할 것이다. 그것보다 더 불효한 행동이 어디 있겠느냐?」

그 사람은 증삼에게 공자의 말을 그대로 전하였다. 그 말을 듣자 증삼은 갑자기 깨달음을 얻은 느낌이 들었다. 증삼에게 큰 몽둥이를 피해야 한다고 가르친 공자의 말은 도리로 보나 자신의 직접적인 경험으로 보나 모두 정확한 말이었던 것이다.

증삼은 효도라는 면에 있어서는 어리석을 정도로 고지식하였으나 자녀 교육에 있어서는 나름대로 괜찮은 자세를 견지하고 있었다. 어느 날 증삼의 아내가 시장에 물건을 사러 나가는 참이었다. 어린 아들이 따라가겠다고 울어대었다. 증삼의 아내는 아이를 달래며 말했다.

「아가, 집에 가 있거라. 엄마가 시장 갔다오거든 돼지를 잡아서 너에게 주마」

아이는 그 말을 곧이듣고서 그렁그렁한 눈물을 닦으면서도 희망을 품고 집으로 돌아갔다. 증삼의 아내가 시장에서 돌아왔을 때 증삼은 칼을 갈아 돼지를 잡았다. 아내가 급히 그를 가로막으며 말했다.

「아니, 제가 어린애하고 장난으로 몇 마디 한 것을 가지고 정말 돼지를 잡아요?」

증삼은 진지하게 아내에게 말했다.

「어린아이는 아무렇게나 속이고 그러면 안 되오. 왜 그런 줄 아시오? 어린아이들에게는 아무런 지식이 없소. 모두가 부모의 행동을 보고 배우는 것이지요. 당신이 아이를 속인다면 그것은 아이에게 똑같은 방법으로 남을 속이라고 가르치는 것과 같은 것이오. 더구나 어머니가 아이를 속이면 아이는 다시는 어머니를 믿지 않게 될 것인데 그래서야 어떻게 앞으로 아이를 교육시킬 수 있겠소?」

그러고는 아내가 가로막는 것도 듣지 않고 돼지를 잡아 온 식구가 배불리 잘먹었다. 그의 아버지가 그를 몽둥이로 다스렸던 것에 비하면 증삼의 교육 방법은 한결 나은 것이었다고 할 만하다.

공자의 제자 중에서 가장 재미있는 인물이라면 공야장(公冶長)을 꼽을 수 있다.

공야장에게는 별난 재주가 있었는데 바로 온갖 새들의 말을 알아들을 수 있다는 것이었다. 고대의 백익(伯益)만이 그와 비길 만했으니 백익 역시 여러 새들의 말을 알아들었기 때문이다. 새와 짐승들은 사람과 마찬가지로 자기 나름대로의 언어를 갖고 있다. 다만 사람들이 그 말을 알아들을 수 없는 것인데 설사 알아들을 수 있다고 해도 그런 능력을 가진 사람은 정말로 적었다. 그러나 고서의 기록을 보면 춘추시대부터 새나 짐승의 말을 알아들을 수 있는 사람이 점차 많아지기 시작한다. 예를 들어 춘추시대 초기 개갈로(介葛盧)라는 사람이 그랬다. 그는 어느 작은 나라의 임금이었는데 노나라의 희공(僖公)을 만나러 왔다가 복도 아래에서 소가 우는 소리를 듣고 희공에게 말했다.

「저 소가 세 마리의 새끼를 낳았는데 모두 제물로 바쳐졌다는군요」

희공이 사람을 시켜 알아보게 하였더니 개갈로가 말한 것과 꼭 같았다. 개갈로는 소의 말을 알아들었던 것이다. 한편 말이 하는 이야기를 알아들은 사람도 있는데 동한(東漢) 시대 광한(廣漢)의 양옹중(楊翁仲)이라는 사람이 그러했다. 그는 새와 짐승들의 말을 알아들을 수가 있었다고 한다. 어느 날 그는 절름거리는 말을 타고 들판으로 나갔다. 그곳에는 마침 또 다른 말 한 마리가 풀을 뜯고 있었는데 두 마리의 말은 밭을 가운데에 두고 바라보며 서로 목을 길게 빼고 히힝거리며 울기 시작했다. 양옹중은 자기의 마부에게 말했다.

「이 말들이 서로 욕을 하고 있구나」

마부가 물었다.

「그것을 어찌 아십니까?」

양옹중이 말했다.

「저기 저 말은 우리 마차를 끄는 말더러 절름발이라고 욕을 하고 우리 말은 저기서 풀을 뜯는 말에게 애꾸눈이라고 욕하는구나」

마부가 그 말을 믿을 수가 없어 직접 그 말이 있는 곳으로 가서 보니 그 말은 정말로 애꾸눈이었다.

이 밖에도 삼국시대 위나라〔魏國〕의 관로(管輅) 역시 새들의 말을 알아들었다고 한다. 그는 까치가 와서 급한 목소리로 알려주는 것을 듣고 마을의 동북쪽에서 어떤 악독한 여인이 자신의 남편을 살해하였다는 것을 알았다. 그리고 당나라 때의 백구년(白龜年)은 〈하늘의 온갖 새들의 말, 땅 위의 모든 짐승의 말〉을 모두 알아들었다고 하는데, 참새가 우는 것을 듣고 성의 서쪽에 있는 양식 창고의 좁쌀이 땅바닥에 흩어져 있는 것을 알았고, 또 마구간의 말이 우는 소리를 듣고서 여물통의 먹이가 너무 뜨겁다는 것도 알아냈다. 이러한 예는 일일이 열거할 수 없을 정도로 많다. 돼지의 말, 뱀의 말, 호랑이의 말, 심지어는 개미의 말까지 알아들을 수 있는 사람들이 있었다고 하는데 자세한 설명은 더 이상 하지 않기로 한다. 어쨌든 이러한 이야기들은 모두가 〈새나 짐승들이 말을 할 수 있는〉 가능성이 있다는 것을 보여주고 있다. 새나 짐승, 그리고 인간은 모두가 똑같이 발성 기관을 이용해 간단한 목소리를 냄으로써 자신의 사상이나 감정을 표시하고 있다는 점에서 보면 그것이 불가능한 이야기만은 아닐 것이기 때문이다.

그건 그렇고 이제 공야장에 대해 이야기해 보기로 하자. 그가 위나라에서 노나라로 돌아올 때 노나라 변경의 이계(二界)라는 곳을 지나가게 되었다. 그곳에서 그는 숲속의 새들이 시끄럽게 짹짹거리는 소리를 듣게 되었다. 공야장이 가만히 귀기울여 들어보니 새들은 서로 이렇게 떠들고 있었다.

「청계(淸溪)에 가서 죽은 사람 고기를 먹자. 청계에 가서 죽은 사람 고기를 먹자구!」

공야장은 슬며시 이상한 기분이 들었지만 여전히 계속해서 자기의 길을 가고 있었다.

그런데 가는 길에 어떤 노파가 큰길 가에 앉아 울고 있는 모습을 보게 되었다. 그녀는 무척이나 서럽게 울고 있었는데 공야장이 그녀에게 왜 우느냐고 묻자 이렇게 대답하였다.

「내 아들이 그저께 집을 떠났는데 아직도 돌아오지 않고 있답니다. 분명히 누군가에게 죽임을 당한 것이 틀림없어요. 그런데 시체조차 찾을 수 없다니, 아이고, 하느님!」

그 말을 듣고 공야장이 말했다.

「서두르지 마시고 잘 들으세요. 제가 조금 전에 새들이 숲 속에서 〈청계에 죽은 사람 고기를 먹으러 가자〉고 하는 소리를 들었답니다. 직접 한번 가서 보세요. 혹시 할머니 아드님이 험한 일을 당해 그리 되었는지도 모르니까요」

「예? 당신은 누구신데 새들의 말을 알아들을 수 있다는 말입니까?」

「저는 공야장이라고 합니다, 할머니. 제게는 그런 능력이 조금 있지요」

그러자 할머니는 〈공야장〉이라는 이름을 가슴속에 새겨두고 청계로 가보았다. 그곳에 있는 시체는 정말로 자기 아들이 분명했다. 할머니는 통곡을 하면서 마을의 관청을 찾아갔다. 관청의 관리가 할머니에게 물었다.

「당신 아들이 청계에서 죽었다는 것을 어찌 알았소?」

「길에서 만난 공야장이라는 사람이 알려주었습니다」

「그것 참 이상한 일이군……」

관리가 낮은 목소리로 웅얼거렸다.

「공야장이 사람을 죽인 것이 아니라면 어찌 그리 정확하게 알 수가 있을까」

그래서 사람을 보내어 공야장을 잡아오게 하여 현(縣)으로 보내니 공야장은 현 관아의 감옥에 갇히게 되었다.

감옥의 관리가 공야장에게 물었다.

「당신 왜 사람을 죽였소?」

공야장이 설명했다.

「나는 사람을 죽이지 않았소. 나는 그저 새들의 말을 조금 알아들을 수 있을 뿐이오」

그리고 그는 자기가 숲속에서 새들이 〈청계에 죽은 사람 고기를 먹으러 가자〉 하고 이야기하는 것을 듣게 된 경위를 하나하나 낱낱이, 상세하게 설명하였다.

감옥의 관리는 그 말을 믿을 수가 없었다. 그래서 생각 끝에 이렇게 말하였다.

「그럼 이렇게 해보도록 합시다. 우선 당분간 감옥에 들어가 있으시오. 당신을 시험해 볼 수 있는 기회를 주겠소. 만일 당신이 정말로 새들의 말을 알아들을 수 있다면 당신은 무죄 방면될 것이오. 그러나 알지도 못하면서 안다고 했다면 그것은 당신이 바로 살인을 했다는 증거가 되는 것이니 죄값을 달게 받아야 할 것이오. 변명할 여지가 없을 것이니」

공야장은 감옥에 들어가 시험의 기회를 기다려야 했다. 그렇게 60여 일을 갇혀 있었지만 감옥 근처에는 새의 그림자조차 보이지 않았다.

그러던 어느 날, 감옥 문의 철창에 갑자기 참새 몇 마리가 날아왔다. 거기 앉아서 끊임없이 짹짹거리며 이야기하는 것이었다. 공야장은 그 모습을 바라보며 한마디 말도 하지 않고 가만히 미소를 지었다. 마음속에 뭔가 크게 짚이는 것이 있는 모습이었다.

간수는 그 모습을 보고 감옥의 관리에게 찾아가 알렸다. 관리는 공야장을 불러다가 물었다.

「참새들이 뭐라고 했기에 자네가 미소를 지었는가?」

공야장이 대답했다.

「제가 참새들이 이야기하는 것을 들으니 그 내용이 이러했습니다」

찍찍짹짹
하얀 연꽃 피어 있는 물가에
마차가 뒤집혔네
기장과 좁쌀이 쏟아졌지
마차 바퀴는 진흙 속에 빠졌고
소의 뿔이 부러졌다네
그 곡식들을 다 거둬가지 못했으니
우리 가서 신나게 먹어보세

감옥의 관리는 믿을 수가 없었지만 일단 사람을 보내어 알아보게 하였다. 그랬더니 모든 것이 공야장이 말한 그대로였다. 그때서야 관리는 공야장에게 죄가 없다는 것을 깨닫고 그를 석방하였다.

공야장이 새의 말을 알아들은 것에 관한 전설은 여러 가지가 있지만 대개가 모두 공야장이 감옥에 갇히게 된 내용이 중추를 이루고 무죄 석방되는 것으로 끝을 맺는다. 어떤 이야기의 첫머리 부분을 보면 공야장이 온갖 새들의 말을 알아들을 수 있었을 때 올빼미 한 마리가 그에게 와서 보고를 하였다고 한다.

「공야장, 공야장, 남쪽에 커다란 노루가 죽어 있는데 당신이 그 고기를 먹어요. 내장은 내가 먹을 테니」

공야장이 가보니 정말 노루 한 마리가 죽어 있어 그것을 끌고 집으로 와서 내장까지 모조리 먹어치우고 올빼미에게는 하나도 주지 않았다. 올빼미는 그 일로 인해 공야장에게 원한을 품게 되었다. 어느 날 올빼미는 지난번과 똑같이 공야장에게 와서 일러주었다. 이번에도 공야장은 급히 달려갔다. 그런데 멀리서 보니 사람들이 웅성웅성 모여서 무엇인가를 둘러싸고 싸우고 있는 것 같은 모습이 보였다. 그는 이번에도 그것이 죽은 노루이며 사람들이 그것을 둘러싸고 서로 가지려고 싸우고 있는 것이라 생각했다. 그래서 급히 달려가며 소리쳤다.

「싸우지 마시오, 싸우지 말아요. 그놈은 내가 때려잡은 것이오」

그런데 가까이 다가가서 보니 그것은 노루가 아니라 죽은 시체였다. 사람들은 너 잘 만났다는 식으로 달려들어 공야장을 잡았는데, 공야장으로서는 입이 열 개라도 할 말이 없게 되었다. 그렇게 하여 공야장은 감옥에 갇히게 되었다. 이후의 사건 전개는 앞에 소개한 이야기들과 대동소이하다. 물론 이 이야기는 어떤 면에서 보면 공자의 수제자인 공야장의 귀여운 이미지를 훼손시키는 점도 있기는 하다. 그에 비하면 이제 서술하고자 하는 이야기는 좀더 합리적이고 재미가 있는데 그 내용은 다음과 같다.

가난했던 공야장은 집에서 놀며 하는 일 없이 시간을 보내고 있었다. 그런데 어느 날 참새가 날아와 공야장의 집을 맴돌며 지저귀는 것이었다.

> 공야장, 공야장
> 남산에 호랑이가 버린 양이 있어요
> 당신이 고기를 먹고 저는 내장을 먹을게요
> 머뭇거리지 말고 빨리 가서 갖고 오세요

공야장이 참새의 말을 듣고 남산으로 가보니 과연 죽은 양이 한 마리 있었다. 공야장은 그것을 끌고 집으로 돌아와 새와 나누어 먹었다. 그런데 얼마 지나지 않아 양을 잃어버린 사람이 공야장의 집으로 찾아왔다. 그 사람은 공야장의 집 벽에 걸린

양의 뿔 한 쌍을 보고 그것이 바로 자기가 잃어버린 양이라고 생각했다. 그래서 공야장이 자기 양을 훔쳐갔다고 여겨 노나라 왕에게 고발을 했다. 노나라 왕은 공야장에게 사람을 보내어 물어 보았지만 공야장은 참새의 말을 들었을 따름이라고 설명했다. 그러나 노나라 왕은 사람이 참새의 말을 알아들을 수 있다는 것을 믿지 않았다. 그리고 분명히 공야장이 거짓말을 하는 것이라고 여겨 그를 감옥에 가두게 하였다.

공야장이 감옥에 갇히게 된 일을 스승인 공자가 알게 되었다. 공자는 자신의 제자인 공야장에게 그런 기이한 재능이 있다는 것을 알았고 또 사람됨이 청렴결백하기 때문에 도둑질 따위의 염치없는 짓에는 가담하지 않았으리라는 것을 믿었다. 그래서 노나라 왕을 찾아가 자신의 제자를 석방해 달라고 부탁을 하였다. 그러나 왕은 죄증이 확실하기 때문에 그를 석방해 줄 수 없다고 하였고, 따라서 공야장은 억울하게 그냥 계속 갇혀 있을 수밖에 없었다. 공자는 하는 수 없이 돌아가 이렇게 탄식을 하였다.

「그 아이는 밧줄로 묶인 몸이 되어 있지만 그런 고통은 그 아이가 겪어야 할 것이 아닌데……」

공야장이 감옥에 갇힌 뒤 제법 시간이 흐른 뒤였다. 어느 날 갑자기 참새 한 마리가 또 날아오더니 감옥의 창문 밖에서 날아다니며 이렇게 지저귀는 것이었다.

공야장, 공야장
제나라 사람들이 우리나라를 침공하려 하고 있어요
기수(沂水) 가, 역산(嶧山) 기슭이에요
머뭇거리지 말고 빨리 가서 막아야 해요

공야장은 참새가 한 말을 옥리(獄吏)에게 전했고 옥리는 그 말을 노나라 왕에게 다시 전했다. 노나라 왕은 옥리의 말을 듣고 여전히 믿을 수가 없었지만 사안이 중요한 것인지라 미리 준비를 해두지 않을 수가 없었다. 일단 공야장의 말을 믿기로 하고 정찰대원 몇 명을 보내어 국경지대로 가서 상황을 살펴보게 하였다. 그런데 이게 웬일인가. 정찰대원이 돌아와 보고하기를 제나라 군대가 국경으로 다가오고 있다는 것이었다. 노나라 왕은 그때서야 당황하여 급히 군대를 보내어 맞서 싸우게 하였다. 어쨌거나 미리 준비를 좀 해두었던 데다가 병사들이 적을 맞아 용감하게 싸우니 크게 승리를 거두었고 제나라 군사들을 쫓아 보내 나라를 지킬 수 있었다. 노나라 왕은 그때서야 공야장이 정말로 새들의 말을 알아들을 수 있다는 것을 깨달았고 그를 감옥에 가둔 일이 실로 그를 억울하게 만든 것이었다고 생각했다. 그래서 그를 석방했다. 또한 논공행상을 할 때에도 이웃 나라의 침략을 물리친 이번 전쟁에서 제일 가는 공신은 바로 공야장이라고 하여 그에게 대부(大夫)의 관직을 내리려 하였다. 그러나 본래 겸손했던 공야장은 새들의 말을 좀 알아들은 것을 가지고 벼슬을 한다는 것은 부끄러운 일이라며 한사코 사양하였다. 그리고 일반 평민의 신분으로 고향으로 돌아갔다. 공자는 공야장의 그런 재주와 덕을 높이 평가하고 자신의 딸을 그에게 시집보내었다.

공자가 자신의 제자를 관찰하고 평가를 내리는 것은 언제나 정확했다. 그러나 가끔 그렇지 못할 때도 있었는데 재여(宰予)와 담대자우(澹臺子羽)에 대해서 그러했다.

담대자우는 담대멸명(澹臺滅明)이라고도 불리우는데 진정한 용사이며 또한 군자였다. 그러나 생김새가 무척 추해서 공자의 문하에 처음 들어왔을 때에는 공자조차도 별로 그를 중시하지 않았다. 그러다가 나중에야 그의 위인됨과 품성을 알고서 감탄하며 이렇게 말했다고 한다.

「생김새로 사람을 평가하다가 자우에게 실수했다(以貌取人, 失之子羽)」

담대자우는 못생겼을 뿐 아니라 손바닥도 이상하게 생겼다. 손바닥이 갈라져 있었던 것이다. 그러나 그런 기형적인 손을 가진 자우에게는 보통 사람을 뛰어넘는 담력이 있었다.

한번은 담대자우가 천금의 가치를 지닌 귀한 백옥(白璧)을 가지고 연진(延津: 지금의 河南省 延澤縣 북쪽)에서 황하를 건너가게 되었다. 배가 강의 중간쯤에 이르렀을 때 갑자기 파도가 일기 시작했는데 점점 거칠어지는 것이었다.

그것은 황하의 수신인 하백(河白)이 담대자우가 귀한 백옥을 가지고 황하를 건널 것이라는 사실을 알고서 파도의 신인 양후(陽侯)와 교룡(蛟龍) 두 마리를 시켜 거친 파도를 일으키게 한 것이었다. 그렇게 해서 배를 뒤집어엎고 백옥을 빼앗으려는 것이었다.

양후는 본래 고대의 제후였는데 죄를 짓고 강에 빠져 자살을 하였다. 죽은 뒤에 파도의 신이 되어 하백의 부하가 되었던 것이다. 이제 담대자우의 백옥을 빼앗으라는 명령을 받고서, 큰 파도를 일으키고 또 교룡 두 마리를 데리고서 자우의 배를 뒤집으려는 것이었다.

이때 비바람까지 몰아쳐 온 세상이 어두컴컴했고 거대한 파도는 하늘까지 닿을 듯 넘실거렸다. 그리고 그 파도 속에서 두 마리의 교룡이 배의 가장자리를 휘감으면서 꼬리를 휘두르고 이빨을 드러낸 채 발톱을 세우니 그야말로 공포스런 상황이었다. 배는 넘실거리는 파도에 휩쓸려 금방이라도 가라앉을 듯하니 배에 탄 사람들의 얼굴이 모두 창백하게 변했다. 그러나 담대자우만은 이것이 어떻게 된 상황인지를 알아차렸다. 그래서 뱃머리에 우뚝 서서 커다란 목소리로 외쳤다.

「계속해서 이런 비열한 방법을 사용할 것이냐. 당장 집어치워라! 누구든지 나의 이 백옥을 가지고 싶거든 정당한 방법으로 부탁해라. 그러면 줄 수도 있다. 그러나 무력으로 위협하고 빼앗으려 한다면 절대로 줄 수 없다!」

말을 끝낸 그는 왼손으로 백옥을 받쳐들고 오른손으로는 허리춤에서 보검을 꺼내어 마치 춤을 추듯이 이리저리 휘두르며 교룡과 싸움을 벌였다. 순식간에 자우는 교룡 두 마리를 모두 베어 강물에 빠뜨려버렸고 선홍색의 피가 강물을 붉게 물들였다. 그러자 양후는 갑자기 힘을 잃고서 자기 능력으로는 그를 해치지 못할 것이라는 것을 깨닫고는 파도를 거두어 자취도 없이 숨어버렸다. 마침내 담대자우는 안전하게 황하를 건널 수 있었다.

배가 강을 다 건넌 후 담대자우는 손에 들고 있던 그 백옥을 강에 집어던지며 경멸스러운 듯이 말했다.

「가져라!」

그러나 이상한 일이었다. 그 백옥은 강물에서 다시 튀어나와 담대자우의 손으로 되돌아왔다. 담대자우가 세 번을 집어던졌지만 모두 마찬가지였다. 아마도 하백으로서는 승리자의 손에서 백옥을 빼앗을 염치가 없었던 모양이었다. 담대자우는 하백이 백옥을 받으려 하지 않자 그것을 바닷가 바윗돌에 던져 깨뜨리고는 득의양양한 기세로 떠나가 버렸다. 그것은 자기가 결코 백옥 한 덩어리를 위해서 싸운 것이 아니라 백옥보다 더 소중한 그 무엇인가를 위해 싸운 것이었다는 사실을 보여주고자 함이었다.

담대자우가 교룡을 벤 전설에 관해서는 또 다른 이야기가 전해지는데 앞의 것과는 그 내용이 약간 다르다.

담대자우가 오나라의 간수(干遂)에서 유명한 보검을 얻어 장강(長江)을 건널 때였다고 한다. 양후가 거대한 파도를 일으키고 교룡 두 마리에게 배의 양쪽을 휘감게 해 그 보검을 빼앗으려 하였다. 담대자우는 뱃사공들에게 물었다.

「자네들 말해 보게. 교룡 두 마리가 배를 휘감고 있으면 배와 교룡 모두가 살아남을 수 있는가?」

그러자 사공들이 대답했다.

「당연히 불가능한 일이지요」

그러자 담대자우는 옷을 풀어헤치고 보검을 뽑으며 말했다.

「나의 이 몸뚱이를 강물 속의 썩은 시체라고 치자. 생명을 보존하기 위해 보검을 넘겨줄 수는 없는 일이로다」

그러면서 그는 강물로 뛰어들었다. 그리고 교룡들과 싸워 그것들을 베어 없앤 후 다시 배 위로 뛰어오르니 배 안에 탔던 사람들은 모두 목숨을 부지할 수 있었다.

담대자우가 공자의 문하에서 공부를 할 때 일시적으로 공자의 푸대접을 받기는 했지만 그런 것에 구애받지 않고 오히려 더 노력해서 학문과 덕행이 나날이 높아갔다. 후에 남방을 떠돌아다니며 공부를 할 때 자신의 제자들을 거느렸는데 그를 따르는 제자가 무려 3백여 명이나 되었다고 한다. 더구나 각국의 제후들까지도 그의 유명한 이름을 들었다고 하니 그것이야말로 공자가 미처 생각하지 못하던 일이었다.

한편 재여는 자공과 더불어 공문사과(孔門四科)의 언어과(言語科)에 속해 있었는데 특출난 행동도 없고 하여 자공에 미치지 못하였다. 설사 그의 말이 빼어났다고는 해도 행동이 말을 따라가지 못했다. 그래서 후에 공자는 자신을 비평하며 이렇게 말했다.

「말로써 사람을 보다가 재여에게 실수했다(以言取人, 失之宰予)」

재여는 대낮에 낮잠을 자다가 공자에게 혼난 적도 있지만 여기서 그 이야기는 하지 않기로 한다. 다만 공자가 제자들을 데리고 마차를 타고서 은나라 주왕(紂王)의 도성이었던 조가(朝歌)를 지날 때의 이야기를 한번 서술해 보고자 한다.

조가라는 고성(古城)은 그 옛날 주임금의 황음무도한 생활태도 때문에 화려하고 사치스러운 곳이었다. 그곳의 사람들은 남녀를 불문하고 모두 만사를 제쳐놓고 그저 노래부르고 춤추며 놀기에 정신이 빠져 있었는데 바로 그런 연유로 해서 망국의 비참한 운명을 자초했었다. 공자의 마차 일행이 그곳을 지나게 되었을 때 안연은 말에 채찍질을 하며 마차를 빨리 달리게 하였다. 그리고 다른 제자들은 옷소매로 얼굴을 가리고서 이 흉악한 지방의 모습이 자기들의 눈을 더럽히지 않게 하려고 하였다. 그러나 재여만은 마차에 앉아 얼굴을 가리기는커녕 그곳의 모든 것을 재미있게 바라다보는 것이었다. 너무 재미가 있어서 멍청해질 지경이었다. 이러한 모습은 성질 급한 자로를 화나게 만들었고, 결국 자로는 발로 재여를 걷어차 마차에서 떨어지게 만들었다. 재여는 마차에서 떨어져 정신이 없었다. 그는 그저 아픈 엉덩이를 매만지며 땅바닥에 엉거주춤 앉아, 먼지를 휘날리며 멀리 사라져가는 마차들을 멍하니 바라보고 있을 수밖에 없었다. 이런 일로 보아도 공자가 재여에 대해 탄식한 것이 괜한 것이 아니었음을 알 수 있다.

제10장
노자와 묵자

앞의 제6장에서 우리는 공자가 노담을 만났을 때의 이야기를 살펴보았다. 이제 여기서는 노담(老聃)과 묵적(墨翟)에 관한 신화전설을 서술해 보기로 한다.

공자와 노담은 〈길이 다르면 서로 도모하지 않는다(道不同不相爲謀)〉라고 했듯이 한 사람은 유사(流沙)로 떠나고 또 한 사람은 왕의 조정으로 들어갔다. 그것과 마찬가지로 노담과 묵적 역시 서로 대비되는 인물들이다. 노담이 세상일을 버리고 벗어났던 데 반해 묵적은 적극적으로 세상일에 뛰어들었던 것이다. 이렇게 서로 완전하게 다른 두 인물이지만 편폭(篇幅) 관계로 인하여 같은 장 안에서 함께 다루어 그들이 선명한 대조를 이루고 있음을 보이고자 한다.

노담은 성이 이(李)이며 이름은 이(耳)이다. 일반적으로 노자(老子)라고 불리며 초나라 고현(苦縣) 여향(厲鄕), 혹은 뢰향(瀨鄕: 지금의 河南省 鹿邑縣 동쪽) 사람이다. 전설에 의하면 그의 어머니는 그를 72년간이나 임신하고 있었는데 태어날 때 어머니 왼쪽 겨드랑이 밑에서 나왔다고 한다. 그는 태어나면서부터 머리가 백발이었고 하얀 수염이 나 있는 애늙은이였다. 그래서 사람들이 그를 〈늙은 아이〔老子〕〉라고 불렀다고 한다. 또 다른 전설에 의하면 노자의 어머니가 오얏나무〔李〕 아래에서 노자를 낳았는데 낳자마자 말을 할 줄 알아서 오얏나무를 가리키며

「이 나무 이름으로 저의 성을 삼아주세요」

라고 했다고 한다. 그래서 그의 성이 이(李)가 되었다고 한다.

그러면 그의 이름은 어째서 〈이(耳)〉, 혹은 〈노담(老聃)〉이 되었을까? 거기에도 서로 다른 전설이 전해진다. 노자의 귀에 귓바퀴가 없기 때문에 〈담(聃)〉이라고 했다는 것인데, 〈담〉이란 바로 〈귀가 늘어져 있고 귓바퀴가 없다(耳漫無輪)〉는 뜻이다. 또다른 전설에 의하면 노자의 귀는 자그마치 일곱 치나 되게 길었다고 한다. 귀가 어깨에 닿도록 길게 내려와 있다는 것은 아주 길하고 복이 많은 관상이다. 어떤 전설에 의하면 귀가 일곱 자나 되었다고 하기도 하는데 그것은 정말 놀랄 만큼 크다고 하지 않을 수 없다. 신화 속에 나오는 대이국(大耳國), 즉 귀 큰 사람들이 살았다고 하는 그 나라 사람들과 비교해 봐도 조금도 뒤지지 않을 만큼 커다란 것이니 그야말로 자기의 귀를 이불 겸 요로 써도 되었을 것이다. 이렇게 귀가 크다는 특징이 있었기 때문에 〈이(耳)〉라고 불렸다는 이야기인데 이런 것들은 그야말로 호사가들이 자기들 마음대로 상상해서 갖다붙인 이야기라고 하지 않을 수 없다. 그저 노자라는 역사적으로 유명한 인물의 이름을 신화적으로 해석해 본 것에 지나지 않는다고 생각하면 될 것이다.

그러나 사람들은 보통 노자를 신선으로 여겨왔다. 공자가 노자를 만났을 때 노자의 나이에 대해서는 여러 가지 다른 설이

노자(『炎黃』)

전해진다. 어떤 사람은 그 당시 노자가 이미 160여 세였다고 하고 어떤 사람은 이미 200세가 넘었다고도 한다. 더욱 과장해서 말하는 것을 보면 노자는 원래 삼황(三皇)시대 사람으로 공자가 노자를 만났을 때 노자의 나이는 이미 3천 세가 넘었다고도 한다. 그야말로 신선이 아니고 무엇이겠는가?

신선으로서의 노자에 관해서는 온갖 신기한 이야기들이 많이 전해진다. 그는 자신의 모습을 보이지 않게 하면서 자기의 발자국도 지워버리는 재주가 있었다고도 하고 하얀 사슴을 타고 어머니의 자궁 속으로 들어갈 수도 있었다고 한다. 또 그의 고향인 뢰향에는 후대 사람들이 그를 위해 지어준 사당과 아홉 개의 우물이 있었다. 그런데 누군가가 그 중 한 군데의 우물에서 물을 길으면 다른 여덟 군데의 물도 따라서 움직였다고 한다. 그러나 이런 이야기들보다는 다음에 서술하는 이야기가 훨씬 재미있다.

옛날에 부선생(傅先生)이라고 하는 사람이 있었다. 그는 어려서부터 신선의 도를 닦는 것을 좋아하여 초산(焦山: 지금의 江蘇省 鎭江市)의 동굴 속으로 들어가 은거하며 열심히 수련을 하였다. 그러나 7년을 그렇게 수련하였지만 여전히 신선의 도를 깨우치지 못하고 있었다. 그러던 중, 갑자기 이노군(李老君)이 나타나 그에게 나무로 된 송곳을 주면서 그것을 다섯 자 두께의 돌판에 꿰어보라고 하며 말하는 것이었다.

「네가 이 돌판을 꿰뚫을 수 있다면 네가 하고 있는 일이 모두 원만히 끝나 신선의 도를 깨우칠 수 있게 될 것이다」

그런데 이것이야말로 그리 간단한 일이 아니었다. 옛날에 〈절구공이를 숫돌에 갈아 가느다란 바늘로 만들 수 있듯이, 오래도록 공력을 들이면 일은 자연히 이루어진다(鐵杵磨繡針, 功久自

然成)〉라는 말도 있기는 했지만 지금 이노군이 해보라고 하는 것은 그것보다 몇 배는 더 어려운 일이었다. 〈절구공이를 갈아서 바늘을 만드는〉 이야기는 이노군이 해보라고 하는 이야기와 서로 비슷한 전설로 모두 고대 사천성(四川省)에서 비롯된 것이다. 우선 그 이야기부터 해보기로 하자.

옛날 진(晉)나라 때에 두자명(竇子明)이라는 사람이 있었다. 그는 천산(圌山)으로 들어가 도를 닦았지만 몇 년이 지나도 도를 깨우치지 못해 실의에 빠져서 짐을 꾸려 집으로 돌아가려 하였다. 그런데 다리 밑을 지나가다가 어느 여인이 쇠로 만들어진 절구공이를 냇가의 바윗돌에 열심히 갈고 있는 모습을 보게 되었다. 두자명은 기이한 생각이 들어 그녀에게 무엇을 하고 있느냐고 물었고 그녀는 내가 앞에서 인용한 옛말을 그대로 하였다. 두자명은 그 말을 듣고 감동하여 집으로 돌아가려던 생각을 버리고 다시 천산으로 들어갔다. 그리고 심기일전하여 열심히 도를 닦아 마침내는 백일승천하여 선인이 되었다고 한다. 그래서 천산은 두천산(竇圌山: 지금의 四川省 江由縣 동북쪽 彰明縣 경계에 있음)이라고도 불리운다. 그리고 그가 지나갔던 그 다리는 선녀교(仙女橋)라고 하는데, 그것은 선녀가 쇠로 된 절구공이를 갈고 있었던 것이 일부러 그에게 보여주기 위함이었다는 의미가 내포되어 있다. 이것이 절구공이를 갈아 바늘을 만든다는 것에 관한 첫번째 이야기이다.

그 다음으로는 당나라 때의 이백(李白)에 얽힌 전설이 있다. 이백이 팽산현(彭山縣) 상이산(象耳山)에서 공부를 할 때 학업이 제대로 진행되지 않자 모든 것을 포기하고 집으로 돌아가려는 생각을 하게 되었다. 그런데 산 기슭의 냇가를 지나가다가 어떤 할머니가 냇가에 앉아 쇠로 된 절구공이를 갈고 있는 모습을 보게 되었다. 그는 할머니에게 그것을 갈아서 어디에 쓸 거냐고 물었고 할머니는 〈바늘을 만들려고 하지〉라고 대답했다. 무척이나 총명했던 이백은 그 말을 듣고 감동하여 다시 산으로 들어가 열심히 공부를 해서 마침내 학업을 완성할 수 있게 되었다. 그래서 그 시냇물은 나중에 〈바늘을 갈던 냇가(磨針溪)〉라고 불리게 되었다. 그리고 절구공이를 갈던 할머니의 성이 무(武)씨였기 때문에 시냇가 옆에 솟아 있는 절벽을 〈무씨의 절벽〔武氏崖〕이라고 부르게 되었다. 그 이야기 속의 무씨 할머니는 아마도 선인이 아니었을까?

쇠로 된 절구공이를 바늘로 만든다는 것은 참으로 어려운 일이기는 했지만 열심히 하기만 하면 못할 일도 아니었다. 어쨌든 꾸준한 자세로 계속 해나간다면 언젠가는 수를 놓을 만한 가느다란 바늘로 만들 수도 있는 일이었다. 그러나 나무 송곳으로 다섯 자나 되는 돌판을 뚫는다는 것은 그저 열심히 노력한다고 해서 되는 일이 아니었기 때문에 그리 간단한 문제가 아니었다. 돌이 나무보다 단단하다는 것은 누구나 아는 사실이다. 하물며 다섯 자나 되는 두께의 돌임에랴! 나무 송곳은 길어봐야 한 자 정도 길이밖에는 안 되었다(두세 자가 되면 너무 길어서 걸리적거렸으니까). 그러니 그렇게 짧고 여린 물건을 가지고 두꺼운 데다가 단단하기까지 한 물체를 뚫으라니, 설사 뚫고 지나간다고 하더라도 그 나무 송곳이 남아날 수 있을까? 그렇게 하기 위해서는 절구공이로 바늘을 만들 듯이 할 수는 없었다. 그렇게 맹렬하게 무조건 뚫는다고 해서 될 일이 아니었기 때문에 곰곰이 생각을 하여야 했다. 조금씩 조금씩 꿰뚫고 지나가되 송곳은 닳지 않도록 하여야 했다. 그것은 참으로 힘든 기술이 필요한 일이었다.

부선생은 노군이 준 선물을 가지고 돌 위로 가서 앉아 온몸의 정신을 눈과 손목, 어깨에 집중시키고서 조심조심 천천히 꿰뚫기 시작했다. 그는 자신의 지혜를 최대한 발휘하여 연구하였고 가장 세심한 손길로 파고 다듬었다. 이렇게 열심히 생각하고 노력하면서 무려 40년간을 계속하여 팠다. 본래 힘이 세고 강하던 중년의 남자가 이제는 머리카락도 하얗고 수염까지 허연 할아버지로 변했다. 그러던 어느 날 다섯 자 두께의 돌판이 갑자기 뚫렸다. 노군이 준 그 나무 송곳으로 돌판을 뚫는 데 성공한 것이었다. 그러고 나서도 그의 손 안에는 누에콩만한 크기의 나무 토막이 남아 있었고 마침내 그는 득도하여 신선이 될 수 있었다.

이 이야기는 어쩌면 그저 신기한 전설에 불과한지도 모른다. 혹은 『장자(莊子)』, 「양생주(養生主)」편에 나오는 〈포정해우(包丁解牛)〉가 양생에 관한 비유이듯이 일종의 비유일 수도 있다.[8] 그러나 어쨌든 이 이야기는 상당히 의미가 있는 이야기로 사람들에게 뭔가 깨달음을 줄 수 있는 그런 종류의 전설이다.

노자가 살아 있던 동안의 전설은 많지가 않다. 다만 그가 공자를 만난 후 서쪽으로 함곡관(函谷關)을 지나갔다는 부분에 가서 그에 관한 신화전설들이 나타나게 된다.

공자가 떠나간 후 고향에서 머물던 노자는 왕실이 쇠약해지고 제후들이 발호하여 각지에서 전쟁이 일어나 세상이 뒤숭숭해지는 것을 보고 자기로서도 방법이 없다는 생각이 들었다. 그러나 보고 있자니 또한 골치가 아프고 마음이 아프기도 해, 아예 사람이 없는 곳으로 가 은거하기로 작정을 하고 서역(西域)

8) 포정이 소의 근육과 뼈의 틈을 잘 보고 소를 잡으니 19년 동안 같은 칼을 써도 늘 새로 벼린 칼과 같았다는 이야기이다.

으로 가기로 했다. 그래서 집안일들을 정리하고 푸른 소에게 수레를 끌게 하여 그 위에 앉아 간단한 짐보따리만을 지니고서 서방의 함곡관을 향하여 천천히 떠났다.

그때 함곡관을 지키던 관리는 관윤희(關尹喜)라고 하는 사람이었는데 평소에 신선의 도를 닦는 것을 좋아하여 조금은 〈도에 대해 아는 바가 있는〔道根〕〉 사람이었다. 노자가 아직 함곡관에 도착하지 않았을 때 그는 산술 계산을 하여보고 진인(眞人)이 곧 올 것이라는 것을 알고 있었다. 그래서 그는 매일매일 함곡관에서 기(氣)를 관찰하고 있었는데 며칠 전부터 한 덩어리의 거대한 자기(紫氣)가 동쪽에서부터 서서히 다가오고 있는 것이 보였다.

그러던 어느 날 한낮, 푸른 소가 끄는 수레를 타고 느릿느릿 좁은 길을 걸어오고 있는 노자의 모습이 눈앞에 나타났다. 노자는 머리를 흔들며 눈을 반쯤 감은 것이 마치 졸고 있는 듯한 모습이었다. 관윤희는 그 모습을 보는 순간, 귀가 길다란 이 노인이 바로 그가 오매불망 기다려온 이인(異人)임을 알아챘다. 그래서 얼른 함곡관의 관리들과 병정들을 이끌고서 노자를 따뜻하게 영접하였다. 그리고 억지로 그곳에 머물게 하여 노자는 그곳에서 며칠을 보내게 되었다. 관윤희는 노자에게 함곡관의 풍경을 구경시켜 주었고 그 나머지 시간에는 한보따리의 대나무 조각과 그것에 글씨를 새기는 칼을 주고는 억지로 몇 편이나마 글을 써주기를 원했다. 그것을 써서 자기에게 주고 난 후에 떠나라는 것이었다. 그렇게 졸라대니 노자는 할 수 없이 20여 일 동안을 눈을 가느다랗게 뜨고서 생각을 가다듬으며 칼을 들고 대나무 조각에다가 부들부들 떨면서 글을 새겨가는 수밖에 없었다.

그렇게 하여 〈도라고 말할 수 있는 것은 영원한 도가 아니고 ……(道可道, 非常道 ……)〉라는 말을 비롯하여 5천여 자를 써내려갔다. 상하 두 편으로 나뉜 그 책은 본래 이름이 없었으나 나중 사람들이 상편은 맨 앞에 〈도(道)〉라는 글자가 있고 하편은 앞에 〈덕(德)〉이라는 글자가 있다고 하여 『도덕경(道德經)』, 혹은 『노자(老子)』라고 불렀다. 어쨌든 그렇게 억지로 책을 완성하여 관윤희에게 전해 준 뒤 2,3일을 그곳에 더 머물렀다. 그리고 더 있다 가라고 하는 관윤희의 은근한 만류를 물리치고 다시 소가 끄는 수레를 타고 함곡관을 지나서 곤륜산(昆侖山) 근처의 유사(流沙)로 가 은거하였다.

그러면 관윤희는 그후 어떻게 되었을까? 거기에는 두 가지의 다른 전설이 전해지고 있다. 첫째는 그가 노자와 함께 함곡관을 떠나 유사로 갔다는 것이고 둘째는 노자가 떠나면서 그에게 이렇게 이야기하였다고 한다.

「자네는 여기에서 도를 잘 닦고 있게. 그리고 1천 년이 지난 뒤 성도(成都) 청양사(青羊肆)로 와서 나를 찾게나」

그리하여 1천 년이 지난 뒤 관윤희는 정말로 성도 청양사로 가서 노자를 찾았다. 노자는 푸른 양을 타고 하늘에서 천천히 내려와 관윤희를 법술로 변화시켜 신선이 되게 해주었다. 노자가 내려와 관윤희를 데리고 갔던 그곳에 후대 사람들은 도관(道觀)[9]을 세우고 그것을 〈청양관(青羊觀)〉이라고 불렀다. 지금은 청양궁(青羊宮)이라고 하는데 성도시 교외의 문화공원(文化公園)에 있다. 청양궁의 삼청전(三清殿) 좌우에는 청동으로 주조된 양이 한 쌍 서 있는데 얼마나 많은 세월 동안 관광객들이 매

---

9) 도교의 사당.

만졌는지 반짝반짝 빛이 날 정도이다.

공자의 무덤 곁에 있는 나무들이 점점 자라나 아주 커다란 나무가 되었을 무렵, 노나라 어느 지방에 공자와 마찬가지로 세상을 구해야겠다는 정신을 지녔으면서 공자보다 더 적극적인 사고를 하였고 더 힘이 있었던 묵자(墨子)라는 인물이 태어났다. 묵자는 성이 묵(墨)이고 이름이 적(翟)이었다. 그는 같은 고향 사람이었던 공수반(公輸班), 즉 노반(魯班)과 같은 수공업자 출신이었다. 그는 여러 가지 희한한 기구들을 만들 줄 알았는데 노반처럼 나무로 새를 깎아 하늘로 날려보냈다. 그것이 사흘 동안이나 떨어지지 않고 날아다녔다고 하니 그의 기술이 얼마나 뛰어났었는지 알 만하다.

그러나 그는 이렇게 수공예품을 만드는 기술만 뛰어났던 것이 아니었다. 〈강한 자가 약한 자를 못살게 하고 인구가 많은 나라가 힘으로 작은 나라를 부수는〉 전국시대에, 무고한 백성들이 숱한 전쟁으로 인하여 고통받는 것을 보고는 그런 침략에 반대하여 〈공격하지 말 것〔非攻〕〉을 주장하였다. 그리고 성을 지킬 수 있는 여러 가지 기구들을 만들어서 작은 나라들이 큰 나라의 침략에 대응할 수 있게 하였다. 그에게는 또한 공자와 마찬가지로 많은 제자들이 있었다. 공자의 제자들이 스승을 존경했던 것보다 묵자의 제자들은 더 그러했다. 묵자가 제자들에게 어떤 명령을 내리기만 하면 그것이 어떤 것이든 조금도 망설임이 없었다. 불 속에라도 뛰어들라면 뛰어들 정도로 목숨까지 아끼지 않고 스승의 말을 따랐다.

금골리(禽滑厘)는 묵자의 수제자였다. 그는 묵자의 모든 것을 전수받은 애제자였는데 처음에는 공자의 제자인 자하(子夏)에게 가서 공부를 하다가 나중에 묵자를 스승으로 모셨다. 묵자가 평생 동안 익혔던 학문과 재주를 모두 금골리에게 전하니, 얼마 지나지 않아 스승과 제자가 이름을 나란히 하게 되었다.

그렇기는 했지만 금골리가 스승에게서 조금이라도 재주를 배울 수 있었던 것은 정말 쉬운 일이 아니었다. 수공업의 도제 관계로 보아 스승을 찾아 배우기 시작한 후 삼 년 동안은 스승의 심부름만 해야 할 뿐 아무런 기술도 배울 수 없었던 것이 당시의 관례였다. 금골리도 묵자를 스승으로 섬기는 삼 년 동안 스승을 위해서 고생이 되기는 했지만 열심히 일해야 했다. 손과 발이 터져서 갈라졌고 피부는 햇볕에 그을리고 바람에 터서 거무스름하게 변하였다. 그는 스승에게서 뭔가 기술을 배우고 싶었지만 입도 벙긋 못하고 있었다.

묵자 역시 그의 마음을 일찌감치 알아차렸고 정말 그가 안쓰러운 생각이 들었지만 겉으로는 전혀 그런 내색을 하지 않았다. 그리고 드디어 삼 년이 되었을 때 묵자는 술과 음식을 한바구니 준비하여 금골리에게 들게 하고서 태산(太山) 기슭의 깨끗하고 조용한 곳으로 갔다. 그곳의 띠풀을 뽑아 자리를 만들게 하고 마주 앉아 금골리에게 술을 한잔 따라주며 그가 제자로서의 견습기간을 끝내고 졸업을 하게 된 것을 축하하였다. 금골리는 술잔을 받아들고서 묵자에게 절을 두 번 하고 고민스러운 듯 술을 마셨다. 그런 다음 술잔을 내려놓고 가만히 한숨을 내쉬며 아무 말도 하지 않았다.

묵자가 미소를 지으며 그에게 관심이 있는 듯이 물었다.

「나에게 무슨 바람이 있거든 한번 말해 보려므나」

금골리는 그 말을 듣자 검고 메마른 얼굴에 벌겋게 홍분된 빛을 띠며 얼른 묵자에게 꾸벅 절을 두 번 하였다.

「제가 스승님께 배우고자 하는 것은 성을 지키는 방법입니다. 어떻게 하여야 적의 침입을 막을 수 있는가 하는 것이지요」

「그래, 바로 그거다!」

묵자는 즐거워하며 말했다.

「그것이 바로 내 뜻이었느니라. 그런데 너는 어째서 그 방법을 배우고자 하는 것이냐?」

「성인(聖人)께서 말씀하시기를」

금골리가 말했다.

「지금은 세상에 아무런 도(道)가 행해지고 있지 않습니다. 봉황도 어딘가에 숨어 나타나지 않고 있지 않습니까? 제후들은 그들의 종주국을 배반하고 힘이 세다고 하여 약한 자들을 괴롭히고, 나라가 크다고 하여 작은 나라들을 공격하고 있습니다. 그래서 곳곳이 모두 난리통인데 특히 작은 나라의 백성들이 가장 고통을 받고 있지요. 저는 그래서 방어의 기술을 배워 작은 나라들이 큰 나라의 침입으로부터 나라를 지켜낼 수 있게 하려는 것입니다」

「어떤 공격 무기들로부터 성을 방어해야 하는지 알고 있느냐?」

「제가 알고 있는 것은 대개 이런 것들입니다」

금골리는 곰곰이 생각하며 손가락을 꼽아 대답했다.

「임거(臨車), 구제(鉤梯), 충거(沖車), 운거(雲車), 토산(土山), 공동(空洞)…… 등 모두 열두 가지입니다. 이런 무기로 공격을 해올 때 어떻게 막을 수 있겠습니까?」

「그건 별로 어려울 것이 없지」

묵자가 대답했다.

「대략 말해 보자면…… 성을 둘러싼 연못이 공고하게 되어 있고 성을 지키는 장비가 갖추어져 있으며 땔감과 식량이 충분히 준비되어 있으면 된다. 그리고 임금과 백성들이 서로 한마음으로 연결되어 있어야 하고 사방 인근 제후들의 원조를 얻을 수만 있다면 어떤 식으로 공격해 와도 모두 막아낼 수 있지. 구체적인 방어의 방법을 이야기하자면 복잡하니까 천천히 공부하도록 하자. 급할 것 없느니라」

그때부터 묵자는 성을 방어할 수 있는 장비 60여 가지의 그림을 그려 금골리에게 보여주며 자세히 설명을 해주었다. 금골리는 성을 지키는 방법뿐 아니라 묵자의 〈겸애(兼愛)〉, 〈비공(非攻)〉의 정신까지 배워 어디를 가든지 스승의 가르침을 전했다.

당시 양주(楊朱)라는 사람이 있었는데 제자들을 모아놓고 어디에선가 〈자기 자신을 위할 것〔爲我〕〉이라는 학설을 가르치고 있었다. 그것은 묵자의 〈겸애〉와는 상반되는 도리였다. 그래서 금골리가 양주를 찾아가 물었다.

「당신은 곳곳에서 〈위아〉의 학설을 퍼뜨리고 다니는데 한마디만 물어봅시다. 당신의 몸에서 터럭 하나를 빼어 천하의 백성들을 구할 수 있다면 당신은 그렇게 하겠소, 안 하겠소?」

「천하는 터럭 하나로 구할 만한 것이 아니오」

양주가 대답했다.

「만일 구할 수 있다면 말이오. 하겠소, 안 하겠소?」

양주는 얼굴색이 변하여 고개를 숙이고 한마디 말도 하지 않았다.

금골리는 양주가 아무 말도 하지 않는 것을 보고 돌아나오는 수밖에 없었다. 나오는 길에 금골리는 양주의 제자인 맹손양(孟孫陽)에게 물었다.

「자네 스승께서 왜 아무 말씀도 하지 않으시는 건가?」

「당신은 우리 선생님의 뜻을 잘못 이해하고 계십니다」

맹손양이 대답했다.

「제가 스승님 대신 답변을 해드리지요. ──저도 한마디 묻겠습니다. 만약 어떤 사람이 당신의 피부를 아주 조금만 떼어내도 1만금을 얻을 수 있다면 당신은 그렇게 하시겠습니까?」

「물론 그렇게 하겠네」

금골리는 조금도 망설이지 않고 대답했다.

「그러면 어떤 사람이 당신의 손이나 발 하나를 가져가면 한 나라를 얻을 수 있을 것이라고 한다면 그렇게 하시겠습니까?」

맹손양이 또 물었다.

금골리는 맹손양의 올가미에 걸려들었다고 생각하며 곰곰이 생각하느라고 잠시 대답을 하지 않고 있었다.

「물론 터럭 한 오라기는 피부 한 조각에 비하면 아무것도 아니지요」

맹손양이 말했다.

「그리고 피부 한 조각은 손이나 발에 비하면 또한 별것이 아닙니다. 그건 명백한 사실이지요. 그러나 터럭이 모여서 피부가 되고 피부가 모여서 손이나 발이 되는 것입니다. 터럭 한 오라기가 신체의 만 분의 일밖에 안 된다고 해서 어찌 그것을 중요하게 생각하지 않을 수 있겠습니까?」

금골리는 한숨을 내쉬며 얕보듯 말했다.

「자네 마음대로 말하게. 어쨌든 내가 말하는 것은 많은 사람을 이롭게 하고자 하는 것이고 자네가 말하는 것은 한 개인만을 이롭게 하는 것이네. 그러니 우리 두 사람의 의견은 일치할 수 없지. 자네의 말을 노자나 관윤에게 들려준다면 자네가 옳다고 하겠지만, 대우(大禹)나 묵적에게 들려준다면 나의 말이 옳다고 할 걸세. 그래서 〈길이 다르면 서로 함께하지 않는다(道不同不相爲謀)〉고 한 것이 아니겠나? 그러니 우리 더 이상 이야기할 필요가 없겠네」

그러고 나서 화가 잔뜩 난 채로 나가버렸고 맹손양 역시 관심이 없는 듯한 표정으로 고개를 돌리고서 양주의 제자들과 손님들이 있는 정원으로 돌아가 그들과 어울려 즐겁게 다른 이야기를 하기 시작했다.

위에서 이야기한 금골리의 전설에서 묵자가 말한 바 〈겸애〉와 〈비공〉의 정신을 조금이나마 엿볼 수 있다. 그러나 후대 도가(道家)의 방사(方士)들은 묵자가 82세가 되었을 때 갑자기 깨달은 바가 있어 〈세상일은 이미 다 알 수가 있지만 훌륭한 직위는 늘 유지되는 것이 아니다〉고 말하고는 적송자를 따라 신선의 도를 공부하고 싶어했다고 한다. 얼마 지나지 않아 그가 주적산(周逖山)으로 들어가니 산속에서 글읽는 소리가 들렸는데, 그가 밤이 되어 잠을 잘 때에 누군가가 와서 옷으로 발을 덮어주는 것이었다. 묵자는 잠시 가만히 기다렸다. 그랬더니 정말로 신인(神人)이 와서 그에게 신선의 도를 가르쳐주겠다고 하며 새책을 한 권 주고 오행(五行)의 변화 등 방술(方術)을 이야기해 주는 것이었다. 묵자는 나중에 그렇게 도를 닦아 지선(地仙)이 되었는데 그것은 그가 선서(仙書)에 기록된 내용에 따라 실험한 결과였고 그것을 『오행기(五行記)』라는 책으로 써서 남겼다고 한다.

한(漢) 무제(武帝) 때에도 묵자가 계속 살아 있었다고 하는 이야기가 있다. 한 무제가 사람을 보내어 묵자를 예로써 청해 오게 하였으나 묵자는 궁정에 들어가기를 원하지 않고 혼자서 오악(五岳)의 명산을 떠돌아다니는 것을 좋아하였다고 한다. 그 때에도 그는 몸이 건강해서 얼굴색을 보면 50여 세 정도밖에 되지 않았다고 전해진다. 이런 것에서 중국 신화에 선화(仙話)가 침투한 흔적을 살펴볼 수 있는데 적극적으로 세상일에 뛰어들었던 묵자까지도 소극적으로 은둔한 선인으로 묘사되어 있다.

제11장
묵자와 노반

묵자의 생애 중에서 가장 유명한 전설은 초나라가 송나라를 공격하려는 것을 막은 일이다.

묵자와 같은 고향 사람이었던 공수반은 노반(魯班)이라고도 하는데 아주 유명한 기술자였다. 그는 노나라에서 남방의 초나라로 가 일을 하다가 초나라 왕에게 임용되어 초나라에서 살게 되었다. 당시 초나라와 월나라는 남방의 대국으로 장강(長江) 하류에서 자주 배를 타고 전쟁을 하였다. 초나라는 상류에 있었기 때문에 전쟁을 할 때에는 물길을 따라 내려와서 그 기세가 매우 대단하였다. 그러나 일단 퇴각을 하게 되면 문제가 달라졌다. 물길을 거슬러 올라가야 했기 때문에 무척 힘들고 어려웠던 것이다. 그에 비해 월나라는 전쟁을 할 때에는 거슬러 오느라고 힘들었지만 후퇴를 할 때에는 물길을 따라 재빨리 도망칠 수 있었으므로 초나라에 비해 우세하였다. 그래서 몇 차례나 초나라의 수군을 물리칠 수 있었다.

그러다가 공수반이 초나라에 와서 초나라 왕을 위해 몇 가지

기계를 병선에 설치하였다. 그것은 〈갈고리〔鉤〕〉와 〈밀어내는 기구〔拒〕〉라고 했는데 적이 탄 병선이 후퇴하려고 하면 〈갈고리〉를 사용하여 가지 못하게 잡아당겼으며, 또 적의 병선이 전진해 오려고 하면 〈밀어내는 기구〉를 써서 앞으로 오지 못하게 하였다. 그리고 또 그것들에 맞춰 몇 가지 함께 쓸 수 있는 병기들을 만드니 초나라 군사들은 전쟁에 자신이 생겼다. 그래서 월나라 병사들은 초나라에서 하는 대로 꼼짝도 못했고 마침내 초나라의 수군은 무기와 전술 면에서 우위를 점하게 되어 월나라를 수차례나 패하게 만들었다.

공수반은 자신의 이러한 발명품들에 대해서 무척이나 흐뭇해 했다. 그때 마침 일이 있어서 초나라에 온 묵자를 만나게 되어 자기 자랑을 하며 말했다.

「배를 타고 싸움을 할 때 사용하라고 내가 〈구(鉤)〉와 〈거(拒)〉를 만들었네. 자네가 만든 기구 중에도 그런 것들이 있지?」

「내가 만든 〈구〉와 〈거〉는 당신이 만든 것보다 훨씬 힘이 있는 것이지요」

묵자가 웃으며 대답했다. 그리고 자기보다 나이가 조금 많은 공수반에게 공손하게 말했다.

「형님, 모르고 계시는 건 아니겠지요? 제가 만든 〈구거(鉤拒)〉는 말입니다, 사랑으로 만든 〈구(鉤)〉이고 공손함으로 만든 〈거(拒)〉입니다. 사람들이 사랑의 갈고리를 사용하지 않는다면 서로 친해질 수 없을 것이고, 또한 공손함으로 만들어진 〈거〉를 사용하지 않는다면 서로에게 함부로 대하게 될 것입니다. 그렇게 되면 서로 친해질 수가 없고 마침내 모두 뿔뿔이 흩어지게 됩니다. 사람들이 서로 친하게 되려면 서로 공손하게 대하여야 하는 것인데 그것이 바로 서로를 이롭게 하는 것입니다. 만일 형님이 지금 정말 갈고리를 사용하여 사람들을 잡아당긴다면 그 사람들도 갈고리로 형님을 잡아당길 것입니다. 마찬가지로 형님이 밀어내는 기구로 사람들을 밀어낸다면 그들 역시 형님을 밀어낼 것이지요. 이렇게 사람들이 서로 잡아당기고 밀어내고 한다면 그것은 바로 서로에게 해가 되는 것이 아니겠어요? 그렇게 본다면 제가 만든 기구들은 형님이 전쟁을 하기 위해서 만든 그 갈고리나 밀어내는 무기들보다 강한 것이 아닐까요?」

공수반은 묵자의 그 말을 듣고 묵묵부답이었다. 자기가 졌다고 하는 표시였지만 사실 마음속으로는 절대로 그렇지 않다고 생각했다. 그러고 난 후 얼마 지나지 않아 그는 집 안에 열흘 남짓 틀어박혀 대나무와 나뭇조각을 가지고 열심히 뭔가를 깎고 새기고 하여 까치를 한 마리 만들었다. 그리고 그것을 하늘에 날리니 사흘 동안이나 떨어지지 않고 공중에 떠 있었다. 이번에도 공수반은 득의양양하게 묵자에게 자랑을 하였다. 자기가 만든 이 나무 까치보다 더 훌륭한 것은 이 세상 어디에도 없을 것이라는 이야기였다.

묵자는 공수반이 만든 까치를 손에 들고 이리저리 살핀 뒤 별것 아니라는 듯한 말투로 대답했다.

「별것 아닌데 뭘 그러십니까. 이런 것쯤은 저도 만들 수 있어요. 그러나 당신이 만든 이 까치는 보통 이름 없는 목수들이 만든 수레바퀴 비녀장보다도 못해요. 생각해 보세요. 그 사람들은 세 치 정도 되는 나무토막을 눈깜짝할 사이에 깎고 다듬어서 수레바퀴에 끼우지요. 그러면 그것으로 50석(石)의 무게까지 지탱합니다. 형님이 만든 이 까치 따위를 어찌 그 수레바퀴 축의 쓰임새에 비하겠습니까? 바로 그렇기 때문에 우리가 일을 할 때에는 그것이 〈뛰어난 것〔巧〕〉인가 〈별것이 아닌가〔拙〕〉하는 것, 그리고 그것이 사람들에게 이로움을 주는가 아닌가 하는 것을 먼저 생각해 보아야 하는 것입니다. 사람들에게 이로움을 준다면 그것은 교(巧)이지만 별다른 이로움을 줄 수 없다면 그것은 그저 졸(拙)일 뿐입니다」

이번에도 공수반은 기가 죽어서 아무 말도 하지 못했고 영 마음이 편치 않았다. 결국 두 사람은 서로 뜻이 맞지 않았기 때문에 헤어지는 수밖에 없었다. 더구나 묵자는 초나라에서 좀 머물렀지만 달리 할 만한 일도 없었기 때문에 다시 노나라로 돌아갔다.

공수반은 계속해서 전쟁하는 무기를 연구하고 만들었는데 마침내 성을 공격할 때 쓰이는 기구인 구름사다리(雲梯)를 발명해 냈다. 그것은 전차에 싣고 갈 때에는 접어서 실을 수가 있었기 때문에 별로 눈에 띄지 않았지만 일단 펴기만 하면 구름을 뚫고 높이 치솟아올랐기 때문에 구름사다리(雲梯)라고 불렸다. 그것은 또한 〈하늘을 뒤덮는 계단(蒙天之階)〉이라고도 했는데 성을 공격하는 데 있어서 아주 쓸모 있는 무기였다. 초나라 왕은 그것을 가지고 가서 송나라의 도성을 공격하려고 하였다. 그러나 그곳을 공격하기 전에 우선 공수반은 지난번에 만들었던 나무까치의 원리를 응용해서 사람이 탈 수 있는 새를 만들었다. 그리고 자신이 그 새를 타고 송나라 도성의 하늘로 날아가 그곳을 정찰한 뒤에 다시 돌아왔다. 하늘에서 살펴보았으니 어느 곳의 지형이 험준하고 어느 곳의 수비가 허술한지 일목요연하게 알아볼 수 있었다. 공수반은 자기가 정찰한 것들을 초나라 왕에게 돌아와 그대로 보고하였고, 왕은 그 보고에 따라 군대의 전열을 정비하고 날짜를 잡아 송나라를 공격하기로 하였다.

송나라는 초나라와 노나라 사이에 있던 작은 나라였다. 묵자는 초나라가 송나라를 치려 한다는 소식을 듣고 깜짝 놀랐다. 송나라가 무너진다면 곁에 있는 노나라도 위험해질 것이라는 생각이 들었기 때문이다. 묵자는 급히 금골리 등 제자 3백 명을 불러 성을 지키는 무기들을 들고 송나라의 도성인 팽성(彭城)으로 가 그들을 도와 성을 지켜주라고 하였다. 그리고 자신은 마른 양식을 준비해 간단한 짐을 꾸려 등에 둘러메고 즉시 초나라를 향해 떠났다. 전쟁의 발발을 막으려는 것이었다. 그는 열흘 밤과 낮을 조금도 쉬지 않고 걸었다. 발이 부르터 피가 흐르면 옷을 찢어 싸매고 또 걸었다. 양쪽 발에 모두 물집이 잡혔고 터진 곳에 또 물집이 잡힐 지경이었지만 그는 조금도 쉬지 않고 피로도 느끼지 못한 채 걷고 또 걸었다. 그리하여 보통 사람으로서는 극복하기 힘든 어려움을 뚫고 마침내 짧은 시간 내에 초나라의 도성인 영도(郢都)에 도착하였다.

영도에 도착해 보니 떠들썩하고 화려한 것은 예전과 똑같았으나 곳곳에 군사들과 창 같은 무기들이 보이고, 군대의 깃발 등이 휘날리는 것이 어딘가 살기가 감돌고 있었다. 묵자는 그런 것들을 자세히 살펴볼 틈도 없었다. 한적한 골목길에 자리잡고 있는 공수반의 호화스런 저택으로 급히 달려가 문지기에게 공수반을 만나고 싶다고 전하라 하였다.

공수반은 손에 기역자〔曲尺〕를 든 채 작업실에서 나왔다. 그리고 묵자를 보더니 김이 샌 듯한 표정으로 말했다.

「동생, 그 먼 곳에서 이렇게 나를 찾아오다니 무슨 일이 있는가?」

「북방의 어떤 자가 나를 모욕하였습니다. 가서 그자를 좀 죽여달라고 부탁하러 왔어요」

묵자가 말했다. 그러나 공수반은 별로 좋은 얼굴색이 아니었다.

「열 냥의 황금을 드리지요」

묵자가 정중하게 말했다. 그러자 공수반은 화가 난 듯이 분명하게 말했다.

「자네는 내가 사람을 죽이지 않는다는 것을 알고 있지 않나」

「형님 말씀이 옳습니다」

묵자가 공수반에게 공손히 절을 두 번 하고서 말했다.

「그렇다면 제가 몇 가지 말씀드릴 것이 있습니다. 제가 북방에 있으니 형님께서 구름사다리라는 것을 만드셔서 송나라를 공격할 것이라는 소식이 들려오더군요. 송나라에 무슨 죄가 있습니까! 초나라에는 남아도는 것이 땅입니다. 거기에 비하면 인구는 적은 편이지요. 적은 인구를 죽여가면서까지 남아도는 땅을 또 차지하려고 할 필요가 있습니까? 그것은 지혜로운 행동〔智〕이라고 말할 수 없지요. 또 송나라에는 아무 죄가 없는데 그 나라를 치려 하니 그것은 어진 행동〔仁〕이 아닙니다. 그리고 형님께서는 송나라를 치는 것이 아무런 이익될 일도 없다는 것을 알고 계시면서도 초나라 왕을 말리지 않으니 그것은 충성된 행동〔忠〕이 아닙니다. 그리고 싸워봐야 목적도 달성하지 못할 것이니 그것은 강한 것〔强〕이 아니지요. 게다가 한 사람 죽이는 일은 하지 않으시면서 많은 사람을 죽이는 일은 하려고 하시니 그것은 지혜로운 일이 아니올시다. ──저의 이 말들에 대해 어떻게 생각하십니까?」

공수반은 아무 대답도 하지 못하고 그저 이렇게 말했다.

「자네의 말이 옳기는 하네」

「그런데 어째서 그냥 손을 놓고 계시는 겁니까?」

「할 수가 없네」

공수반이 대답했다.

「이미 왕께 말씀을 드렸는걸」

「그렇다면 제가 왕을 만날 수 있게 주선해 주십시오」

공수반은 들고 있던 기역자를 내려놓으며 곰곰이 생각하더니 할 수 없다는 듯한 표정으로 말했다.

「좋아, 그렇게 하지」

공수반이 주선하여 묵자는 초나라 왕궁으로 가 왕을 만나게 되었다. 묵자가 왕에게 말했다.

「어떤 사람이 자기의 훌륭한 가마를 마다하고 옆집 사람의 다 낡아빠진 가마를 훔치려 한다면, 또 자기에게 비단으로 된 옷이 있으면서도 옆집의 다 해진 누더기옷을 훔치려고 한다면, 그리고 쌀이나 고기가 자기에게 충분히 있는데도 옆집의 시래기죽을 훔치려고 한다면 왕께서는 그 사람이 어떤 사람이라고 생각하시겠습니까?」

「그거야 도벽이 있는 사람이라고밖에 말할 수 없겠지」

초나라 왕이 별로 개의치 않고 대답했다.

「초나라는 사방이 5천 리나 됩니다」

묵자가 말했다.

「그러나 송나라는 겨우 5백 리밖에 안 되지요. 바로 훌륭한 가마와 다 낡아빠진 가마의 차이입니다. 초나라에는 운몽(雲夢)의 호수가 있어서 그 곁에 물소, 코뿔소, 사향노루, 고라니, 사슴 등이 살고 있지요. 또한 장강(長江)과 한수(漢水)를 끼고 있기 때문에 물고기나 자라, 큰자라, 악어 등이 많아 붐벼서 다 살 수가 없을 지경입니다. 그러나 송나라에는 꿩이나 토끼, 잉어조차도 제대로 없어요. 바로 쌀과 고기가 많은 집과 시래기죽이나 먹는 집의 차이지요. 또 초나라에는 장송(長松), 문재(文梓), 남목(楠木), 예장(豫章) 등의 좋은 나무들이 많이 있지만 송나라에는 그것과 비슷한 큰 나무들조차 없답니다. 이것은 비단옷과 누더기옷의 차이입니다. 신이 보기에는 왕께서 군대를 보내어 송나라를 치려 하시는 것은 바로 이런 것과 별 차이가 없는 일입니다. 왕께서 그 일을 감행하신다면 그것은 의리만을 해치게 되는 것일 뿐 별달리 얻을 것도 없는 일이라고 생각됩니다」

「자네 말이 옳다」

초나라 왕이 고개를 끄덕거리며 말했다.

「그러나 공수반이 나를 위해 구름사다리를 이미 만들었기 때문에 할 수 없이 송나라를 공격해야겠는걸……」

「그것이 성공할지 실패할지는 장담할 수 없는 일입니다」

묵자가 말했다.

「공수반은 세상에서 가장 뛰어난 기술자일세」

초나라 왕이 기분이 좀 나빠진 듯한 표정으로 말했다.

「공수반은 구름사다리만 만들어낸 것이 아니야. 성을 공격하는 전술에 대해서도 상당한 연구를 했단 말일세. 그런데 성공할지 실패할지도 모른다니?」

「나무 토막이 있다면 제가 공수반과 한번 겨루어보겠습니다」

묵자가 침착하게 말했다.

초나라 왕은 호기심이 생겼다. 그래서 시종에게 나무 토막들을 가져오라고 하였다. 묵자는 허리띠를 풀어 바닥에 내려놓고 활모양으로 만들어 그것을 성이라고 하였다. 그리고 나뭇조각들을 공수반과 똑같이 나누어 가졌다. 바로 성을 공격하고 지키는 무기라는 것이었다. 두 사람은 초나라 왕 앞에서 무릎을 꿇고 진지하게 싸우는 모습을 연출하였다.

그들은 각각 손에 나뭇조각을 들고서 마치 장기를 두듯이 밀고 당기고 하였다. 한 사람이 진격하면 다른 사람이 막았고 또 서로 나아가고 밀리고 하며 나무 토막을 들고 싸우니, 초나라 왕이 보기에는 무엇들을 하는가 싶을 정도였다. 공수반은 아홉 가지 방법을 써서 성을 향해 진격하였지만 아홉 번 모두 묵자에게 밀려났다. 그렇게 진격하고 지키고 하는 동안 없어진 나무 토막들은 바로 쌍방의 손실을 뜻했는데, 공수반의 나무 토막이 매번 공격할 때마다 없어져서 마침내는 하나도 남지 않게 되었고 묵자의 손에는 나무 토막이 남아돌았다. 공수반은 할 수 없이 포기하는 수밖에 없었다. 공수반의 얼굴에 영 언짢은 기색이 감돌았다.

「어때요?」

묵자가 미소를 지으며 물었다.

「별것 아닐세」

공수반이 허리를 곧추세워 옷소매로 목덜미의 땀을 닦으며 대답했다.

「어떤 방법을 사용하면 자네에게 이길 수 있는가 하는 것을 나는 알고 있지만 말하지 않았네」

「형님이 어떤 방법을 사용해야 저를 이길 수 있는가 하는 것을 저도 알고 있습니다」

묵자가 얼굴의 미소를 거두지 않은 채로 침착하게 말했다.

「그렇지만 저도 말하지 않았습니다」

초나라 왕은 그들이 말하는 것이 무엇을 의미하는 것인지 몹시 궁금했다. 그래서 얼른 물었다.

「그대들은 무슨 말을 하고 있는 것인가?」

묵자가 고개를 돌려 초왕에게 말했다.

「공수반의 뜻은 다른 것이 아니라 저를 죽이라고 왕께 권하는 것입니다. 저를 죽이면 송나라를 지킬 사람이 없으니 쉽게 공격할 수 있을 것이라고 여겨서이지요. 그러나 저의 제자인 금골리와 다른 3백 명의 제자가 이미 제가 만든 방어 무기들을 가지고 송나라의 성을 지키고 있습니다. 그곳에서 초나라가 공격해 오기를 기다리고 있지요. 그러니 저를 죽인다고 해도 송나라의 성은 아마 함락시키기가 어려울 것입니다」

「정말 훌륭한 방법이로구나!」

초나라 왕이 감동하여 말했다.

「그렇다면 송나라를 공격하지 않는 수밖에 없지」

공수반은 묵자를 데리고 왕궁에서 나와 자기 집으로 돌아왔다. 그러나 방금 전에 있었던 일이 여전히 마음속에 남아 꺼림칙했다. 묵자는 자신의 학설과 자기가 주장하는 바를 아주 진지한 태도로 공수반에게 설명했다. 그들 둘은 모두가 노동자 출신이었기 때문에 서로를 이해하기가 쉬웠다. 결국 공수반의 마음은 개운하게 풀어졌다.

「고향 친구, 정말 잘 왔네」

공수반은 어린아이처럼 웃으며 기분 좋게 말했다.

「자네를 만나지 않았을 때에는 송나라를 공격하려 하였지만 이제 자네를 만나고 나니 공짜로 송나라를 준다고 해도 그것이 의로운 일이 아니면 받지 않겠네」

「그렇다면 정말로 송나라를 형님께 드려야겠소이다」

묵자도 즐거워하며 말했다.

「앞으로 형님께서 의로운 일만 행하신다면 온 천하라도 모두 형님께 드리겠소」

공수반이 묵자에게 더 있다 가라고 잡으니 묵자는 그곳에서 2,3일을 더 묵다가 작별을 하고 다시 노나라로 돌아갔다. 그는 마침내 전쟁을 저지하는 일을 성사시켜 수많은 생명을 구했지만 그의 행색은 올 때와 조금도 다름이 없었다. 여전히 조그만 보따리를 등에 둘러메고 짚신을 신은 채였으며, 또한 몸에 걸친 것은 사시사철 바꿔입지 않은 데다가 맑은 날이나 비가 오는 날이나 늘 입었고 여러 군데 꿰맨 자국이 있는 허름한 무명옷이었다. 그 행색은 그가 초나라에 올 때와 같은 것이었다. 전설에 의하면 그가 송나라의 도성에 이르렀을 때 갑자기 비가 내려 성루 밑에서 잠시 비를 피하고 있었다고 한다. 그때 성을 지키는 병사가 묵자의 행색이 남루한 것을 보고 수상하다고 여기고는 인정사정 두지 않고 매정하게 쫓아버렸다. 그러나 묵자는 슬그머니 떠나면서 조금도 섭섭해하지 않았다고 한다. 묵자와 맞수로서 논쟁을 벌였던 맹자(孟子)는 학문적으로는 묵자에게 격렬하게 반대하였지만 한편으로는 이렇게 그를 인정하기도 하였다.

「묵자는 겸애를 주장한다. 그는 세상 사람들에게 이익되는 일이라면 머리끝부터 발끝까지 가루가 된다고 해도 기꺼이 할 사람이다」

맹자의 이 말을 통해 우리는 묵자의 인격과 그의 정신이 어떠했는가를 살펴볼 수 있다.

묵자와 같은 고향 사람이었던 공수반은 노나라 사람이었기 때문에 〈노반(魯般)〉, 혹은 〈노반(魯班)〉이라고도 불렸다. 그가 노나라 소공(昭公)의 아들이었다고 말하는 사람도 있지만 그것은 확실하지 않다. 다만 그가 고대의 이름난 기술자였기 때문에 예전에 목공에 종사하던 사람들이 그를 〈노반 사부(魯班 師傅)〉

라고 받들어 모셔, 어디든지 일을 하러 갈 때마다 그의 모습을 새긴 신상(神象)을 상자 속에 넣어 들고 다니며 그 앞에 향을 피워놓고 일을 했다는 이야기는 유명하다. 옛날부터 지금까지 그에 관한 민간전설은 너무 많아서 이루 다 헤아릴 수가 없다.

그러나 고서에 확실히 기록된 것은 그리 많지가 않은 데다가 상당히 단편적인 것이다. 그에 관한 전설 중에서 가장 유명한 것은 나무로 새를 만들었는데 이 새가 사흘 동안 하늘에서 떠다니며 떨어지지 않았다고 하는 이야기이다. 그리고 또 자기가 직접 그 나무 새를 타고 송나라 도성으로 날아가 그곳의 허술한 지점을 파악했다고 하는데 그 이야기는 앞장에서 이미 서술하였다. 이렇게 나무로 만든 자동화된 기계들에 대한 이야기가 하나 더 있는데 그것은 상당히 해학적이고 풍자성을 띠고 있다. 내용은 다음과 같다.

노반이 자기의 어머니를 위하여 나무로 된 마차를 한 대 만들었다. 마차를 끄는 두 마리의 말도 나무로 만든 것이었고 마차를 모는 마부도 나무였다. 그 모든 것에는 아주 뛰어나고 세밀한 장치가 다 되어 있었다. 준비가 끝난 뒤 마부는 채찍을 들어 말을 내리쳤고 나무로 된 두 마리의 말은 재빨리 앞으로 달려나갔다. 마차의 바퀴도 바람처럼 빨리 돌아갔다. 마차는 노반의 어머니를 태우고 계속해서 앞으로 전진했다. 그 결과 마차는 흔적조차 없이 사라져 다시는 돌아오지 않았다. 그래서 민간에는 이런 속담이 전해진다.

노반은 얼마나 재주가 뛰어났던지 자신의 어머니까지도 잃어버릴 정도였다네.

위대한 기술자 노반은 기계가 저절로 움직이게 만들 줄은 알았지만 기계를 멈추게 하는 장치를 순간적인 실수로 잊어버렸기 때문에 이런 웃지 못할 일이 일어났던 것이다.

노반은 여러 가지 발명품을 만들어냈는데, 맷돌 역시 그가 만들어낸 것이라고 한다. 그리고 문에 달린 문고리도 그의 창작품이라고 하는데 그것에 대해서는 이러한 전설이 전해지고 있다. 어느 날 노반은 강가를 거닐며 문에 문고리를 어떻게 설치하고 거기에 자물쇠를 또 어떻게 채울까 하는 방법에 대해 궁리하고 있었다. 그때 커다란 우렁이 하나가 강가의 수초 사이를 떠다니고 있었다. 노반은 신기한 생각이 들어 우렁이에게 물었다.

「껍데기를 열고 네 모습을 좀 보여주렴!」

그러자 우렁이가 껍데기 속에서 머리를 내밀었다. 노반은 그 모습을 보고 얼른 발로 땅 위에 그림을 그렸다. 막 그림을 그리고 있는데 우렁이가 그것을 알아채고서 다시 머리를 껍데기 속에 집어넣어 버렸다. 그리고 문을 닫아 걸고는 꽉꽉 숨어서 다시는 나오지 않았다. 그 모습을 보고 노반은 문고리를 만드는 방법과 그 위에 잠금쇠를 채우는 방법까지 깨달을 수 있었다. 그래서 문고리를 우렁이의 모양으로 만들었다. 그때부터 집 안에 둔 물건들은 우렁이가 껍데기 속에 숨어 있듯이 안전하게 보관될 수 있게 되었다.

이 이야기와 비슷한 구성을 갖춘 것으로는 노반이 촌류신(忖留神)의 초상화를 그렸다는 전설이 있다. 촌류신은 위수(渭水) 다리 밑에 살았다. 노반은 그 신을 찾아가 한번 보고 싶다고 부탁을 했다. 신은 물 속에서 대답했다.

「나는 너무 못생겼소. 당신이 그림을 잘 그린다는 것을 내가 알기 때문에 감히 나가지 못하겠소」

노반은 강물을 향하여 읍하고 말했다.

「걱정 말고 얼굴을 내밀어보십시오」

촌류신은 할 수 없이 무시무시하게 생긴 얼굴을 물 속에서 내밀었다. 노반은 그의 모습을 보게 되자 발끝으로 강가 땅바닥에 그 괴상한 얼굴을 슬그머니 그렸다. 촌류신은 그 사실을 알아차리고서 얼른 고개를 물 속에 집어넣고 다시는 나타나지 않았다. 후대 사람들은 노반이 그린 초상화를 바탕으로, 돌에 촌류신의 반신상(半身象)을 조각해 다리 밑의 물 속에 넣어주었다. 그런데 삼국시대 조조(曹操)가 말을 타고 위수교를 건널 때, 말이 그 신상을 보고 놀라는 바람에 조조가 말에서 떨어질 뻔했다. 화가 난 조조는 그 괴물 같은 신상을 물 속 깊이 밀어 넣어버리게 하였고 그때부터 그 신상은 어떻게 되었는지 알 수가 없다.

노반이 창조한 발명품에 관해서는 육조시대(六朝時代) 양(梁)나라 임방(任昉)이 지은 『술이기(述異記)』에도 다음과 같은 기록이 있다. 심양강(潯陽江) 칠리주(七里洲)에 목란(木蘭)나무를 깎아 정교하게 만든 배가 한 척 있었는데 그것 역시 노반이 만든 것이라고 한다. 그리고 천모산(天姥山) 남쪽 봉우리에도 노반이 나무로 깎아 만들었다고 하는 백학(白鶴)이 있었는데, 노나라에서 무려 7백 리를 날아와 이 산의 서쪽 봉우리에 내려와 앉았다고 전해진다. 후에 한(漢) 무제(武帝)가 사람을 보내어 그 나무학을 가져오게 하니 백학은 다시 날아올라 더욱 험준한 남쪽 봉우리로 가버렸다고 한다. 그리고 임방이 『술이기』를 저술하던 시대에도 날씨가 흐려 비가 올 듯한 날이면 봉우리 위의 백학은 날개를 펼치고 너울너울 하늘로 날아오를 듯한 자세를 하고 있었다고 한다. 또 노반은 돌에다가 〈우공구주도(禹貢九洲

圖)〉를 새겨 낙성(洛城)의 석실산(石室山)에 보관해 두었다고 한다.

그리고 동북 해변가 바위 위에 돌로 조각된 거대한 거북이가 있는데 그것 역시 노반이 만든 것이라고 전해진다. 이 거북이는 여름만 되면 바다로 기어들어갔지만 겨울만 되면 또다시 바위 위에 올라와 꼼짝도 안 하고 있었다고 한다. 진(晉)나라의 시인 육기(陸機)는 〈돌거북은 아직 바다를 그리워하지만 나는 차라리 고향을 잊으리(石龜尙懷海, 我寧忘故鄕)〉라고 노래했는데 거기 보이는 〈돌거북〉이 바로 이것을 가리킨다. 이런 여러 가지 기록들로 보건대 노반의 전설은 중세에도 상당히 보편적으로 전해지고 있었음을 알 수 있다.

노반에 관한 전설 중에서 가장 기이한 것이 바로 이제 이야기하려는 것인데, 여기에서는 노반(魯班)이 노반(魯般)으로 표기되고 있다. 노반은 숙주(肅州) 돈황(敦煌) 사람이었다. 어떤 시대에 살았는지는 알 수가 없으나 손재주가 매우 뛰어나 하늘에서 내린 장인(匠人)이라 할 만했다. 양주(凉州)에서 절의 불탑을 수리하는 작업을 하고 있으면서 그는 자기 자신을 위해 틈틈이 나무새를 만들었다. 그 나무새에는 저절로 움직이게 하는 기관이 붙어 있었는데 나무 막대기로 두세 번 두드리기만 하면 사람을 태우고 하늘로 날아올라 상당히 오랫동안 날 수 있었다.

노반은 그 나무새를 타고 자주 집으로 가 아내를 만나곤 하였다. 마침내 얼마 지나지 않아 아내가 임신을 하게 되었는데 시부모가 며느리의 배가 불러오는 것을 보고 이상하게 여겨 연유를 물으니 그때서야 며느리가 부끄럽게 사실을 고백하는 것이었다. 호기심이 생긴 아버지는 노반이 집에 돌아왔을 때 슬그머니 그 나무새를 타고 막대기로 열 번을 두드렸다. 그러자 그 나무새는 맹렬한 기세로 날아오르더니 동남쪽을 향하여 단번에 수천 리를 날아가는 것이었다. 그리고 오회(吳會, 지금의 江蘇省 吳縣) 지방에 이르러서야 땅에 내려올 수 있었다. 오회 지방 사람들은 하늘에서 이상한 나무새를 탄 늙은이가 내려오는 것을 보고 그가 분명히 요괴임에 틀림없다고 여겨 그를 잡아서 죽이고 말았다.

한편 노반은 돈황에서 또다른 나무새를 하나 더 만들어 그것을 타고 아버지를 찾아갔다. 그리고 오회 지방에서 아버지의 시체를 찾아 나무새에 싣고 돌아왔다. 그는 오회 사람들이 아버지를 죽인 것에 대해 한을 품고서 숙주성 남쪽에 나무로 선인(仙人)을 만들어 세워놓고 선인의 손가락이 동남쪽을 가리키도록 하였다. 그때부터 오회 지방에는 연속하여 삼 년 동안 큰 가뭄이 들었고 아무리 기우제를 지내도 비 한 방울 내리지 않았다. 그곳 사람들이 무당에게 점을 쳐보니 모두가 노반에게 잘못했기 때문이라는 점괘가 나왔다. 그들은 할 수 없이 천금의 후한 선물을 준비하여 돈황으로 가서 노반에게 거듭 잘못을 빌었다. 노반은 사람들이 그렇게 선물까지 가지고 와서 잘못했다고 하는 것을 보고는 동남쪽을 가리키고 있는 선인의 손을 잘라버렸다. 그리고 그날, 오회 지방에는 몇 년 동안이나 내리지 않던 비가 시원스레 쏟아져 내렸다고 한다.

노반에 관한 전설 중에서 가장 유명하고 또 재미가 있으며 끊임없이 전해져 내려오는 이야기가 또 하나 있다. 바로 노반이 자기의 여동생인 노강(魯姜)과 재주를 겨루어 조주교(趙州橋)를 만든 이야기이다.

조주교는 안제교(安濟橋)라고도 하는데 지금의 하북성 조현(趙縣)성 남쪽 약 5리쯤 되는 곳에 있다. 그 다리는 교하(洨河)

의 양쪽 기슭에 걸쳐져 있으며 본래 수(隋)나라의 대건축가였던 이춘(李春)이 만든 것이다. 그러니 지금부터 무려 1,300년 전에 만들어진 다리이다. 그런데 민간전설 속에서 그 다리는 이춘이 만든 것이 아니라 노반이 만든 것으로 전해지고 있다. 사람들은 자기들이 잘 알고 있으며 또한 오랫동안 받들어오던 노반에게 그 다리를 만든 공을 돌리고 있는 것이다. 즉 노반이 그의 누이동생인 노강과 재주를 겨루기 위해서 하룻밤 사이에 만들어낸 다리라고 한다.

당시 노반은 성 남쪽의 큰 돌다리를 만들기로 했고 노강은 성 서쪽의 작은 돌다리를 만들기로 하였다. 초경(初更)부터 시작해서 닭이 울 때까지 끝내기로 했는데 한밤중이 지날 무렵 노강은 다리를 다 만들었다. 그래서 얼른 성 남쪽으로 가 오빠가 다리를 만드는 모습을 몰래 살펴보았다. 오빠는 한 떼의 양을 몰고 오는 것 같았는데 자세히 보니 그것은 양이 아니라 눈처럼 희고 고운 돌덩어리들이었다. 노강은 자기가 이미 만들어놓은 다리가 아무래도 오빠가 만드는 다리보다 못한 것 같은 생각이 들어 다시 돌아가 이미 완성시켜 놓은 다리에 열심히 예술적인 장식을 하기 시작했다. 그녀는 하늘에서 내린 듯한 귀신 같은 솜씨로 다리의 난간에 여러 가지 섬세하고 정교한 조각을 하였다. 그녀는 〈견우와 직녀(牛郎織女)〉라든가 〈단봉조양(丹鳳朝陽)〉 같은 문양들을 꼼꼼히 새겨넣었는데 날이 밝기도 전에 일을 다 끝낼 수 있었다. 그녀는 오빠를 골탕먹이기 위하여 일부러 수탉의 울음소리를 흉내내어 꼬꼬댁—하고 소리를 질렀는데 사방의 닭들이 그 소리를 듣고 함께 울어대기 시작했다. 그때 노반은 아직 돌 두 개를 덜 얹어놓은 상태였다. 그런데 갑자기 닭이 우는 소리가 들려오니 나머지 돌 두 개를 급히 쌓아올리

장과로(『神仙』)

고, 결국 닭울음소리가 그쳤을 때에는 마침내 다리를 완성시킬 수 있었다.

조주석교(趙州石橋)가 완성되자 그 다리가 튼튼하고 구조가 훌륭하다는 소문이 인근에 널리 퍼지게 되었다. 팔동(八洞)의 신선(神仙)들도 그 소식을 듣게 되었는데 그 중에서 장과로(張果老)[10]가 나귀를 타고 바퀴 하나 달린 수레를 탄 시왕(柴王)과 함께 그 다리를 구경하러 왔다. 나귀 등에는 태양과 달을 실었고 수레에는 4대 명산(名山)을 실었는데, 그 나귀와 수레가 다리를 건너가니 다리가 흔들흔들하여 금방이라도 무너져버릴 것 같았다. 그 모습을 본 노반은 너무 급하여 얼른 물 속으로 들어가 두 손으로 가운데를 받쳤는데 그렇게 해서야 겨우 다리를 지탱할 수 있었다. 그러나 다리의 받침과 본체는 이런 시련을 겪은 뒤 더 튼튼해졌다. 지금도 다리 위에는 장과로가 타고 지나갔던 나귀의 발자국이 7-8군데 남아 있고 시왕의 마차바퀴 자국과 노반이 다리를 받쳤던 손자국이 두 군데 남아 있다고 한다.

10) 인선(人仙) 중의 한 사람으로, 늘 나귀를 거꾸로 타고 다녔다고 한다.

제12장
오자서와 오왕 합려

춘추시대, 오(吳)나라와 월(越)나라가 서로 으르렁거리며 싸우던 시기가 있었는데 역사가들은 그 시기를 〈오월춘추(吳越春秋)〉라고 부른다(그 시기는 대략 공자가 살아 있었던 시기와 일치한다). 그 시절에 대해서 지금까지 전해지는 민간전설들을 보면, 신화적 요소가 상당히 많으므로 신화전설의 범위에 넣을 수 있는데, 이제 그 이야기들을 정리하여 엮어서 서술해 보기로 한다.

〈오월춘추〉 시절의 이야기 중에서 가장 영웅적인 인물로는 역시 오자서(伍子胥)를 꼽을 수 있다. 오자서라는 영웅적 인물에 관한 전설에는 처음부터 끝까지 신비한 색채가 들어 있기 때문에 우선 그 인물에 대해서 먼저 알아보아야 할 것 같다.

오자서의 이름은 운(員)이고 초나라의 현신(賢臣)인 오사(伍奢)의 아들이다. 오사에게는 두 아들이 있었는데 형이 오상(伍尙)이고 동생은 오운(伍員), 곧 오자서였다. 당시 초나라의 평왕(平王)은 자신의 아들인 태자 건(建)을 위해 진(秦)나라의 아

오자서(『神仙』)

가씨를 며느리로 맞이하려고 하였다. 그런데 그녀가 무척이나 빼어난 미인이라는 사실을 알게 된 간신 비무기(費无忌)가 평왕에게 그녀를 며느리로 삼을 것이 아니라 아예 빼앗아 아내로 삼으라고 부추기기 시작했다. 오사는 평왕에게 그래서는 안 된다고 간언을 하였고, 이에 노한 평왕은 오사를 잡아들여 죽여버리려고 했다. 그때 오상과 오원은 각각 오나라와 정(鄭)나라에 가 있었는데 비무기는 또 평왕을 꼬여 그들까지 불러들이라고 하였다. 오사뿐 아니라 그 아들들까지 모조리 죽여 후환을 없애려 함이었다. 그래서 평왕이 그들을 불러들이고자 명령을 내리자 총명하고 어질었던 형 오상은 어명을 받들어 즉시 돌아갔다. 그러나 오자서는 본래 강단이 있는 성격이었던지라 어명을 받는 순간 바로 갑옷을 차려입고 투구를 쓰고 등에는 활을 멘 채 평왕의 사신을 만나 말했다.

「갑옷을 입은 저의 무례함를 용서하십시오. 그러나 돌아가 평왕께 아뢰어주시오. 만일 나의 아버지에게 죄가 없다면 당장 석방해 주시고, 죄가 있다고 인정하신다면 뜻대로 처분하시라고 말이오. 아들된 내가 돌아간다고 한들 아버지의 죄를 가볍게 할 수는 없는 일이 아니겠소」

사신은 돌아가 그대로 평왕에게 보고를 하였다. 평왕은 오자서가 자신이 쳐놓은 그물에 걸려들지 않으리라는 것을 알고서 오사, 오상 부자만을 죽여 일을 끝냈다. 오자서는 그 사실을 전해 듣고서 차오르는 슬픔을 참을 수가 없어 반드시 아버지와 형의 원수를 갚겠노라고 맹세를 하였다.

그때 태자 건이 송(宋)나라에 피신해 있었는데 오자서는 그를 따라 송나라로 갔다. 나중에 태자 건이 진(晉)나라, 정나라로 가니 오자서 역시 그를 수행하여 함께 갔다. 당시 진나라는 정나라를 차지하려는 생각을 하고 있었기 때문에 태자 건을 정나라로 가게 해서 내응을 하도록 하였다. 오자서는 그것에 반대하였지만 태자 건은 수락하고 말았다. 그러나 비밀이 새어나가는 바람에 태자 건은 정나라 왕에게 죽임을 당하였고, 오자서는 태자 건의 아들인 공자(公子) 승(勝)을 데리고 황급히 빠져나와 오나라로 도망쳤다.

그때 오자서가 부딪히게 된 첫번째 난관은 소관(昭關)이었다. 〈오자서가 소관을 지나다(伍子胥過昭關)〉라는 말은 이미 민간에 전해지는 일종의 속담이 되어 있는데 그는 도대체 어떻게 소관을 지난 것일까? 거기에는 두 가지의 전설이 전해지고 있다.

초기의 전설에 의하면 그가 소관을 지나갈 때에 관(關)을 지키는 관리에게 붙잡혔다고 한다. 그때 대담하고 재치가 있었던 오자서가 관리를 협박하며 이렇게 말했다.

「자네는 왕께서 왜 나를 잡으려고 하시는지 아는가? 나에게 본래 값을 헤아릴 수 없을 정도로 귀한 보석이 있었기 때문이야. 솔직하게 말하자면 나는 이미 그 보석을 버렸지. 자네가 나를 잡겠다면 좋아, 잡아보게. 자네에게 이로울 것이 하나도 없을 것이니 말일세. 왜냐하면 내가 잡히게 된다면 나는 그 보석을 자네가 빼앗아갔다고 말할 거니까 말이야. 자네한테 뒤집어 씌울 거라는 말일세, 알아듣겠나? 자네가 내 보석을 빼앗아서 삼켜버렸다고 말하면 어떻게 될까. 한번 상상해 보게나. 왕께서 뭐라고 명령을 내리실까? 아마 자네를 죽여서 배를 갈라서라도 그 보석을 꺼내려 하실 것일세. 나야 물론 죽겠지. 그렇지만 내가 죽기 전에 자네 창자가 먼저 토막토막 잘리고 말 거라구……」

이렇게 지독한 말을 듣게 된 관리는 놀라서 멍해졌다. 원래 오자서를 잡으려고 험악한 인상을 쓰고 있던 그는 웃는 얼굴로 오자서를 떠나가도록 내버려두는 수밖에 별다른 도리가 없었다. 그리하여 오자서는 마치 아무도 건드리지 못하는 태세신(太歲神)처럼 아무 일도 없었던 듯이 여유작작하게 소관을 지날 수 있었다.[11]

이것보다 조금 후에 나온 전설에 의하면 오자서가 소관을 지날 때 너무 걱정을 많이 해서 하룻밤 사이에 머리가 하얗게 세었다고 한다. 그것이 어떻게 된 일인가 하니 다음 이야기를 보면 알게 될 것이다.

당시 오자서는 소관을 지나기 전에 근처에 있는 동고공(東皐公)이라는 친구집에 머물며 소관을 지나갈 수 있는 계책을 의논하고 있었다. 소관은 경비가 삼엄하고 조사가 심한 데다가 오자서의 생김새를 그린 그림을 걸어놓고 있어서 도저히 얼렁뚱땅 지나갈 방법이 없었다.

오자서는 밤에 잠을 이룰 수가 없었다. 밤새 뒤척이다가 아예 자리를 박차고 일어나 옷을 걸치고 왔다갔다하며 방법을 생각해 내려 하였지만 좋은 계책이 떠오르지 않았다. 날은 이미 밝아 동창이 부유스름해지기 시작했다. 그때 오자서가 문을 열고 나가니 동고공이 그를 보고 깜짝 놀랐다. 어제 저녁만 해도 30여 세 안팎의 중년 남자이던 그가 하룻밤 사이에 머리털과 수염이 희끗희끗한 50-60여 세의 노인으로 변해 있었던 것이다. 동고공의 말을 믿지 않았던 오자서는 거울을 보고서야 비로소 자신의 모습이 변했다는 사실을 실감했다. 어쨌든 잘된 일이었

11) 태세신은 하늘의 목성과 상응하여 움직이는데, 이 방향이 길하지 않아 사람들이 집을 짓거나 담을 쌓을 때 모두 그 방향을 피한다. 아무도 건드리지 못한다는 의미이다.

다. 소관에 붙어 있는 그림과는 어차피 다르게 생겼으니까 그곳을 통과하기는 수월하게 되었다. 그래서 두 사람은 의논 끝에 생김새며 외모가 오자서와 비슷한 시골 사람을 골라내어 오자서로 분장을 시키고 머리카락이 하얗게 변한 오자서는 그의 늙은 종으로 변장을 하였으며 공자 승은 시골 아이로 분장을 하여 얼렁뚱땅 소관을 지나는 데 성공할 수 있었다.

민간전설 중에는 오자서가 소관을 지나는 이 이야기와 흡사한 다른 전설들이 많이 전해지고 있는데 관운장(關公)이 동관(潼關)을 지난 이야기 같은 것이 바로 그렇다.

전설에 의하면 포주(蒲州) 해량현(解梁縣)의 관공(關公)은 본래 성이 관씨가 아니었다고 한다. 그는 현감이 약한 부녀자를 괴롭히는 것을 참지 못해 현감과 그의 처삼촌을 죽이고 동관으로 도망쳐 왔다. 그런데 동관의 문 위에 자신의 얼굴을 그린 그림이 붙어 있어 잡히는 것은 시간문제였다.

그래서 상황이 자신에게 이롭지 못하다는 것을 깨닫고 감히 동관을 지날 수가 없어 일단 작은 시냇가에 잠시 쪼그리고 앉아 궁리를 하고 있던 참이었다. 그는 시냇물을 떠서 세수를 하고 그 물을 거울 삼아 자신의 모습을 비춰보았는데 신기한 일이 벌어져 있었다. 그 물에 세수를 했을 뿐인데 얼굴색이 누런색에서 붉은색으로 변해 있는 것이었다. 자신도 자기의 모습을 알아볼 수 없을 정도였으니 동관을 지나는 것은 이제 일도 아니었다. 그래서 그는 의기양양하게 동관의 문을 지나가려 하였는데 문을 지키는 사람이 느닷없이 이름을 묻는 것이었다. 그때 다급한 김에 나온 성이 관(關)이었는데 어쨌든 그렇게 해서 동관을 무사히 지나갈 수가 있었다. 후에 그는 강호를 떠돌다가 유비(劉備)를 따르게 되었고 천하를 세 개로 나누는 데 공을 세워 〈관

관우(『炎黃』)

을 지나다(過關)〉라는 의미의 〈관〉을 정식 성씨로 삼게 되었다. 사실 그의 본래 성은 풍(馮)이요, 이름은 현(賢), 자는 수장(壽長)이었지만 그 사실을 아는 사람은 극히 드물었다.

각설하고, 오자서가 공자 승을 데리고 소관을 지나 얼마 가지 않았을 때 뒤에서 누군가가 뒤따라오는 것 같아 급히 아무데로나 숨었지만 곧 잡힐 것만 같았다. 어떻게 겨우겨우 숨어서 추격을 벗어나게 되었는데 이번에는 큰강이 눈앞에 나타났다. 망망하게 펼쳐진 저 넓은 강을 도대체 어떻게 건너갈 것인가, 그것이 오자서의 눈앞에 놓인 두번째 난관이었다.

오자서가 속수무책으로 멍하니 강을 바라보고 있을 때 갑자기 어부 한 사람이 강의 하류 쪽에서 배를 저어 올라오고 있는 모습이 눈에 들어왔다. 오자서는 서둘러 손을 내저으며 소리를 질렀다.

「노인장, 저희들을 건너게 해주십시오. 건너게 해주세요!」

그렇게 두세 번 소리를 질렀을 때였다. 마치 옆에서 누가 감시라도 하는 것처럼 노인은 못 들은 척하면서 되는 대로 흥얼흥얼 노래를 불렀다.

달이 떠오르니 해는 지네
갈대 가득한 강변에서 그대와 만날거나

오자서는 그 노래의 뜻을 알아들었다. 그래서 공자 승의 손을 잡고 강가의 갈대밭에 숨어 때를 기다렸다. 마침내 황혼 무렵이 되었다. 어부가 배를 저어 다가오는데 배를 저으며 그는 또 노래를 불렀다.

해가 산 너머로 넘어가는데
나의 마음은 아직도 울적하네
달이 떠오르는데
왜 빨리 배에 오르지 않는 것인가
사정이 이렇게 급박하거늘
도대체 어쩌려는 것인가

오자서는 얼른 갈대숲에서 나와 공자 승을 데리고 배에 올랐다. 어부는 그의 뜻을 알아차리고 배를 저어 곧장 강 가운데로 나아갔다. 강을 다 건너고 난 뒤 어부는 오자서의 얼굴에 배고픈 기색이 역력한 것을 보고 말했다.

「나무 밑에서 나를 기다리고 계시오. 먹을 것을 좀 가져다 드릴 테니까」

어부가 그렇게 말하고 간 후 오자서는 갑자기 의구심이 생겨 나무 밑에서 오래 기다리고 있을 수가 없었다. 그래서 공자 승을 데리고 갈대숲 깊은 곳으로 들어가 숨어 있었다. 얼마 지나지 않아 어부가 돌아왔다. 그는 나무 밑에 있던 오자서가 보이지 않자 손에 보리밥과 절인 생선으로 끓인 국을 들고서 노래를 부르며 그들을 불렀다.

「갈대숲에 숨은 사람들이여, 와서 밥을 드시오! 와서 밥을 드시라니까요!」

어부가 그렇게 간절하게 서너 번을 부르자, 오자서는 그의 목소리에 사람을 속이는 기미가 없다고 생각하고는 갈대숲에서 나왔다. 어부가 조금 기분이 나빠져서 퉁명스럽게 말했다.

「당신의 얼굴에 배고픈 기색이 있어 먹을 것을 가져왔거늘 어찌하여 나를 의심하시오?」

오자서는 고개를 들어 하늘에 뜬 달과 별을 우러러보며 탄식하였다.

「나의 생명은 본래 저 하늘에 달린 것이지만, 이제는 모든 것이 당신, 어르신께 달려 있습니다」

그렇게 말하고 나서 오자서는 공자 승과 함께 보리밥과 국을 허겁지겁 먹어치웠다.

마침내 떠나는 시간이 되자, 오자서는 자신의 허리춤에 차고 있던 보검을 꺼내어 어부에게 두 손으로 정중하게 바치며 말했다.

「이 칼은 선왕께서 하사하신 것입니다. 가운데에 일곱 개의 보석이 박혀 있는데 아주 귀한 칼이지요. 이것을 어르신께 드려 저의 고마운 마음을 전하려 합니다」

어부가 웃으며 말했다.

「나는 벌써 초나라 왕이 내린 령(令)을 보았네. 오자서를 잡는 자에게는 곡식 5만 섬을 주고 대부 벼슬을 준다고 했지. 그런 벼슬까지도 마다한 내가 그까짓 보석이 박힌 칼 따위를 탐내겠는가? 더군다나 그런 칼은 내게 아무런 소용도 없어. 오히려 당신처럼 먼 길을 떠나는 사람에게나 필요한 것이지」

그러자 오자서가 다시 물었다.

「어르신께서 이 칼을 받지 않으시겠다니, 그러면 성함이라도 가르쳐주시지요. 훗날 반드시 보답하겠습니다」

그러자 어부는 화난 표정으로 말했다.

「그 사람 정말 어리석구먼. 우리가 만난 것을 한번 생각해 보게나. 자네는 초나라에서 도망치는 사람이요, 나는 그 도망자를 도와주는 사람이 아닌가. 무엇하러 이름 따위를 남길 것인가 말일세. 나는 자네를 〈갈대숲에 있는 사람〔蘆中人〕〉이라고 부르면 되고 자네는 나를 그저 〈어부 노인〔漁丈人〕〉이라고 부르면 될 것 아닌가? 앞으로 좋은 세월 만나 귀한 몸이 되거든 잊지나 말아주게. 그러면 충분하네」

오자서는 그에게 고마워하며 작별 인사를 하였다. 그리고 마침내 길을 떠나는데 영 마음이 놓이지 않아서 다시 고개를 돌려 노인에게 당부하였다.

「만약에 추격하는 자들이 쫓아와서 묻거든 절대로 우리가 간 길을 알려주시면 안 됩니다. 꼭 비밀을 지켜주셔야 합니다, 꼭이요!」

오자서의 말을 들은 어부는 하늘을 우러러 탄식하며 말했다.

「내가 그래도 자네에게는 덕을 베푼 셈인데 아직도 그렇게 나를 의심한단 말인가? 만약 추격자들이 강을 건너 자네를 잡게 되기라도 한다면 내가 어떻게 나의 결백을 설명할 수 있겠나?——그만두게. 아예 내가 죽어버린다면 자네의 그 의구심도 사라지겠지」

말을 마친 어부는 밧줄을 풀어 배를 떠나게 하더니 곧 방향타를 빼버리고 노를 집어던졌다. 그리고 배를 뒤집어서 스스로 물 속에 빠져 죽어버리는 것이었다. 오자서는 그 광경을 멍하니 지켜보았다. 그러나 이미 상황은 돌이킬 수 없는 것이 되어버렸으니 그저 탄식이나 할 수밖에. 오자서는 공자 승을 데리고 다시 길을 떠났다.

한참 가다보니 어느새 오나라 땅에 도착했다. 너무나 피곤하고 힘이 든 데다가 배가 고파서 율양(栗陽)에 이르렀을 때에는 한 발자국도 뗄 수가 없을 정도로 지쳐 있었다. 이것이 바로 오자서가 도망길에 겪었던 세번째 난관이었다. 그런데 바로 그때 웬 여인이 시냇가에서 빨래 방망이로 광목을 두드리며 빨래를 하고 있는 모습이 보였는데, 그녀의 곁에는 밥바구니가 놓여 있었다. 오자서는 그녀에게로 다가가 힘없이 말을 걸었다.

「부인, 당신의 저 밥을 제가 좀 먹어도 될까요?」

그러자 여인이 고개를 숙인 채 대답했다.

「저는 어머니와 함께 살며 서른 살이 되었어도 아직 시집을 가지 못한 몸입니다. 어찌 길 가는 사람에게 밥을 팔 수가 있겠습니까?」

오자서가 웃음을 지으며 말했다.

「부인, 오해하지 마십시오. 밥을 팔라는 것이 아니라, 너무나 배가 고파 쓰러질 지경이기 때문에 저 밥을 저희들에게 좀 주십사 하는 것입니다」

여인이 고개를 돌려 오자서의 모습을 보니 그 모습이 당당한 것이 보통 사람이 아닌 영웅의 기개가 있어 보였다. 다만 상황이 여의치 못해 좀 지쳐 보이는 것뿐이었다. 그래서 그녀는 허락한다는 뜻으로 고개를 끄덕여 보였다. 그리고 땅바닥에 앉아 밥바구니의 뚜껑을 열고 국 한 사발과 밥 반 바구니를 꺼내어 공손하게 오자서에게 바쳤다. 오자서와 공자 승은 밥과 국을 몇 입 먹고 나서 그릇을 내려놓았다.

「차림새를 보니 먼 길을 가실 것 같은데 어째서 배불리 드시지 않고 수저를 놓으시는지요?」

그 말을 듣고 나자 오자서는 더 이상 사양하지 않고 공자 승과 함께 남은 밥을 허겁지겁 게걸스럽게 먹어치웠다. 그리고 또 다시 떠날 때가 되었을 때 의심이 많은 오자서는 마음이 놓이지 않아 그녀에게 거듭 부탁했다.

「부인께서 저희들을 살려주시는 은혜를 베푸셨습니다. 이제 다른 사람들이 의심하지 않도록 밥바구니와 국그릇의 뚜껑을 덮어두어 주십시오」

그러자 그녀는 처연히 탄식하며 말했다.

「아아, 내가 30년이 되도록 홀어머니만을 모시고 살며 외간 남자와 한마디 말도 나누지 않았는데, 오늘 당신이 이렇게 어려운 처지에 놓인 것을 보고 가엾은 마음이 들어 당신을 도왔거늘 오히려 이렇게 골치아픈 일을 당하게 될 줄이야……. 좋습니다. 이제 마음놓고 떠나세요」

오자서가 몸을 돌려 몇 걸음 가지도 않았는데 뒤에서 풍덩 소리가 들려왔다. 고개를 돌려보니 그녀가 커다란 돌덩이를 안고서 물 속에 빠진 채 급류에 휘말려 가라앉아버리는 것이었다. 오자서는 보글보글 끓어오르는 물거품을 보면서 그저 장탄식을 할 뿐, 아무런 방법도 생각해 낼 수가 없어 발길을 돌려 갈 길을 재촉하였다.

당읍(堂邑) 땅에 이르렀을 때 오자서는 길가에서 한 사나이가 누군가와 싸움을 벌이고 있는 광경을 보게 되었다. 그 사나이는 이마가 절굿공이처럼 튀어나왔고 눈은 움푹 들어갔으며 곰처럼 생긴 등과 호랑이 같은 가슴팍을 지닌 자였는데, 목숨을 걸고 싸우는 듯한 그 모습이 어찌나 사나운지 정말 겁이 날 지경이었다. 그렇게 사나이가 싸우고 있을 때, 갑자기 그의 아내가 문간에 서서 소리를 질렀다.

「그만두지 못해요!」

그러자 그 사납던 사나이가 양처럼 순해져서 얌전히 집으로 돌아가는 것이었다. 오자서가 그 광경을 보고 이상한 생각이 들어 옆 사람에게 사나이의 이름을 물어보았다. 그의 성은 전(專), 이름은 저(諸)라고 하였는데 아무것도 두려워하는 것이 없는 사나이였지만 오직 아내에게만은 꼼짝도 못한다는 것이었다. 이에 오자서는 전저를 찾아가 그 이유를 물었다. 그랬더니 전저의 대답이 묘했다.

「당신은 내가 아무것도 모르는 무지막지한 싸움꾼 같다고 생각하시지요? 하지만 아니오, 나는 그런 인물이 아니란 말이오. 나는 오직 한 사람의 아래, 그리고 세상 모든 사람들의 위에 존재하는 그런 인물입니다. 그렇게 보이지 않습니까?」

오자서는 그가 남들과는 다른 특이한 성품을 지닌 용사라고 생각했다. 그래서 그가 마음에 들어 즉시 그와 교우 관계를 맺었다. 이후에 쓰일 곳이 있으리라는 생각이 들었기 때문이다.

그런 고생 끝에 오자서는 마침내 오나라의 수도인 오시(吳市)에 도착했다. 그의 꼴은 이제 말이 아니었다. 그는 입에 풀칠이라도 하기 위해서 벌거숭이가 된 채 땅바닥에 엎드려 무릎으로 기어다니면서 사람들에게 끊임없이 머리를 조아려 구걸을 했다. 또 배를 부풀려 있는 힘을 다해 피리를 불며 지나다니는 사람들에게 단 한푼이라도 얻어내려고 안간힘을 썼다. 그것으로 목숨을 부지해야 했기 때문이었다. 때로는 머리를 풀어 헤치고 얼굴에는 진흙을 바르고서, 맨발로 헛소리를 중얼거리며 미친 척해서 사람들의 시선을 끌어모았다. 그는 그렇게 해서 구걸을 하여 생명을 이어갔다. 오시의 사람들은 그 모습을 호기심 어린 표정으로 바라보았지만 그 미친 남자가 누구인지는 아무도 알지 못했다. 그러던 중, 관상을 볼 줄 아는 한 관리가 오자서를 보더니 깜짝 놀라서 말했다.

「내가 사람들의 관상을 많이 보아왔지만 이런 이상한 사람은 처음 보네. 이보시오, 당신 혹시 다른 나라에서 도망쳐 온 외국 왕의 신하가 아니오?」

그는 즉시 오자서를 데리고 오왕(吳王) 료(僚)에게로 갔다.

오왕 료는 오자서의 얼굴을 바라보았다. 과연 얼굴에 위풍당당한 기운이 흐르고 있었고, 키가 한 길이나 되었으며 허리 둘레가 열 아름은 되어 보였다. 그리고 두 눈썹의 끝이 서로 한 자는 떨어져 있는 것 같았고 이야기를 나눠보니 사흘이 지나도 똑같은 말은 한번도 하지 않았다. 오왕 료는 오자서의 힘을 빌려 군사를 일으켜 초나라를 치려고 했다. 그러자 공자(公子) 광(光)이 오왕에게 간언을 하였다.

「오자서가 초나라를 치려는 것은 그 자신의 사사로운 원한 때문입니다. 왕께서는 그렇게 쉽게 그를 중용하셔서는 안 될 것입니다」

그러자 오왕은 초나라를 정벌하려는 생각을 버렸다.

공자 광은 본래 오왕 료의 당형제였다. 그의 아버지는 저번(諸樊)이라고 했는데 그에게는 동생이 셋 있었다. 여제(余祭)·여매(余昧)·계찰(季札)이 바로 그들이었다. 그들의 할아버지인 수몽(壽夢)의 유언에 따라 왕위는 형제의 순서대로 전해져 내려갔다. 저번이 죽자 여제에게로, 여제가 죽자 여매에게, 여매가 죽자 계찰에게로 이어졌다. 그러나 계찰이 왕위를 마다하고 도망쳐 버렸기 때문에 왕위는 여매의 아들인 료에게로 이어져 내려갔다. 그러자 공자 광은 불만을 갖게 되었다. 왜냐하면 자신은 수몽의 장자였던 저번의 큰 아들, 즉 장손이었기 때문이다. 그는 왕위가 당연히 자기에게로 이어져야 한다고 생각했다. 그래서 그는 늘 불평을 할 수밖에 없었고 지금의 왕인 료를 죽여 없앤 뒤 자신이 왕위를 빼앗으려는 계획을 가슴에 품고 있었다.

오자서는 공자 광의 세력이 대단하며 가슴속에 다른 뜻을 품고 있다는 사실을 알았다. 또한 공자 광이 왕위를 빼앗으려 하는 계획을 자기가 나서서 막는다면 초나라를 쳐서 원수를 갚고자 하는 계획 역시 실현될 수 없을 것이라고 생각했다. 그래서 오자서는 공자 광에게로 가서 붙었다. 그리고 자신이 맨 처음 오나라에 왔을 때 만났던 전저를 광에게 추천하였다.

공자 광은 전저를 얻게 되자 무척이나 기뻐하였고, 얼마 지나지 않아 자신의 가슴속에 있는 말까지 모두 전저에게 털어놓게 되었다. 전저는 공자 광이 자기를 알아주는 데 감격해서 그를 위해 목숨까지도 버릴 수 있다고 맹세를 하였다.

「왕을 없애려 한다면……」

전저가 공자 광에게 말했다.

「우선 그의 비위를 맞출 수 있어야지요. 오왕은 무엇을 좋아합니까?」

공자 광이 대답했다.

「음식 맛보는 것만큼 좋아하는 것이 없지」

전저가 다시 물었다.

「그러면 그는 무슨 음식을 가장 좋아합니까?」

공자 광이 대답했다.

「그는 적당히 구운 생선을 가장 좋아해. 특히 여러 가지 양념을 듬뿍 얹어서 맛이 뛰어난 생선을 말이야」

그러자 전저는 공자 광에게 작별인사를 하고 태호(太湖)로 가서 유명한 요리사에게 생선 굽는 법을 배우기 시작했다. 석 달이 지나자 마침내 요리의 비법을 전수받아 그가 생선을 굽기만 하면 십리 밖에 있는 사람도 그 향기를 맡을 수 있을 정도가 되었다. 그는 그때서야 집으로 돌아와 공자 광이 명령을 내려 주기만을 공손히 기다리고 있었다.

마침내 때가 다가왔다. 초나라 왕이 죽자 오왕 료는 개여(蓋

余)와 촉용(燭庸), 두 동생을 보내어 초나라를 치려 하였다. 또 숙부인 계찰에게는 진(晉)나라로 출장을 가게 하였는데 공자 광은 그 기회를 이용하기로 하였다. 즉 집에서 그들을 보내는 송별연을 갖기로 하였으니 오왕 료께서는 오셔서 함께 한잔 하시자는 것이었다. 특별히 맛이 좋은 생선구이를 준비하였으니 꼭 오시라고, 공자 광은 강조하는 것을 잊지 않았다.

공자 광은 밀실에 무장한 병사 수백 명을 미리 매복시켜 두었다. 오왕 료 역시 왕궁에서부터 공자 광의 집에 이르기까지 병사들을 세워두었고, 오는 길에는 자신의 친위대를 곳곳에 지켜 서 있게 하였다. 피차간에 경비가 삼엄하였던 것이다.

연회가 시작되었다. 술잔이 어느 정도 돌고 난 뒤 공자 광은 발이 아프다고 엄살을 떨며 절룩절룩 걸어서 밀실로 갔다. 그리고 전저에게 구운 생선을 받쳐들고 나오라고 명령을 내렸다. 생선의 뱃속에는 날카로운 칼이 숨겨져 있었다(이 칼은 오왕을 죽인 칼이라고 해서 훗날 〈어장검(魚腸劍)〉이라고 불리게 되었다). 그 칼은 본래 뛰어난 장인이었던 구야자(歐冶子)가 만든 다섯 개의 보검 중 하나였다. 전저는 무릎걸음으로 오왕 료의 앞으로 나아갔다. 그리고 손으로 생선을 가르고 그 속에 있는 날카로운 칼을 꺼내어 바람처럼 빠른 속도로 오왕 료의 가슴을 찔렀다. 그때 곁에 서 있던 오왕 료의 병사들이 들고 있던 창으로 전저의 양 어깨를 내리쳤다. 갈고리 끝에 그의 어깨가 걸렸고 창을 뒤로 잡아당기니 가슴이 찢어져 피가 흥건하게 흘러내렸다. 그러나 전저는 쥐고 있던 칼을 놓지 않았다. 오히려 료의 가슴 깊이 찔러 들어가니 칼날은 갑옷을 뚫고 등을 관통해 뒤에 펼쳐져 있던 병풍에까지 닿았다. 오왕 료와 전저는 그 자리에서 죽었다. 공자 광은 밀실에 숨어 있던 병사들을 끌고 나와 뒷수습을 하였고 자신이 오나라의 왕이 되었으니 그가 바로 오왕 합려(闔閭)였다.

오왕 료에게는 경기(慶忌)라는 아들이 있었는데 어찌나 용맹스럽고 힘이 장사였던지 달리는 소를 따라잡을 수 있었고 날아가는 제비도 잡아챌 수 있었다. 아버지가 살해된 후 경기는 위(衛)나라로 도망을 쳤는데 합려는 그가 늘 마음에 걸렸다. 그가 와서 자신을 해칠까봐 좌불안석, 그야말로 걱정이 태산 같았다. 그래서 자신이 살고 있는 집을 돌로 둘러싸고 창문도 모두 구리로 만들어 그 속에 숨어 살며 완벽한 대비를 하고 있었다.

그러나 합려는 늘 목에 가시 같은 경기를 없애고 싶어했고 결국엔 오자서에게 좋은 방법이 없겠느냐고 묻게 되었다. 오자서는 그에게 시정 잡배인 요리(要離)라는 인물을 소개해 주었다. 요리가 그 일을 해낼 수 있을 것이라고 말하자 합려가 물었다.

「일개 시정 잡배가 어떻게 힘이 장사인 경기를 없앨 수 있다는 말인가?」

오자서가 대답했다.

「그 사람을 너무 과소평가하지 마십시오. 제가 그 사람에 관한 이야기를 하나 들려드리지요」

동해에 치구흔(菑丘訢)이라는 용사가 살고 있었는데, 그의 용맹스러움은 온 세상에 이름이 나 있었다. 어느 날 그는 신연(神淵)을 지나가다가 말에서 내리더니 말고삐를 하인에게 주며 말했다.

「가서 말에게 물을 먹여라」

하인이 말했다.

「여기서는 말에게 물을 먹일 수 없답니다. 여기서 말에게 물을 먹이면 말이 죽는걸요」

치구흔이 말했다.

「내 말대로 가서 물을 먹여라」

하인은 감히 명령을 거역할 수가 없어 말을 끌고 가서 물을 먹였는데 말이 정말로 물 속으로 가라앉아버렸다. 그때 치구흔은 제나라에서 오나라로 출장을 가는 중이었는데 그 즉시 관복을 벗어버리고 연못 속으로 뛰어들어 칼을 뽑아들고 수신(水神)과 싸움을 벌였다. 그렇게 사흘 밤낮을 꼬박 싸워 마침내 교룡 세 마리와 용 한 마리를 잡아가지고 연못 밖으로 나왔다. 그러자 뇌신(雷神)은 참을 수가 없어서 몰래 그의 뒤를 따라와 천둥방망이로 그를 내려치고 번갯불로 그를 태우려 하였는데, 그렇게 열흘을 하였지만 결국에는 그의 왼쪽 눈 하나를 멀게 할 수 있었을 뿐이었다.

요리가 그 이야기를 듣고서 치구흔을 찾아갔다.

「치구흔이 집에 있습니까?」

그 집안 사람이 대답했다.

「지금 묘지에 장사치르러 갔습니다」

요리는 묘지에 따라갔다. 치구흔이 그곳에 있는 것을 본 요리는 사람들 앞에서 그를 욕하며 말했다.

「듣자하니 뇌신이 당신을 열흘 동안 공격하여 당신의 왼쪽 눈을 멀게 하였다고 하더군요. 하늘에 진 원수라면 하루를 넘기지 않는 법이요, 인간에게 진 원수라면 발뒤꿈치 돌릴 여유도 주지 않고 즉시 갚아야 하는 것이라는 사실쯤은 누구라도 다 알고 있는 것인데, 당신은 지금까지도 뇌신에게 원수를 갚지 않고 있으니 도대체 어찌된 일입니까?」

그렇게 한바탕 치구흔을 욕하더니 곧 가버렸다. 묘지에 있던 사람들은 그 말을 듣고 모두 화를 냈다.

요리는 돌아가서 자신의 제자에게 말했다.

「치구흔은 천하의 용사인데 내가 아까 많은 사람들 앞에서 그에게 모욕을 주었으니 분명히 나에게 따지러 올 것이다. 저녁이 되거든 대문을 닫지 말고 잠잘 때가 되어도 창문을 닫아걸지 말거라」

밤이 되자 치구흔은 과연 요리를 찾아왔다. 몰래 내실로 들어오더니 요리의 목에 칼을 들이대고 말했다.

「그대에게 죽을 죄가 세 가지 있다는 것을 아느냐? 첫번째는 많은 사람들 앞에서 나를 모욕한 죄요, 두번째는 밤이 되어도 대문을 잠그지 않은 것이며, 세번째는 잠을 자면서도 창문을 닫아걸지 않은 죄이다. ——자, 어디 할말이 있거든 해보아라」

그러자 요리가 말했다.

「당신에게는 세 가지 못난 점이 있소이다. 무엇인지 아시오? 남이 당신을 한번쯤 욕했다고 해서 이렇게 찾아와 복수를 하려는 것이 첫번째 못난 점이요, 칼을 빼어들고서도 바로 베지 않으니 그것이 두번째 못난 점이외다. 그리고 칼을 들이대고서 쓸데없는 말을 하고 있으니 그것이 세번째 못난 점이 아니겠소. 나를 죽일 수 있는 것은 독약뿐이오」

치구흔은 칼을 들고 얼이 빠진 듯 힘없이 걸어나가면서 혼자 웅얼거렸다.

「천하에 내가 못 따라갈 인물이 하나 있으니 바로 저놈, 요리로구나!」

오자서가 이런 이야기를 끝내고 나니 오왕은 정말로 오자서의 말을 믿게 되었다. 그래서 오자서에게 요리를 데리고 오라고 명했고 요리는 오왕을 만나게 되었다. 요리가 말했다.

「저는 동방 천리 밖의 사람입니다. 체격도 작고 왜소하며 힘도 없어서 바람이 앞에서 불면 뒤로, 뒤에서 불면 앞으로 고꾸라질 그런 인물이랍니다. 이렇게 쓸모없는 인간이기는 하지만 대왕께서 명령만 내리시면 힘을 다해 그 일을 하겠습니다」

오왕이 요리라는 이 인물을 보니 정말로 신체가 왜소하고 생긴 것도 별로 볼 만한 점이 없었다. 그래서 마음속으로 오자서가 어째서 이런 인물을 데리고 온 것일까 하는 생각이 들어 오랫동안 아무 말도 하지 않고 앉아 있었다.

요리는 오왕이 별로 기뻐하지 않는 모습을 보고 앞으로 나서며 말했다.

「대왕께서 걱정하시는 것은 모두 경기 때문이 아닙니까? 제가 그자를 없애버리도록 하겠습니다」

「경기의 용맹스러움은 세상이 다 아는 바이거늘 자네가 어찌 그를 당해 내겠는가?」

「제가 그에게로 투항하여 가서 그의 곁에 접근한 뒤에 기회를 보아 없애버리지요」

「그는 쉽게 남을 믿는 그런 인물이 아닐세」

오왕이 심각하게 말했다.

「더구나 자네는 원래 나의 수하에 있던 인물이 아닌가. 자네가 그에게 투항한다고 해서 그가 어찌 자네를 믿어주겠나?」

「고육책을 쓰면 됩니다」

요리가 용감하게 말했다.

「대왕께서 저의 오른팔을 베어버리십시오. 그리고 저의 아내와 아이들까지 모두 죽여주십시오. 그런 뒤 저에게 죄를 뒤집어 씌워 내쫓아버리신다면 아마 믿을 것입니다」

「그건 너무한 일이 아닌가……」

「그까짓 것이 뭐 그리 대단한 일이겠습니까」

요리가 말했다.

「제가 듣기로 아내와 자식을 사랑하는 작은 즐거움에 빠져 있으면 군주를 섬기는, 그런 크고 의로운 일을 할 수 없다고 하더군요. 그것은 군주에 대한 충(忠)이 아닐 것입니다. 가정만을 생각하느라 군주의 고통을 해결하지 못한다면 그것은 의(義)가 아니겠지요. 저의 마음은 이미 정해졌습니다. 대왕께서는 걱정하실 필요가 없습니다」

「그렇다면 좋다」

합려는 머리를 끄덕이고 얼굴에 가느다란 미소를 띠었다.

그리하여 마침내 요리는 오른팔이 잘렸고 아내와 자식들은 끌려가서 사람들이 모인 가운데 죽임을 당해 불에 태워졌다. 이런 비극적인 사건은 드디어 전국에 알려지게 되었고, 요리가 오왕에게 죄를 져 당하게 된 이 사건의 경과는 사람들의 입에서 입으로 전해지게 되었다. 요리는 겨우 남은 왼쪽 팔을 이끌고 위나라로 가서 경기에게 투항해 오왕의 포악무도함을 비난하였다. 경기는 요리 일가의 비극적인 이야기를 일찌감치 듣고 있던 터라 팔을 잘린 요리가 눈앞에 나타나자 그를 깊이 신뢰하였다. 요리가 막 오나라에서 와 오나라의 사정에 밝았고 또 경기는 싸움을 잘하는 군대를 소유하고 있으면서 오나라에 복수를 하고 옛땅을 되찾으려 하고 있었던 터라, 요리의 계책을 믿고 군대를 움직여 배를 타고 동쪽으로 내려가 오나라를 치려 하였다.

요리와 경기는 같은 배를 타고 있었다. 배가 강의 중간쯤에 이르렀을 때, 두 사람은 뱃머리에 앉아 강가의 형세에 대해 이야기하고 있었다. 경기가 바람이 불어오는 쪽에 앉아 있었고 요리는 손에 짧은 창을 들고 바람을 등지고 서 있었다. 그때 갑자기 강풍이 불어오니 요리는 바람을 따라 손에 들고 있던 창으로 경기를 향해 내려쳤다. 창날은 경기의 심장을 뚫고 등에까지 닿았다. 그러자 경기는 커다란 손으로 요리를 잡아 그의 몸을 거꾸로 들더니 머리를 강물 속에 처박았다. 요리를 물 속에 넣었다 뺐다 하기를 세 번이나 하고서 그를 어린아이 다루듯이 무릎 위에 앉힌 뒤 경기는 웃으며 말했다.

「세상에 이렇게 빼어난 용사가 다 있구나. 감히 나를 향해 창을 휘두르다니……」

옆에 서 있던 부하들이 다투어 칼을 들고 요리를 찌르려 하였다. 그러자 경기가 손을 내저으며 말했다.

「그는 뛰어난 용사이다. 하루에 두 명의 용사가 죽을 수는 없는 노릇이지. 그를 놓아주거라. 그것으로 그의 용맹스러움을 기리리라……」

그렇게 말하고 나더니 요리를 자기의 무릎에서 내려놓았다. 그러고는 자신의 가슴에 꽂혀 있던 창을 빼내었다. 피가 뿜어져 나왔고 그는 마침내 힘없이 갑판 위에 쓰러져 죽고 말았다.

배가 강릉(江陵)에 이르렀다. 사람들은 이미 죽은 군주인 경기의 유언을 받들어 요리를 석방하려 하였다. 요리는 선실의 입구에 앉아 하나밖에 남지 않은 팔로 자신의 턱을 받치고 생각에 잠긴 듯 꼼짝도 하지 않고 있었다. 사람들이 그를 재촉했다.

「빨리 가시오. 왜 빨리 가지 않는 것이오?」

그러자 요리가 몸을 일으켰는데 얼굴이 눈물로 뒤범벅이 되어 있었다. 그는 솟구쳐오르는 격정을 주체하지 못하며 말했다.

「나는 내가 도대체 무슨 바보 같은 짓을 한 것인가 하는 생각을 하고 있었소. 나는 아내와 아이들의 생명을 버려서 군주를 섬겼소. 그것은 어질지 못한 일〔不仁〕이오. 새로운 임금을 위해 옛임금의 아들을 죽였으니 그것은 불의(不義)가 아니고 무엇이겠소. 다른 사람의 소원을 이루어주기 위해서 내 몸을 상하게 했고 집안을 풍비박산으로 만들었으니 그것은 지혜롭지 못한 일〔不智〕이오. 이런 세 가지 죄악을 범했는데 어찌 계속 이 세상에 살아 있을 수 있겠소」

이 말을 마치더니 몸을 돌려 강물 속으로 뛰어들었다. 배에 타고 있던 사람들이 급히 그를 건져올렸다. 요리는 희미하게 눈을 뜨고 말했다.

「나를 무엇하러 건져올렸소……」

배에 있던 사람들이 말했다.

「오나라에 돌아가서 상을 타야지요」

요리가 얼굴을 일그러뜨리며 웃었다.

「자기 가족의 생명조차 아깝게 생각하지 못한 그런 인간에게 벼슬과 돈 따위가 무슨 소용이 있겠습니까」

그러더니 갑자기 칼을 빼어 자신의 두 발을 자르고 목을 찔러 자살하고 말았다. 이렇게 하여 시대의 급류에 작은 물거품 하나가 흔적도 남기지 않은 채 사라져갔던 것이다.

제13장
오 부차와 월 구천

눈에 가시 같던 경기를 죽이고 난 뒤 합려는 오자서의 계속된 충동질로 말미암아 마침내 초나라를 치려는 생각을 하게 되었다. 그러나 뜻하지 않은 일이 벌어졌다.

합려에게는 등옥(滕玉)이라고 하는 딸이 있었다. 어려서부터 귀엽게 길러서 자기 멋대로 하는 성미였지만 합려와 아내는 그 딸을 몹시 사랑하였다. 어느 날이었다. 세 식구가 함께 앉아 생선 찐 것을 먹고 있었다. 합려가 생선 한 마리를 반쯤 먹은 뒤에 남은 반을 등옥에게 먹으라고 밀어주었다. 별것 아닌 작은 일이었지만 귀엽게만 자란, 천금같이 귀한 이 아가씨는 벌컥 화를 내었다. 그리고 자기 방으로 가서 틀어박혀 혼자서 웅얼거렸다.

「부왕께서는 어찌 먹다 남은 생선 따위를 내게 먹으라고 주신단 말인가? 나를 모욕하시는 것이 분명해. 이런 세상에 살아 무엇하리……」

순간적으로 마음을 잘못 먹은 그녀는 그만 즉시 자살해 버리고 말았다. 합려 부부는 딸의 죽음을 너무나 비통해했다. 그러나 다른 방법이 없었다. 그저 장례라도 후하게 지내 다시 돌아올 수 없는 영혼을 위로해 줄 수밖에. 그래서 그들 부부는 대궐문 밖에 연못을 파고 흙을 돋구어 커다란 묘를 만들었다. 그리고 금으로 된 솥과 옥으로 만든 술잔, 은으로 된 술동이, 옥구슬로 만든 옷 등을 묘 안에 집어넣어 죽은 딸과 함께 묻어주었다. 그녀가 살아 있을 때와 마찬가지로 그것들을 사용하라는 의미에서였다.

출상하는 날에는 살아 있는 듯한 모습의 하얀 학을 특별히 만들어 대열의 앞에 서서 너울너울 춤을 추며 길을 인도하게 하였는데, 오나라 수도의 수많은 남녀들이 그 뒤를 따라오며 신나게 구경을 하였다. 묘 앞에 이르렀을 때, 춤을 추는 하얀 학과 장례 대열은 줄줄이 묘 안으로 들어갔다. 아무것도 모르는 사람들은 왁자지껄 떠들어대며 함께 따라 들어갔다. 사람들이 거의 다 들어갔을 때, 갑자기 〈쏴아―〉 하는 소리가 나더니 묘 안에 장치되어 있던 어떤 기계가 움직이기 시작했다. 그러더니 묘의 문이 자동으로 닫혀버리는 것이었다. 만근은 나갈 듯한 무거운 돌로 만들어진 그 문은 바로 생사의 갈림길이었다.

수많은 사람들이 산 채로 저승길에 들어서게 되었고 묘지의 안팎에서는 처참한 비명소리가 울려퍼졌다. 아내와 남편, 가족이 이렇게 하여 생이별을 하게 되었으니 수많은 가정이 깨지고 말았다. 국가의 주재자인 왕이 계책을 꾸며 자신의 죽은 딸을 위해 그들을 끌어들여서 함께 순장을 하도록 했던 것이다.

후대의 전설에 의하면 장례 대열의 맨 앞에 서서 춤을 추며 행렬을 이끌었던 그 하얀 학은 바로 먹다 남은 생선 때문에 자살해 버린 등옥의 영혼이 변한 것이라고도 한다. 말하자면 사람들을 끌어들여 죽게 만든 것은 아버지 혼자서 한 짓이 아니라 부녀가 함께 꾸민 계책이었다는 것이다.

살아 있는 사람들을 딸의 무덤에 함께 묻어버린 이 사건은 많은 사람들의 불만을 불러일으켰고 민심도 흉흉해졌다. 특히 기이한 것은 한 자루 보검까지 그 사건에 대해 불만을 가졌다는 점이다. 그 칼의 이름은 담로(湛盧)라고 했는데 그것은 본래 월나라 원상(元常)이 오왕에게 보낸 세 개의 보검 중 하나였다. 오왕 료를 죽이는 데 썼던 어장검과 합려가 죽은 딸의 무덤에 함께 묻은 경영(磬郢)검이 바로 그것들이었다. 이 칼은 합려가 포악무도한 짓을 하는 것을 보고 칼집 속에서 스스로 빠져나와 강물을 타고 거슬러 올라가 초나라로 갔다. 당시 초나라에는 평왕이 이미 세상을 떠나고 그 아들인 소왕(昭王)이 왕위에 올라 있었다.

어느 날 아침, 소왕은 눈을 뜨자 소스라치게 놀랐다. 차가운 빛을 발하는 칼 한 자루가 자신의 베갯머리에 놓여 있는 것이 아닌가! 이것은 어느 나라에선가 온 자객이 곧 자신의 목을 벨 것이라고 경고하는 것이 아니고 무엇이겠는가. 목덜미에 식은 땀이 흘러내릴 노릇이었다. 그러나 나중에 칼을 볼 줄 아는 풍호자(風湖子)가 와서 설명을 해주자 의구심이 가셨다. 풍호자의 말에 의하면 그 칼의 이름은 담로라고 했으며 본래 월나라의 유명한 장인 구야자(歐冶子)가 만든 것이라 했다.

구야자는 모두 다섯 자루의 명검을 만들었는데 순균(純鈞), 승야(勝邪), 어장, 거궐(巨闕), 담로가 바로 그것이었다. 담로는 온갖 금속의 순수함만을 뽑아내고 거기에다 태양의 정화(精華)와 우주의 온갖 정기를 불어넣어 만든 것으로, 칼을 뽑아들면 신령스런 빛이 찬란했고 허리춤에 차면 찬 사람의 모습을 위풍당당하게 만들어주었다. 그 칼로는 어떠한 적이라도 제압할 수가 있었다. 그러나 그 칼은 일단 군주가 이치에 어긋난 일을 하기만 하면 스스로 그 무도한 군주를 떠나 올바른 군주를 찾아간다고 했다. 지금 오왕이 임금을 죽이고 왕이 되어 초나라를 치려고 하고 있으며, 게다가 죽은 딸을 위해 살아 있는 사람들을 생매장하는 등의 무도한 행동을 하니, 담로가 오나라를 떠나 초나라로 온 것이라고 했다. 이 말을 듣자 초나라 소왕은 기분이 좋지 않을 수가 없었다. 기쁨에 겨워 소왕은 담로를 신주단지 모시듯이 하면서 늘 차고 다녔다.

그러나 이 칼이 정말 화를 불러일으키는 근원이 될 줄은 누구도 짐작하지 못했다. 오나라의 합려는 그 칼이 초나라로 갔다는 소식을 듣고서 그 칼이 신령스런 것이라 하긴 해도 성격이 꼿꼿해서 자기 스스로 그곳으로 간 것이라고는 생각할 수가 없었다. 그저 초나라 임금과 신하들이 꾀를 내어서 자신의 보검을 훔쳐간 것이라고 여겼다. 그래서 화가 머리끝까지 치솟아 손무(孫武: 궁녀들에게 병법을 가르쳤고 『병법(兵法)』 13편을 쓴 바로 그 손무) · 오자서 · 백희(白喜) 세 사람을 보내어 초나라를 치게 하니 바로 그 해에 초나라의 육(六)과 잠(潛) 두 현을 점거하게 되었다. 그리고 다시 몇 년이 지난 뒤에는 초나라의 수도인 영도(郢都)까지 점령하게 되었는데, 이때 창고에 산처럼 쌓여 있던 곡식들과 사당에 매달려 있던 구룡이 새겨진 큰 종〔九龍大鍾〕까지도 모조리 태워버렸다. 이렇게 하고서도 오자서는 분이 풀리지 않아 평왕의 무덤을 파헤치고 그의 시체를 꺼내어 시체에다가 채찍질을 3백 번이나 하였다. 그리고 왼발로는 그의 배를 밟고 오른손으로는 눈을 빼내면서 욕설을 내뱉었다.

「누가 널더러 간신의 말을 듣고 우리 아버지와 형님을 죽이라고 하였더냐? 오늘 이런 꼴을 당해도 할말이 없을 것이다」

수도인 영(郢)이 포위되어 있을 때 초나라 소왕은 황급히 수지(隨地)로 도망쳐 나왔다. 그리고 숱한 우여곡절 끝에 다시 돌아가 복위를 하였지만, 담로라는 명검이 초나라로 왔을 때만 해도 그가 이런 고통을 겪게 되리라는 것은 아무도 예측하지 못했다.

오나라는 오자서와 손무의 계책 덕분에 서쪽으로 강대한 초나라를 격파할 수 있었고 북쪽으로는 제나라와 진나라를 위협할 수 있었다. 뿐만 아니라 남쪽으로는 월나라 백성들을 거의 복속시키기까지 했으니 오나라의 세력은 갑작스레 비대해지기 시작했다. 그러나 후에 월나라를 쳤을 때 월왕 구천에게 한번 호되게 당했으니 바로 취리(檇李) 땅에서 월나라 군대가 오나라 군대에게 좌절감을 안겨주었던 것이다. 그때 월나라 장수인 영고부(靈姑浮)가 창으로 합려의 엄지발가락을 자르고 신발 한 짝을 가져갔는데 피가 분수처럼 솟아났다. 할 수 없이 오나라 군대는 썰물이 빠져나가듯 후퇴하는 수밖에 없었다. 그리고 그날 저녁 합려는 취리에서 불과 7리밖에 떨어져 있지 않은 형(陘)이라는 곳에서 죽고 말았다.

합려가 죽자 그의 아들인 부차(夫差)가 왕위를 계승하였다. 그는 오나라의 이번 패배를 크나큰 치욕으로 여겼다. 그래서 원수를 갚기 위해 궁정 문의 계단 앞에 군사를 하나 세워놓고 그가 드나들 때마다 이렇게 외치게 하였다.

「부차, 그대는 월나라 왕이 그대의 아버지를 해쳤다는 사실을 잊고 있는가?」

그러면 부차는 고개를 숙인 채 비통하고도 경건한 표정으로 대답했다.

「어찌 잊겠습니까」

그러면서 그는 열심히 군대를 훈련시켰고 전법을 가르쳤다. 그리고 그렇게 3년을 하여 결국 월나라에 원수를 갚을 수가 있었다.

오나라의 부차가 친히 이끄는 군대는 강상에서 월나라 구천의 군대와 맞붙었고 오나라는 월나라의 군대를 부추산(夫湫山)에서 크게 격파했다. 그곳이 바로 지금의 강소성(江蘇省) 오현(吳縣) 서남쪽 태호(太湖)에 있는 추산(湫山)이다. 추산은 포산(包山)이라고도 한다. 결국 구천은 남은 5천여 병사를 이끌고 회계산으로 숨어들어가 진지를 쌓고 구차한 목숨을 부지하였는데, 산에 돋아난 풀을 뜯어먹고 썩은 물까지도 마셔야 하는 그런 생활이었으며, 심지어는 각자 자신의 아이들을 바꿔서 먹기까지 하는 비참한 나날이었다. 구천은 더 이상 견딜 수가 없어 대부 문종(文種)을 보내어 부차에게 강화를 하자고 하였다. 오나라 왕이 허락을 하려고 할 때에 오자서가 오나라 왕에게 간하여 말했다.

「안 됩니다. 그들과 강화를 하셔서는 안 됩니다」

그러자 대부 문종은 가슴을 두드리며 통곡을 하였다. 그러고는 눈과 입가에서 피가 흐를 지경이 되어서도 천지신명께 맹세하며 월나라 왕의 진실된 마음을 전하는 것이었다. 그 모습을 보다 못한 부차는 마침내 월나라의 강화 요구를 받아들였다.

그리하여 월나라 왕인 구천 부부는 오왕 밑에서 3년 간의 종살이를 하게 되었다. 현신(賢臣)인 범려(范蠡)가 그들을 따랐는데 돌로 된 집 한 칸에 살며 말을 기르고 풀을 베었다. 물을 긷고 똥을 푸며 살다가 마침내는 병을 앓고 있는 오왕의 대변까지도 친히 맛을 보았다. 그러고는 되는 대로 한바탕 똥맛에 따른

이론을 늘어놓으며 오왕의 병이 곧 나을 것이라고 하였다. 과연 얼마 지나지 않아 오왕의 병은 깨끗하게 나았고 이에 감동한 오왕은 구천을 사면하여 고향으로 돌아가게 해주었다. 오왕의 이런 정신나간 행동에 대해서 오자서는 몇 차례나 간언을 하였지만 상황을 변화시키기에는 역부족이었다.

구천은 자기 나라로 돌아간 뒤 반드시 복수를 하리라고 마음을 먹었다. 그리고 여러 가지 방법으로 자기 자신을 수련하며 잠시도 스스로를 편하게 내버려두지 않았다. 예를 들어 겨울에는 가슴에 얼음덩어리를 안고 여름에는 불덩어리를 품었다. 피곤하여 잠을 자고 싶을 때에는 여뀌풀 이파리로 자신의 눈을 찔렀다. 발이 시려울 때에는 오히려 찬물에 발을 담갔고 쓰디쓴 쓸개 한 덩어리를 문간에 매달아놓고 드나들 때마다 그것의 맛을 보았다. 자다가 깨어나면 몰래 흐느껴 울었으며 실컷 울고 나면 하늘을 향해 목을 길게 늘여빼고 장탄식을 하였다.

오나라에는 충신인 오자서가 있었지만 오왕은 오자서의 충언은 듣지 않고 간신 백비(伯嚭)의 참언만을 믿었다. 한편 월왕에게는 범려와 문종이라는 현신이 있었으며 그들은 모두 마음이 통하는 친구와 같았기 때문에 한마음으로 구천을 보좌해 나라를 잘 다스렸다. 또한 오나라에 원수를 갚기 위한 여러 가지 준비 작업을 차근차근 해나갔다. 이것이 바로 월나라가 오나라와 다른 점이었다.

문종의 자는 자금(子禽)이었으며 초나라 평왕 때 초나라 완읍(宛邑)의 현령이었다. 당시 완읍의 삼호(三戶)라고 하는 작은 마을에 범려가 살고 있었는데 하루 종일 일은 하지 않고 머리를 풀어헤친 채 멍한 표정으로 미친 듯이 쏘다니곤 했다. 그리고 아무도 귀기울이지 않는 이상한 말과 행동을 하자, 사람들은 모두 그를 미쳤다고 여기고 아무도 그와 왕래를 하지 않았다. 오직 문종만이 이 기인에게 흥미를 갖고 있다가 어느 날 특별히 마차를 타고 삼호에 가 그를 만나보려 하였다. 마차가 막 범려의 집 문 앞에 도착했을 때 범려는 개구멍 앞에 쭈그리고 앉아 있다가 문종을 보고 개 짖는 소리를 흉내내어 왕왕 짖어대기 시작하였다. 그야말로 체통이 서지 않는 상황이었다. 문종이 그러한 상황을 수치스럽게 생각할까 봐 걱정이 된 신하가 옷을 가지고 중간에 서서 그 모습을 가리려 하였다. 그러자 문종이 말했다.

「가릴 필요 없다. 내가 알기로 개가 보고 짖는 대상은 사람이다. 지금 내가 여기에 왔다고 범려가 저런 이상한 예절로 나를 맞는 것은 바로 나에 대한 존경의 표시가 아니겠느냐. 바로 나를 사람으로 본다는 뜻이니까」

그러고는 마차에서 내려 범려에게 고개를 숙여 절을 하였다. 범려는 그 자리에 그대로 쭈그리고 앉아 눈만 둥그렇게 뜨고 가만히 있을 뿐 그 인사에 대답도 하지 않았다. 문종은 더 이상 어떻게 할 도리가 없어서 다시 관청으로 돌아왔다. 그후에 또 관리를 보내어 범려를 찾아가 보게 하였으나 범려는 여전히 멍청한 표정으로 한마디 말도 하지 않았다. 관리가 돌아와 문종에게 보고하였다.

「범려라는 자는 우리나라에서 유명한 미치광이입니다. 줄곧 그런 괴상한 병을 앓고 있지요. 아예 모른 척하시는 것이 좋을 것입니다」

문종이 웃으며 말했다.

「대개 훌륭한 자질을 갖춘 인재들은 일부러 사람들에게 조롱을 당하며 바보스러운 척한다고 들었다. 그 사람도 얼핏 보면 바보스러워 보이지만 사실은 아주 똑똑한 사람일 것이다. 너희들이 그를 이해하지 못하는 것은 당연한 일이지」

그러고는 또다시 범려를 찾아갔다. 그래도 범려는 문종을 피했다. 나중에 문종이 또 그를 찾아오려 한다는 이야기를 듣고서 범려는 자신의 형과 형수에게 진지하게 말했다.

「오늘 손님이 오신다고 하니 깨끗한 옷과 모자를 좀 빌려주십시오」

얼마 지나지 않아 과연 문종이 다시 찾아왔다. 범려는 깔끔하고 단정한 복장으로 귀빈을 맞았다. 두 사람은 만나자마자 아주 오래전부터 알고 지내던 사람들처럼 다정하게 이야기를 하였다. 범려는 흉금을 터놓고 문종과 함께 세상 돌아가는 이야기를 하였는데 그것은 평소의 그의 태도와는 비교할 수가 없을 지경이었다. 그야말로 판이하게 다른 모습이었던 것이다. 옆에서 지켜보던 사람들은 모두 혀를 내두르며 놀라워했다. 이렇게 기이한 일은 본 적도 없거니와 들은 적도 없었던 것이다. 나중에 문종이 월나라에서 벼슬을 하게 되었을 때, 월왕에게 범려를 신중하게 추천하였고 마침내 그는 월나라에서 상장군 겸 재상 벼슬을 할 수 있게 되었다.

문종이 월나라에서 상대부(上大夫)로 있을 때, 월왕 구천에게 오나라를 멸망시킬 수 있는 아홉 가지 계책을 알려준 적이 있었다. 그 중의 하나가 바로 오왕에게 미녀를 바쳐서 오왕을 유혹하게 해 그의 지혜로움을 마비시키려는 그런 계교였다. 이 계획은 즉시 실행에 옮겨졌다.

본래 오왕은 성격이 방탕하고 미녀를 탐하는 호색한이었다. 월나라에 대한 원수를 갚고자 하던 시절에는 스스로를 채찍질하며 살기도 했지만, 이제 목적도 달성되었고 오나라는 남방의 커다란 나라가 되어 있었으니 마음 깊은 곳에 자리잡고 있던 그 비열한 성품, 즉 교만하고 사치스러우며 음탕하고 게으른 그런 성격들이 서서히 드러나기 시작했다. 그 가장 대표적인 예가 바로 고소대(姑蘇臺)를 증축하는 것이었다.

고소대는 자신의 아버지가 살아 있을 때 이미 중건한 적이 있었는데 이제 다시 백성들을 동원하고 목재를 가져다가 대대적으로 고칠 작정이었다. 고소대는 고서대(姑胥臺)라고도 하며 오나라 도성 서문(胥門) 밖 30리 되는 태호(太湖)가에 있었는데 9년 동안 공사하여 비로소 건물이 완성되었다고 한다. 건물의 높이는 300길(丈)이나 되었고 숱하게 많은 누각들이 있어서 이미 궁정으로서의 규모를 다 갖추고 있었다. 꼭대기에 올라가 멀리 아래를 내려다보면 아득한 태호의 물결이 눈앞에 펼쳐져 있었고, 고개를 돌려 뒤를 바라보면 오나라 도성의 집들이 비늘처럼 반짝이는 지붕을 드러내며 줄줄이 서 있는 모습이 보였다. 이 궁전은 그처럼 보기에 아름다웠을 뿐만 아니라 또한 백성들을 감시하기에도 아주 알맞았다. 누군가가 모반을 꿈꾼다 하더라도 이 조망대에 올라가 살펴보기만 하면 그의 일거수 일투족을 즉시 감시할 수 있었던 것이다. 합려는 서문에서 고소대까지 구불구불한 길을 뚫게 하여 마차를 타고서도 그 꼭대기까지 편하게 올라갈 수 있게 했다. 이렇게 웅장하고 훌륭한 건물이었음에도 불구하고 부차는 다시 이 건물을 중수해야겠다는 생각을 했다.

월나라 왕은 때마침 기회가 왔다고 생각하고 오왕의 비위를 맞추기 위하여 목수들을 산으로 보내 집을 지을 만한 좋은 나무들을 골라오게 하였다. 그 나무들을 베어 오나라 궁정을 짓는데 조공품으로 보낼 작정이었다. 그런데 3,000명의 목수들을 보내어 나무를 골라오게 하였지만 일년이 지나도록 마음에 드는 나무를 고를 수가 없었다고 한다. 날씨는 추워지기 시작했고 산 속에서 그 추운 날을 할 일 없이 지내야 했던 일꾼들은 집 생각이 나서 차츰 원망의 마음이 생겨나게 되었다. 그래서 누가 지었는지는 알 수가 없지만 〈목객음(木客吟)〉이라는 노래가 불려지기 시작했다. 밤이 되면 일꾼들은 화톳불 가에 모여서서 이 우울한 노래를 낮게 웅얼거리며 불렀다. 그 노랫소리가 하늘을 감동시켰는지 어느 날 하룻밤 사이에 갑자기 신목(神木) 한 쌍이 산꼭대기에 자라나 있는 것이었다. 그 나무는 길이가 40길이나 되었고 어른들의 팔로 스무 아름이나 되는 거대한 것으로 가래나무 종류에 속하는 나무였다. 이제 이 나무를 발견했으니 일은 다 끝난 것이나 다름없었다. 목수들은 이 거대한 나무를 베어 잎을 잘라내고 기술자를 시켜 깎고 다듬어서 마치 용이 꿈틀거리는 듯한 아름다운 목재로 만들었다. 그러자 월왕 구천은 대부 문종을 보내어 그 목재들을 싣고 가서 오나라 왕에게 바치게 하였다.

그리고 동시에 오랫동안 생각해 오던 미인계를 쓰기 시작했다. 우선 미인을 보는 안목이 있는 사람을 각지로 보내어 아름다운 여인을 골라오게 하였다. 고르고 고른 끝에 저몽산(苧夢山)에서 땔감을 파는 자의 두 딸을 골라내었는데 그 이름이 서시(西施)와 정단(鄭旦)이었다. 두 처녀는 모두 절세의 미인들이었는데, 특히 서시의 아름다움은 비길 데가 없을 정도였다. 서시는 늘 산기슭 시냇가의 넓적하고 평평한 바윗돌 위에 앉아 빨래를 하였기 때문에 그 바윗돌은 후에 〈서시가 빨래하던 돌〔西施浣紗石〕〉이라고 불리게 되었다.

그녀는 어려서부터 병약하여 심장병이 있었다. 매번 심장병이 발작을 하면 가슴이 아파서 두 손으로 가슴을 쥐어뜯으며 눈썹을 찌푸렸는데 그런 태도가 그녀의 아름다움을 더해 주었다. 사람들이 그 모습을 보게 되면 애처로운 마음이 들어 그녀를 더욱 사랑하게 되었던 것이다. 동쪽 이웃 마을에 무척이나 못생긴 처녀가 살고 있었다. 그녀는 자기가 서시에 비길 만큼 아름답다고 생각했다. 그래서 서시가 눈썹을 찌푸리면 본래 모습보다 더욱 아름답다는 이야기를 듣고서, 자기도 길가에 앉아 가슴을 쥐어뜯으며 눈썹을 찌푸리곤 했다. 그 모습은 정말로 못 봐줄 지경이어서 원래의 생김새보다 더욱 그녀를 못생기게 만들었다. 이것이 바로 중국에 지금까지 전해져 내려오는 〈동시효빈(東施效顰)〉의 이야기이다. 말하자면 아름다움이란 타고나는 것이지 절대로 못생긴 사람이 흉내낼 수 있는 것이 아니라는 뜻이다.

어쨌든 이렇게 서시와 정단을 뽑아내어 비단옷을 입히고 예쁘게 단장을 시켰다. 그러나 본래 산골짜기에서 살던 처녀들이라 아름답기는 했지만 귀족들의 눈에는 여전히 어딘가 촌스러워 보였다. 그래서 전문적인 선생을 데려다가 토성산(土城山)에서 그녀들을 가르치기 시작했다. 몸가짐과 자세를 교정하여 대범하면서도 요염한 자태를 지니게 하였다. 그렇게 어느 정도 훈련이 되었을 때 그녀들을 데려다가 시정에서 왕손 공자나 대갓집 규수들과 내왕을 하게 하니 그녀들은 어느새 진흙 속에서 피어난 한 떨기 꽃송이가 되어 있었다. 이제 그녀들은 인공적으로 교육이 되어 이용할 수도 있고 남에게 사랑을 받을 수 있는 꽃병 속의 꽃 같은 존재가 되어 있었다.

서시가 도시로 돌아왔을 때, 그녀의 이름이 이미 세상에 널리 퍼져 있던 터라 사람들은 앞다투어 거리로 몰려나와 절세미인인 그녀의 모습을 보고자 했다. 오나라와 전쟁을 해서라도 예전의 복수를 하고자 했던 월나라 왕은 그 기회를 놓치지 않았다. 사람들이 그녀를 보고 싶어하는 심리를 이용하였던 것이다. 서시를 장막 속에 앉혀놓고 사거리에서 구경을 시키는데 돈 한 푼을 내어야 장막 속으로 들어가 그녀를 볼 수 있었다. 그렇게 하여 들어온 돈은 하나도 빠짐없이 국고로 들어갔다.

이렇게 3년을 배운 서시와 정단은 마침내 화려하게 꾸며진 마차를 타고 자기들의 고향을 떠나 오나라로 가게 되었다. 일종의 조공품으로 보내지는 것이었고 재상인 범려가 그녀들을 데리고 갔다. 이 조공 사절은 느릿느릿하게 길을 갔는데 월나라의 수도인 회계와 오나라의 수도인 오성(吳城)이 그리 멀리 떨어져 있지 않음에도 불구하고 3년이나 걸렸다고 한다. 정말 이상한 일이 아닐 수 없었다. 전설에 의하면 가는 길에 범려와 서시 사이에 애정이 싹터 아이를 낳았었다고도 한다. 월나라 국경에 있는 작은 지방(지금의 浙江省 嘉興縣 남쪽)에 도착했을 때 아이는 이미 한 살이 되어 〈아빠, 엄마〉와 같은 간단한 말들을 할 줄 알게 되었다. 그래서 후대 사람들은 그곳에 〈어아정(語兒亭)〉이라는 정자를 지어 두 사람의 애정을 기념하였다고 한다. 그러나 이 이야기는 순전히 호사가들의 이야기에 불과할 뿐, 어떤 역사적인 증거가 있는 것은 아니다. 월나라 국경 지대에는 예전부터 〈마차몰이 청년들〔御兒〕〉이 많이 살고 있었는데 〈어아(語兒)〉라는 것은 바로 그 〈어아(御兒)〉와 발음이 같아 와전된 것으로 보인다. 중국의 신화와 전설에 있어서 이러한 자료는 〈적당히 지어진 말들이니까 그저 들어넘기면 되는 이야기〉 정도로 여기면 될 것이다.

서시와 정단이 오나라에 도착하자 그녀들의 모습을 본 부차는 너무 황홀하여 거의 정신을 잃을 지경이었다. 그리고 급히 명령을 내려 월나라에서 바쳐온 신목의 목재들로 고소대의 확충 작업을 끝내게 하였다. 고소대에는 새로 춘소궁(春宵宮)을 지었는데 부차는 늘 그곳에서 술을 마시며 밤을 새웠다. 그리고 천 말의 술을 담을 수 있는 거대한 술항아리를 만들어 각종 잔치에 대비하였다. 궁 안에는 그 밖에도 해령관(海靈館), 관와각(館娃閣) 등을 지어 구리로 기와를 얹고 옥으로 난간을 세웠으며 창문과 문틀은 모두 진주와 옥돌로 장식하였다. 그리고 모든 시설은 가장 화려한 것들로 만들었다. 서시와 정단은 관와각에 머물었다. 그들은 하얀 발에 나무로 만든 나막신을 신고 뻥 뚫린 긴 복도를 거닐었는데 또각또각 울리는 그 소리가 얼마나 듣기에 아름다웠던지 오왕은 늘 그 소리를 음악을 듣듯이 들었다. 그래서 그 복도를 향섭랑(響屧廊)이라고 불렀다. 오왕은 또 궁 안에 천지(天池)라고 하는 연못을 파고 그 안에 청룡주(青龍舟)를 만들어 띄웠다. 배 안에는 여인과 음악소리가 가득 차서 끊이지를 않았으며 오왕은 서시와 함께 청룡주를 타고 그 연못에서 노닐었다. 술과 요염한 웃음소리, 그리고 아름다운 음악에 빠져 나라의 중요한 일들 따위는 저 멀리 던져버린 채 오왕은 나날이 방탕해져 갔다.

이렇게 생활하던 오나라의 부차와는 달리 월나라의 구천은 적극적으로 전쟁 준비를 하고 있었다. 범려는 월왕에게 칼과 창을 잘 쓰는 남림처녀(南林處女)와 활을 잘 쏘는 초나라의 진음(陳音)을 추천하였다. 그들을 데려다가 군사들을 훈련시키면 짧은 기간 내에 힘세고 날랜 병사들로 만들 수 있을 것이라고 하였다. 그렇게 하면 오나라의 강대한 군사들에게도 충분히 대적할 수 있을 것이었다. 그래서 월왕은 범려의 건의를 받아들여 각각 두 명의 사신을 보내어 후한 예로서 남림처녀와 진음을 모셔오도록 하였다.

남림처녀의 이름은 알려져 있지 않다. 그녀는 깊은 산중에서 태어나고 자랐으며 별달리 스승의 가르침을 받은 것도 아닌데 검법에 능숙했다. 왕의 사신이 남림에 와서 왕의 명령을 읽어 주니 처녀는 기꺼이 마차를 타고 사신과 함께 북쪽을 향하여 떠났다. 가는 길에 몸집이 작고 마른 백발 노인을 만났는데 그 노인은 자칭 원공(袁公)이라 하였다. 그는 처녀의 마차를 가로막고 기세등등하게 처녀에게 소리쳤다.

「네가 검법이 뛰어나다고 들었는데 어디 나와 한번 겨루어 보지 않겠느냐?」

처녀는 가만히 미소지으며 말했다.

「제가 뭐 감추고 있는 것이 있겠습니까. 노인장께 한 수 배워야지요」

처녀가 말하고 있는데 원공이 갑자기 가볍게 뛰어오르더니 길가의 대나무 가지 위로 올라가 앉았다. 그러자 마른 대나무 가지가 꺾여 땅 위로 떨어졌다. 처녀는 대나무 가지의 끄트머리를 잡았고 원공이 아래로 뛰어내렸다. 그리고 대나무의 날카롭게 잘린 부분으로 처녀를 찌르려 하였다. 그러나 처녀는 재빨리 피했다. 손에는 여전히 대나무 가지를 쥔 채였다. 원공은 대나무를 끌어다가 처녀를 찌르려 하였고 처녀는 넘어질 듯 피하는데 그 몸놀림이 매우 경쾌하였다. 그렇게 서너 번을 하더니 처녀가 원공의 손에서 대나무를 빼앗아 그것으로 원공을 내리쳤다. 그러자 원공은 얼른 나뭇가지 위로 도망가 버렸는데 그 위에서 그는 흰 원숭이로 변하더니 길게 휘파람소리를 내며 꼬리가 빠지게 도망쳐 버리는 것이었다. 마차 위의 사신은 처음에 이 광경을 보고 넋이 나간 듯했다. 그러나 나중에는 수염을 쓰다듬으며 미소를 짓고 고개까지 끄덕였다.

처녀는 사신을 따라 월나라 왕을 알현하게 되었다. 구천은 그녀에게 월녀(越女)라는 칭호를 내려주었고 오판(五板)의 대장들을 불러다가 그녀에게 검술을 배우게 하였다. 그리고 다 배우고 난 뒤에는 각각 돌아가 자신에게 속해 있는 병사들을 가르치게 하였다. 그렇게 하여 마침내 칼을 잘 쓸 줄 아는 훈련된 병사들로 만들 수 있게 되었다. 그들이 배운 검법은 〈월녀검(越女劍)〉이라 하였는데 당시에 〈월녀검〉을 당해 낼 수 있는 검술은 그 어느 곳에도 없었다.

활을 잘 쏘는 진음은 초나라 사람이었다. 월왕은 진음도 초빙해서 활 쏘는 도리와 쇠뇌〔弩〕의 기원에 대해 물어보았다. 진음은 이렇게 대답했다.

「제가 알기로 쇠뇌는 활에서 발전되어 나온 것이고 활은 또 새총 같은 것에서 발전해 온 것입니다. 새총에 대해서 말씀드리자면 고대의 효자 이야기를 하지 않을 수 없지요. 옛날 사람들은 소박한 생활을 하였기 때문에 배가 고프면 새나 짐승을 사냥하여 먹었고 목이 마르면 샘물을 떠마시면서 살았습니다. 그러다가 죽게 되면 하얀 띠풀로 묶어서 들판에 내다놓았다고 합니다. 그런데 자기 부모의 시체를 새나 짐승들이 건드리는 것을 가슴 아프게 생각한 효자가 있었습니다. 그래서 그는 새총을 만들어 부모의 시체를 지켰습니다. 새나 짐승들이 가까이 다가오면 새총을 쏘아 그것들을 쫓아버렸지요. 그때 그는 새총을 쏘며 이런 노래를 불렀다고 합니다.

대나무 가지를 하나 꺾고
또 대나무 가지를 하나 묶어

흙덩어리 하나를 쏘아 날려
사람을 해치는 놈들을 쫓아보내자

이렇게 간단한 탄환을 사용한 것이 바로 쇠뇌의 기원입니다」

그러고 나서 진음은 월왕에게 쇠뇌의 생김새와 사용법에 대해 설명했다. 월왕은 그 이야기를 듣고 나서 이렇게 말했다.

「훌륭하다! 그대의 능력을 최대한으로 발휘하라! 그 재주를 우리나라 백성들에게 널리 알리도록 하라!」

진음이 대답했다.

「최선을 다하겠습니다. 활 쏘는 도(道)는 자연에서 오는 것이지만 잘하고 못하고는 인간의 노력에 달린 것입니다. 인간도 열심히 노력하기만 한다면 입신(入神)의 경지에 이르지 말라는 법이 없지요」

월왕은 진음에게 오나라 도성의 북쪽 교외에서 병사들에게 활 쏘는 방법을 가르치게 하였다. 그렇게 3개월이 지나자 모든 군사들이 쇠뇌를 사용하는 방법을 터득하게 되었다. 나중에 진음이 불행하게도 병에 걸려 죽었을 때 월왕은 몹시 가슴 아파하며 그를 도성 서쪽 교외의 산기슭에 묻어주고 그 산을 진음산(陳音山)이라고 불렀다. 육조(六朝)시대에 어떤 도굴꾼이 진음의 묘를 도굴하려고 들어갔다가 묘의 벽에 가득히 그려진 벽화를 보게 되었다. 바로 무사(武士)들이 말을 타고 사냥을 하는, 장려하고 당당한 멋진 그림들이었다. 그 벽화를 통해 당시에 병사들을 가르쳤던 진음의 영웅적 기개를 대략이나마 엿볼 수 있다.

제14장
오자서의 죽음과 범려

이처럼 월왕이 적극적인 복수의 칼날을 갈고 있을 때 오나라의 부차는 군사를 일으켜 제나라를 공격할 생각을 하고 있었다. 그런데 왜 하필이면 제나라를 공격하려는 것이었을까? 그것은 제나라가 노나라를 공격하려 하였기 때문이다. 당시 공자는 자기의 조국인 노나라가 제나라의 침입 위협을 받게 되자 자공을 오나라로 보내어 오나라 왕에게 제나라를 치라고 권고를 하게 하였다. 오나라가 제나라를 치면 노나라를 위기에서 구해 내어 제후들의 패주로서의 명분을 얻을 수 있게 될 것이지만, 만약 제나라가 노나라를 공략하게 되면 곧이어 팽창된 세력을 이용하여 오나라를 치게 될 것이고 그렇게 되면 오나라 역시 머지않아 위험에 처하게 될 것이라는 논리였다.

공명심이 대단히 컸던 오왕은 자공의 설복에 넘어가 오자서의 거듭된 권고도 듣지 않았다. 오자서는 월나라야말로 우환덩어리이니 우선 출병하여 월나라를 치고 난 뒤에 제나라를 쳐야 한다고 주장하였다. 그러나 오왕은 고집스레 제나라를 쳐야 한다고 하였다. 당시 태재(太宰)였던 백비(伯嚭) 역시 월나라 왕의 뇌물을 받아먹은 터라, 월나라 왕에 대해 좋은 말만 하고 우선 제나라를 쳐야 한다고 주장하였다. 그러자 오왕은 백비를 총사령관으로 삼아 서둘러 출병을 시작하였다. 마침내 출병하는 날, 오자서는 또다시 오왕에게 간하며 침통한 표정으로 말했다.

「하늘이 오나라를 멸망시키려면 이번 전쟁에서 이기게 하실 것이고, 멸망하게 하지 않으려면 패하도록 만드실 것입니다」

오나라 왕은 오자서가 말을 거꾸로 한다고 생각했다. 그야말로 이번 전쟁에서 지라는 저주의 말이나 다름없었다. 왕은 마음이 영 편치 않아 얼굴에 화난 기색이 역력했다. 그러나 오자서가 선왕의 신하여서, 마음대로 욕을 할 수도 없는 처지였다. 그래서 치밀어오르는 화를 누르고 오자서에게 돌아가 쉬라고 하였다.

그러자 오자서는 고개를 설레설레 흔들고 길게 한숨을 내쉬며 이렇게 말했다.

「오나라 조당(朝堂)에는 분명히 가시나무가 무성하게 자랄 것이다!」

그러고는 몸을 돌려 나가는데 소매를 높이 들어올리고 발뒤꿈치를 들고서 조심조심 걸어나가는 것이었다. 조정에 가시나무가 무성하게 자란다는 것은 다름아니라 이곳이 장차 폐허가 되어 깨진 기와 조각이 나뒹구는 곳이 될 것이라는 의미였다. 옷소매를 걷어올리는 행동은 가시나무가 가득 찬 곳을 헤치고 나가는데 옷이 걸려 찢어질까 봐 조심한다는 것을 뜻했다. 오왕은 그 모습을 보자 더 이상 참을 수 없이 화가 났다. 그러나 꾹 참고 오자서를 잠시 내버려둔 채 눈앞에 닥친 국가 대사에만 신경을 썼다.

백비가 이끄는 오나라 군대는 제나라를 공격하러 떠났다. 그리고 애릉(艾陵) 지방에서 운좋게도 큰 승리를 거두었다. 오왕은 제나라에 사신을 보내어 강화를 맺게 했다. 오왕은 이제 득의만면해져서 제나라를 공격하는 것을 반대했던 오자서를 없애버리려고 했다. 마침 백비도 오자서가 제나라와 짜고 늘 원망의 말만을 하는 것이라고 하며 옆에서 그것을 부추겼다. 오나라 왕은 드디어 결심을 했다. 그리고 오자서에게 촉루(屬鏤)검을 보냈다. 칼을 받은 오자서는 하늘을 우러러 장탄식을 하며 말했다.

「다 끝났구나! 내게 이런 날이 오리라는 것을 나는 일찌감치 알고 있었다. 나는 비록 죽지만 후세 사람들은 내가 충신이었다는 것을 알게 되리라. 그리고 나를 하(夏)나라와 은(殷)나라 시대의 충신들과 비기게 되리라. 그렇게 되면 관용봉(關龍逢)이나 비간(比干) 같은 인물과 반열을 같이하게 될 것이니 죽어도 여한이 없다」

그리고 자신의 부하에게 이렇게 일렀다.

「내가 죽거든 내 무덤 위에 잊지 말고 가래나무를 심도록 하여라. 나중에 그 나무가 자라게 되면 그것을 관재(棺材)로 쓰게 될 사람이 있을 것이다. 그리고 나의 눈을 뽑아내어 오나라 도성의 동문 위에 걸어두거라. 오나라가 월나라에게 망하는 꼴을 내 눈으로 직접 보고야 말 것이니」

말을 끝내고 나서 오자서는 칼을 뽑아 목을 찔러 자살하였다.

오자서가 남긴 유언을 전해 들은 오왕은 몹시 분개하였다. 그래서 그의 시체를 거두어오게 한 뒤 소가죽으로 만든 부대에 담아 강에 던져버리게 했다. 그리고 이렇게 말했다.

「오자서, 네가 이미 죽은 몸이 되었거늘 무슨 느낌이 있어 이것저것 분간할 수가 있겠느냐?」

그리고 시체를 강에 던져넣기 직전에 그의 머리를 잘라내어 성문 위에 걸어놓고서 매섭게 말했다.

「자, 실컷 보거라. 태양빛이 너의 가죽을 바싹 마르게 할 것이고 거센 바람이 너의 눈을 뽑아버릴 것이다. 열기가 뼈를 태울 것이며 몸뚱이는 고기밥이 되어버릴 것이다. 그리고 너의 뼈는 한줌의 먼지가 되어버릴 텐데, 보기는 무엇을 보겠다는 말이냐. 자, 어디 볼 테면 실컷 보아라」

그러나 오자서가 죽은 이후 사정은 달라졌다. 십 년이 채 지나지도 않아 오나라는 점점 어려워지기 시작했고 월나라는 구천의 지도 아래 나날이 강성해져 점차 국세가 흥해졌다. 몇 차례의 전쟁에서 오나라에게 승리를 거둔 구천은 마침내 대군을 이끌고 오나라 도성을 공격해 부차를 고소산으로 밀어넣었다. 부차는 수차례 강화할 것을 요구했지만 이루어지지 않자 오자서가 그러했듯이 칼로 목을 찔러 자살하고 말았다. 죽기 직전, 부차는 회한에 가득 찬 목소리로 말했다.

「죽은 자에게 지각이 있다면, 내가 황천에 가서 충신 오자서의 얼굴을 어찌 마주볼 수 있으랴……」

그래서 부차는 장막을 잘라내어 그것으로 얼굴을 가린 뒤 자살했다고 한다.

한편 월나라 군대가 오나라의 도성으로 공격해 들어올 때, 월왕은 오나라 군사들을 쫓아 서문(胥門) 밖에까지 이르게 되었다. 그러고는 막 서문으로 진격해 들어가려고 하는데 남문 성루 위에 높게 걸려 있던 오자서의 바퀴만큼 큰 머리가 빛을 발하기 시작했다. 커다란 눈에서는 번갯불 같은 빛이 뿜어져 나왔고 수염과 머리카락이 쭈뼛하게 솟구쳐오르더니 역시 사방으로 빛을 내뿜는 것이었다. 월나라 군사들이 그 광경을 보고는 소스라치게 놀라 감히 한 발자국도 앞으로 나아가지 못했다. 하는 수 없이 월나라 왕은 성문 밖에 잠시 주둔하게 되었다. 그런데 밤이 되자 폭풍우가 몰아치고 천둥 번개가 치며 돌덩이들이 날아와 숱하게 많은 사람이 다쳤다. 월나라 군사들은 송릉(松陵)으로 후퇴하는 수밖에 다른 도리가 없었다.

범려와 문종은 급히 벌거벗은 몸으로 오자서에게 머리를 조아리며 잘못을 빌었다. 그리고 오자서에게 그들을 그만 골탕먹이고 진군할 수 있는 길을 좀 내어달라고 부탁했다. 그날 저녁, 오자서는 문종의 꿈에 나타나 이렇게 말하는 것이었다.

「월나라 군대가 오나라로 침입해 오리라는 것을 내 일찌감치 알고 있었소이다. 그래서 내가 죽을 때에도 내 머리를 성의 남문에 걸어두라고 했소. 내 두 눈으로 오나라가 망하는 꼴을 보려는 것이었지요. 그러나 막상 월나라가 쳐들어오니 오나라가 망하는 모습을 차마 보고만 있지는 못하겠더이다. 그래서 비바람을 일으켜 잠시 당신들을 막은 것이오. 그러나 오나라가 월나라에게 멸망하는 것은 이제 기정 사실이 되고 있소. 내가 그까짓 비바람을 일으킨다고 해서 얼마나 더 막을 수 있겠소이까. 당신들이 길을 열어주기를 원한다면, 좋소이다. 성의 동문을 열어주도록 하겠소. 당신들을 위해 내가 길을 내어줄 테니 안심하고 지나가시오」

문종은 자신이 꾼 꿈의 이야기를 구천에게 해주었다. 구천은 그의 말을 따랐다. 과연 오나라 도성의 동남쪽에 빈틈이 생겨 그곳을 통해 성으로 진격할 수 있었고 마침내 오나라는 무너져 월나라의 수중으로 떨어지게 되었다.

구천은 오나라를 멸망시킨 뒤 큰 잔치를 열었다. 신하들이 모두 모여 구천에게 축하를 보냈다. 문종 역시 여러 가지 덕담

범려(『賢臣』)

을 하였고 모두들 즐거워하였지만 오직 구천만은 즐거운 표정이 아니었다. 범려는 그 이유를 간파했다. 구천이 이루고자 했던 것은 영토의 확장이었을 뿐이었다. 그래서 신하들의 목숨을 그것과 맞바꾸었던 것이다. 이제 오나라를 멸망시켜 자신의 소망을 이루었으니 공을 세운 신하 따위가 무슨 소용이 있겠는가. 그들을 모두 물러나게 해야만 구천은 비로소 안심할 수 있게 되리라. 모두들 기뻐하고 있는데 오직 구천만이 걱정스런 얼굴을 하고 있는 것은 바로 그런 이유 때문이었다. 범려는 기회를 틈타 월나라를 떠나 다른 곳으로 멀리 떠날 생각을 하였다. 그리고 떠나기 직전 자신의 친한 친구였던 문종에게 편지를 한 통 썼는데 그 내용은 다음과 같았다.

> 높이 날던 새들이 모두 흩어져 버렸으니 새들을 잡던 활은 이제 던져버릴 때가 되었지. 교활한 토끼도 모조리 잡아 없앴으니 토끼를 잡던 개는 이제 솥 안으로나 던져져 한 그릇 국으로 변하게 될 거야. 내가 월나라 왕의 관상을 보니 목이 긴 데다가 새의 부리 같은 입모양을 하고 있어. 게다가 매의 눈처럼 날카로운 눈을 갖고 있고 걸음걸이는 이리의 그것이야. 이런 사람과는 환난은 함께할 수 있지만 즐거움은 함께 나누어 가질 수가 없네. 자네도 일찌감치 떠나지 않으면 앞으로 해를 입게 될 걸세.

문종은 그때 높은 벼슬자리에 앉아 있었기 때문에 그 맛에 빠져 범려의 편지에 씌어진 말이 너무 과장된 것이라고 여기고는 별로 관심을 두지 않았다. 범려는 할 수 없이 혼자서 월나라 왕에게 이별의 인사를 남기고는 한 조각 작은 배를 타고 삼강(三江) 오호(五湖)를 떠다녔다. 그가 어디로 가서 어떻게 되었는지에 대해서는 아무도 모른다. 어떤 사람들은 그가 그 배에 서시를 태우고 함께 오호를 떠돌아다녔다고 하는데 그것은 물론 정확한 이야기가 아니다. 선진(先秦) 고서의 기록에 의하면 오나라가 망한 후 서시의 아름다움이 너무 뛰어나 그 〈골치덩어리〉가 또다시 나라를 뒤흔들게 될까봐서 월나라 병사들이 그녀를 강에 던져넣어 죽였다고 한다. 정단은 서시보다 더 일찍 죽었다. 전설에 의하면 그녀는 오나라에 들어온 후 서시와 임금의 총애를 다투다가 자기 뜻대로 되지 않자 우울해하며 살았는데 일년쯤 지났을 때 울화병으로 죽었다고 한다.

그건 그렇고 다시 본론으로 돌아가면, 처음에 문종은 범려가 관직을 팽개치고 멀리 떠나면서 남긴 편지에 대해서 별다른 주의를 기울이지 않았다. 그러나 몇 차례의 작은 사건들을 겪으며 그가 한 말이 범상치 않은 것임을 깨닫게 되었다. 그리고 지금 자기의 처지가 매우 위험하다는 사실도 알게 되었다. 그래서 병이 났다고 핑계를 대고는 조정에 나가지 않았다. 그렇게 함으로 해서 권력 투쟁의 소용돌이에서 벗어나보려는 생각이었다. 그러나 때는 이미 늦었고 그의 행동 역시 치밀하지가 못했다. 집에 틀어박혀 있는 그 행동이 오히려 왕의 의심을 불러일으키는 빌미가 되었다. 어떤 자가 월왕에게 문종이 집에 숨어서 모반을 꿈꾸고 있다고 일러바쳤던 것이다. 그렇지 않아도 월왕은 문종을 없애버리려는 생각을 하고 있었다. 본래 범려도 함께 없애버리려고 했는데, 그는 일찌감치 도망쳐 버렸던 것이다. 이제 문종만이 여기에 남아 있으니, 그가 반역을 도모했건 안 했건 그것은 중요한 것이 아니었다. 조그만 꼬투리라도 생겼을 때 엮어넣으면 그만인 것이다. 월왕은 오왕이 오자서에게 했던 것처럼 촉루검을 문종에게 보내고 예절을 갖추어 말했다.

「그대가 예전에 나에게 오나라를 멸망시킬 수 있는 아홉 가지 계책을 일러주었는데 이제 그 중 세 가지 계책만 가지고도 오나라를 멸망시켰다. 나머지 여섯 가지 계획은 아직도 그대의 손에 있으니 이제 지하로 내려가 선왕께 그 계획들을 말씀드려 그 효과가 어떠한가를 보는 것이 어떻겠는가?」

문종은 칼을 받아들고 하늘을 우러러 탄식하며 말했다.

「커다란 은혜에는 보답할 필요가 없고 큰 공을 세우면 상을 내릴 필요가 없다더니 내가 바로 그런 꼴을 당하게 되었구나. 범려의 충고를 듣지 않아 오늘 월왕의 독한 손에 죽게 되었다」

그리고 또 허허 웃으며 이렇게 말했다.

「남양(南陽)에서 말단 관리 노릇이나 하고 있을 것을, 스스로 걸어들어와 오늘 월나라의 사형수가 되다니……」

웃음을 멈추고 또 이렇게 탄식했다.

「먼 훗날 사람들이 충신을 이야기할 때, 나를 예로 들게 되겠지」

말을 마치고 나서 칼을 들어 목을 찔러 자살하였다.

문종이 죽은 후 월왕은 일부러 후한 장례식을 치러 죽은 자를 위로하게 하였다. 그를 도성의 서쪽 산에 묻고 누선(樓船)의 수군 3천 명을 데려다가 문종을 위해 웅대한 분묘를 만들게 하였다. 무덤 입구의 문은 솥의 발 모양〔鼎足形〕으로 만들었는데 세 개의 산봉우리에 걸려 있었다.

문종이 죽은 지 일년이 지난 후 오자서의 영혼이 바다에서 돌아왔다. 오자서는 산 중턱에 구멍을 뚫고 문종의 무덤에서 그를 데리고 나와 함께 강과 바다를 떠돌며 조수(潮水)의 신이 되었다고 한다. 바다에서 강으로 조수가 밀려들 때 먼저 밀려오는 조수를 사람들은 〈반후(潘侯)〉라고 불렀는데 그것은 바로 오자서를 가리키는 것이었고, 나중에 밀려오는 조수를 대부종(大夫種)이라고 불렀다. 살아 있을 때 두 사람은 적국의 신하로서 각각 자기들의 군주를 위하여 싸웠다. 어리석은 정치적 싸움터에서 그들은 승부를 가려야 했지만 죽은 뒤에는 동병상련의 친구가 되었는데, 그것은 아마도 충직했던 두 사람에 대한 보통 사람들의 소망이 그렇게 만든 것이 아닐까 한다.

또 다른 전설에 의하면 오자서가 오왕의 촉루검을 받고 죽기 직전 자신의 아들에게 이렇게 말했다고 한다.

「나의 머리를 오나라 성의 남문에 걸어두어라. 내 눈으로 친히 오나라의 멸망을 지켜보리라. 그리고 제어(鮧魚)의 가죽으로 나의 시체를 싸서 전당강(錢塘江)에 던져넣도록 하여라. 아침저녁으로 조수가 밀려들 때마다 돌아와서 오나라의 패망을 지켜볼 것이다」

이때부터 절강(浙江) 전당강의 조수는 정기적인 것이 되었다. 조수가 밀려들 때면 해문산(海門山) 일대에는 높이가 수백 자가 넘는 파도가 쳤다. 그 파도는 전당을 지나 어포(漁浦)까지 가서야 비로소 낮아졌다. 조수는 아침저녁으로 밀려오는데 천둥이 치는 것처럼 우르릉거리는 소리가 백 리 밖에서도 들을 수 있을 정도였다고 한다. 그리고 그때가 되면 더욱 기이한 광경을 볼 수 있었다. 바로 오자서가 백마가 끄는 흰 마차를 타고 수염을 휘날리며 위풍당당하게 조수 위에 서서 파도를 따라 넘실거리는 모습이었다. 오나라 사람들은 오자서의 불행한 죽음을 동정하여 태호(太湖) 가의 낮은 산 위에 사당을 짓고 매년 봄·가을마다 그에게 제사를 지내주었는데 이 사당이 세워진 산을 서산(胥山)이라고 불렀다.

한편 일엽편주에 몸을 싣고 떠난 범려의 자취도 남아 있는 것이 있다. 오호는 바로 태호이며 또한 동정호(洞庭湖)라고도 한다. 동정호 가운데에는 조주(釣洲)가 있었다. 당시 범려가 배를 타고 이곳을 지날 때 마침 폭풍이 불어와 할 수 없이 그곳에 머물며 낚시질을 하였다고 한다. 그곳에는 자그마한 연못이 있었는데 그곳에서 잡히는 물고기를 범려어(范蠡魚)라고 했다. 범려가 그곳에서 낚시질을 할 때 큰 고기가 잡히면 끓여먹었고 작은 고기가 잡히면 그 연못에 넣어 길렀다고 하는데 이후로 범려어라는 특수한 어종이 생겨나게 되었던 것이다. 그 연못가에는 또 범려가 누웠던 돌침대와 돌로 만든 벼루, 다리미 같은 물건들이 아직도 남아 있다.

이 외에도 범려에 관한 재미있는 전설이 전해지고 있다.

전설에 의하면 그는 바다를 건너 제나라로 가서 농업과 상업에 종사했다고 한다. 세 번이나 큰 돈을 벌었는데 그때마다 모조리 가난한 친구들과 먼 친척들에게 나누어주고, 맨 마지막으로 만금의 큰 돈을 벌었을 때에는 도읍(陶邑)에 정착했기 때문에 도주공(陶朱公)이라고 불렸다고 한다. 주공이 도읍에 막 정착했을 때 막내아들을 낳게 되었다. 그 아들이 자라 성인이 되었을 무렵 주공의 둘째아들이 초나라에서 살인을 하여 사형수 감옥에 갇히는 몸이 되었다. 주공은 이렇게 말했다.

「사람을 죽였으면 자신의 목숨을 내놓는 것이 당연한 도리이다. 그러나 〈천금같이 귀한 아들을 어찌 시정 바닥에서 함부로 죽이겠는가(千金之子, 不死於市)〉라는 말이 있지 않은가, 방법을 한번 생각해 보자」

그는 마차에 황금 천 근을 가득 싣고 볏짚으로 묶어 토기 항아리에 담은 뒤 막내아들에게 그것을 끌고 초나라로 가서 상황을 보아 일을 처리하라고 하였다. 그러자 큰아들이 그 사실을 알고 자기를 보내달라고 보채었다. 그러나 주공은 허락하지 않았다. 큰아들이 말했다.

「가정에 장자(長子)가 있는 것을 가독(家督)이라고 합니다. 지금 둘째가 죄를 지어 감옥에 갇혀 있는데 아버지께서는 저를 보내시지 않고 막내를 보내시니, 제가 아직 사람 노릇을 못한다고 생각하시는 것 아닙니까」

그렇게 울부짖으며 자살을 하려고 하였다.

어머니 역시 큰아들 편을 들며 말했다.

「지금 막내를 보내어 둘째의 목숨을 구하려다가 오히려 큰애의 목숨을 먼저 잃게 되었으니 이를 어찌하면 좋습니까?」

하는 수 없이 주공은 큰아들을 초나라로 보내며 편지를 써서 옛친구 장생(莊生)에게 전하라 하였다. 그리고 떠나는 아들에게 몇 번이고 당부를 하였다.

「그곳에 가거든 황금을 모두 장생에게 맡겨라. 그리고 그가 하라고 시키는 대로 하거라. 이것저것 허튼소리를 해서는 안 되느니라, 알겠느냐?」

큰아들은 이 일을 맡게 되어서 무척이나 신이 났다. 자기 주머니 속에 1천금이 있으니 걱정할 것이 무엇 있으랴. 그러나 어쨌든 초나라에 도착하자 장생의 집을 먼저 찾아갔다. 장생의 집은 외성 성벽가에 있었는데 무성한 잡초더미를 헤치고 들어가서야 비로소 대문을 찾을 수 있었다. 보아하니 한눈에도 별볼일 없는 선비의 집임을 알 수 있었다. 그러나 큰아들은 아버지의 말씀대로 편지를 전하고 황금을 장생에게 맡겼다. 장생은 아버지가 보낸 편지를 보더니 이렇게 말했다.

「이곳에 더 머물지 말고 어서 돌아가거라. 그리고 네 동생이 석방되더라도 석방된 연유를 묻지 말거라」

그러나 큰아들은 장생과 헤어진 뒤 집으로 돌아가지 않고 영도(郢都) 시내로 나와 여관에 머물며 상황을 살피면서 장생에게로도 돌아가지 않았다. 뿐만 아니라 몰래 가지고 온 돈을 초나라 귀인에게 주면서 잘 봐달라고 하기까지 하였다.

장생이 비록 초라한 마을에 살기는 했지만 그의 청렴함과 정직함은 온 나라에 이름이 난 터였다. 그래서 초나라 왕 이하 모든 사람들이 그를 스승으로 삼아 존경하고 있었다. 주공이 그에게 보낸 돈도 그는 받을 마음이 없었다. 일이 끝난 뒤에 돌려줄 생각이었거니와 그저 신용삼아 잠시 맡아둔 것일 뿐이었다. 주공의 큰아들이 돌아간 뒤 장생은 그의 아내에게 즉시 말했다.

「이것은 주공의 돈이오. 병에 걸린 환자와 마찬가지로 하룻밤을 넘겨서는 아니되오. 반드시 돌려주어야 할 돈이니 절대로 건드리지 마시오」

그러고 나서 평소와 다름없이 궁으로 들어가 초왕을 알현하였다. 장생은 초왕에게 말했다.

「어젯밤에 별자리를 보았더니 어떤 별자리엔가 변화가 일어났는데, 그것은 아마 초나라에 불길한 일이 일어날 것을 예고하는 것 같았습니다」

초왕은 줄곧 장생의 말을 믿어왔기 때문에 이번에도 그의 말을 듣고 나니 걱정이 되지 않을 수 없었다. 그래서 장생에게 물었다.

「그러면 어떻게 하는 것이 좋겠소?」

장생이 대답했다.

「덕을 쌓는 것만이 그 재앙을 없앨 수 있습니다」

그러자 초왕이 말했다.

「좋습니다. 돌아가 계십시오. 제가 그 말씀대로 한번 해보지요」

장생이 돌아간 후 초왕은 신하를 보내어 삼품전(三品錢)의 창고를 봉쇄하게 하였다. 그러자 주공의 큰아들에게서 돈을 받은 그 초나라의 귀족이 큰아들에게 달려와 놀랍다는 듯이 말했다.

「왕께서 대사면을 내리실 모양이오」

주공의 큰아들이 물었다.

「그것을 어찌 아시오?」

귀족이 대답했다.

「왕께서 대사면을 내리시기 전이면 항상 삼품전의 창고부터 봉쇄하셨소. 대사면의 소문이 흘러나가면 도둑들이 삼품전에 몰래 들어와 나라의 돈을 훔쳐갈지도 모르기 때문이오. 잡혀도 곧 대사면이 있으니까 풀려날 것이 아니겠소? 바로 그것을 노리고 도둑들이 날뛸까봐 그것을 방지하시고자 함이겠지요」

주공의 큰아들은 혼자서 곰곰이 생각했다. 왕께서 대사면을 내린다면 자기 동생도 곧 풀려날 것이 아닌가? 그렇다면 장생에게 공연히 돈을 준 것이 아닌가. 다시 그를 찾아가 돈을 돌려받아야 하겠다는 생각이 들었던 것이다. 그는 즉시 장생을 찾아갔다. 그러자 장생이 놀라서 물었다.

「아직 집으로 돌아가지 않았는가?」

주공의 큰아들이 어딘가 부자연스러운 태도로 대답했다.

「아직 돌아가지 않았습니다. 처음에는 동생의 일을 좀 알아보려 했던 것인데 이제 대사면의 소문을 듣게 되었기 때문에 선생님께 작별 인사를 드리려고 찾아온 것입니다」

장생은 그가 하고자 하는 말의 뜻을 알아차렸다. 전에 자기에게 주었던 돈을 돌려달라는 뜻이었다. 그래서 천천히 말했다.

「그 돈은 바로 옆 건물 안에 있네. 자네가 가서 가지고 가게」

주공의 큰아들은 조금도 거리낌 없이 그곳으로 들어가 돈을 몽땅 꺼내가지고 마차에 실었다. 그리고 장생에게 작별 인사를 하고는 여관으로 돌아갔다. 돈은 한 푼도 들이지 않고 동생이 살아나게 되었으니 그 아니 기쁘랴. 그는 마음이 너무나 흡족했다.

주공의 큰아들이 돌아가고 난 뒤, 장생은 그 어린 녀석에게 조롱당했다는 생각이 들었다. 그래서 다시 궁정으로 초왕을 찾아가 말했다.

「제가 일전에 별자리의 움직임에 대해 말씀드린 적이 있지요. 왕께서 덕을 쌓아 그 재앙을 없애려 하시는 것은 본래 좋은 일입니다. 그러나 지금 저잣거리에는 소문이 분분합니다. 제나라 도읍의 돈 많은 부자인 주공의 아들이 살인을 하여 초나라 감옥에 갇혀 있는데, 그 집에서 수천금의 돈을 들여 왕의 주위에 있는 사람들을 매수하였다는 것입니다. 바로 그들이 왕께 대사면의 명령을 내리게 하였다는 것이니, 왕께서 사면령을 내리는 것은 초나라 백성들을 불쌍하게 여겨서가 아니라 그 주공의 아들을 살려주기 위한 것이라는, 그런 소문이 무성하게 떠돌고 있습니다」

초왕은 그 말을 듣고 대노하여 말했다.

「내가 아무리 덕이 없다고 한들 설마 그 주공이라는 작자의 아들 하나를 살려내기 위해 백성들에게 거짓으로 선행을 베푸는 척하겠느냐」

그러고는 주공의 아들을 사형에 처하도록 하고 다음날 대사면령을 내렸다. 주공의 큰아들은 동생의 시체를 넣은 관을 실은 채 울면서 집으로 돌아왔다.

집에 이르니 식구들은 관을 보고 모두 상심하여 눈물을 흘렸고 이웃들도 그 불행한 일에 조의를 표하였다. 그러나 주공만은 아무 일도 없다는 듯이 오히려 웃음을 머금은 채 모두들에게 말했다.

「큰애가 가면 동생의 시체만을 가지고 올 수 있을 뿐이라는 것을 나는 일찌감치 알고 있었지. 그것은 저애가 동생을 사랑하지 않아서가 아니라 재물을 너무 아끼기 때문이야. 저 아이는 어려서부터 나와 함께 가업을 일으켰지. 생계조차 어렵던 시절을 겪었고 돈 한 푼을 모은다는 것이 얼마나 어려운 일인가 하는 것을 몸소 체험했어. 그래서 돈이 중요하다는 것을 알기 때문에 한 푼도 함부로 낭비하지 않았지. 그러나 막내는 그렇지가 않았어. 태어나면서부터 저 아이는 모든 것을 누릴 수가 있었어. 견고하게 만들어진 수레에 앉아 훌륭한 말을 몰아 토끼나 여우 따위를 좇으면서 사냥이나 하는 것이 일이었지. 그러니 저 아이는 돈이 어디서 나오는 건지 알 도리가 없었어. 그리고 돈을 쓰는 데도 호탕해서 조금도 인색하지 않았지. 지난번에 내가 막내에게 이 일을 맡기려 했던 것은 바로 그 아이가 돈을 아끼지 않고 쓸 줄 알았기 때문이야. 큰아이는 돈을 함부로 쓰지 못하거든. 설명을 하자면 이렇게 간단한 거야. 그러니 슬퍼할 것이 없지. 내가 일각이 여삼추같이 기다리던 것은 바로 저 아이가 동생의 관이라도 메고 오는 것이었어」

도주공은 주공이라고도 하였는데 주공이라는 이름의 선인(仙人)이 또 있었다. 주공(朱公)의 정식 이름은 축계옹(祝鷄翁)이라고 하였다. 축계옹은 낙읍(洛邑) 사람이며 시향(翅鄕: 지금의 河南省 偃師縣 서남쪽 新蔡鎭)의 북산(北山) 산기슭에 살았는데 백여 년이 넘도록 닭을 길렀다. 닭에게는 각각 이름이 있었으며 모두 천여 마리가 넘었다. 저녁이면 그 닭들을 나무 위에서 지내게 하였고 아침이 오면 모두 방목을 시켰다. 나중에 닭을 불러들일 때면 닭의 이름을 불렀는데 자기 이름을 들으면 닭은 즉시 돌아왔다.

그 중에서도 원비계(遠飛鷄)라는 이름의 닭이 가장 특이하였다. 그 닭은 저녁이 되면 돌아와 사람이 있는 곳에서 잠을 잤지만 날이 밝으면 곧 날개를 펼치고 날아올라 사해(四海)를 돌아다녔다. 아침이 되면 이렇게 떠났다가 저녁이 되면 돌아왔는데 매일을 그렇게 하였다. 축계옹은 그 닭의 알을 가져다가 부화시켜 병아리가 나오게 하였다. 그리고 그 병아리 역시 점차 훈련을 시켜 날아가면 다시 돌아오게 만들었는데 그 이름은 번명계(翻明鷄)라 하였다. 날이 밝기가 무섭게 나갔기 때문에 그런 이름이 생긴 것이다. 그 닭은 거위만큼이나 컸으며 온몸이 보라색이었고 커다란 날개가 달려 있었다. 그리고 날개 밑에는 눈처럼 생긴 무늬가 있었는데 바로 그런 이유로 해서 그 닭은 목우계(目羽鷄)라고도 불린다.

그러던 어느 날, 축계옹은 닭과 달걀을 모조리 팔아치웠다. 그리고 천만금을 벌게 되자 그것을 모두 남에게 나눠줘 버리고 오나라 땅으로 가서 양어장을 만들어 물고기를 길렀다. 후에 그는 오산(吳山) 산꼭대기에서 백일승천해 선인이 되었다. 그가 하늘로 올라갈 때에는 백학과 공작 수백 마리가 그의 곁으로 날아왔는데 마치 그에게 작별 인사를 하는 것 같은 모습이었다.

어떤 사람들은 축계옹이 닭을 잘 길렀기 때문에 오늘날 사람들이 닭을 부를 때 〈주주(祝祝)〉[12]라고 하는 것이라고 하며, 또 닭은 본래 주공이 변해서 된 것이기 때문에 〈주주(朱朱)〉 하고

12) 〈祝〉의 중국어 발음이 〔주〕이다.

부르는 것이라고도 한다. 〈주주(祝祝)〉와 〈주주(朱朱)〉는 물론 한 가지 이야기가 다르게 전해진 것에 불과하다. 축계옹은 주공이며 도주공〔朱公〕과 축계옹〔朱公〕 사이에는 몇 가지 유사점이 있다. 그들이 모두 선인이 되었다는 점이 우선 그러하고, 생산에 종사하여 돈을 모았다는 점이 그러하며, 또한 돈을 번 후에는 모두 나누어주었다는 점이 그러하다. 그리고 가장 중요한 유사점은 그들이 모두 오나라 땅에 있었다는 것이다. 축계옹은 오나라 땅에서 양어장을 만들었으며 도주공인 범려는 동정호, 곧 태호 조주의 연못에서 물고기를 길렀다. 후대 전설에 의하면 범려는 『도주공양어법(陶朱公養漁法)』이라는 책을 지었다고 하는데 지금은 찾아볼 수 없다. 이상으로 추론해 볼 때 선인 축계옹의 전설은 도주공의 이야기를 바탕으로 하여 생긴 것이라는 가설을 세워볼 수 있다.

제15장
간장과 막야

합려가 아직 살아 있었던 시절, 그는 보검을 무척이나 좋아하였다. 월나라에서는 사신을 보내어 그에게 세 자루의 보검을 바쳤는데, 하나는 어장(魚腸)으로 오왕 료(僚)를 죽이는 데 사용했으며 또 하나는 경영(磐郢)으로 남긴 생선을 먹기 싫다고 하여 자살한 자신의 딸을 위해 부장품으로 넣어주었다. 그리고 나머지 한 자루인 담로(湛盧)는 합려의 무도함을 보고 실망하여 초나라로 날아가 버렸다. 합려는 이 세 자루의 보검을 무척이나 소중하게 여겼다고 한다. 그러나 그것만으로는 부족했던지 자기 나라의 유명한 장인(劍工)이었던 간장(干將)을 시켜 두 자루의 보검을 더 만들게 하였다.

간장은 당시 또 다른 장인이었던 구야자(歐冶子)와 동문 수학한 사이였는데 간혹 구야자가 간장의 스승이라고도 한다. 어쨌든 그들은 힘을 합쳐 초왕에게 세 자루의 보검을 만들어 바쳤다. 한 자루의 이름은 용연(龍淵)이라 하였고 다른 하나는 태아(泰阿), 나머지 하나는 공포(工布)라 하였다. 용연의 〈연(淵)〉자가 당(唐)나라 개국 황제 이연(李淵)의 이름자와 같다고 하여 나중에 그 이름이 용천(龍泉)으로 바뀌었다. 〈손에 석 자의 용천검을 쥐고(手提三尺龍泉劍)〉라는 말은 후대에 와서 소설이나 희곡에 자주 보이는 구절인데, 그것은 바로 무사의 위풍당당함을 묘사할 때 자주 쓰이는 말이 되고 있다. 진(晉)나라 때 장화(張華)와 뇌환(雷煥)이 풍성(豊城) 감옥 주춧돌 밑에서 파낸 두 자루의 보검은 전설에 의하면 모두 연평진(延平津)으로 들어가 용이 되었다고 하는데 그것이 바로 용연과 태아 두 자루의 보검이었다고 한다. 당나라 사람이 편찬한 역사서에는 그것들을 〈용천(龍泉)〉과 〈태아(太阿)〉로 표기하고 있다.

각설하고 본론으로 돌아가자. 오나라 왕의 명령을 받은 간장은 자신의 아내인 막야(莫邪)와 함께 이 작업을 진행해 나갔다. 간장은 칼을 만들 때 우선 오방(五方) 명산의 철 중에서 가장 좋은 것을 고르고 하늘의 때와 땅의 이치를 살펴 음양이 교차되고 뭇신〔百神〕이 모두 참관하는 때를 찾아 철을 녹여 칼을 만들었다. 간장과 막야 부부는 용광로 곁에 앉아 긴장된 모습으로 일을 하고 있었다. 그런데 뜻하지 아니하게 날씨가 갑자기 변하더니 기온이 내려가기 시작했다. 철을 녹인 쇳물이 용광로 벽에 엉겨붙어 녹다가 마는 것이었다. 간장은 걱정이 되어서 어쩔 줄 몰라했다. 그때 아내인 막야가 말했다.

「당신은 칼을 잘 만들기로 소문이 나서 왕께서 당신더러 칼을 만들라고 하신 것인데, 지금 석 달이 되도록 일을 끝내지 못하고 있습니다. 도대체 어찌된 연고일까요?」

「나도 어찌된 일인지 모르겠소」

간장이 걱정스런 표정으로 대답했다.

「제가 듣기로는 신령스런 물건은」

막야가 말했다.

「인간을 희생물로 요구한다고 들었습니다. 당신이 만드는 보검도 아직 완성되지 않는 것을 보면 혹시 인간의 희생을 바라는 것이 아닐까요?」

간장의 얼굴에 흥분된 미소가 흘렀다.

「맞아, 맞아! 틀림없어. 예전에 스승께서 쇠를 녹여 칼을 만드실 때 쇠가 잘 녹지 않으니 부부가 모두 용광로에 뛰어들었소. 그랬더니 보검이 만들어졌었지. 나중에 사람들이 광산 근처에 가서 쇠를 녹일 때에는 부모의 상을 당했을 때처럼 베옷을 걸치고 죽을 각오로 만든다는 것을 보였소. 그래야 산에서 풀무질을 하여 쇠를 녹이는 일을 할 수 있었지. 지금 내가 만드는 칼이 제대로 되지 않는 것도 그런 이유 때문일까……」

「당신의 스승께서도 목숨을 아끼지 않고 칼을 만드셨는데 저라고 해서 못할 일이 있으리이까!」

간장의 아내는 말을 마치자 곧 자신의 머리카락과 손톱을 깎아 타오르는 불길 속으로 던져넣었다. 고대에는 이것이 일종의 희생이었다. 머리카락과 손톱이라는 것은 인간의 기(氣)와 영혼이 깃들여 있는 것이어서 그것을 잘라내면 건강에도 영향을 미쳤고 또 수명도 단축된다고 믿었기 때문이다. 막야의 머리카락과 손톱은 순식간에 재가 되었다. 그런 다음에 그들은 땔감을 다시 잘 넣은 뒤 어린 남자아이와 여자아이 3백 명을 데려다가 소가죽으로 만든 커다란 풍로를 잡아당기게 하여 힘껏 풀무질을 하게 했다. 그러자 바람이 훅 들어가면서 쇠가 녹아 마침내 두 자루의 보검을 만들어낼 수 있었다.

그런데 또 다른 전설에 의하면 쇠가 녹지 않을 때 간장이 아내에게 이렇게 말했다고 한다.

「내가 전에 스승인 구야(歐冶)에게 들은 적이 있소. 이런 상황에 부닥치게 되면 여인을 용광로의 신에게 바쳐 제사를 지내야 성공할 수 있다고 말이오」

막야는 그 말을 듣자 조금도 망설이지 않고 용광로 속으로 뛰어들었다. 그러자 검붉은 불꽃이 크게 번쩍이더니 막혀 있던 쇳물이 흘러내리기 시작하는 것이었다. 그리고 마침내 인간 세상에서 보기 드문 보검을 만들 수 있게 되었다.

이 전설은 물론 사람들을 감동시키고 또 앞의 이야기에 비해서 훨씬 더 극적이지만 어딘가 과장이 심하다는 생각이 든다. 왜냐하면 이 밖의 다른 전설들 속에서 막야는 여전히 살아 있기 때문이다. 신중을 기하기 위해서 우리는 앞에 소개한 전설이 비교적 타당하다고 본다.

어쨌든 두 자루의 보검이 완성되었다. 웅검(雄劍)은 간장이라 하였고 자검(雌劍)은 막야라 하였다. 웅검에는 네모진 거북이 모양의 무늬가 새겨져 있었고, 자검에는 물결형의 소용돌이가 새겨져 있었다. 간장은 칼을 다 만든 뒤 살해당하게 될 것을 걱정하였다(이것은 당시 칼 만드는 장인들이 자주 당하던 비극적인 최후였다. 군주들은 자신이 갖게 된 보검을 천하에 둘도 없는 훌륭한 것으로 만들고 싶어했다. 그래서 그것을 만들어낸 장인이 다른 나라로 가서 그 나라의 군주를 위해 칼을 주조하는 것을 막기 위하여 그들을 아예 살해하였던 것이다). 그래서 간장은 웅검을 아내에게 주며 자신이 정말로 죽게 되거든 아이가 자라 원수를 갚고자 할 때 주라고 하면서 그 칼을 잘 보관해 두라고 하였다. 그리고 재료가 모자라서 한 자루밖에 못 만들었다고 하며 자검만을 오왕에게 바쳤다.

오왕이 그 칼을 보니 그야말로 최고의 칼이었다. 동물을 끌어다가 시험을 해보니 소나 말 같은 큰 짐승들도 허리가 쓰윽 잘라질 정도로 잘 들었으며 금으로 만들어진 쟁반이나 그릇 따위도 두부가 잘리듯이 그렇게 썩둑 베어졌다. 기둥을 베어보아도 마찬가지, 기둥이 세 토막으로 잘라졌으며 바위를 내리쳐 보아도 잘게 잘라 작은 돌멩이로 만들 수 있을 정도였다. 오왕은 이 칼이야말로 온갖 정화가 모여 이루어진 것임을 믿어 의심치 않아 더 이상 다른 것을 원하지 않았다. 그리고 그 칼을 그 무엇보다도 소중하게 다루었다.

시간이 흐르자 오왕 합려는 이 칼만으로는 어딘가 부족한 느낌이 들었다. 그래서 금구(金鉤)를 만들어오는 자에게 상을 내리겠다는 명령을 내렸다. 금구라는 것은 끝이 구부러진 칼로 당나라 때 시인이 지은 시에도 〈미소를 머금고 금구를 바라보네(含笑看吳鉤)〉라는 구절이 있다. 심괄의 『몽계필담(夢溪筆談)』에 보면 그것은 남만(南蠻) 사람들이 사용하던 갈당도(葛黨刀)라고 하는데 어쩌면 그 말이 맞을지도 모른다. 어쨌든 오왕이 명령을 내렸다.

「특별히 빼어난 금구를 만들어오는 자에게는 상으로 백 냥의 금을 내릴 것이다」

당시 오나라에는 금구를 만들 수 있는 사람이 많이 있었다. 그 중 한 사람이 오왕이 건 상금에 눈이 어두워 자신의 두 아들을 죽여 그 피를 섞어 금구를 만드는 비윤리적인 일을 했다. 그 자는 두 자루의 금구를 만들어 오왕에게 바쳤다.

그때 금구를 만들어 오왕에게 바친 사람이 적지 않았는데 그들은 물건을 바친 뒤 각자 집으로 돌아가 조용히 상을 기다리고 있었다. 다만 아들을 죽여 칼을 만든 그자만이 참지 못하고 궁정의 문 밖으로 달려와 상을 내려달라고 청하였다. 오왕은 밖이 시끄러운 것을 알고서 그자를 데려오게 하였다. 그리고 물었다.

「금구를 만들어온 사람이 많은데 어째서 너만이 혼자 상을 달라고 하는 것이냐? 네가 만든 것이 다른 사람의 것과 다른 점이라도 있단 말이냐?」

「솔직하게 말씀드리겠습니다」

금구를 만든 자가 말했다.

「저는 왕께서 내리신다고 하는 상금에 눈이 어두워 저의 두 아들을 죽이고 그 피를 섞어 두 자루의 금구를 만들었습니다」

오왕은 그 말을 듣고서도 별로 놀라는 기색이 없었다. 그저 자기 옆에 놓여져 있던 금구 중에서 아무렇게나 몇 자루를 들어 올려 그에게 주며 말했다.

「어느 것이 네가 만든 금구냐?」

오왕의 옆에 있던 금구는 적어도 백여 개는 넘어보였다. 더구나 생김새도 엇비슷해서 금구를 만든 자도 눈이 어릿어릿해 자기가 만든 것을 골라낼 수가 없었다. 한참을 들여다보다가 그는 갑자기 몇 걸음 뒤로 물러나더니 큰소리로 외쳤다.

「오홍(吳鴻)! 호계(扈稽)! 너희들의 아버지가 여기에 있다. 왕께서는 너희들의 신묘함을 아직 모르고 계시는구나!」

그 말이 끝나기가 무섭게 두 자루의 금구가 오왕의 곁에서 날아오르더니 곧바로 자기 아버지의 가슴을 향해 날아오는 것이었다.

오왕은 그때서야 놀라서 금구 만든 자에게 사과하며 말했다.

「아하! 아까는 내가 정말 미안했네!」

그리고 그자에게 상으로 백 냥의 금을 내리라고 명하였다. 이후로 그는 그 두 자루의 금구를 늘 지니고 다니며 잠시도 떼어놓지 않았다고 한다.

앞에서는 간장과 막야가 칼을 만든 것은 오왕을 위해서라고 했는데 또다른 전설에 의하면 진왕(晉王), 혹은 초왕(楚王)을 위해서였다고 하기도 한다. 그 중에서 초왕을 위해서 만들었다고 하는 것이 더욱 합리적일 것 같다. 이것은 간장과 막야가 초나라 사람이기에 더욱 그러하다. 오나라와 초나라는 국경이 인접해 있는 데다가 여러 곳에서 땅을 서로 차지하려고 싸웠기 때문에 어떤 지역들은 오나라에 귀속되었다가 다시 초나라에 귀속되는 등 끊임없이 주인이 바뀌곤 했다. 그래서 두 나라의 전설이 서로 뒤섞이게 된 현상도 그리 이상할 것이 없는 일이다. 이제 간장과 막야가 초나라 왕을 위해 칼을 만든 이야기와 그들의 아들인 미간척(眉間尺)이 어떻게 아버지의 원수를 갚았는가 하는 이야기를 대충 해보기로 한다.

옛날 초나라에 칼을 잘 만드는 장인인 간장이라는 사람이 있었다. 그의 아내는 막야라 했다. 어느 날 초왕이 간장을 불러다가 쇳덩이를 하나 주며 말했다. 그것은 왕비가 어느 여름날 저녁 날이 더워서 좀 시원해질까 하여 쇠로 만들어진 기둥을 끌어안았다가 감응하여 낳은 이상한 물건인데 딴 쇳덩이들과는 어딘가 좀 다른 것 같으니 그것으로 보검 두 자루를 만들어보라고 하였다.

간장은 왕비가 낳았다고 하는 그 쇳덩이를 공손히 받쳐들고 자세하게 살펴본 뒤 말했다.

「쇠는 좋은 것입니다만, 보검을 만들기에는……」

「쇠가 너무 적다는 말이지」

초왕이 웃으며 말했다.

「자, 여기 또 귀중한 물건이 하나 있으니 어디 보게나!」

그러면서 초왕은 소매 속에서 검게 반짝이는 누에콩만한 크기의 물건을 몇 개 꺼내어 간장에게 내미는 것이었다. 간장이 그것을 들여다보니 제법 묵직한 것이 마치 작은 동물의 쓸개처럼 생겼으나 도대체 무엇인지는 알 수가 없었다.

초왕은 간장이 궁금해하는 것을 보고 그에게 일러주었다.

「그것은 쇠의 쓸개라고 불리는 것일세. 오나라 무기고에서 가져온 것인데 천금을 주고도 살 수 없는 귀한 물건이지. 구리가 많이 생산되는 곤오산(昆吾山)이라는 곳이 있지 않나. 그곳에 토끼만한 동물이 살고 있네. 수놈은 털 색깔이 황금색이고 암놈은 순은처럼 하얀색이야. 그놈들은 땅속에 깊은 굴을 파놓고 그 속에서 홍사석(紅沙石)이나 구리, 또는 철을 먹고 산다네. 그런데 어찌된 연유인지 그놈들 한 쌍이 오나라의 무기고에 들어온 거야. 그놈들은 그곳에 살면서 창고 안의 쇠붙이로 된 무기들을 모조리 먹어치웠지. 밖에서 봉인해 놓은 것은 여전한데 말이야. 이상하게 생각한 오왕이 명령을 내려 무기고에 뚫려 있는 구멍을 조사한 결과 이 동물 한 쌍이 잡히게 된 거야. 그래서 그놈들의 배를 갈라보니 바로 이런 이상한 쇠로 된 쓸개를 발견하게 된 것이지. 그때서야 그들은 무기고의 무기들을 그놈들이 모두 먹어버린 것이라는 사실을 깨닫게 되었다고 해. 내가 그 귀한 물건을 이렇게 손에 넣게 된 것은 그리 쉬운 일이 아니었다네. 자, 그러니 그것을 자네가 갖고 가서 한번 만들어보게」

그 말을 듣고 나자 간장은 쇠가 적다고 더 이상 말할 수가 없었다. 그래서 왕비가 낳았다고 하는 쇳덩이와 몇 알갱이의 쇠쓸개를 들고 집으로 돌아와 자세히 연구를 해보았다. 과연 그것들은 단단하기가 비길 데 없는 쇠붙이의 정화였다. 그래서 그는 아내인 막야와 함께 용광로에 불을 붙이고 풀무질을 하여 초왕이 준 쇳덩이들과 또다른 명산에서 캐온 쇠들을 넣고 녹이기 시작했다. 부부 두 사람이 이렇게 3년을 쉬지 않고 매달린 끝에 드디어 두 자루의 보검이 완성되었다.

그들은 아직 맹렬한 열기를 내뿜고 있는 용광로에서 칼을 꺼내어 그것을 냉각시켰다. 그랬더니 그 칼은 마치 가을날의 차가운 강물 같은 날카로운 빛을 발하는데 칼날 위에 머리카락을 놓고 한번 훅 불어보니 금방 베어져 버렸고 또 쇠를 잘라보니 역시 진흙을 자르듯이 쉽게 잘라지는 것이었다. 그야말로 고금에 보기 드문 명검이었다. 그 칼은 부부가 수년간을 노력하여 만들어낸 것이었기 때문에 두 자루에 자신의 이름을 붙이기로 했다. 그래서 웅검은 간장, 자검은 막야라는 이름을 갖게 되었다.

초왕은 보검이 완성되었다는 소식을 듣고 기쁘기도 하고 걱정이 되기도 하였다. 자기가 그 두 자루의 보검을 소유하여 천하를 제패하고 제후들의 지도자가 되는 것은 기쁜 일이었지만, 만일 그 소식이 다른 나라 군주의 귀에 들어가 간장을 끌어다가 다시 보검을 만들게 한다면 그야말로 모든 꿈이 수포로 돌아가게 될 것이니 낭패가 아닐 수 없었다.

초왕은 마음속으로 이리저리 계산을 해보다가 간장이 칼을 바치러 오는 그날, 그가 작업을 늦게 끝마쳤다는 핑계를 대어 그를 죽여 없앴다. 모든 후환을 없애려 함이었다.

그러나 간장은 자신이 피살되리라는 것을 일찌감치 예견하고 있었다. 세상에 둘도 없는 보검을 만들었으니 초왕이 절대로 자기를 살려둘 리가 없다고 생각했던 것이다. 그것은 당시 칼 만드는 장인들, 특히 명장(名匠)들이 자주 당하던 비참한 운명이었다. 가끔 한두 명 요행으로 살아남아 다른 나라로 도망치기도 했고 깊은 산속으로 들어가 산돼지나 노루들과 벗삼으며 살아가기도 하긴 했다. 간장이 초왕에게 완성된 칼을 바치러 갈

때, 막야는 임신한 몸이었다. 그는 아내에게 말했다.

「내가 초왕을 위해 칼을 만들어 3년 만에 비로소 그것을 완성시켰소. 그러나 초왕은 의심이 많은 인물이오. 내가 앞으로 다른 나라에 가서 그 나라의 왕을 위하여 또다시 칼을 만들게 될까봐 걱정이 되어 분명히 구실을 찾아 나를 죽이려 할 것이외다. 내가 만든 칼 중에서 자검은 초왕에게 바칠 것이지만 웅검은 이미 감춰두었소. 내가 죽은 뒤에 딸이 태어나거든 그냥 두시오. 그러나 만약 아들이 태어나게 된다면 그 아이가 자란 뒤 이렇게 일러주시오.

문 밖으로 나가 남산을 바라보거라.
소나무가 돌 위에 자라고
나무 뒤에 보검이 있을 것이니.

그 아이는 아마 이 노래를 듣고 내가 숨겨둔 보검을 찾게 될 것이니 그 칼로 나의 원수를 갚아달라고 전하시오」

말을 끝내자 간장은 아내가 슬피 우는 것을 내버려두고 자검을 든 채 초왕에게로 갔다.

초왕은 보검을 받아들고 분노에 찬 목소리로 말했다.

「본래 내가 너에게 만들라고 한 보검은 두 자루였는데 어찌 한 자루만 가져왔는가?」

간장은 공손한 목소리로 말했다.

「왕께서 내려주신 그 쇠 쓸개와 왕비께서 생산하셨다고 하는 쇳덩이의 양이 정말이지 너무 적어 겨우 한 자루밖에 만들지 못했습니다」

초왕은 그 말을 믿지 않았다. 그래서 칼을 볼 줄 아는 사람을 불러다가 그 보검을 살펴보게 하였다. 그는 칼을 이리저리 살피더니 이렇게 말했다.

「이 칼은 본래 자검과 웅검 두 자루로 만들어진 것입니다. 자검은 여기 가져왔지만 웅검은 아직 가져오지 않았습니다」

초왕은 대노하여 무슨 구실 따위를 찾을 것도 없이 그를 당장 묶어 끌고 나가 죽이라고 명하였다. 그리고 군사들을 보내어 그의 집을 수색하게 하였지만 아무리 뒤져보아도 웅검을 찾을 수가 없었다.

간장이 죽은 지 몇 달 후 막야는 아들을 낳았다. 눈썹과 눈썹 사이가 한 자는 떨어져 있어서 이름을 척비(尺比)라 하였다. 척비는 바로 비어척(比於尺)이니 한 자쯤 된다는 의미였다. 그리고 이런 이유로 해서 그 아이의 별명은 미간척(眉間尺)으로 불리게 되었다. 그 밖에 또 어떤 책에는 적비(赤鼻), 적비(赤比), 미간적(眉間赤) 등으로 나타나기도 하는데 모두가 척비 혹은 미간척이 와전된 것이다. 미간척이 아직 어린아이였을 때 이웃집 아이들이 미간척을 보면 〈애비 없는 호로자식〉이라고 놀려대곤 하였는데 그것은 바로 미간척에게 아버지가 없기 때문이었다. 그런 말을 들으면 미간척은 몹시 속이 상해서 어머니에게 달려가 묻곤 했다.

「어머니, 사람들이 모두 저만 보면 아버지가 없는 자식이라고 하는데 정말 저에게는 아버지가 없나요?」

「얘야」

어머니는 가슴 가득 차오르는 슬픔을 억누르며 미소를 짓고 말하곤 했다.

「아버지가 없다면 네가 어찌 태어날 수 있었겠니? 네 아버지는 먼 길을 떠나셨기 때문에 돌아오지 못하고 계신 것뿐이란다」

그렇게 세월이 흘러 미간척은 열서너 살이 되었다. 이웃집 아이들의 놀림을 더 이상 참지 못하게 되었을 때 미간척은 울화통을 터뜨리며 어머니에게 다시 물었다.

「제 아버지는 도대체 어디에 계시기에 말씀해 주시지 않는 겁니까?」

아들이 들볶아대는 데 어머니는 이제 더 이상 버틸 수가 없어 사실대로 말해 주었다.

「얘야, 잘 듣거라. 너의 아버님은 본래 초나라에서 유명한 칼 만드는 장인이셨단다. 예전에 네 아버님께서는 초나라 왕을 위해 전심전력으로 칼을 만들어 3년 만에 완성하셨지. 그러나 초나라 왕은 의심이 많은 사람이라 너의 아버님께서 다른 나라 왕을 위해 또다시 칼을 만들까봐 걱정이 되어 칼을 늦게 만들어 왔다는 핑계를 대고 네 아버지를 살해했단다」

미간척은 그 이야기를 듣고 치밀어오르는 분노를 참을 수가 없었다.

「아, 잔악한 초나라 왕! 아버님께서는 너무도 억울하게 돌아가셨군요. ——제가 당장 아버지의 원수를 갚고 말겠어요」

그가 이런 말을 할 때 눈썹 사이에서 번득이는 과감한 영웅적 기개는 그의 아버지가 살아 있을 때와 꼭 같았다. 그런 아들의 모습을 보면서 이제 남편의 원수를 갚을 수 있게 되었다고 생각하는 어머니의 얼굴에는 옅은 안도의 미소가 번졌다. 그러나 그것도 잠깐, 그녀는 곧 아들을 걱정하는 마음에 한숨을 내쉬지 않을 수가 없었다.

「네 나이가 아직 어린데 어찌 간단 말이냐?」

「아닙니다, 어머니」

미간척이 말했다.

「제 나이도 이젠 적은 나이가 아니에요. 떠나게 해주세요」

어머니는 아들의 뜻이 굳은 것을 보고 남편이 떠나면서 자기에게 들려준 이야기를 미간척에게 그대로 해주었다.

미간척은 어머니의 이야기를 듣고서 얼른 문 밖으로 나가 멀리 남쪽을 바라다 보았으나 산 같은 것은 아무데도 보이지 않았다. 그래서 고개를 돌려보니 집 앞의 주춧돌 위에 몇 개의 소나무 기둥이 서 있는 것이 눈에 띄었다. 미간척은 마음속으로 생각했다.

「저것이 아마도 〈소나무가 돌 위에 자라고 있다(松樹生在石頭上)〉라는 말의 의미렷다」

그는 도끼를 가져와서 가장 문 가까이에 서 있는 기둥을 골라 뒤쪽을 향해 그것을 힘껏 내리쳤다. 그랬더니 기둥이 갈라지면서 과연 〈간장(干將)〉이라는 보검이 그 속에서 나오는 것이었다.

미간척은 웅검과 마른 양식을 둘러메고 어머니에게 작별 인사를 하고서 아버지의 원수를 갚으러 떠났다. 그가 막 경성으로 들어갔을 무렵, 초나라 왕은 밤에 이상한 꿈을 꾸었다. 꿈속에 이마가 넓은 아이가 보였는데 그 아이의 두 눈썹 사이가 한 자쯤은 떨어져 있었다. 그 아이는 보검을 들고서 살기등등하게 다가와 자기 아버지의 원수를 갚는 것이라고 하며 보검을 들어 초왕의 얼굴을 향하여 내려치는 것이었다. 초왕은 살려달라고 소리치며 잠에서 깨어났는데 온몸이 땀으로 흠뻑 젖어 있었다. 그러고 나서 자기가 꾼 꿈을 곰곰이 생각해 보니 자신의 목숨이 상당히 위태로운 지경에 처해 있어서 마음을 놓아서는 안 되겠다는 느낌이 들었다. 그래서 천금의 현상금을 걸고서 곳곳에 방을 써붙였는데 방에는 자기가 꿈에서 보았던 모습대로 그림을 그려 붙여놓았다. 때마침 미간척은 경성에 있으면서 사람들이 웅성거리며 이런 이야기들을 하는 것을 들었다. 그리고 여기저기 붙어있는 방(榜)과 방에 그려진 그림을 보고서는 마음이 놓이지 않아 서둘러 경성을 빠져나와 깊은 산 속으로 들어가 잠시 숨어 있게 되었다.

산 속에 숨어 있으면서 미간척은 생각했다. 자신은 아직 나이가 어린 데다가 세상 물정도 잘 몰랐다. 게다가 초왕이 현상금까지 걸고 자기를 잡으려고 하는 것을 보니 정말 어떻게 하는 것이 좋을지 알 수가 없었다. 자기 한몸 죽는 것은 애석할 것이 없으나 아버지의 원수는 언제 갚는단 말인가. 여기에까지 생각이 미치자 가슴속에서 솟구쳐오르는 슬픔을 감당할 수가 없었다. 그는 마치 줄이 끊어진 목걸이에서 진주알이 떨어져 내리듯이 닭똥 같은 눈물을 뚝뚝 흘렸다.

그가 그렇게 비통해하고 있을 때 갑자기 어디선가 키가 크고 마른 몸매의 사나이가 나타났다. 온통 검은 옷으로 휘감은 그 사나이는 미간척 곁으로 다가오더니 타는 듯한 눈빛으로 그를 바라다보며 물었다.

「나이도 어린 소년이 어찌 이런 곳에서 혼자 울고 있는고?」

미간척이 대답했다.

「저는 간장과 막야의 아들입니다. 초왕이 저의 아버지를 죽였기에 지금 그 원수를 갚으려 하나 도무지 복수할 기회를 찾을 수가 없습니다」

그러자 검은 옷을 입은 사나이가 말했다.

「초왕은 포악무도하여 초나라 백성들 모두가 그에게 고통을 당하고 있다네. 나 역시 피해자 중의 한 사람이지. 요행히 운이 좋아 죽을 그물에서 빠져나오기는 했네만……. 자네의 원수라면 바로 나의 원수이며 또한 우리 모두의 원수야. 모든 사람들의 원수를 갚을 방법이 내게 있기는 한데 자네가 동의할지 그걸 모르겠네」

미간척이 대답했다.

「아버지의 원수를 갚을 수만 있다면 어떠한 희생이든지 감수하겠습니다. 제가 동의하지 않을 이유가 없지요」

검은 옷의 사나이가 말했다.

「초왕이 자네의 목에 천금의 현상금을 걸었다네. 만일 자네가 자네의 목과 그 보검을 나에게 준다면 내가 모든 사람들의 원수를 갚을 수가 있을걸세」

사나이의 말을 듣고 미간척은 잠시 그의 눈을 주시했다. 그리고 그 사나이의 우울하고도 진지한 눈을 보고서는 그가 진실을 말하고 있다는 것을 알았다. 미간척은 조금도 망설이지 않고 등에 메고 있던 보검을 꺼내어 자기의 목을 베었다. 그리고 자신의 목과 보검을 사나이에게 바친 뒤 땅바닥에 쓰러졌다.

검은 옷의 사나이는 한숨을 내쉬며 미간척의 시체를 거두어 땅에 묻었다. 그리고 보검에 묻은 피를 가볍게 닦아낸 뒤 그것을 등에 메고 미간척의 머리를 받쳐들고서 초왕을 만나러 갔다.

화려하고 위풍당당한 대전(大殿)에서 초왕은 미간척의 머리를 바치러 왔다고 갑자기 나타난 이상한 자를 접견했다.

시종은 마치 깊은 잠에 빠진 듯이 평안하고 고요한 표정을 하고 있는 미간척의 머리를 들고 가 초왕에게 보여주었다. 초왕이 그 머리를 보니 바로 꿈속에서 보았던 그 괴이한 아이의 것임이 틀림없었다. 골칫덩어리가 없어졌으니 기분이 좋았다. 이제 베개를 높이 베고 푹 잘 수가 있게 된 것이다. 그래서 그는 그 머리를 멀리 들판에 갖다 버리라고 명령했다.

그런데 왕의 명령이 끝나기 전, 검은 옷의 사나이가 급히 앞으로 나오더니 그것을 가로막으며 말했다.

「잠깐! 이 아이는 감히 왕께 대적하려고 마음먹었던 아이입니다. 그러니 이 머리도 보통 머리가 아니지요. 바로 용사의 머리입니다. 그러니 솥에 넣고 푹 삶으셔야만 합니다. 물러질 때까지 푹 삶아야 할 것입니다. 만약 그렇게 하지 않고 그냥 버리신다면 분명히 요괴로 변하여 다시 찾아와 말썽을 부릴 것입니다」

초왕이 곰곰이 생각해 보니 그 말에 일리가 있었다. 그래서 커다란 솥을 대전 앞으로 가져오게 해서 솥 밑에 불을 지피고 미간척의 머리를 넣어 삶게 했다.

그런데 이상하게도 사흘 낮과 밤을 계속 불을 땠지만 머리는 물러지지 않았다. 아니, 그뿐이 아니었다. 머리카락 한 올, 피부 한 점 손상되지 않았고 몇 번이나 솥에서 튀어나와 두 눈을 부릅뜨고 땅바닥을 굴러다니는 것이었다. 초왕은 미간척의 머리가 아무리 끓여도 삶아지지 않는 것을 보고 은근히 걱정이 되었다. 그래서 검은 옷의 사나이에게 도대체 어찌된 연유인가를 물었다. 그랬더니 그 사나이가 말했다.

「그 아이의 머리가 삶아지지 않는 것은 아직도 사악한 기운이 없어지지 않았기 때문입니다. 대왕께서 친히 솥 가까이 가시어 들여다보신다면 대왕의 그 위용에 압도되어 곧 삶아지게 될 것이옵니다」

「음……」

초왕은 수염을 쓰다듬으며 낮게 신음했다.

사실 초왕은 좀 두려웠다. 그래서 감히 그 아이의 머리를 들여다볼 용기가 나지 않았던 것이다. 그러나 지금 문무백관이 모두 자기 앞에 늘어서 있는데 안 하겠다고 하면 그것 또한 창피

한 일이 아닐 수 없었다. 그래서 결국은 〈좋다〉고 대답하는 수밖에 없었다. 마침내 초왕은 정신을 가다듬고 배에 힘을 주고 이를 악물고서 한걸음 한걸음 솥 가까이로 다가갔다. 그리고 고개를 늘여빼고 솥 안을 들여다보는 순간, 번개처럼 검은 옷의 사나이가 나타났다. 그는 보검을 빼들고 초왕의 목을 향해 칼을 내리쳤다. 초왕의 머리는 풍덩 하는 소리와 함께 솥 안으로 빠져버렸다.

그러자 아이의 머리가 솥에서 솟구쳐오르더니 노기충천해서 초왕의 귀를 물어뜯는 것이었다. 초왕의 머리 역시 아이의 코를 물어뜯었다. 그 광경을 보고 대전에 있던 조신들과 내시들, 비빈과 궁녀들은 어찌할 바를 모르고 허둥거렸다. 그때 대전의 복도에 서 있던 무사들이 창을 들고 급히 달려왔다. 그러자 검은 옷의 사나이는 껄껄 웃더니 보검을 들어 자기의 목을 내리쳤다. 그래서 또 하나의 머리가 솥 안으로 들어가게 되었다. 그리고 그 목은 아이를 도와 함께 초왕의 머리를 물어뜯기 시작했다. 그들이 그렇게 솥 안에서 요동을 치며 물고 뜯고 하는 통에 솥에서는 석 자 높이의 뜨거운 파도가 일었다. 이렇게 기이한 광경이 눈앞에 펼쳐지니 사람들은 모두 자기의 직분도 잊어버리고 솥 가로 다가와 그들의 이상한 싸움을 지켜보았다. 그 격렬한 전투는 이레 밤낮이나 계속되었다고 하는데(물론 솥 밑에서는 계속 장작을 넣어 불을 땠고) 이레가 지나자 모두 바닥으로 가라앉더니 순식간에 모두 물러졌다. 국자로 건져보았지만 그 세 개의 머리는 모두 푹 삶아져서 비슷한 크기의 해골만 남았기 때문에 어느 것이 왕의 것이며 또 어느 것이 자객의 것이고 미간척의 것인지 분간할 수가 없었다. 그때서야 대전에는 천지를 진동시키는 울음소리가 울려퍼지기 시작했다. 그러나 방법이 없었다. 끓다 남은 솥 안의 국을 뼈와 살점을 담은 채 셋으로 나누어 토기로 만든 통에 담아 세 군데에 묻어주었다. 그리고 각각 봉분을 쌓으니 그것이 바로 〈삼왕묘(三王墓)〉라는 것이다.

제16장
한중과 자옥, 상사수

앞의 제13장과 제14장에서 합려가 먹다 남긴 생선을 딸에게 주었다가 그 딸이 자살하였다는 이야기를 서술한 바 있다. 합려는 불쌍한 딸을 위하여 거대한 분묘를 만들어주었는데 그것을 여분(女墳)이라 하였다. 여분은 훗날 호수가 되었고 그 호수는 여분호(女墳湖)라고 불린다. 그런데 어떤 전설에 의하면 그 호수는 부차의 딸인 자옥(紫玉), 즉 유옥(幼玉)의 유적지라고도 한다. 이제 자옥에 관한 전설을 간단하게 서술해 보기로 한다. 그러나 자옥에 대한 이야기를 하기 전에 우선 합려가 생선을 먹던 일에 관해 다시 이야기해 보기로 하자.

합려는 아마도 생선을 무척 좋아했던 모양이다. 대개 물가에서 태어난 사람들은 마치 밥을 먹듯이 생선을 좋아하는데 합려 역시 예외가 아니었다. 한번은 합려가 배를 타고 강을 따라 어딘가로 가다가 배 안에서 생선회를 먹고 남은 것을 강물에 버렸다. 그런데 그 버린 생선회가 나중에 모두 〈오왕회여(吳王膾餘)〉라는 생선으로 변했다고 한다. 그 생선은 길이가 몇 치 안 되는 작은 것이었는데 길어봐야 젓가락 크기만큼밖에 안 되었다고 한다. 이 생선은 회잔어(膾殘魚)라고도 불린다.

또 다른 전설에 의하면 월왕 구천이 오나라 병사들에게 쫓겨 회계산으로 도망갔을 때 물고기를 다져 회를 만들었다고 한다. 그런데 오나라 병사들이 다시 쫓아온다는 소식을 듣고 남은 고기를 강물에 쏟아버리고 허겁지겁 도망칠 준비를 하였는데, 강물에 버린 그 생선회가 변하여 물고기가 되었다. 그 물고기의 형태는 생선회의 모습을 나타내고 있어서 〈회잔(膾殘)〉이라고도 불렸다. 회잔의 모습은 젓가락과 같다.

이 밖에 또 나뭇잎 모양의 〈왕여어(王餘魚)〉라는 물고기가 있다. 월왕이 배 위에서 생선회를 뜨다가 남은 반쪽짜리를 강물에 버렸는데 그것이 부활하여 몸이 반쪽밖에 없는 왕여어가 되었다고 한다. 왕여어는 비목어(比目魚)와 비슷하게 생겼는데 비목어가 눈이 하나밖에 없고 반드시 암수 두 마리가 함께 다니는데 비해 왕여어는 눈 두 개가 모두 몸의 한쪽에 붙은 것이 다르다. 『문선(文選)』, 「오도부(吳都賦)」에 보면 〈쌍으로 다니면 비목어요, 혼자서 다니면 왕여어라(雙則比目, 片則王餘)〉는 구절이 나오는데 바로 이것을 가리키는 것이다.

합려가 생선을 먹은 것에 관해서 비교적 재미있는 것으로는 다음과 같은 이야기가 있다.

합려 10년에 동방의 이인(夷人)들이 오나라를 침공하자 그는 곧 친히 군대를 이끌고 그들과 대적했다. 이인들이 합려에게 밀려 바다로 도망을 쳐 동방의 어느 모래톱으로 이루어진 섬에 숨어 있게 되었다. 오왕은 군대를 이끌고 바다까지 쫓아가 역시 그 모래톱에 진지를 구축했다. 쌍방이 그렇게 한 달 정도를 대치하고 있던 어느 날, 갑자기 바다에 풍랑이 일어 군량미를 실은 배가 제때에 닿을 수가 없어서 군사들이 배를 곯게 되었다. 오왕은 향을 피우고 하늘에 기도를 하는 수밖에 딴 도리가 없었다. 오왕이 기도를 막 끝냈을 무렵, 갑자기 맹렬한 동풍이 불어오더니 황금빛의 파도가 밀려오면서 오왕이 머물고 있는 모래톱을 겹겹이 둘러싸는 것이었다. 바닷물의 성질을 잘 아는 사람들은 그것이 물고기들의 움직임 때문에 생기는 것이라는 사실을 알고 있었다. 그래서 군대 내에서 그런 것에 대해 잘 아는 사람이 〈얼른 가서 물고기를 잡아오라〉고 하였고 마침내는 엄청나게 많은 고기를 잡아올 수 있게 되었다. 오왕과 군사들은 그것을 맛있게 먹었고, 배를 채운 군사들의 사기는 하늘을 찌를 듯했다. 한편 이인들도 똑같이 군수품이 끊기는 곤경에 처하였고 역시 물고기를 잡아먹으려고 하였지만 이상하게 한 마리도 잡을 수가 없었다. 그래서 더 이상 견딜 방법이 없어 오왕에게 돈을 바치고 화해를 청하였다. 오왕은 그들의 뜻을 받아들여 답례로써 자기들이 먹다 남긴 생선의 내장 같은 것들을 바닷물에 절여 그들에게 보냈다. 이인들은 돛을 높이 올리고 자기들의 땅으로 되돌아갔으며 그로 인하여 이인들이 머물고 있었던 그 모래톱은 축이(逐夷)라고 불리게 되었다. 군사를 이끌고 오나라로 되돌아온 오왕은 조당(朝堂)에서 신하들을 접견하며 바다에서 고기를 잡았던 일을 이야기했고 또 이야기 끝에 혹시 남은 고기가 없느냐고 물었다. 그 일을 담당했던 신하가 대답했다.

「남은 것이 있기는 한데 모두 말려서 어포로 만들어두었습니다」

오왕은 그것을 조리하여 가져오게 해서 모두들에게 먹어보라 하였다. 그리고 자기도 다시 먹어보니 과연 맛이 일품이었다. 그래서 오왕은 붓을 들어 그 물고기에게 이름을 붙여주었는데 위에는 아름다울 미(美)자를 쓰고 아래에는 물고기 어(魚)자를 썼다. 그것을 합쳐보면 바로 〈상(鯗)〉이라는 글자가 되는데 그것은 〈상(想)〉이라는 발음으로 읽혔다. 후에 와서 그 글자를 〈상(鯗)〉이라고 쓰기도 하는데 그것은 잘못된 것이다. 이 물고기는 바다 위에 나타날 때 황금색으로 보였는데 원래의 이름이 무엇인지는 알 수가 없었다. 다만 오왕이 보니 그 물고기의 머리 부분에 하얀 돌처럼 생긴 뼈가 있다고 하여 석수어(石首魚)라고 했다고 하는데 사실 그것은 바로 오늘날 우리가 자주 먹는 조기〔黃魚, 黃花魚〕였다.

합려가 먹던 생선에 관한 이야기는 여기에서 끝을 맺고 이제 다시 부차의 막내딸 자옥에 대한 이야기를 해보기로 하자.

자옥은 유옥이라고 기록되어 있기도 한데 부차의 막내딸이다. 그녀는 자신의 아버지가 황음무도한 것을 보았다. 재능 있는 사람들을 중용하지 않고 미색에만 빠져 온종일 서시 같은 여인들과 고소대에서 날을 보내며 국사를 돌보지 않으니 나라 꼴이 말이 아니었고 그렇게 나가다가는 머지않은 장래에 나라가 망하고 말 것이라는 생각이 들었다. 그녀는 자신의 유일한 희망을 한중(韓重)이라고 하는 젊은 선비에게 걸었다. 자옥의 나이 18세였고 아름답고 총명했으며 한중은 그녀보다 한 살 많은 19세, 세상이 혼탁한 것을 보고 신선사상에 심취하여 그 방면에 관한 공부를 하고 있는 중이었다. 자옥은 그런 그를 좋아하였다. 그리고 앞으로 그를 따라 함께 심산유곡으로 들어가 열심히 수련을 하여 세상을 떠나 신선이 되고자 하는 이상을 지니고 있었다. 한중은 평범한 세가(世家)의 자제였으나 자기 나라에서 공부하는 것만으로는 부족하다고 느껴 제나라와 노나라로 가서 공부를 더 할 생각을 갖고 있었다. 당시 노나라에는 공자라는 대성인이 있었으니 유학가겠다고 하기에는 안성맞춤이었다. 물론 그가 정말로 가고 싶어했던 곳은 제나라였다. 당시 제나라는 신선들의 집결지라고 할 정도로 도술이 뛰어난 사람들이 모여 신선의 도를 닦고 있었다. 한중이 스승으로 모시고 싶어하는 인물은 분명히 그 속에 있을 터였다.

한중과 자옥의 교유는 아마도 그들간에 먼 친척관계가 있었기에 가능했던 것 같다. 궁정의 노비가 드나들며 서로의 소식을 전했을 것이고 그것은 또한 어느 정도는 부모의 묵계하에 진행된 것이었으리라. 자옥은 그런 교유중에 그의 아내가 되고 싶다는 자신의 태도를 솔직하고도 진지하게 표현했다. 한중은 그렇게 귀한 대답을 얻은 것이 뛸 듯이 기뻤다. 이제 다른 나라로 떳떳하게 떠나 신선의 도를 배워도 되는 것이다. 돌아오면 자기도 소사(蕭史)와 같이 될 수 있을 터였다. 소사가 진(秦) 목공(穆公)의 딸 농옥(弄玉)에게 피리부는 것을 가르치다가 목공이 그녀를 소사에게 시집보내어 부부가 함께 봉황을 따라 하늘로 올라갔듯이 자기들도 그렇게 될 수 있을 것이었다.

그래서 한중은 길을 떠나며 부모님에게 기회를 보아 오왕에게 구혼을 해달라고 부탁을 하였다. 그의 부모는 아들의 말대로 오왕에게 청혼을 하였지만 적빈한 일개 세가의 아들이 어찌 오왕의 사위가 될 수 있었으랴. 오왕은 벌컥 화를 내며 단번에 거절하고 말았다. 자옥은 후궁에서 그 소식을 듣고 목구멍이 콱 막히는 느낌이 들었다. 그리고 그녀는 아버지가 먹다 남긴 고기를 주었다고 자살했던 자신의 고모와 마찬가지로 역시 그 자리에서 죽고 말았다. 오왕은 후회막급이었으나 이미 돌이킬 수 없는 일이었다. 그래서 화려하고 후한 장례식을 치러주고 그녀를 궁궐 문 밖에 묻었다.

그후 3년이 지났다. 도술을 배우러 갔던 한중은 아직 공부를 다 하지는 못했지만 자옥과의 혼사 문제가 생각나 집으로 돌아와 부모에게 물었다.

「구혼을 하셨던 일은 어찌되었습니까?」

부모가 대답했다.

「오왕이 그 말을 듣고 크게 화를 내었고 그 소식을 들은 아가씨가 그만 치밀어오른 화를 삭히지 못하고 죽고 말았단다. 이미 죽은 지 한참 되었지」

한중은 그 말을 듣고 통곡을 하며 슬퍼하였다. 그렇게 오랫동안을 울다가 간단한 제수를 준비하여 자옥의 무덤을 찾아갔다. 그곳에서도 가슴 아파하며 한나절을 머뭇거리는데 황혼 무렵이 되자 자옥의 영혼이 무덤 속에서 천천히 올라오는 것이었다. 그녀는 무덤에서 걸어나와 한중을 보더니 얼굴이 온통 눈물로 얼룩져서 말했다.

「당신이 떠난 후 당신 부모님들께서 저의 아버지에게 구혼을 하셨답니다. 저는 하늘이 사람의 소원을 들어주는 줄로 알고 있었는데 이런 지경에 처하게 되고 말았어요. 이제 무슨 방법이 있겠습니까」

그러더니 고개를 왼쪽으로 돌려 목을 늘여빼고 노래를 부르기 시작했다. 그 노래는 〈남산에 새가 있고 북산에 그물이 펼쳐져 있네(南山有鳥, 北山張羅)〉라는 구절로 시작되는 노래였는데, 그 구절은 민가(民歌)에 자주 나오는 것으로, 여주인공이 어려운 상황에 처하게 되어도 굽히지 않는다는 강한 정신을 표현하는 그런 노래였다. 한중은 그녀의 노래를 듣자마자 그녀의 뜻을 이해할 수 있었다. 자옥은 노래를 끝내더니 한중에게 자신의 무덤으로 같이 들어가자고 하였다. 한중은 그녀의 정성에 감동되어 함께 무덤으로 들어가 사흘 낮과 밤을 보낸 뒤 다시 나왔다. 그가 떠나올 때 자옥은 한 치 크기쯤 되는 옥구슬을 주며 말했다.

「우리 집에 가시게 되거든 이 구슬을 부왕께 바쳐 경의를 표하세요」

한중은 그녀의 말대로 그 구슬을 가지고 오왕을 알현하였다. 그리고 자옥을 만났던 일을 이야기하였다. 그의 뜻은 다름아니라 자기들 사이에 친지 관계가 있다는 것을 보여 오왕의 관심을 구하기 위한 것일 뿐이었다. 그러나 오왕은 옥구슬을 보더니 화를 벌컥 내며 말했다.

「내 딸이 죽은 지가 벌써 언제인데 어디서 미친 놈이 나타나 거짓말을 하여 내 딸의 영혼을 모욕한단 말이냐? 저 구슬은 내 딸의 무덤에서 훔쳐온 것이 분명해. 딸의 영혼을 만나다니, 별 희한한 소리 다 듣겠구나!」

그러고는 즉시 한중을 잡아 가두게 했다. 그러나 한중은 경비가 허술한 틈을 타서 탈출했고 다시 자옥의 무덤을 찾아가 자신의 억울한 처지를 하소연했다.

「걱정하지 마세요」

자옥이 한중을 위로하며 말했다.

「제가 아버지를 찾아가 자초지종을 말씀드리겠어요」

다음날 새벽, 오왕이 일어나 세수를 하고 머리를 빗는데 갑자기 자옥이 사뿐사뿐 자기 앞으로 다가오는 것이었다. 오왕은 놀랍기도 하고 기쁘기도 하여 만감이 교차하는 목소리로 물었다.

「자옥아, 어떻게 다시 살아났느냐?」

자옥은 땅바닥에 무릎을 꿇고 오왕에게 대답했다.

「전에 부왕께서는 한중의 청혼을 거절하셨지요. 제가 잠시 생각을 잘못하여 그만 자살하고 말았어요. 그러나 한중은 유학길에서 돌아와 제가 죽었다는 소식을 듣고 제수를 챙겨 제 무덤을 찾아왔어요. 저는 그 사람이 제가 죽었음에도 불구하고 저를 찾아와 준 것이 고마워 그를 만나고 또 그에게 옥구슬을 준 것이랍니다. 절대로 그 사람이 무덤을 파헤지고 관 뚜껑을 연 것이 아니에요. 그러니 부왕께서는 그 일에 대해 뭐라 다시 말씀하지 말아주시기를 바라옵니다」

그때 자옥의 어머니가 딸의 음성을 듣고 방에서 달려나와 두 팔을 뻗어 그녀를 안으려고 하였다. 그러나 그녀의 팔은 그저 허공만을 가를 뿐이었다. 자옥은 어머니의 품에서 연기처럼 사라져버렸던 것이다.

서생 한중이 훗날 어찌되었는가 하는 것에 대해서는 기록이 확실치가 않다. 그러나 아마도 계속해서 신선의 도를 닦지 않았을까 하는 생각이 든다. 한중의 〈중(重)〉자는 몇 가지 발음으로 읽혀지는데 그 중에는 〈중(衆)〉이라는 발음도 있다. 어쩌면 〈도술이 있는〉 이 한중이 바로 고대의 유명한 선인 〈한중(韓衆)〉인지도 모른다. 한중은 〈한종(韓終)〉이라고도 하는데, 그는 제나라 사람으로 송(宋) 강왕(康王)을 위해 선약(仙藥)을 찾으러 갔었다. 그는 선약을 찾아다가 강왕에게 바쳤으나 강왕이 의심을 하며 먹지를 않자 자기가 그것을 먹고 마침내 몸이 가벼워져 하늘로 날아올라 선인이 되었다고 한다.

이렇게 선약을 먹고 신선이 되기 이전에도 한종은 몸에 좋으면서도 선약과 비슷한 어떤 약을 먹었다고 하는데 그것은 창포(菖蒲)라고 했다. 일찍이 문왕(文王)이 그것으로 창포장을 만들어 먹은 적이 있었고 공자 역시 문왕을 따르느라 목을 움츠리고 억지로 그것을 먹은 적이 있었다. 중악(中岳) 숭고산(嵩高山)의

돌 위에 서식하고 있는 창포는 한 치 크기에 마디가 아홉 개였는데, 그것을 먹으면 장생불사할 수 있었다고 한다. 한종이 창포를 먹은 지 13년 뒤, 그의 몸에는 털이 자라났다고 하는데, 그것은 바로 신선의 날개가 생길 징조였다. 또는 그가 창포를 먹은 13년 후, 겨울에 웃옷을 벗고 있어도 추운 줄을 몰랐다고 하는 이야기도 전해진다. 그는 이 밖에도 빛깔이 벽옥 같고 수십 년에 한번 열매가 열리는, 신맛이 나는 자두를 먹었다고도 하는데 후대 사람들은 그 자두를 한종리(韓終李)라 불렀다. 그것은 장안에서 9천 리 떨어진 서방의 림국(琳國)에서 자라났다고 한다. 이것들이 한종에 관한 단편적인 전설들이다.

한종에게는 한빙(韓憑)이라는 동생이 있었다. 어떤 책에는 〈한붕(韓朋)〉이라고 기록되어 있기도 한데 송나라 강왕(康王)의 사인(舍人) 노릇을 하고 있었다. 사람됨이 성실하고 충성스러워 늘 강왕의 곁에서 시중을 들며 왕의 수족 노릇을 하고 있었다. 그러나 강왕이라는 이 인물은 고대의 걸(桀)이나 주(紂)와 같은 종류의 인물이었으니 어리석고 무도한 자였다. 선량한 사람이 어리석은 임금 곁에 있다보면 언젠가는 그 재앙이 자신에게 닥쳐오는 법이 아니던가. 송 강왕은 용맹스러움만을 숭상했을 뿐, 어질다든가 의롭다든가 하는 일에 신경을 쓰는 인물이 아니었다. 그래서 혜앙(惠盎)이 공자나 묵자의 도를 이야기하며 송 강왕에게 유세를 할 때에도 조정에 앉아 발을 구르고 헛기침을 하며 딴청을 부리다가, 결국에는 자기가 좋아하는 것은 용맹스러움일 뿐 무슨 인의(仁義) 같은 것이 아니라고 아예 드러내놓고 선포를 하였던 적이 있다. 그리고 자신의 용맹스러움을 내보이기 위하여 〈무두관(無頭冠)〉이라고 하는 모자를 특별히 만들어 썼는데 그것은 눈과 코까지 뒤덮는 그런 종류의 모자였다. 이것은 아마도 신화에 나오는 형천(刑天)의 모습을 흉내내어 만든 것 같았는데 머리가 없어도 자기는 충분히 싸울 수 있다는 것을 과시하고자 함이었다. 그러나 그는 형천이 천제에게 대항하여 끝까지 싸웠던 그 용맹성을 잘못 이해하고 있었던 것 같다.

이 밖에 강왕이 좋아했던 것은 아름다운 여인들이었다. 미색이 뛰어난 여인을 보기만 하면 그녀가 이미 결혼을 한 여자이든 아니든 상관 없이, 또 그녀가 일반 백성들의 아낙네이건 신하의 아낙네이건 구별하지 않고, 자신이 차지하여야 직성이 풀렸다. 국왕의 권위를 내세워 그는 그런 일을 자행하였던 것이다. 결국 왕의 사인이었던 한빙에게도 그 재앙이 닥치고 말았다. 한빙의 아내 하씨(何氏)는 나이가 어린 데다가 무척 아름다웠다. 어느 날 궁정에서 있었던 연회석상에서 그녀를 본 강왕은 그녀를 강제로 데려다가 궁 안에 가두고 아무데도 가지 못하게 하였다. 한빙이 왕을 원망하자 즉시 그를 잡아다가 노예처럼 일을 시켰다. 등에 흙짐을 지고 다른 죄수들과 함께 청릉대(青陵臺)를 짓는 데로 보내졌던 것이다. 청릉대는 지금의 산동성 운성현(鄆城縣)에 있는 것으로 어리석은 군주 강왕이 놀기 위하여 만드는 궁전이었다.

하씨를 궁 안에 가둔 강왕은 온갖 방법을 동원하여 그녀가 자신의 말을 듣게 만들고자 하였다. 위협도 해보고 회유도 해보았지만 그녀는 시종일관 대답이 없이 거절만 하는 것이었다. 게다가 감시가 소홀한 틈을 타서 슬그머니 편지를 써서는 부탁할 만한 사람에게 전하여 한빙에게 보내달라고 하였다. 한빙이 편지를 받아 펼쳐보니 다음과 같은 열두 글자가 씌어 있었다.

비는 부슬부슬 내리고(其雨淫淫)
강물은 깊고 넓은데(河大水深)
해가 떠서 내 가슴을 비춥니다(日出當心)

이 편지의 내용은 수수께끼와 같은 것이라 열심히 추측해 보아야 할 내용이었지만 한빙은 그것을 보자마자 바로 그 뜻을 알아차릴 수가 있었다. 그래서 그는 아무 말 없이 뜨거운 눈물을 줄줄 흘리고 고개를 몇 번 끄덕이더니 그날 저녁 바로 자살해 버렸다. 감시관은 한빙이 지니고 있던 이 편지를 찾아내어 왕에게 바쳤다. 송왕은 그 편지를 받아들고 여러 신하들에게 보여 주었지만 그들은 그 편지를 이리저리 살펴보기만 할 뿐 어느 누구도 그 의미를 제대로 해석하지 못하였다. 마지막으로 다른 사람들보다 똑똑한 소하(蘇賀)라고 하는 신하가 그 편지에 씌어진 내용을 음미하더니 갑자기 깨달은 듯이 송왕에게 말했다.

「신이 보건대 이 세 구절의 의미는 이렇습니다. 〈비가 부슬부슬 내린다〉는 것은 그녀의 마음이 우울한 데다가 남편 생각이 간절하다는 것을 의미하며, 〈강물이 깊고 넓다〉는 것은 두 사람 사이가 아득히 멀어 서로 왕래할 수 없다는 것을 뜻합니다. 그리고 〈해가 떠서 가슴을 비춘다〉는 것은 바로 그녀가 이미 죽을 마음을 먹고 있다는 것을 의미합니다」

앞의 두 구절에 대한 해석은 그런대로 수긍할 만했으나 마지막 구절에 대한 해석은 아무래도 좀 통하지 않는 것 같고 억지로 끌어다 붙인 것 같아서 송왕은 그의 해석을 별로 마음에 두지 않았다. 그리고 이제 한빙이 죽어버렸으니 마음속에 걸리적거리던 장애물이 없어진 것이나 마찬가지였다. 송왕은 그를 묻어주라 하고 대충 일을 끝내었다. 때는 마침 청릉대가 거의

다 만들어져 가던 무렵이라, 송왕은 신이 나서 그 사실을 하씨에게 알려주라고 궁녀에게 일렀다. 그리고 내일 아침에 말끔하게 차려입고 왕을 따라 함께 청릉대로 가야 한다고 명령하였다.

하씨의 이름은 지금 전해지지 않는다. 다만 후대 사람들이 그녀의 성격에 따라 정부(貞夫)라고 이름붙였는데 그 이름이 비록 정확한 것은 아니라고 해도 오직 남편만을 생각하며 절개를 지켰던 그녀의 태도를 내보여주고 있기 때문에 아주 적절한 이름이라 하겠다.

남편이 죽었다는 소식을 듣고서도 그녀는 그리 슬퍼하지 않았으며 쓸데없는 눈물을 흘리지도 않았다. 다만 그녀는 아무 내색도 없이 혼자 슬그머니 준비를 하였다. 먼저 자신의 옷 중에서 아름답고 화려한 것을 골라 옷감을 부식시키는 약물에 담가두었다가 건져 잘 말려서 보관해 두었다. 그리고 청릉대로 갈 것이니 준비를 하라는 명령이 전해져 온 다음날 아침, 그 옷을 꺼내어 입었다. 얼굴에는 화장을 하고 교태가 흐르는 미소까지 머금은 그녀는 마치 봄날이 이미 다가온 듯한 표정을 하고 있었다. 그 모습을 본 송왕은 흐뭇하지 않을 수 없었다. 그래서 별로 중요하지도 않은 말을 슬쩍 걸어보았는데 그녀는 뜻밖에도 고분고분하게 대답을 하는 것이었다. 조금도 의심을 불러일으킬 만한 구석이 없었다. 송왕은 그녀의 손을 잡고 천천히 청릉대의 계단을 올라갔다.

드디어 누각의 꼭대기로 올라갔다. 자기 나라의 아름다운 산천이 거기 펼쳐져 있었는데 바라보는 기분이 유별났다. 하늘은 청명하게 개어 있었고 신록이 아름다운 초여름이었지만 하씨의 눈에는 모든 것이 적막하고 고요하게만 느껴졌다. 무심한 표정으로 눈앞에 펼쳐진 경치를 바라보고 있던 그녀는 갑자기 사람들 곁을 떠나 누대의 난간이 있는 곳으로 갔다. 좌우에서 시중을 들던 사람들이 그녀의 태도가 이상한 것을 보고 급히 따라갔다. 그러나 그녀는 조금도 주저하지 않고 난간을 넘어 아래로 떨어졌다. 곁에 있던 사람들이 놀라 소리를 지르며 그녀의 옷을 잡았으나 아름답고 화려하게 보이던 그 옷은 손을 대자마자 곧 조각조각 찢어져 버리는 것이었다. 높은 누대에서 사람이 떨어져내리니 바닥에 떨어졌을 때에는 마치 말랑거리는 진흙덩어리와 같았다. 그런데 기묘한 일이 벌어졌다. 조각조각 찢어졌던 그녀의 옷조각들이 모두 나비로 변하였던 것이다. 수천 수만의 나비가 청릉대를 둘러싸고 춤을 추는데 눈이 어지러울 지경이었다. 황홀하게 춤추는 그 나비들은 거기 서 있는 사람들에게 마치 이렇게 말하고 있는 것 같았다.

아무리 어둠에 싸여 있다고 해도 다가오는 새벽은 막지 못해요.

청춘은 그 누구도 빼앗아갈 수 없는 것이랍니다.

물론 이때 그곳에는 음악이 없었다. 그러나 만일 그때 그곳에 음악이 흐르고 있었다면 들판과 강물, 산과 하늘이 모두 그 음악에 호응하여 한줄기 유장하고 웅장한 메아리를 울렸을 것이다. 송왕의 시커먼 얼굴에는 순간적으로 놀라는 빛이 떠올랐다. 무사들이 급히 청릉대 아래로 달려가 그녀의 몸에서 글자가 씌어진 비단 허리띠를 가져와 송왕에게 바쳤다. 송왕이 보니 거기에는 〈오작가(烏鵲歌)〉의 가사가 씌어 있었다.

남산에 까치가 있고
북산에는 그물이 펼쳐져 있네
까치가 높이 날아오르면
그까짓 그물이 무슨 소용 있으리

까치가 쌍쌍이 날아가니
봉황을 즐겁게 해주지 못하고
첩은 일개 서민이라
송왕을 기쁘게 해줄 수가 없네

이것이야말로 그녀의 옷이 변하여 나비가 되어 청릉대 가득히 날아다니는 것에 대해 만들어진 노래였다. 그 의미가 너무도 확실하여 다시 더 쓸데없는 말을 덧붙일 필요가 없었다. 그리고 송왕에게 보내는 간단한 유서를 썼는데 그 내용은 다음과 같았다.

〈왕께서는 제가 살아 있는 것을 원하시지만 저는 차라리 죽기를 원하옵니다. 저의 시체를 수습하여 한빙과 합장하여 주시기를 삼가 바라옵니다.〉

송왕은 그것을 보고 화가 치밀어올라 유서가 씌어진 비단 허리띠를 찢어버리고 일부러 그녀의 시체를 한빙과 멀리 떨어진 곳에 묻게 했다. 그래서 서로 바라보려 하여도 보이지 않도록 하였다. 송왕은 그녀의 무덤에 가서 보고 매섭게 말했다.

「너희 부부가 그토록 사랑한다면 어디 너희들의 무덤이 서로 합쳐지도록 해보아라. 그러면 나도 너희들을 더 이상 가로막지 않을 것이니」

송왕은 그 일이 절대로 불가능한 것이라고 생각했다. 그러나 그날 밤이 지나자 한빙과 하씨의 무덤에 각각 두 그루의 거대한 가래나무가 생겨나 열흘 만에 구불거리며 서로 엉키기 시작했다. 뿌리가 서로 엉키더니 나뭇가지도 서로 위에서 엉키는 것이었다. 그리고 우거진 나무 사이에 원앙처럼 생긴 새들이 살기 시작했다. 암수 한 쌍이 뿌리가 서로 엉킨 나무 사이를 오가며 목을 빼어 기대고서 슬프게 우는데 그 울음소리가 사람의 마음을 아프게 했다. 송나라 사람들은 한빙 부부의 불행한 운명을 가엾게 여겨 서로 붙은 이 나무를 상사수(相思樹)라 불렀다. 그리고 원앙처럼 생긴 그 새들을 한붕조(韓朋鳥, 혹은 한빙조 韓憑鳥) 하였는데 그것은 바로 한빙 부부의 영혼이 변하여 된 새라는 뜻이었다.

제17장
백아와 종자기, 백리해

춘추시대 여러 단편적인 이야기들의 중심사상은 대개 〈지음(知音)〉이라는 두 글자로 요약해 볼 수 있다.

〈지음〉에 관한 이야기를 하자면 백아(伯牙)와 종자기(鍾子期)의 이야기가 가장 전형적인 예라고 할 수 있다. 명나라 때의 단편 소설집인 『경세통언(警世通言)』 제1권에 보면 〈유백아가 거문고를 들고 지음에게 고마워하다(兪伯牙摔琴謝知音)〉라는 내용이 나오는데 그것은 바로 백아와 종자기의 교우관계를 설명하고 있다. 백아의 성은 유이며 초나라 사람이라고 하는데 그것은 후대 전설에서 그렇게 갖다붙인 것일 뿐 사실 고서에는 정확한 기록이 없다. 그러나 백아가 호북성(湖北省) 무한시(武漢市) 구산(龜山) 기슭의 어느 누각에선가 거문고를 뜯었고 종자기가 거기서 거문고 소리를 들었다고 하는 이야기는 전해지고 있다. 그래서 북송 때 그곳에 금대(琴臺)를 지어 그들의 우정을 기념했다고 하는데 그곳이 바로 지금 명승지가 되고 있는 고금대(古琴臺)이다. 그러므로 백아가 초나라 사람이었다고 하는 것은 어느 정도 근거가 있는 말이라 하겠다.

백아가 거문고를 잘 뜯었다고 하는 것은 세상 사람 누구나가 다 알고 있는 사실이었다. 백아가 거문고를 뜯으면 마차를 끌고 가던 네 마리 말조차도 하늘을 우러러 목을 늘여빼고 푸푸 숨을 내쉬었는데 그것은 바로 기분이 좋아 하늘을 보고 깔깔거리며 웃는 형상이었다. 백아와 같은 고향 사람인 호파(瓠巴) 역시 백아와 마찬가지로 거문고를 잘 뜯었다고 하는데 호파가 연주를 하면 강물 속에 숨어 있던 한 척 크기의 음어(淫魚)까지 물 위로 떠올라와 머리를 내밀고 가만히 귀기울여 그 음악을 들었다고 한다. 고상하고 아름다운 음악소리에는 동물도 감동한다는 그런 뜻이 아니겠는가.

백아는 성련(成連) 선생에게서 거문고를 배웠는데 스승은 그에게 이렇게 말했다.

「내가 너에게 거문고 뜯는 법을 가르치기는 했지만, 그 속에 담긴 감정〔性情〕까지는 가르치지 못했다. 방자춘(方子春)은 나의 스승이신데 그 분은 인간의 감정까지도 모두 가르치실 수 있다. 나와 함께 동해로 가서 그분을 뵙고 배우도록 하지 않겠느냐?」

백아가 대답했다.

「스승님께서 그렇게 말씀하시는데 어찌 거역할 수 있겠습니까?」

그래서 성련 선생과 백아는 함께 동해로 가서 작은 배를 타고 봉래산(蓬萊山)으로 갔다. 성련 선생은 백아를 산에 있으라고 하며 말했다.

「여기에서 천천히 거문고를 연습하고 있거라. 잠시 후에 내가 다시 데리러 올 것이니」

그러더니 스승은 삿대로 배를 밀어내어 노를 저으며 떠나버렸다. 스승이 떠난 지 10여 일이 지났지만 스승은 돌아오지 않았다. 백아는 그곳에서 혼자 거문고 연습을 하며 외롭게 지냈다. 그리고 연습하는 틈틈이 고개를 들어 사방을 둘러보았다. 섬에는 사람의 그림자라고는 보이지 않았고 아득하게 펼쳐진 숲만 눈앞을 가득 채우고, 철썩철썩 밀려오는 파도소리만 들려올 뿐이었다. 백아는 처연해져서 탄식하며 중얼거렸다.

「이제야말로 스승께서 정말로 내게 성정(性情)을 불어넣으시려는 것이로구나!」

그러면서 거문고를 끌어안고 목소리를 가다듬어 노래를 불렀다. 눈앞에 펼쳐진 풍경과 거기서 느껴지는 마음속의 감정을 담아 「수선조(水仙操)」라는 노래를 만들어내었던 것이다. 음악이 막 완성되었을 때 성련 선생이 노를 저어 그를 데리러 왔다. 백아는 그때서야 알아챌 수 있었다. 스승이 말하던 방자춘이란 인물은 스승이 만들어낸 허구의 인물이었고, 봄날의 대자연에 다름 아니었던 것이다. 이렇게 음악 속에 감정을 불어넣는 훈련을 받은 뒤부터 백아는 신의 경지에 이르렀다고 할 만한 연주를 하게 되고 세상에서 가장 뛰어난 연주가가 될 수 있었다.

어느 날 백아가 태산(泰山)으로 놀러갔을 때였다. 갑자기 날씨가 변하더니 소나기가 쏟아지기 시작했다. 백아는 서둘러 절벽 밑으로 들어가 비를 피하였다. 거문고를 들고 뒤따라오던 동자가 거문고를 바치니 그는 절벽 아래의 넓적한 바위 위에 앉아 숙연하게 거문고를 뜯기 시작했다. 순식간에 소나기가 그치고 한줄기 눈부신 햇살이 소나무와 잣나무 이파리 사이로 내리 쏟아지자 절벽 위에는 황금빛 그림자가 일렁이기 시작했다. 백아는 그 아름다운 광경을 보고 느껴지는 바가 있어 거문고를 뜯는데 딩딩당당 손가락으로 퉁기는 소리가 마치 비 내리는 소리와 같았다. 그때 종자기라는 젊은 나무꾼이 땔감을 짊어지고 가다가 내려놓고 그 소리에 귀를 기울이고 있었다. 그리고 음악을 듣던 중 고개를 끄덕이며 칭찬하여 말했다.

「정말로 비 내리는 소리와 똑같네」

백아는 그 말을 듣고 속으로 깜짝 놀랐다. 그래서 일부러 손가락에 힘을 주어 거문고의 줄을 세게 또는 약하게 누르고 뜯으며 산이 무너지는 듯한 곡조를 연주하였다. 그랬더니 이번에도 종자기는 고개를 끄덕이며 말하는 것이었다.

「산이 무너지는 소리로구나!」

백아는 자기도 모르게 거문고를 밀어놓고 청년에게 손을 내밀며 말했다.

「정말 훌륭합니다. 음악을 듣고 소리를 아는 능력이 대단하군요」

이것과 비슷하지만 조금씩 내용이 다른 이야기들도 있다.

백아가 태산(泰山)에 가고 싶어하면서 거문고를 연주할 때, 그 음악을 들은 종자기가 그 연주를 찬미하며 이렇게 말하였다.

「정말로 잘하네! 위엄 있게 치솟아 있는 태산을 생각나게 해」

그리고 백아가 유장하게 흐르고 있는 물줄기를 생각하며 연주를 하면 종자기는 또 이렇게 말했다고 한다.

「정말 잘한다. 꼭 막힘 없이 흐르는 물줄기를 표현하고 있는 것 같아」

이 두 마디 말이 백아의 마음을 흔들리게 하여 지위가 서로 다른 두 사람은 순식간에 가장 친한 친구가 되었고 심지어는 의형제를 맺기까지 했다고 한다. 나중에 종자기가 죽었을 때, 백아는 거문고를 들고 그의 무덤 앞에 와서 그의 죽음을 슬퍼하는 음악을 한 곡조 연주하였다. 그리고 눈물을 흘리며 품 속에서 칼을 꺼내어 거문고의 줄을 끊어버리더니, 두 손으로 거문고를 들어 제물을 올리는 상석에 내리쳐 부숴버렸다. 결국 거문고는 〈산산조각이 나버렸고(玉軫拋殘, 金徽零亂)〉 백아는 그때부터 죽을 때까지 다시는 거문고를 뜯지 않았다고 한다.

제(齊) 환공(桓公) 시대에 영척(寧戚)이 환공을 만난 이야기 역시 무척이나 감동적이다.

영척은 위나라 사람인데 지혜롭고 재간이 있었다. 그는 제 환공이 재능 있는 사람들을 아낀다는 소식을 듣고 환공의 신하가 되고 싶었으나 집안이 가난하여 환공을 알현할 방법이 없었다. 어쨌든 환공을 만나야 자신의 능력을 알아보게 하든지 말든지 할 것이었는데 그에게는 그런 능력이 없었던 것이다. 그래서 장사꾼으로 변장을 하고 마차에 물건을 싣고서 제나라에 팔러 갔다. 그리고 제나라 수도의 동쪽 교외 문 밖의 허름한 여관에 머물며 기회를 엿보고 있었다. 그러던 어느 날 저녁, 소에게 여물을 먹이느라 마차 아래에 쭈그리고 앉아 일을 하고 있을 때였다. 곽문(郭門)이 열리더니 환공이 마차를 타고 시종들을 거느리고서 나오는 것이 보였다. 횃불을 들고 성 밖으로 나와 멀리서 오는 귀빈을 맞이하려는 것이었다. 사람들의 그림자가 일렁이는 불빛 속에서 왔다갔다하는 모습을 영척은 똑똑히 볼 수 있었다. 그래서 급히 몸을 일으켜 손으로 쇠뿔을 두드리며 비장하고도 격정적인 노래를 불렀다.

남산의 깨끗한 돌
백석은 찬란한데
살면서 요와 순을 만나지 못해

짧고 얇은 옷으로 겨우 무릎 가리우고
황혼부터 밤까지 소에게 여물을 먹이네
밤은 길고도 길어 언제 아침이 올까!

전설에 의하면 영척은 이것과 비슷한 노래를 세 곡이나 불렀다고 하는데 믿을 만한 이야기는 아니다. 아마도 후대 사람들이 비슷한 이야기를 만들어낸 것이 아닌가 여겨진다. 당시의 상황으로 추측해 보건대 성 밖으로 손님을 맞으러 나온 제 환공이 어디 그렇게 시간이 남아돌아 일개 낯선 장사꾼의 노래를 세 곡씩이나 듣고 있었을까. 그러나 어쨌든 이 노래는 단번에 제 환공의 관심을 끌었다. 환공은 곁에 서 있던 마부의 손등을 어루만지며 이렇게 말했다.

「이상도 하구나. 저 노래를 부르는 사람은 보통 사람이 아닌 것 같다」

그래서 제 환공은 시종을 불러 영척을 데려다가 뒤에 있는 빈 마차에 타게 했다. 그리고 환공은 손님을 맞이한 뒤 돌아왔다. 시종이 환공에게 물었다.

「저 마차에 타고 있는 볼품없는 장사꾼을 어떻게 할까요?」

환공은 그에게 새 옷과 새 모자를 내려주도록 하고 내일 그를 접견하겠다고 말했다.

이튿날 영척은 환공을 만나게 되었다. 그는 환공에게 나라를 잘 다스리려면 어떻게 해야 하는가를 말했다. 그리고 그 다음날은 천하를 잘 다스리려면 어떻게 하여야 하는가를 이야기했다. 환공은 그의 말에 일리가 있다고 여기고 앞으로 그를 중용해야겠다고 생각했지만 좌우의 신하들이 극구 반대하며 말했다.

「그는 위나라 사람이라고 들었습니다. 위나라는 우리 제나라에서 그리 멀리 떨어져 있지 않습니다. 위나라로 사람을 보내어 그가 정말로 현자(賢者)인가를 알아본 뒤 그를 중용하시는 것도 늦지는 않을 것이라고 생각됩니다」

「그대들의 말도 옳다」

환공은 그들의 말에 긍정적인 태도를 보이며 이렇게 대답했다.

「그대들이 사람을 보내어 그에 대해 알아보라고 하지만 나는 그에게 어떤 조그만 결점이라도 있을까봐 걱정이 된다. 남의 작은 결점만을 보다가 보면 그의 큰 장점을 놓치게 되는 수가 많기 때문이다. 그것이 바로 일국의 군주가 천하의 뛰어난 선비들을 잃게 되는 원인이지. 게다가 어떤 한 인간이 모든 면에서 완벽하기란 정말 어려운 일이거든. 그 사람의 장점만을 헤아려 그를 임용하면 되는 것이지 무어 그리 많이 알아볼 필요가 있겠느냐?」

환공은 결국 영척을 제나라의 객경(客卿)으로 임명해 장차 자신을 보좌할 인재로 등용했다.

이것보다 더 감동적인 것은 진(秦) 목공(穆公) 시대에 백리해(百里奚) 부부가 젊어서 헤어진 뒤 늙어서 다시 만나게 된 이야기이다.

백리해는 우(虞)나라 사람이었다. 젊었을 때 결혼을 했으나 집안이 가난하여 고향을 떠나 이곳저곳으로 떠돌아다녔다. 그러다가 후에 우나라 임금을 섬기게 되어 대부(大夫)의 관직을 갖게 되었다. 그러나 호사다마라고 그때 진(晉)나라의 헌공(獻公)이 우나라를 멸망시키고 우나라 임금과 백리해를 포로로 잡아가게 되었다. 헌공은 딸을 진나라의 목공에게 시집보내려고 하던 참이라 백리해를 진 목공 부인의 신하로 삼아 함께 진나라

백리해(『賢臣』)

로 보냈다. 백리해는 자신을 그렇게 모욕적으로 대하는 것을 참을 수 없어 진나라에서 도망쳐나와 초나라의 완지(宛地)로 갔다. 그러나 운명은 얄궂기도 해서 백리해는 초나라 사람에게 붙잡히는 몸이 되었다. 진 목공은 백리해가 재능 있는 인물이라는 것을 알고 있었기 때문에 돈을 많이 주고서라도 그를 데려오고 싶어했다. 진나라의 창고에는 금은보화가 가득 쌓여 있었기 때문에 돈을 좀 써서라도 인재를 구해 내는 것은 별로 힘든 일이 아니었다. 그러나 초나라 사람들이 알게 되면 일부러 버티며 몸값을 올려놓을 것이기 때문에 그를 데려오기가 오히려 쉽지 않을 것이었다. 그래서 지위가 그리 높지 않은 사람을 초나라에 보내어 말하였다.

「우리 왕비님을 따라온 신하 중에 백리해라는 자가 있는데 듣자하니 당신들의 나라에 있다고 하더군요. 검은 숫양의 가죽 다섯 장을 드릴 테니 그를 데려갈 수 있도록 해주시겠습니까?」

숫양 가죽 다섯 장이라면 왕비의 신하 몸값으로는 그리 낮은 액수가 아니었기 때문에 초나라 사람은 쾌히 응답했다. 백리해가 이렇게 하여 진나라로 오게 되었을 때에는 나이가 이미 70여 세였다. 목공은 친히 그의 죄를 사하여주고 그와 함께 국사를 논하였는데 의견이 일치하는 부분이 많았다. 그래서 그에게 국정을 담당하게 하고 오고대부(五羖大夫)라 이름하였다. 〈오고〉란 바로 〈다섯 마리의 검은 숫양〉이라는 의미이다.

얼마 지나지 않아 백리해는 진나라의 재상이 되어 지위가 높고 명망이 드높게 되었다. 어느 날 백리해는 성대한 잔치를 열었다. 화려한 집안에는 음악소리가 울려퍼졌다. 그러자 왕의 궁성에 고용되어 있는 빨래하는 아주머니가 자기도 이 음악을 안다고 하며 못난 재주이지만 한번 연주해 보고 싶다고 말했다.

백리해는 좌우의 시종들이 하는 말을 듣고 그녀에게 한번 해보도록 하라고 했다. 아주머니는 당상으로 불려왔다. 나이는 60-70여 세가 되어 보였으나 아직 정정했다. 오랜 세월 노동을 해온 탓으로 손과 발이 큼지막했으며 반백의 머리카락과 검붉은 얼굴에는 고된 세월의 흔적이 새겨져 있었다. 약간 옆으로 비뚤어진 입술에는 인생이라는 험한 파도를 헤쳐온 의지가 드러나 있었고, 작고 검은 눈동자에는 그녀의 지혜로움과 청춘 시절부터 지녀온 희망과 사랑의 불꽃이 아직도 타오르고 있었다. 아주머니는 거문고를 들고 당하에 자리잡고 앉았다. 그리고 거문고를 자리에 내려놓고 양손으로 비파골(琵琶骨)을 매만지며 단정하게 앉아 줄을 몇 번 튕기더니 정식으로 연주하기 시작했다. 그리고 한 단락의 연주가 끝나자 거문고 반주에 맞춰 목소리를 높여 노래를 부르는 것이었다.

백리해여!

이 소리에 집 안이 발칵 뒤집혔다. 여기저기서 웅성거리는 소리가 들리며 사람들의 눈길이 노래 부르는 사람에게로 집중되었다. 당상에 앉아 있던 백리해도 놀라서 몸을 바로 세우고는 어디선가 본 적이 있는 것 같은 그 여인을 이미 늙어 흐릿해진 눈으로 바라보았다. 낭하에서는 몇 명의 무사가 나타나 인상을 쓰며 감히 나으리를 욕되게 하는 이 대담한 미친 여자를 끌고 가려고 하였다. 한바탕 큰 재앙이 닥칠 것 같은 그런 분위기였다. 그러나 백리해는 손을 내저으며 평온한 표정으로 말했다.

「계속 불러보도록 하여라!」

그제서야 분위기가 풀어졌고 아주머니는 다시 거문고 줄을 누르며 소리높여 노래를 불렀다.

백리해여!
다섯 장의 양가죽이라니
우리가 헤어질 때를 생각해 봐요
대문의 빗장으로 불을 때어
씨암탉을 삶아드렸지요
──오늘 이렇게 부귀영화를 누린다고 해서 나를 잊을 수 있나요?

백리해여!
당시 나를 데리고 올 때
다섯 장의 양가죽에 불과했지요
헤어질 때에는
암탉을 삶아드렸어요
──부귀한 몸이 되니 나를 잊으신 건가요?

백리해여, 백리해!
노모께서는 이미 돌아가셔서 남계에 묻었어요
기왓장 주워다가 묘를 만들고 잡초로 뗴를 입혔답니다
기장쌀을 빻고 암탉을 잡았는데
──이제 부귀한 몸이 되었다고 나를 버리시는 건가요?

진나라의 늙은 승상은 잔치를 벌이던 자리에서 덜덜 떨며 일어났다. 그의 얼굴은 온통 눈물 범벅이 되어 있었다. 그는 마치 술취한 사람 같은 걸음걸이로, 비틀거리며 노부인 앞으로 다가

갔다. 노부인도 거문고를 밀어놓고 일어섰다. 두 사람은 서로 바라보다가 손을 잡았다. 수십 년을 헤어졌던 부부가 이제 다시 만난 것이었다. 백리해는 젊은 시절의 가난했던 생활과 생애의 반을 채웠던 고생, 다섯 장의 양가죽에 해당되었던 몸값, 그런 것들을 떠올리고 슬픔이 북받쳐올라 울기 시작했다. 당상과 당하에 있던 사람들도 그들 부부를 동정하는 마음이 일어 한숨을 내쉬며 탄식하였다……. 마침내 노부부는 다시 함께 살게 되었다. 젊었을 때와 마찬가지로 부부가 되어 생을 마감할 때까지 함께 있게 되었던 것이다.

이제 마지막으로 소사(蕭史)와 농옥(弄玉)에 관한 이야기를 해보기로 하자.

이것은 기쁨으로 가득 찬 즐거운 이야기이기 때문에 앞에 나온 이야기들을 읽을 때처럼 눈물을 닦을 필요가 없다.

소사 역시 진나라 목공 때의 사람이다. 어떤 사람들은 그가 목공보다 훨씬 이전에 득도하였기 때문에 겉보기에 겨우 20여 세밖에 안 되어 보였다고 하기도 한다. 그는 소(簫)를 잘 불었는데 그가 소를 불 때면 백학과 공작들이 뜰에 모여들었다고 한다. 고대의 소는 지금의 것과는 조금 달랐다. 지금의 소는 관(管)이 하나로 되어 있으며 가로로 부는 것은 저(笛), 세로로 부는 것은 소(簫), 또는 퉁소〔洞簫〕라고 한다. 그러나 고대의 소는 대부분 관이 여러 개였다. 큰 것은 관이 23개, 작은 것은 16개였고 운소(雲簫), 혹은 배소(排簫)라고 하였는데 소사가 분 것은 바로 이런 종류의 소였다. 이 악기는 소리가 가늘어 맑고도 경쾌한 느낌이 들었는데 봉황의 울음소리와 흡사했다. 여러 귀한 새들이 바로 이런 소의 소리를 듣기 좋아했기 때문에 공작이나 백학까지 그 소리를 들으면 모여들었던 것이다.

전설에 의하면 순임금 때의 음악이었던 「소악(韶樂)」은 바로 이런 가느다란 악기를 위주로 하여 만든 것이기 때문에 「소소(簫韶)」라고도 불렸다. 「소소」를 아홉 번 연주하면 봉황까지 무리를 지어 날아왔다고 한다. 진 목공에게는 농옥이라고 하는 딸이 있었는데 소를 부는 것을 무척 좋아했지만 그다지 잘 불지를 못했다. 그래서 목공은 소 불기를 좋아하는 딸을 아예 소사에게 시집보내어 그에게서 소를 배우게 해, 그것을 잘 불고 싶어하는 딸의 소원을 풀어주려 하였다.

두 젊은이는 뜻이 통해 함께 살며 서로 깊이 사랑하게 되었다. 소사는 매일 농옥에게 소를 부는 것을 가르쳐 봉황이 우는 소리를 내보도록 하였다. 이렇게 몇 년이 지나자 농옥이 부는 소의 소리도 봉황의 울음소리와 같게 되었고, 그렇게 되자 정말로 봉황이 날아와 그들의 집 주위에 있는 나무에 깃들이게 되었다. 진 목공은 그 광경을 보고 뛸 듯이 기뻐하며 그들을 위해 특별히 봉대(鳳臺)를 지어주고 그곳에 소사와 농옥을 살게 하였다. 부부는 그곳에서 전심전력으로 소를 연주하고 노래를 부르며 몇 년이 지나도록 내려올 줄을 몰랐다. 봉황이 그곳으로 모여들었고 몇 해가 지나자 모여드는 봉황의 숫자는 점점 더 많아졌다. 뿐만 아니라 소사와 농옥의 생김새도 변하였으니 몸에 깃털과 날개가 생겨나기 시작했다. 이것은 뭐 그리 이상한 일은 아니었다. 고대의 선인들은 모두 날개가 달렸으며 그 날개로 새처럼 자유롭게 하늘을 날아다녔기 때문이다. 소사와 농옥은 소를 불다가 드디어는 득도하게 된 것이었고, 어느 날 새벽, 빛이 희미하게 밝아올 무렵 구름을 뚫고 하늘로 날아 올라갔다.

그러자 그들 곁에 있던 수백 마리의 봉황도 함께 날아 올라갔다. 그 밖에 백학이나 공작도 있었다고 하는데 그것들 역시

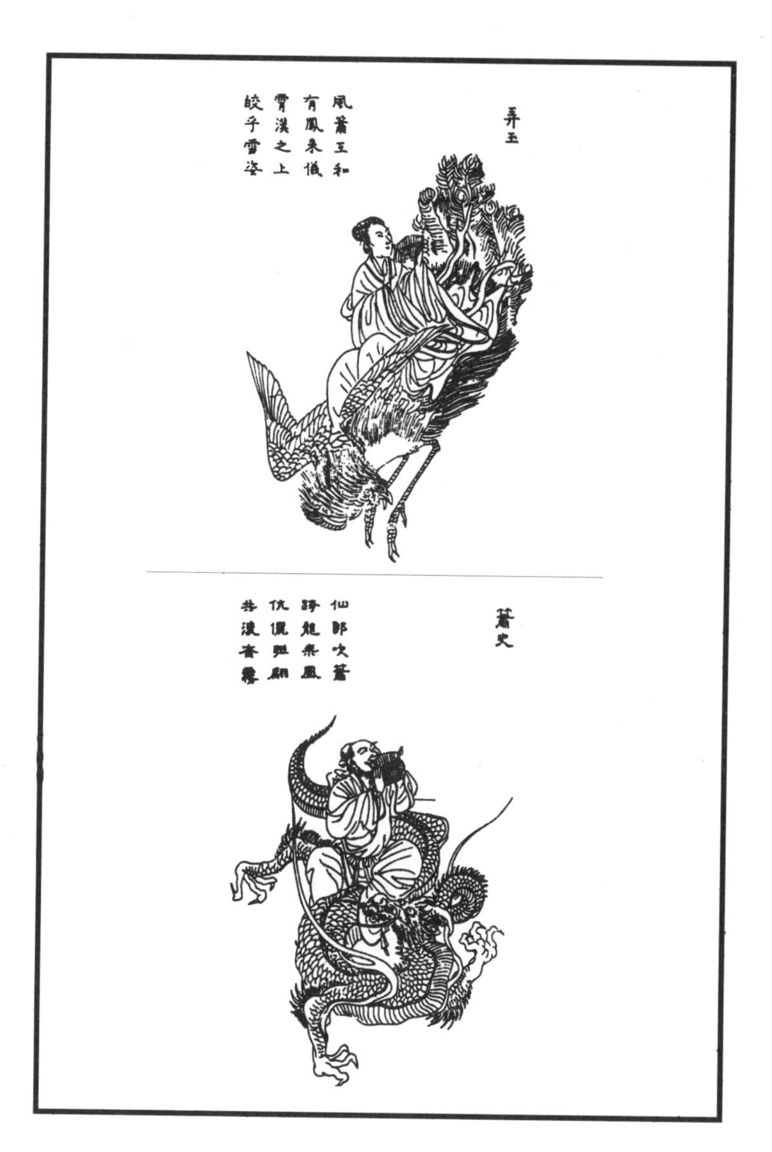

소사와 농옥(『神仙』)

소사와 농옥을 따라 하늘로 올라갔던 것이다. 그래서 늘 떠들썩하던 봉대는 순식간에 쓸쓸함이 감도는 텅 빈 곳이 되어버리고 말았다. 훗날 진나라 사람들이 그 봉대 곁에 봉녀사(鳳女祠)를 지어 그들을 기념하였는데, 그 사당에서는 늘 소의 음률이 흘러나왔다고 한다. 봉대와 봉녀사는 지금의 섬서성(陝西省) 보계현(寶鷄縣)의 동남쪽에 있었다. 그러나 북위(北魏)의 역도원(酈道元)이 지은 『수경주(水經注)』에 보면, 이미 〈오늘날 봉대는 쓰러져가고 봉녀사 역시 훼손되어 있다(今臺傾, 祠毁)〉라고 기록되어 있으니, 오늘날 그 유적을 찾아보려 하는 것은 힘든 일이 되고 말았다. 그야말로 애석한 일이 아닐 수 없다

후세의 전설을 보면 소사와 농옥이 득도하여 승천한 이야기가 더욱 장려하게 각색되어 있다. 농옥은 봉황을 타고, 소사는 용을 타고 올라갔다고 하는 것이다. 그리고 또 그들이 도를 배워 선인이 되기 전에 화산(華山) 중봉(中峰)으로 갔다고 한다. 그곳에서도 그들은 봉루(鳳樓)에 있을 때와 마찬가지로 밤마다 소를 불어 그 소리를 하늘로 올려보냈다. 그렇게 몇 년이 지났는지 알 수 없을 때, 그들은 승천하였다. 그때부터 사람들은 중봉을 옥녀봉(玉女峰)이라고 불렀고 그곳에 옥녀사(玉女祠)를 세웠다. 오늘날에도 옥녀봉에는 옥녀가 세수할 때 썼다고 하는 세숫대야가 남아 있는데 그 안에는 맑은 물이 찰랑찰랑 차 있어 겨울에도 얼지 않았고 여름에도 썩지 않았다고 한다. 신화 전설에 이러한 물증까지 남아 있어 아름다운 빛을 더해 주는 것을 보면 그것들에 대해 더 이상 학술적인 고증을 할 필요가 없다는 생각이 들기도 한다.

제18장

진시황과 자객 형가

전국시대 말기, 한 이인(異人)이 살았다. 그는 귀곡(鬼谷)에 은거하였기 때문에 귀곡 선생(鬼谷先生)이라고 하였는데 진(晉) 평공(平公) 때 사람으로 당시에 이미 백칠팔십 세의 노인이었다. 그는 천문과 산술에 밝았고 육도삼략(六韜三略)을 알았으며 신통력이 뛰어났다. 게다가 제자백가의 학문을 두루 섭렵하고 있었다. 그래서 당시의 여러 유명한 인물들이 모두 그의 제자였는데 무(武)에 있어서는 손빈(孫臏)과 방연(龐涓), 문(文)에 있어서는 소진(蘇秦)과 장의(張儀) 등이 모두 그에게서 배웠다. 이제 소진과 장의가 그의 문하에서 공부할 때의 이야기를 해보기로 한다.

소진과 장의는 친구 사이였다. 서로 뜻이 통하였고 둘 다 모두 새로운 것을 탐구하기 좋아하였다. 그들은 젊었을 때 집을 떠나 함께 객지로 돌아다니며 훌륭한 스승을 찾아다녔다. 다니는 중에 돌아가며 머리카락을 잘라 팔거나 일을 하여 돈을 마련해 숙식을 해결하였다. 그러다가 좋은 책을 보게 되면 얼른 베껴쓰곤 하였는데 『삼분(三墳)』과 『오전(五典)』, 『팔색(八索)』과 『구구(九丘)』 등 성인(聖人)들이 이야기한 것이면 무엇이든지 다 가슴속에 새겨두었다. 베껴쓸 죽간(竹簡)이나 비단이 없으면 먹으로 자기 손바닥이나 허벅지에 써두었다가 저녁에 여관으로 돌아와 대나무를 깎아 죽간을 만들어서 거기에 다시 베껴 쓰곤 하였다. 낮 동안에 길을 가며 먹을 것을 구할 때에도 나무 껍질을 벗겨 책가방을 만들어서 세상의 좋은 책들을 담아다니곤 하였다.

그러던 어느 날이었다. 길을 가다가 너무도 피곤하여 커다란 나무 밑에 기대어 잠이 들었는데 꿈속에서 이상하게 생긴 어떤 노인이 그들을 깨우는 것이었다. 노인은 그들에게 낮에 그렇게 바람 부는 데서 잠을 자면 감기 걸리기 쉽다, 공부를 너무 힘들게 하지 말라고 아주 상냥하게 말했다. 두 사람은 노인의 성함과 그가 어디 사람인가를 물었다. 그랬더니 노인은 자기는 방외(方外)의 사람이며 성도 이름도 없고 귀곡에 은거하는데 사람들이 그를 귀곡 선생이라고 부르기 때문에 자기도 그렇게 이름붙였다고 대답하는 것이었다. 두 사람이 귀곡 선생과 잠시 이야기를 나눠보았더니 선생의 학문이 상당히 깊고 도술도 뛰어난 것을 알 수 있었다. 그래서 몹시도 감탄해하며 선생을 스승으로 모시고 싶다고 말했다. 귀곡 선생은 두 소년이 영특한 것을 보고 기꺼이 그들을 제자로 받아들였다.

귀곡 선생에게는 제자가 많이 있었다. 그래서 그가 은거하고 있는 귀곡은 은거지라기보다 학원 같았다. 소진과 장의는 귀곡 선생을 따라 그곳으로 가서 11년간을 공부하여 예(禮)·악(樂)·사(射)·어(御)·서(書)·수(數) 등 6예(六藝)와 제자백가에 정통하게 되었다. 귀곡 선생에게는 제자가 5백여 명이 있었으며 소진과 장의, 그리고 몇 명의 다른 제자들이 첫번째 졸업생이었다. 그들이 배운 것은 모두 일종의 유세술(遊說術)이었는데 졸업시험을 보는 그날, 귀곡 선생은 특별한 시험을 보게 하였다. 선생은 사람들을 시켜 공터에 두 길 깊이의 커다란 구덩이 열 개를 파게 했다. 그리고 한 사람씩 순서대로 그 안으로 들어가라고 한 다음에 이렇게 말했다.

「이제 그 안에서 나름대로 연설을 해보아라. 너희들 중에 나를 울리는 연설을 하는 자가 있다면 그는 앞으로 일국의 군주를 감동시킬 수 있을 것이니 장차 그 군주가 하사하는 토지를 받을 수 있으리라!」

소진은 구덩이 안에서 연설을 하기 시작했다. 달변이 이어졌고 가슴을 울리는 말이 계속되니 위에서 듣고 있던 귀곡 선생은 참지 못하고 눈물을 줄줄 흘려 옷이 다 젖을 지경이 되었다. 소진이 연설을 끝내자 이번에는 장의가 말하기 시작했다. 장의의 말재간도 뛰어났다. 비록 스승이 모친상을 당했을 때처럼 통곡하게 만들지는 못했으나 스승은 장의의 연설에 감동을 받아 마음이 시려져서 몇 방울의 눈물을 흘리기는 하였다. 두 사람의 성적은 이렇게 조금 차이가 있기는 했지만 어쨌든 모두 무난히 합격하여 졸업을 할 수 있게 되었다.

이렇게 학업을 마친 소진과 장의는 각국을 돌아다니며 그 나라의 군주에게 유세를 하고 싶어했다. 그러나 도대체 어느 나라에 먼저 가는 것이 좋을지 알 수가 없었다. 전국칠웅(戰國七雄) 중에서 가장 강대한 것이 진나라이니 진나라로 가는 것이 좋을 것 같았다. 그러나 진나라에 가는 길을 잘 몰라 가고 싶어도 방법이 없었다. 그러자 귀곡 선생이 그들에게 실내화 한 짝을 주며 그 신발이 가는 대로 따라가면 될 것이라고 하였다. 길을 떠나게 되자 그들은 스승이 가르쳐준 대로 신발을 던졌다. 그랬더니 신발은 개로 변했고 꼬리를 흔들며 북쪽을 향해 걸어가는데 걷는 속도가 무척이나 빨랐다. 그들은 본래 그렇게 빨리 달릴 수 없었으나 자기도 모르게 저절로 발이 움직여져 개가 달리는 것을 따라갈 수 있었다. 그리고 그렇게 달리다 보니 어느 사이엔가 진나라에 당도하였다. 바로 떠난 그날 도착했던 것이다.

진나라는 과연 강대한 나라였다. 진(秦) 문공(文公) 시대부터 전해지는 신화전설 두 가지만 보더라도 그 위용을 짐작할 수 있다.

우선 첫번째 전설을 보도록 하자. 진 문공 때, 진창현(陳倉縣)에 사는 어떤 사람이 들판에 사냥을 나가 돼지처럼 생긴 들짐승을 잡았다. 그 동물의 이름을 알 수는 없었지만 그냥 끌고가 임금에게 바치려 하였다. 그런데 가는 도중, 어린아이 두 명을 만났는데 그 아이들이 그에게 말하는 것이었다.

「이 동물의 이름은 위(媦)라고 합니다. 땅 속에서 죽은 사람의 뇌수를 먹고 살지요. 이놈을 죽이시려거든 손바닥으로 머리통을 후려치면 됩니다」

그러자 위라는 동물이 화를 벌컥 내며 사람의 말을 하는 것이었다.

「이 두 어린놈들은 진보(陳寶)라고 합니다. 수놈을 잡으면 제왕(帝王)이 될 수 있고 암놈을 잡으면 패왕(覇王)이 될 수 있어요」

진창현의 그 사람은 그 말을 듣고서 잡고 있던 위를 놓고 두 어린아이를 잡으러 쫓아갔다. 그러자 그 어린아이들은 얼른 손을 내밀어 두 마리의 꿩으로 변하여 날개를 펼치더니 냉큼 하늘로 날아가 버려 종적이 묘연해졌다. 그 중에서 암컷은 진창 북

진보(『神仙』)

쪽의 산기슭으로 날아가 돌로 변하였는데 진 문공은 그 돌을 위해 사당을 지어주었다. 그리고 돌로 변한 꿩을 안에다 모셨는데 그 모두가 자신이 앞으로 패왕이 되기 위해서였다. 이것을 보계신(寶鷄神)이라고 했으며 지금의 섬서성 보계현(寶鷄縣)이 바로 거기서 비롯된 지명이다.

두번째 전설은 다음과 같다. 진 문공이 장안궁(長安宮)을 수리하면서 4백 리나 되는 땅을 차지해 그 궁이 종남산(終南山) 기슭에까지 닿게 되었다. 산 위에는 커다란 가래나무가 자라고 있었는데 수백 아름이나 되었으며 그 나뭇잎이 이루는 그늘은 궁궐의 여러 곳을 가릴 정도였다. 문공은 그 나무가 귀찮은 생각이 들어 그것을 베어버리려고 하였다. 그러나 며칠을 계속하여 도끼질을 해도 그 나무는 잘라지지 않았다. 오히려 나무를 베려고 할 때마다 비바람이 몰아치고 돌이며 모래 같은 것들이 날아와 일꾼들이 도저히 일을 계속해 나갈 수가 없었다. 그래서 먼 곳으로 도망가 있다가 날이 밝은 다음 다시 와보면 도끼질했던 자리가 저절로 붙어 있곤 하였다. 아무리 베어도 같은 일이 반복되어 아무 소용이 없었던 것이다. 그러던 어느 날, 일꾼 하나가 폭풍우 때문에 발을 다쳐 움직일 수가 없게 되어 그 가래나무 밑에 앉아 밤을 새우게 되었다. 그런데 한밤중에 귀신이 오더니 나무에게 묻는 것이었다.

「진왕이 매일 사람들을 보내어 너를 베어버리려고 하니 얼마나 고생이 많으니?」

「조금도 고생되지 않아」

나무가 대답했다.

「그자들이 오면 내가 비바람을 일으켜 쫓아버리는걸. 고생될 게 뭐 있겠어?」

귀신이 그 말을 듣고 냉소를 머금은 채 말했다.

「만약에 진왕이 머리를 풀어헤친 사람 3백 명을 보내어 붉은 밧줄로 네 몸을 꽁꽁 묶어놓고 도끼로 너를 벤다면 네가 견디어 낼 재간이 있을 것 같니?」

그러자 나무는 입을 꾹 다물고 아무 말도 하지 않았다. 다음 날 아침, 그는 간밤에 들은 이야기를 문공에게 그대로 전했다. 문공은 그 말대로 시행을 하였고 나무는 마침내 쓰러지게 되었다. 그리고 쓰러진 나무에서 푸른 소 한 마리가 뛰쳐나왔는데 사람들이 함께 소리지르며 몰아대자 목숨을 걸고 달아나 풍수(灃水)로 뛰어들어 다시는 나오지 않았다. 그때부터 문공은 의장대를 이끌고 출행을 할 때 의장대 중의 한 부대를 골라 머리를 풀어헤치고 말을 타고서 맨 앞에 서서 나아가게 하였는데 그것을 〈모두기(髦頭騎)〉라 하였다. 그것을 앞세움은 자신의 군대의 위용을 자랑하려 함이었다.

소진과 장의가 진나라에 왔을 때, 진나라는 전국칠웅(戰國七雄) 중 가장 강대한 국가였다. 그러나 역사적으로 보면 소진과 장의가 동시에 진나라에 온 것은 아니었다. 소진이 먼저 진나라에 와 유세를 하였으나 임용되지 못하였고, 이에 조(趙)나라로 간 그는 조나라의 재상이 되어 육국(六國)의 상인(相印)을 걸고 합종(合縱)의 방법으로 진나라에 대항하였다. 한편 장의는 뜻을 이루지 못해 가난하게 지내다가 조나라로 가 소진에게 의탁하려 하였다. 그러나 소진은 장의를 대청 아래에 앉아 있게 하고 종들이나 먹는 음식을 주게 하였던 것이다. 그렇게 고의로 그를 약올리고 화나게 하여 그로 하여금 다른 길을 찾게 하였던 것이다. 장의가 서쪽의 진나라로 가게 되었을 때였다. 장의는 더 이상 참지 못해 분노에 몸을 떨며 길을 떠났는데 소진은 몰래 사람을 보내어 장의가 진나라에 안전하게 도착할 수 있도록 도와주었고, 또 마차와 돈을 주어 장의가 어느 정도 수준에 도달할 수 있게 해주었다. 그래서 그는 진왕을 만나고 난 뒤 중용되어 마침내 진나라의 재상이 되었다. 장의는 소진이 일부러 자기를 박대했으며 또 몰래 뒤에서 자신을 도왔다는 사실을 늦게서야 알고서 감탄하며 말했다.

「소진의 뜻을 나는 조금도 알아차리지 못했다. 바로 그 점이 내가 소진을 따라가지 못하는 부분이지」

이때부터 장의는 연횡(連橫)의 방법으로 진나라를 섬겼으나 소진이 죽을 때까지 직접적으로 소진에게 대항한 적은 없었다.

소진이 죽은 후, 육국(六國)이 합종의 방법으로 진나라에 대항하려던 국면은 점차 사라져갔고 장의의 연횡이 실시되어 점차 발전해 나갔다. 마침내 진시황 때에 이르러서는 연횡으로 인한 정치적 우세를 이용하여 육국에 대해 각개격파를 하게 되었다. 그래서 우선 한(韓)나라를 멸하니 한나라와 인접해 있던 연(燕)나라 역시 풍전등화의 위기에 놓이게 되었다. 진나라의 대군이 머지않아 역수(易水)를 건너와 연나라의 변경 지역을 위협할 것이었으므로 연나라 조야는 뒤숭숭했다. 여기에서 바로 연나라 태자 단(丹)이 자객 형가(荊軻)를 보내어 진왕을 살해하려 했던 이야기가 전해지게 된다. 진왕은 바로 진시황을 가리킨다. 당시에는 육국이 완전히 통일된 것이 아니었기 때문에 아직은 자신에게 〈시황(始皇)〉이라는 칭호를 붙이지 않고 있었다.

전설에 의하면 연나라의 태자 단은 진나라에서 아주 오랫동안 인질 생활을 하였다고 한다. 진왕이 그에게 오만하고 무례하게 대하였기 때문에 그는 망국의 재앙이 곧 닥쳐오리라는 것을 직감할 수 있었다. 그래서 분하고 서러운 마음에 늘 자기 나라로 되돌아가고 싶어했다. 그러나 수차례에 걸쳐 진왕에게 완곡하게 부탁해 보았지만 진왕은 늘 들은 척도 하지 않았다. 그러던 중, 태자 단이 하도 귀찮게 구니까 진왕은 어려운 문제를 내며 말했다.

「좋다, 만약에 네가 까마귀의 머리를 하얗게 만들고 말의 머리에 뿔이 돋아나게 할 수만 있다면 너를 돌아가게 해주마」

물론 이것은 절대로 불가능한 일들이었다. 태자 단은 그 말을 듣고 하늘을 우러러 길게 탄식을 하였다. 그런데 기이한 일이 일어났다. 태자 단이 탄식을 하자마자 하늘에서 날아오던 까마귀의 머리가 하얗게 변하였고 또 마구간에 있던 말의 머리에 뿔이 돋는 것이었다. 진왕은 자기가 한 약속을 지켜야 했기 때문에 할 수 없이 그를 돌아가게 해주었다.

이상에서 이야기한 것이 바로 태자 단이 돌아갈 때 진왕이 내었던 문제의 본래 모양이다. 그런데 후대 사람들이 시험 제목치고는 그것이 너무 간단하다고 여겨 다시 네 개의 문제를 더하였다. 첫째로는 태양이 다시 한번 하늘의 꼭대기에 나타나게 할 것, 둘째로는 하늘에서 곡식이 쏟아져 내리게 해볼 것, 그리고 셋째로는 부엌문에 새겨져 있는 나무 코끼리에 걸어다닐 수 있는 발이 생겨나게 해볼 것, 마지막 네번째로는 우물 위에 있는 도르레가 개울을 건너가게 해볼 것 등이었다.

이렇게 어려운 조건들이었지만 천지(天地) 귀신들의 도움으로 태자 단은 그 어려운 문제들을 무난히 해결할 수 있었다. 그러나 진왕은 또다시 그를 곤경에 빠뜨렸다. 즉 위수(渭水)를 건너는 다리 위에 몰래 비밀 장치를 해두었던 것이다. 태자 단이 다리를 건널 때 그것을 들어올리니 그는 그만 강물 속으로 빠질 지경이 되었다. 그러나 이번에도 하늘은 두 마리의 교룡을 보내어 그 다리를 지탱하게 해 태자 단이 무사히 다리를 건널 수 있게 해주었다. 그리하여 한밤중에 성문에 도착하게 되었으나 문은 아직 열리지 않고 꽉 잠겨 있었다. 태자 단은 마음이 조급해졌다. 빨리 이 문을 지나가지 않으면 또 무슨 일이 일어날지 알 수가 없었기 때문이다. 그래서 그는 닭 우는 소리를 흉내내었다. 그 소리가 정말 닭울음소리와 꽤나 흡사했던지 두세 번 소리를 내었더니 사방의 닭들이 따라서 울기 시작하는 것이었다. 성문을 지키던 문지기는 닭울음소리를 듣고 아침이 온 것으로 착각하고서 눈을 비비며 일어나 문을 열었다. 태자 단은 그 틈을 타서 말을 달려 성문을 벗어났다. 마침내 진나라를 떠나 자기 나라로 되돌아올 수 있었던 것이다.

연나라로 돌아온 태자 단은 몰래 장사(壯士)들을 불러모아 궁정에 머물게 하였다. 그렇게 20여 명을 모았는데, 진왕에게 당한 치욕과 수모를 갚는 그런 어렵고도 중대한 임무를 그들에게 맡길 작정이었다. 당시 연나라에는 전광(田光) 선생이라는 처사(處士)가 있었는데 그가 태자 단을 찾아와 말했다.

「지금 태자께서 불러모으신 그 문객(門客)들은 모두 아무짝에도 쓸모가 없는 사람들뿐입니다. 그 중에서 몇몇 뛰어나다고 하는 사람들에 대해서 말씀드려 볼까요? 하부(夏扶)는 혈용(血勇)만을 갖춘 사람입니다. 화가 나면 곧 얼굴이 붉어지지요. 송의(宋意)는 맥용(脈勇)이 있는 사람이라서 화가 나면 얼굴이 푸르게 변합니다. 무양(武陽)은 골용(骨勇)만 있는 사람이라 화가 나면 얼굴색이 하얗게 됩니다. 이렇게 얼굴색이 잘 변하는 사람들을 데리고 무슨 큰일을 도모하시겠습니까? 제가 알고 있는 인물 중에 형가라는 자가 있습니다. 그는 그야말로 신용(神勇)을 갖춘 인물로서 아무리 화가 나도 얼굴색 하나 변하지 않는 사람이지요. 태자께서 나라의 큰일을 도모하시려거든 그런 인물을 찾으셔야 할 것입니다」

태자는 그 말을 듣고 무척이나 기뻐하며 전광 선생에게 그 형가라는 인물을 후한 예를 치르고서라도 데려다 달라고 부탁하였다. 전광 선생은 태부(太傅)인 국무(鞠武)와 함께 그를 찾아갔다. 때마침 형가는 술에 취해서 누워 자고 있었기 때문에 아무 말도 붙일 수가 없었다. 그러자 두 사람은 형가의 귀에 각각 침을 뱉고 나서 마차를 타고 돌아갔다. 형가는 잠에서 깨어나자 귀가 축축한 느낌이 들었다. 그래서 아내에게 물었다.

「누가 내 귓속에 침을 뱉었소?」

아내가 대답했다.

「태자의 사부와 전 선생이라는 분이 조금 전에 당신을 찾아왔었는데요, 그 사람들이 그런 것이 틀림없어요」

형가는 곰곰이 생각하다가 말했다.

「맞아, 입에서 나와 귀로 들어간 것(出口入耳)이니까, 그분들이 나를 찾아온 것은 분명히 뭔가 중요한 일을 의논하고자 했음이 틀림없어」

앞에서 전광 선생이 형가를 신용(神勇)이라고 극찬했는데 형가는 도대체 어떤 인물이었던가. 앞의 이야기를 통해 형가가 좀 총명한 사람이라는 것은 알겠는데 다른 이야기들을 보면 그에게는 뭐 그리 특출난 점이 없어 보인다. 예를 들어보자. 그가 천하를 주유하던 시절 유차(楡次)라는 곳을 지날 때 개섭(蓋攝)이라는 협객과 보검에 대해 평을 한 적이 있었는데, 그의 몇 마디 말이 개섭의 심기를 불편하게 해 개섭이 화를 내며 그를 노려보자 겁이 나서 얼른 도망쳐 나와 마차를 타고 유차를 떠났다고 하는 이야기가 있다. 또 한단(邯鄲) 지방을 돌아다닐 때였다. 노구천(魯勾踐)이라는 깡패와 도박을 할 때 숫자를 세며 따지다가 노구천이 화를 내면서 그를 욕하자 대꾸도 하지 못한 채 슬그머니 도망쳐 다시는 노구천을 만나려고 하지 않았다는 이야기도 전해진다.

그러나 전광 선생은 형가의 사람됨을 깊이 믿었다. 그를 진정한 용사라고 생각했으며 전해지는 그런 이야기들에 현혹되지 않았다. 그래서 형가를 또 찾아갔으며 이번에는 형가의 마음을 움직여 그로 하여금 태자를 만나보게 하였다. 형가가 온다는 소식을 들은 태자는 친히 마차를 몰고 궁 밖으로 나가 그를 영접하였다. 그리고 왼쪽 자리를 형가에게 내주어 앉게 하였다. 형가는 조금도 사양하지 않고 줄을 잡아당겨 올라가 마차 안에 자리를 잡고 앉았다. 이렇게 하여 형가는 태자의 궁에서 유유자적한 생활을 시작하게 되었다.

어느 초여름날, 형가는 태자와 함께 연못가에 앉아 물 위에 떠 있는 둥근 연잎을 바라보고 있었다. 그곳에는 자라와 청개구리들이 떼를 지어 놀고 있었는데 형가는 그것을 보고 재미삼아 기왓조각을 주워 던져 그것들을 맞췄다. 태자는 얼른 사람을 시켜 쟁반에 금을 담아오라고 하여 형가에게 그것으로 맞춰보라고 하였다. 형가는 사양하지 않고 그것들을 연못에 던졌다. 한 쟁반을 다 던지자 태자는 또 한 쟁반을 가져다주는 것이었다. 그렇게 몇 쟁반을 던지고 난 뒤 형가는 웃으며 말했다.

「그만 던지겠습니다. 태자의 황금이 아까워서가 아니라 팔이 아파서 더 이상 던질 수가 없기 때문입니다」

또 어느 날엔가는 형가가 태자와 함께 천리마가 끄는 수레를 타고 교외로 놀러 나간 적이 있었다. 그때 형가가 무의식중에 태자에게 말했다.

「천리마의 간이 맛있다고 하던데요」

그러자 태자는 즉시 천리마를 죽여 간을 꺼내어 끓여서 형가에게 먹으라고 주었다. 태자 단이 형가의 환심을 사기 위해서 했던, 도가 지나쳐 보이는 그 일들을 일일이 열거할 필요는 없겠다. 어쨌든 태자는 형가와 함께 같은 밥상에서 밥을 먹었으며 또 같은 침대에서 잠을 잤다. 3년을 그렇게 한 뒤에야 태자는 진왕에게 복수를 하겠다고 하는 이야기를 형가에게 하였다.

형가는 태자의 이야기를 듣고 나더니 진나라 장수인 번어기(樊於期)의 목과 연나라 독항(督亢)의 지도만 있으면 그것들을 진왕에게 바친다는 핑계로 진왕을 죽일 수 있을 것이라고 하였다. 사람을 시켜 한 장 그려오게 하면 되는 것이었으니까 연나라 독항의 지도는 아무 문제가 아니었다. 그러나 번어기 장군의 목이 문제였다. 그는 지금 진나라에 죄를 지어 연나라로 도망와 있는데 진나라 왕은 그의 가족들을 모조리 죽여버렸던 것이다. 그런 상황이었는데 자기의 원수를 갚겠다고 번 장군의 목을 내놓으라고 할 수는 없는 노릇이었다. 태자 단은 차마 그 일을 할 수가 없었다. 그러자 형가가 번 장군을 찾아가 번 장군의 목이 있으면 연나라와 번 장군의 복수를 할 수 있다고 말했다. 번어기는 본래 성격이 칼 같고 격렬한 사람이었기 때문에 형가의 말을 듣자 괜찮은 계획이라고 동의하며 조금도 망설임이 없이 하늘을 향해 목을 늘이더니 바로 칼을 들어 내려쳤다. 머리가 목 뒤로 떨어져 내렸는데 둥근 두 눈은 아직도 치켜떠진 채였다.

태자 단의 비통함은 이루 말할 수 없을 정도였으나 이미 이런 지경에 이르렀으니 별다른 방법이 없었다. 그는 번어기의 머리를 상자에 담고 또다른 상자에는 독항의 지도를 담아 형가를 정(正)으로, 무양(武陽)을 부(副)로 삼아 그날로 여장을 꾸려 길을 떠나게 했다. 그리고 그 귀중한 것들을 모두 진나라 왕에게 바치라고 하였다.

한편 형가가 태자를 도와 이렇게 진왕을 죽일 음모를 진행시키고 있을 때 하늘에도 이상한 변화가 일어났다. 한줄기 흰 무지개가 땅에서 솟아올라 있는 것이 마치 태양을 꿰뚫을 듯한 모습이었다. 이 광경은 많은 사람들이 보았을 뿐 아니라 태자 단도 그것을 확실히 목격했다. 사람들은 그 광경이 무엇을 뜻하는 것인지를 몰랐지만 태자 단은 그것이 진왕을 살해하고자 하는 자신들의 계획과 관련이 있다는 것을 믿었다.

형가와 무양은 번어기의 머리와 독항의 지도를 가지고 드디어 출발했다. 태자 단과 또 그 계획을 알고 있는 몇몇 사람들이 모두 흰 옷에 흰 모자를 쓰고 역수로 나와 떠나는 그들을 배웅하며 그 비장한 「역수가(易水歌)」를 불렀다. 두 사람은 역수를 건너자 마차를 타고 곧장 서쪽으로 달려 마침내 진나라의 수도인 함양(咸陽)에 도착했다. 진왕은 자기가 오랫동안 기다리던 두 가지 물건을 연나라에서 바치러 왔다는 소식을 듣고 무척이나 기뻐하며 함양궁에 성대한 사열대를 마련해 놓고 그들을 접견하였다. 문무백관이 모두 도열해 있었고 계단 위에는 창을 든 무사 수백 명이 서 있었다. 형가는 번어기의 머리를, 무양은 지도를 받쳐들고 계단을 따라 대전(大殿)으로 올라갔다. 그러자 대전에 웅장한 종소리와 북소리가 울려퍼지며 신하들이 외치는 소리가 들렸다.

「만세! 만세! 만만세!」

그러자 무양은 순간적으로 겁이 나 다리가 후들거려서 한 걸음도 움직이지를 못했다. 게다가 얼굴색은 백지장같이 하얗게 변했다. 진왕이 그 모습을 보고 이상하게 생각했다. 형가는 고개를 돌려 무양을 노려보더니 얼른 두어 걸음 앞으로 나아가 말했다.

「저자는 북쪽 오랑캐 땅의 야만인입니다. 한번도 천자(天子)를 뵌 적이 없기 때문에 저러는 것이오니 폐하께서 널리 헤아리셔서 그가 일을 마칠 수 있도록 해주시옵소서」

「형가, 그대가 독항의 지도를 가져오라!」

진왕이 명령했다.

형가는 무양에게서 지도를 받아 두 손으로 받쳐들고 나아가 진왕에게 바쳤다. 진왕은 천천히 지도를 펼쳐나갔다. 그것은 서너 자쯤 되는 긴 두루마리였는데 지도를 다 펼치자 그 속에 눈부시게 푸른 빛을 발하는 비수가 한 자루 감춰져 있었다. 그 칼은 유명한 대장장이인 서부인(徐夫人)이 만든 것으로 뭐라고 말할 수 없을 정도로 날카로웠으며 칼 끝에는 독이 발라져 있었다. 그래서 사람의 몸에 살짝 닿아 피를 한 방울이라도 흘리게 되면 독이 곧바로 온몸에 퍼져 금방 죽게 되는 그런 것이었다. 형가는 날렵하게 비수를 잡아채어 왼손으로 진왕의 옷소매를 잡고 오른손으로는 그의 가슴에 비수를 들이대고 그의 죄상을 말했다.

「그대가 연나라를 못살게 군 것이 이미 오래되었고 다른 나라들에 대해서도 온갖 욕심을 다 부렸다. 더구나 번어기 장군은 아무 죄가 없음에도 불구하고 그의 온가족을 다 죽였다. 이제 내가 그들 모두를 대신하여 복수를 하고자 한다. 그대가 오늘 나의 말에 따른다면 살 수 있겠지만 그렇지 아니하면 죽음밖에 없으리라」

형가가 옷소매를 잡고 있는 데다가 칼날이 가슴을 향해 내리꽂힐 듯한 상황이라 진왕은 질려서 꼼짝도 하지 못하고 있었다.

그저 이렇게 말할 뿐이었다.

「오늘 이미 이런 일이 일어났으니 그대의 말을 들을 수밖에 없겠지. 그러나 나는 평생 동안 음악을 사랑했었네. 거문고 한 곡조만 듣고 죽어도 되겠나?」

형가는 진왕을 위협하여 조약을 맺을 작정이었기 때문에 조금이라도 생각할 시간이 필요했다. 그래서 진왕의 요구를 들어주었다. 진왕은 문형(文馨)을 불러 대전에 와서 거문고를 한 곡 연주하라고 하였다. 그녀는 백지장같이 하얀 얼굴을 하고 거문고를 껴안은 채 날렵한 자태로 걸어나와 옥안 곁에 앉아 거문고 줄을 튕기며 이런 노래를 불렀다.

비단으로 만든 얇은 옷쯤이야
한번 잡아당기면 찢어지지요
다섯 자짜리 병풍쯤이야
한번 뛰어넘으면 금방 넘을 수 있답니다
녹로(鹿盧)의 보검은
등뒤에 차면 바로 뽑을 수 있지요

형가는 그녀가 거문고를 뜯으며 부르는 노래의 의미를 알아들을 수 없었지만 진왕은 그 노래를 듣자 그 뜻을 금방 알아차릴 수 있었다. 그래서 형가에게 잡혀 있는 옷깃을 힘껏 뿌리쳤더니 옷이 찢어졌다. 그리고 얼른 몸을 돌려 뒤쪽에 있던 다섯 자 높이의 병풍을 뛰어넘었다. 이어서 허리춤에 차고 있던 보검을 등뒤로 돌려 어깨 너머로 칼을 뽑았다. 형가는 진왕이 도망치는 것을 보고 진왕을 향해 비수를 던졌다. 비수는 아슬아슬하게 진왕을 피해 구리로 된 기둥을 맞추고 거기 꽂혔다. 칼이 꽂힌 자리에서는 불꽃이 튀었다. 진왕은 잽싸게 다가와 형가의 두 팔을 잘랐다. 형가는 기둥에 기대어 처참하게 미소를 짓더니 힘없이 땅바닥에 주저앉아버렸다.

「내가 너무 일을 간단하게 여겨 어린아이에게 속았구나! 아깝다. 연나라의 원수를 갚지 못하고 나의 일도 성공시키지 못하고 말았으니……」

이윽고 계단 밑에 있던 무사들이 벌떼처럼 몰려와 칼을 휘둘러 형가는 죽음을 당하고 말았다.

한편 형가가 진나라로 출발한 후, 태자 단은 흰 무지개가 태양을 뚫고 지나간 그 광경을 다시 자세히 살펴보았다. 그랬더니 흰 무지개가 태양을 뚫고 지나가기는 했지만 겨우 반만 지나갔을 뿐, 완전히 뚫고 지나간 것은 아니었다. 태자는 탄식하며 혼자 중얼거렸다.

「내가 도모하려던 일이 이루어지지 않겠구나!」

그러자 형가가 죽었고 계획이 수포로 돌아갔다는 소식이 들려왔다. 그는 이렇게 말했다.

「내 일찌감치 알고 있었지……」

그후 두 해가 지나서 태자 단은 피살당하였고 다시 두 해가 지나 연나라는 진나라에게 멸망하고 말았다.

제19장
진시황과 삼신산

진왕이 피살당할 뻔했던 그 일이 일어난 지 몇 년 지나지 않아 그는 자신의 위세와 무력으로 육국을 하나하나 삼켜나갔다. 그리고 천하를 통일한 후에는 자기 스스로를 〈시황(始皇)〉이라고 불렀다. 자기로부터 시작된 황제의 자리가 2세, 3세를 지나 천만 세까지 끝없이 이어지라는 그런 의미였다. 그는 이제 부귀영화와 권력 등 누릴 수 있는 것은 무엇이든지 소유할 수 있게 되었다. 그야말로 신나는 일이 아닐 수 없었다. 그런데 사람은 늙으면 죽게 되어 있는 것이 못마땅했다. 피살당할 뻔했던 그 순간, 그는 죽음이라는 것을 공포스럽게 느꼈었기 때문에 생명이 얼마나 귀한 것인가를 절감하였고 또 그 중요한 생명을 확실하게 붙잡아둘 필요가 있다고 생각했다. 그랬으니 바다에서부터 들려오는 무슨 선산(仙山)이라든가 선인(仙人)들에 관한 이야기에 귀가 솔깃해지지 않을 수 없었다.

그 중에서도 바다에 있다고 전해지던 세 개의 신산(神山), 즉 봉래(蓬萊) · 영주(瀛洲) · 방장(方丈)의 전설은 특히 그를 궁금

하게 했다. 그곳에 사는 새와 짐승들은 모두 흰 색의 깃털을 가지고 있었으며 궁궐은 황금과 순은으로 만들어져 있었다. 그곳에는 선인들이 살고 있었고 불사약도 있었다. 전국시대 제나라의 위왕(威王)과 선왕(宣王), 그리고 연나라의 소왕(昭王) 등이 모두 사람을 보내어 이 선산을 찾아보게 하였으나 결국엔 아무도 찾지 못했다. 전설에 의하면 그들이 보낸 배가 선산에 가까이 다가가려 하면 그 선산은 마치 하늘에 떠 있는 구름처럼 저 멀리로 밀려갔고, 또다시 배를 저어 그곳으로 가면 이번에는 바다 밑에 가라앉아 있는 것처럼 보였다고 한다. 좀더 가까이 가보려고 하면 곧 거센 바람이 불어와 그 배를 먼 곳으로 밀어내었다. 그러했으므로 그 선산에 정말로 가본 사람은 아무도 없었다. 그저 그 선산에 한번 가보았다고 하는 사람이 보고 들은 것을 이야기하니 그것이 세상 사람들에게 전해져 내려온 것일 뿐이다.

그렇게 아련하고도 신비한 이야기가 진시황의 호기심을 더해주었다. 때마침 어떤 사람이 오더니 안기생(安期生)이라는 선인과 그 선인이 먹었다고 하는 호박만큼 큰 대추에 관한 이야기를 하는 것이었다. 그는 봉래산으로 가는 길을 알고 있으며 그가 바다에 나갔을 때 안기생을 직접 본 적이 있다고 하였다. 이 이야기를 듣게 되자 진시황은 그렇게 큰 대추를 먹는 선인이 보고 싶어 안달이 났다.

안기생이 커다란 대추를 먹었다고 하는 이야기는 널리 전해지고 있었던 이야기임이 분명하다. 당나라 때의 대시인 이백(李白)이 그 대추를 칭송하는 시를 지은 일도 있거니와 그 대추 때문에 생긴 〈자조(煮棗)〉라는 고대의 지명도 있다.

옛날에 어떤 사람이 황하의 남쪽 기슭에서 안기생의 그 대추

안기생(『神仙』)

를 하나 주웠는데 대추가 너무 단단해서 솥에 넣고 삶았더니 사흘이 지나서야 비로소 물렁물렁하게 되었다고 한다. 그런데 그 대추 삶는 향기가 얼마나 멀리까지 퍼져나갔던지 10리 밖에서도 그 향기를 맡을 수 있었는데, 이 냄새를 맡자 죽었던 사람도 되살아났으며 중병에 걸려 누워 있던 환자도 자리를 걷고 일어났다고 한다. 그리고 그 사람은 삶은 대추를 먹고 곧 백일승천하여 선인이 되었다. 그래서 후에 그곳은 〈자조(煮棗)〉라고 불리게 되었는데 지금의 산동성 하택현(荷澤縣) 서남쪽에 있었다.

어쨌든 그 안기생이라는 선인은 동해의 해변가에서 발견되었다. 그는 본래 약을 파는 노인네였는데 겉으로 보기에는 보통 노인과 다를 바가 없었지만 1천 년이나 살았다고 하였다. 진시황이 동방을 순수할 때 그를 만났는데 시황이 그를 만나 사흘을 이야기해 본 결과 서로 뜻이 통했다. 진시황의 허리춤에 가득 찬 것은 돈이라, 그는 안기생에게 금은보화를 아낌없이 주었는데 그것은 모두 합하여 수천만 냥이나 되었다고 한다. 그러나 안기생은 이상한 늙은이였다. 그 많은 금은보화를 별로 달가워하지 않았을 뿐 아니라 오히려 그것들을 모조리 부향정(阜鄕亭)에 갖다두었다. 그리고 편지 한 통과 홍옥(紅玉) 신발 한 쌍을 진시황에게 보내어 고맙다는 표시를 하고는 어디론가 홀연히 떠나버렸는데 그 편지에는 단지 이런 말 한마디만이 씌어져 있을 뿐이었다.

「몇 년이 지난 후 봉래산으로 나를 찾으러 오시오」

망망대해, 끝없이 아득하게 펼쳐진 바다 그 어디에서 봉래산을 찾는단 말인가? 진시황이 그것 때문에 고민을 하고 있을 때, 한 가지 느닷없는 사건이 일어나 그의 관심을 끌었다. 그가 사냥을 하던 궁정의 뜰에는 무고한 죄인들이 많이 갇혀 있었다.

그 죄인들은 심판을 받기도 전에 그곳에서 온갖 고통을 당하다가 억울하게 죽어갔는데 아무도 그들의 시체를 거두어 묻어주지 않았기 때문에 길가에 여기저기 그대로 방치되어 있었다. 그런데 이상한 일이 일어났다. 하늘에서 까마귀처럼 생긴 새가 풀을 물고 와서 죽은 사람의 얼굴을 덮어주곤 하였는데 그렇게 하면 죽었던 사람이 천천히 다시 살아나는 것이었다. 그렇게 해서 다시 살아난 사람이 적지 않았고 그것을 이상하게 여긴 담당자가 그 사실을 진시황에게 보고하였다. 그리고 그 새가 물고 왔던 풀을 가져다가 보여주었다. 시황이 그 풀을 보니 잎은 줄잎〔菰葉〕처럼 생겼고 길이는 대충 서너 자쯤 되어 보였는데 아무리 보아도 무슨 풀인지 알 수가 없었다. 그래서 북곽(北郭)에 사는 귀곡 선생에게 물어보게 하였더니 귀곡 선생이 이렇게 대답했다.

「이 풀은 동해 조주(祖洲)의 불사초입니다. 경전(瓊田)에서 자라기 때문에 양신지(養神芝)라고도 하지요. 풀 한 포기로 사람 하나를 살릴 수 있습니다」

어떤 사람들은 그 풀 한 포기로 천 명의 사람을 살릴 수 있다고 하기도 하는데 그것은 너무 황당무계한 이야기인 것 같고 한 포기로 한 사람밖에 살릴 수 없다고 하는 것이 합당한 것 같다. 그리고 정황으로 미루어보건대 이 풀은 한 사람의 목숨을 살린 뒤에는 약효를 잃어버리는 것 같았다. 진시황은 속으로 가만히 생각했다. 그 풀이 죽은 사람도 살릴 수 있는 기사회생의 약초라면 그까짓 것, 한번 쓰고 나면 소용이 없다는 것은 아무 문제도 아니었다. 그 풀이 자라고 있다는 그곳, 조주를 찾아 사람을 보내어 한꺼번에 수천 포기를 캐오게 하면 될 것이 아닌가? 그리고 그것을 창고에 넣어두고 계속하여 사용하면 끝없이 다시 살아날 수 있게 될 것이니 그것이야말로 장생불사의 비방이 아닐 수 없었다.

한편 진시황이 신선들의 방술(方術)을 좋아한다는 소문을 들은 당시 완거국(宛渠國) 사람들은 멀리 바다를 건너 나주(螺舟)를 타고 진나라에 왔다. 그 배는 꼭 소라 껍데기처럼 생겼는데 바다 밑으로 가라앉아서도 운행을 할 수 있었고 그렇게 하여도 바닷물이 들어오지 않았다. 말하자면 오늘날의 잠수함과 같은 것으로 윤파주(淪波舟)라고도 했다. 완거국 사람들은 모두 거인들이었는데 키가 대략 열 길이나 되었다고 하니 그들이 탔던 그 배도 얼마나 컸을지 가히 상상해 볼 만하다. 그들은 새나 짐승의 털을 사용해 옷을 만들어 입었다. 그들은 또 진시황에게 천지개벽 시대의 이야기를 마치 직접 본 것처럼 이야기했는데, 그런 것으로 보아 그들의 수명 역시 보통 사람보다 상당히 긴 것 같았다. 그들은 또한 그들이 진나라로 올 때 보았다는 동해 부상도(扶桑島)의 부상수(扶桑樹)에 관해서도 진시황에게 이야기했다. 부상수는 길이가 수천 길이나 되었고 2천 아름이나 되었으며 9천 년에 한번 열매가 맺힌다고 한다. 게다가 그 열매는 극히 조금 열리기 때문에 운 좋게 그것을 먹게 되는 인간이 있으면 그는 불로장생할 수 있었고 선인이 그것을 먹으면 온몸에서 황금빛을 내뿜으며 상제가 사는 하늘의 현궁(玄宮)으로 날아 올라갈 수 있다고 하였다.

그런 이야기들을 들으며 진시황은 마침내 바다로 사람을 보내어 선인과 불사약을 찾아보기로 결정을 하였다. 그런데 누구를 보내는 것이 가장 적당할까? 당시 진시황 주위에 머물던 방사(方士)들이 적지 않았으니 노생(盧生)·선문(羨門)·한중(韓重)·서복(徐福) 등이 바로 그들이었다. 시황은 궁리끝에 서복을 보내기로 마음을 정하였다. 왜냐하면 얼마 전에 진시황이 남순(南巡)을 떠났을 때의 일이 생각났기 때문이다.

당시 진시황 일행은 상(湘) 지방의 형산(衡山)을 구경하러 가던 중이었다. 그런데 가는 길에 물이 없어 사람도 말도 모두 목이 말라 죽을 지경이 되었다. 그때 아무도 그들의 목마름을 해결할 수 없었는데 어가(御駕)를 따라오던 서복이 조금도 당황해하지 않고 소매 속에서 옥으로 만든 여의(如意)를 꺼내는 것이었다. 그것으로 땅바닥을 세 번 두드리니 신기하게도 그 자리에서 맑은 샘물이 흘러나왔다. 그 물의 양은 많지 않았지만 진시황의 목마름은 해결되었고 다른 사람들도 그 물을 조금씩 마셔 목을 축일 수 있었다. 후세 사람들이 그곳을 파서 우물을 만들었는데 〈진황정(秦皇井)〉이라고 불렀다. 그런 것으로 보아 서복은 그저 놀고 먹는 그런 시정잡배는 아니었고 나름대로의 신통력과 법술을 부릴 줄은 알았던 것 같다.

게다가 서복은 마침 그때 진시황에게 글을 올렸는데 동남동녀(童男童女)를 거느리고 바다로 나아가 봉래·방장·영주 등 삼신산을 찾아보고 싶다고 하는 것이었다. 그 계획이 상당히 구체적이었던 것으로 보아 진시황이 느끼기에 서복이라고 하는 제(齊)나라의 이 방사는 꽤나 아는 것이 많은 것 같았다. 더구나 그가 스스로 삼신산을 찾으러 가겠다고 하니 그에게 조주와 부상도를 찾아보라고 해도 뭐 그리 더 힘들 일은 없을 것이었다.

마침내 진시황은 결정을 내렸다. 서복에게 동남동녀 수천 명을 데리고 거대한 누선(樓船)에 식량과 음료수를 가득 실은 뒤 아득한 바다 저편에 있다고 하는 선인들의 땅을 찾아 떠나게 한 것이다. 그러나 그는 한번 떠난 뒤 마치 황학(黃鶴)이 다시 돌아오지 않았던 것처럼 그렇게 종적이 묘연해졌다. 수백 년이 지난 후 동해의 단주(亶洲)에서 그들의 자손을 만났다고 하는 사람도 있었는데 그들의 자손이 이미 수만 호(戶)나 되는 무리를 지어 살고 있었다고 한다. 그리고 그 중에 어떤 사람은 회계군(會稽郡)에 와서 장사를 하기도 하였다고 전해진다. 또 당나라 개원(開元) 연간에 어떤 사람이 등주(登州)에서 동쪽으로 배를 타고 열흘이나 걸리는 바다 한가운데에서 수염이 하얀 노인을 만난 적이 있었는데 그가 바로 서복이었다고 한다. 그는 바다 한가운데의 어느 고도(孤島)에 살고 있었는데 그곳에는 수백 명의 주민들이 서복을 아주 공손히 받들어 모시고 있었다. 그 사람은 서복이 주는 검은 환약 몇 알을 얻어먹고서 평생을 앓아오던 병을 단번에 고쳤다고 한다. 이런 전설들은 마치 신선들의 섬을 찾는다고 떠난 뒤 종적이 묘연해진 서복처럼 너무도 환상적이어서 믿을 만하지가 못하다. 그러나 고대 지리서의 기록을 보면 염산현(鹽山縣: 염산현의 고성은 하북성 염산현 남쪽 40리 되는 곳에 있음)에 관혜성(丱兮城), 혹은 천동성(千童城)이라고 하는 성이 있다. 전설에 의하면 서복이 동남동녀를 데리고 신선들의 섬을 찾아나섰을 때, 바로 그곳에서 양식을 준비하기 위하여 배를 정박시키고 그 성을 지어 동남동녀들을 잠시 머물게 하였다고 한다. 그래서 천동성, 혹은 관혜성이라고 하는 것인데, 관(丱)이란 관(慣)이라고 읽으며 아이들 머리에 꽂았던 아각형(丫角形)의 머리 장식을 의미하는 것이다.

한편 바닷가에 인접해 있는 일본의 어느 지역에도 서복의 묘가 지금까지 남아 있다고 하는데 그것이 정말 당시 신선의 섬을 찾아 떠났던 서복의 묘인지는 알 수가 없다. 어쩌면 그것은 당시 처음으로 중국과 일본 간의 교류를 담당했던 대표적인 인물을 기념하기 위하여 지은 묘인지도 모를 일이다. 어쨌든 이렇게

라도 남아 있는 유적을 통하여 역사상 서복의 자취를 조금이나마 찾아볼 수 있다.

그러나 사실 진시황은 이렇게 멀리까지 신선을 찾아 사람을 보낼 필요가 없었다. 신선이 바로 그의 눈앞에 있었음에도 불구하고 그가 눈이 멀어 보지 못했을 따름이다. 규주(嬀州: 지금의 河北省 懷來縣)에 왕차중(王次仲)이라는 인물이 있었는데 그는 인간 세상에 섞여 사는 선인이었다. 그는 어렸을 때부터 남들과는 다른 특출난 행동을 자주 했다. 서당에 공부하러 다니던 시절, 집이 다른 아이들보다 멀었음에도 불구하고 언제나 다른 아이들보다 서당에 일찍 오는 것이었다. 스승은 그것을 이상하게 생각했다. 아마 그 녀석이 집에 돌아가지 않고 근처에 있다가 일찍 오는 것이라고 여긴 스승은 사람을 시켜 따라가 보게 하였지만 그는 확실히 집으로 돌아가는 것이 분명했다. 그리고 그는 매일 학교에 올 때마다 석 자쯤 되는 나무 토막을 들고 왔는데 그것을 방 안의 어디에 두는지 다른 학동들이 아무리 뒤져보아도 도무지 찾을 수가 없었다. 그러나 공부가 끝날 때가 되면 다시 그 나무를 들고 돌아가는 것이었다. 그는 일년이면 두세 번은 이런 기이한 행동을 하였는데 사람들은 도무지 그것들을 이해할 수가 없었다.

그가 자라 17-18세가 되었을 때, 서법(書法)과 문자(文字)에 대해 연구하기 시작했다. 그래서 옛날 창힐(蒼頡)이 글자를 발명하던 시절에 만들어졌던 전서체(篆書體)를 예서체(隸書體)로 바꿨다. 이 예서체는 전서체에 비해 훨씬 간단했기 때문에 관청의 업무가 많아 간단한 글자체가 요구되었던 진시황 시절에 아주 걸맞는 글자체였다. 진시황은 이 일을 알고서 사신을 보내어 그를 불렀다. 그러나 세 번을 불렀음에도 불구하고 세 번 다 오

왕차중(『神仙』)

지 않았다. 아마도 특별한 예우를 갖추어 모셔가는 것이 아니라 그냥 부르는 것이라서 선인인 왕차중이 느끼기에는 진시황의 태도가 무례하다고 여겼던 것 같았다. 그러나 그러한 행동은 결국 진시황을 격노하게 하였고 마침내는 죄인을 가두는 수레를 보내어 그를 잡아 서울로 데려오게 하였다. 왕차중을 가둔 수레가 길을 떠나 중간쯤 왔을 때였다. 왕차중은 갑자기 커다란 새로 변하더니 날개를 펼치고 하늘 높이 날아 올라갔다. 그를 호송하던 사람은 놀라서 멍하게 서 있다가 정신을 차리더니 급히 하늘을 향해 외치는 것이었다.

「그렇게 그냥 가버리시면 저는 돌아가서 뭐라고 합니까. 아마 저를 죽일 것입니다. 신인께서는 저를 가엾게 여겨주십시오」

그러자 새는 그 사람의 말뜻을 알아들은 것처럼 잠시 공중을 맴돌다가 부리로 자기 날개에서 깃털을 두 장 뽑아 던져주었다. 한 개는 크고 한 개는 작은 것이 둥글게 맴돌며 근처에 있는 두 군데의 산꼭대기로 떨어졌다. 사신은 그 깃털 두 개를 주워들고 돌아갔다. 진시황에게 변명할 구실이 생겼던 것이다. 후에 그 산 중의 하나는 대핵산(大翮山)이라고 불렸고 그 옆에 있는 작은 산은 소핵산(小翮山)이라고 불렸다. 지금의 하북성 연경현(延慶縣)의 서북쪽에 있으며 옛날에는 규주에 속해 있었고 합해서 낙핵산(落翮山)이라고 불리기도 했다. 진시황은 본래 신선의 도를 좋아했던지라 왕차중이 새로 변하여 날아갔다는 이야기를 듣고는 후회가 되었다. 눈앞에 있던 신선, 도를 배울 수도 있었던 신선을 자신의 오만함 때문에 잃고 말았던 것이다.

이러한 진시황의 오만함은 여산(麗山) 신녀(神女)와의 만남에서도 여지없이 드러나고 있다. 여산(麗山)은 지금의 섬서성 임동현(臨潼縣)의 여산(驪山)인데 그곳에는 유명한 온천이 있다.

당나라 때의 양귀비가 목욕을 하였다고 하는 화청지(華淸池)가 바로 그것이다. 그러나 진시황 시대에는 아직 온천이 없었고 시황의 행궁(行宮)만이 있었다. 시황은 여산 구경을 가기 위하여 함양에서부터 여산까지 80리에 달하는 각도(閣道)를 만들었는데 다리 위로는 사람이, 다리 밑으로는 말과 마차가 달려 그야말로 장관이었다. 금빛 찬란한 기둥에는 신씨(辛氏)가 지은 『신씨삼진기(辛氏三秦記)』의 한대(漢代) 말기 모습이 그대로 보존되어 나타나 있었다. 그 여산에는 신녀가 하나 살고 있었다. 그녀는 후세 전설에도 나타나는 여산노모(驪山老母)인데 본래 진나라의 종주신(宗主神)이었다. 진시황은 신선이라는 것은 모두가 영원한 청춘을 지니고 있어야 한다고 생각했기 때문에 늙은 여산노모에 대해서 그저 보통 신녀에 불과하겠거니 하고 여겼다. 그래도 어떤 계기로 인하여 서로 내왕을 하게 되었을 때, 처음에는 그녀를 예의를 갖추어 대하고 함께 장기도 두고 거문고도 듣고 하였다. 그러나 나중에는 자신은 황제라고 하는 오만한 마음이 생겨 그 위세로 그녀를 무례하게 대하기 시작했다.

어느 날 신녀를 분노하게 만들어 화가 치밀어오른 그녀가 진시황의 얼굴에 침을 뱉어버리는 사건이 일어났다. 진시황이 노하여 화를 내려고 했지만 그녀는 이미 어디론가 사라진 뒤였다. 시황은 얼굴에 묻은 침을 옷소매로 닦아내었지만 침이 묻었던 곳에 부스럼이 나기 시작했다. 처음에 그것은 광대뼈 아래에 몇 개의 작은 점처럼 생겨났었는데 시간이 지남에 따라 벌겋게 부어오르고 헐기 시작하더니 다른 곳으로도 번져나가는 것이었다. 그래서 목과 귀 밑에까지 얼룩덜룩한 반점이 퍼져나가니 가렵기도 하고 아프기도 하려니와 황제의 체면이 말씀이 아니었다. 그때서야 진시황은 그것이 신녀를 화나게 만든 대가라는 것을 깨닫고 어떻게 하여야 할지 겁이 덜컥 났다. 그래서 급히 여산에 있는 신녀의 사당으로 달려가 그녀에게 기도를 드리고 사죄를 했다. 그때서야 신녀는 법술을 부려 단단한 바위로 된 지층을 갈라지게 하여 그 틈으로 뜨끈뜨끈한 온천수가 흘러나오게 해주었다. 시황이 그 온천물에 몇 차례 목욕을 하고 나니 얼굴에 났던 부스럼뿐 아니라 온몸으로 퍼져나가던 부스럼까지 깨끗하게 나았다. 그래서 훗날 사람들은 그 물에 목욕을 하여 풍습(風濕)과 부스럼을 치료하였다고 한다. 처음에는 또 이런 풍속도 있었다. 즉 목욕을 하기 전에 항상 여산 신녀에게 제사를 지내고 기도를 올렸다고 하는데 그렇게 하지 않으면 뜨거운 온천물에 피부가 오히려 헐어버렸다고 한다. 나중에 와서야 이 온천물과 다른 보통 온천물이 섞여 적당한 온도가 되었는데 그때서야 신녀에게 제사를 올리는 복잡한 과정을 생략할 수 있었다고 한다.

다른 여러 제왕들도 그렇지만 진시황도 상당한 신성(神性)을 갖추고 있었다. 여산 신녀와 내왕하였다는 이야기도 그런 신성을 보여주는 것이지만 그의 신성을 가장 잘 나타내주고 있는 것은 바로 그의 간산편(趕山鞭)이다. 말하자면 바윗덩어리들을 바다로 밀어넣을 수 있었다는 것인데, 그것에 관해서는 다음 장의 만리장성 쌓는 부분에서 다시 이야기하기로 하고 여기서는 진시황이 다리를 만든 이야기를 해보기로 한다.

진시황은 돌로 된 다리를 만들어 동해를 가로지르며 태양이 떠오르는 장관을 보고 싶어했다. 그것은 어쩌면 장생불사를 추구했던 그의 욕망과도 상당한 관련성이 있는 것 같은데 그 돌다리를 따라 봉래산까지 가서 불사약을 가져오고 싶어했던 것 같다. 그런데 바다에 다리를 세우려면 돌이 아주 많아야 했다. 당시 바다의 신이었던 한 신인이 진시황을 도와주겠다고 나섰는데 우선 바윗돌을 세워 다리의 기둥을 만들었다. 그런 뒤에 신령스런 채찍을 휘둘러 산에 있는 바윗돌들을 모조리 동해로 굴러오게 하였는데 동작이 느린 돌이 있으면 바윗돌에서 피가 흐를 때까지 가차없이 채찍을 휘둘렀다. 지금의 하남성 양성산(陽城山: 登封縣 동북쪽)에 있는 바위들은 모두 붉은색이며 모두가 곧추서서 동쪽을 향해 굴러가고 있는 형상을 하고 있는데 그것이 바로 그 바다의 신이 남긴 자취라고 전해진다.

후대 전설에는 또 왕은(王鄞)이라고 하는 바다의 신이 등장하는데 그는 원래 진시황 수하의 신장(神將)이었다. 산을 헐어 바다를 메우는 이 작업을 하다가 파도에 휩쓸려 생명을 잃었는데, 그의 시체는 절강성(浙江省) 은현(鄞縣)의 은강(鄞江)에까지 밀려가 은강(鄞江) 밑바닥에 영원히 잠들었다고 한다. 말하자면 은강과 은현이라는 지명은 바로 왕은이라는 그 장수를 기념하기 위한 것이었다는 이야기이다. 그러나 이것은 모두가 〈호사가들의 이야기〉일 뿐인데, 왜냐하면 진시황 이전의 수백 년 전인 춘추시대에 이미 은읍(鄞邑)이라는 지명이 있었기 때문이다.

그건 그렇고, 어쨌든 바다의 신은 바위를 굴려 바다로 빠뜨려서 몇 개의 교각을 세워놓았다. 그리고 다리의 바닥판도 넓게 깔았다. 진시황은 바다의 신이 베푼 은혜에 감동하여 그를 만나 감사를 드리고 싶다고 말했다. 그러자 바다의 신이 말했다.

「나는 무척이나 못생겼다오. 절대로 나의 모습을 그림으로 그리지 않겠다고 약속을 하셔야 만나드리겠소」

진시황은 바다의 신의 요구에 절대로 그렇게 하지 않겠다고 약속을 했다. 그리고 준마를 타고 시종들을 거느리고서 새로 만든 돌다리를 달려 동해로 들어갔다. 30리를 달려서야 비로소 다리의 끝부분인 험준한 바위가 솟아 있는 듯한 모습의 교각에 도착할 수 있었다. 바다의 신은 정말 생김새가 흉측하고 기괴했다. 마치 물고기와 새의 중간쯤 되는 형태라고나 할까. 진시황이 바다의 신과 대화를 나누는 동안 시종 하나가 발가락에 먹물을 묻혀 바닥에 깔린 비단에 몰래 바다의 신의 초상화를 그리고 있었다. 다른 사람들이 일부러 그 그림을 그리는 사람 곁에 모여서서 그를 가려주고 있었지만 바다의 신은 그것을 금방 알아차렸다. 그리고 그것이 진시황의 뜻이었다는 것을 알고는 그 자리에서 화를 벌컥 내며 말했다.

「황제께서는 약속을 어기셨소이다. 빨리 떠나시오!」

그러자 갑자기 천지사방이 어두워지면서 바다의 신이 서 있던 다리의 교각이 먼저 무너져 내리는 것이었다. 파도와 함께 사라지는 바다의 신의 음침하고 비웃는 듯한 미소를 얼핏 바라보면서 진시황은 말머리를 돌려 목숨을 걸고 앞을 향해 내달렸다. 말의 앞발이 교량의 바닥에 닿는 순간, 들려진 뒷발의 아래쪽은 벌써 무너지기 시작하는 것이었다. 돌덩어리들이 와르르 무너지며 파도에 휩쓸려 내려가는 엄청나게 큰소리, 그리고 바닷속으로 빠져들어가는 사람과 말의 울음소리 등이 천지를 진동시켰으니 그야말로 처참하고 간담을 서늘하게 만드는 그런 광경이었다. 진시황은 마침내 해변가로 올라왔다. 정신을 차리고 뒤를 돌아보니 새로 만든 다리는 완전히 무너져버렸고 들쑥날쑥한 교각 몇 개만이 아직 바닷속에 서서 한 줄의 직선을 이루고 있는 모습이 눈에 들어왔다. 바다의 신의 모습을 그리던 화가도 바다에 빠져 죽어버렸다. 그의 시체는 근처 바닷가로 떠내려와 있었는데, 물 위에 바로 누워 허연 눈동자를 똑바로 치켜뜨고 참담하게 하늘을 쳐다보고 있는 모습이 마치 자신의 억울함과 원통함을 호소하고 있는 것 같았다.

진시황의 신성은 그가 죽은 뒤에 더 잘 나타나고 있다. 그중에서도 가장 기이한 전설은 그가 죽은 뒤 자신의 묘 근처에 시장을 만들어서 죽은 사람과 산 사람들이 모여, 서로 어울려 장사를 하게 했다는 이야기일 것이다. 그야말로 명실상부한 〈암시장〔黑市貿易〕〉이었던 것이다. 이 시장의 주인은 죽은 자들을 보호하는 특별법을 제정하여 산 사람들이 죽은 사람들을 무시하지 못하도록 하였다. 그런데 뜻밖의 일이 일어났다. 장이 섰던 어느 날 저녁, 그곳의 관리인이 진시황에게 급히 달려와 이렇게 보고하는 것이었다.

「죽은 사람들이 산 사람들을 못살게 굽니다. 방금 산 사람이 시장에 들어왔는데 귀신들이 그 사람을 위협해서 말의 등뼈를 부러뜨려놓았습니다. 그래서 장이 서자마자 바로 파하고 말았습니다」

물론 그 후의 일이 어떻게 되었는지는 알 수가 없다. 아마도 흐지부지 끝나 버리지 않았을까. 그래서 어떤 일이 닥치기 전에 지레 겁을 먹은 사람들이 〈진시황의 시장에 등뼈 부러진 말이 있다〉라고 말하곤 했는데 그것은 바로 절대로 당하지 말라는 그런 의미였다. 이런 황당한 전설은 도대체 어떻게 해서 전해지게 된 것일까? 아마도 진시황의 무덤에 은으로 만든 누에라든가 금으로 된 기러기, 그리고 기타 이름을 알 수 없는 온갖 진귀한 물건들이 많이 쌓여 있어서 진시황이 시장을 만들었다는 그런 기이한 〈신화〉가 생겨난 것 같다. 또한 진시황을 후세 전설의 〈염라대왕(閻羅天子)〉으로 보는 사람도 있는데 그것이야말로 정말 우스꽝스런 이야기가 아닐 수 없다.

제20장
만리장성과 맹강녀

진시황이 만리장성을 쌓은 이야기를 하려면 우선 간산편(趕山鞭)의 유래에 대하여 서술해 보아야 할 것 같다.

간산편이라는 것은 근대 민간전설에서야 비로소 나타나는 명칭이다. 고대에는 구산탁(驅山鐸)이라는 명칭만 있었을 뿐이며 그것도 아주 고대가 아니라 중세, 좀더 구체적으로 말하자면 오대(五代)시대에 나타나기 시작한 이름이다. 오대시대 때 범자(范資)가 쓴 『옥당한화(玉堂閑話)』에 수록된 민간전설 한 토막을 보면 그 내용이 다음과 같다.

의춘현(宜春縣: 지금의 江西省) 경내의 종산(鍾山)에 길이가 수십 리에 달하는 협곡이 있었다. 협곡을 흐르는 강은 의춘강(宜春江)이라 하였는데 강물이 맑고 깨끗했으며 너무 깊어서 바닥이 보이지 않았다. 그곳에서 어떤 어부가 낚시질을 하다가 금으로 된 쇠사슬 같은 것이 걸려 배 위로 끌어올려 보니, 길이가 수십 길은 되었고 그 끝에는 방울처럼 생긴 종이 하나 매달려 있었다. 어부가 그 종을 손으로 집어들었더니 엄청나게 큰소리가 울렸고, 순간 맑던 하늘이 갑자기 어두컴컴하게 변했으며 양쪽에 있는 산과 협곡의 강물까지 모두 흔들렸다. 그리고 종산은 순식간에 5백 길쯤이 무너져 내렸고 어부와 그가 타고 있던 작은 배까지도 모두 무너져 내린 흙과 바위 속에 묻혀버렸다. 무너져 내린 종산의 한쪽 면은 지금도 도끼로 깎아내린 듯한 절벽이 되어 있다. 아는 것이 많은 사람들은 그 어부가 낚아올린 종이 바로 진시황이 바윗돌을 움직일 때 사용했던 구산탁이라고 말한다. 후에 와서 명(明)나라 말기 동약우(董若雨)가 소설 『서유보(西遊補)』를 지었는데 그 속에 나오는 손오공이 이 구산탁을 이야기하는 장면이 보인다. 그 밖에 다른 곳에서는 이 이야기가 별로 눈에 띄지 않는다.

간산편은 근대에 들어와 생겨난 명칭이긴 하지만 그 연원은 고대에 있다. 앞장에서 바다의 신이 산 위에 있는 돌을 채찍질하여 바다로 몰고 와서 그 바윗돌로 바다에 교량을 세웠다는 이야기도 했는데, 바로 그 이야기가 간산편 신화의 기원이라고 할 만하다. 또한 어떤 전설에 보면 진시황이 법술을 부려 바위를 부르면 바위는 그의 부름에 따라 스스로 굴러왔다고 한다. 이런 것 역시 진시황의 간산편 신화와 비슷하다. 근대의 동족(侗族) 민간전설에 보면 그들의 민족 영웅인 오면(吳勉) 역시 간산편을 갖고 있었던 것으로 나타난다. 그는 산에 길을 만들고 바윗돌을 채찍질하여 그 바위가 스스로 굴러가게 하였다고 하는데 이 전설 역시 진시황 신화의 영향을 받아 전해져 내려오게 된 것이 아닐까 한다. 어쨌든 진시황의 간산편 신화는 그 기원이 상당히 오래된 것만은 사실인 것 같다.

그러면 진시황이 산을 옮긴 것은 무엇 때문이었을까? 고대 신화에서는 동해에 돌다리를 만들어 태양이 떠오르는 광경을 보기 위해서라고 말하고 있지만, 근대 신화에서는 북방 오랑캐의 침입을 막기 위한 만리장성을 쌓기 위해서였다고 한다. 그런데 만리장성 이야기를 하자면 맹강녀(孟姜女)의 전설을 우선 서술하지 않을 수 없다.

진시황은 노오(盧敖)를 동해로 보내어 신선을 찾아보라고 했는데 그가 떠난 지 반 년쯤이 되어 선서(仙書) 한 권을 들고 돌아왔다. 그런데 그 책에 씌어진 것은 온통 꼬불꼬불한 과두문자(蝌蚪文字)라서 만조백관 그 누구도 그 내용을 알아낼 수가 없었다. 모두들 눈을 크게 뜨고 들여다본 결과 겨우 다음과 같은 다섯 글자만을 읽어낼 수 있었다.

진나라를 망하게 할 자는 호이다(亡秦者則胡)

진시황은 깜짝 놀랐다.

「뭐라고? 진나라의 이 강산을 북방의 오랑캐〔胡〕에게 넘겨주게 된다고? 어찌 그런 일이 있을 수 있겠느냐. 마땅히 방비를 잘해야 할 일이로다」

그러나 가엾은 진시황은 그 내용을 잘못 이해했다. 선서에 씌어져 있던 〈호(胡)〉라는 글자는 북방의 오랑캐가 아니라 바로 자신의 아들인 〈호해(胡亥)〉였던 것이다. 호해가 황제가 된 후 황음무도하여 멀쩡한 나라를 잃게 되고 마는데 이것은 지금 하고자 하는 이야기와 상관이 없기 때문에 그냥 넘어가기로 한다.

각설하고 진시황은 북방 호인들의 침입을 막기 위해서 명령을 내려 팔십만 명의 민간인 남자들을 뽑아 북방으로 보내고는 만리장성을 쌓게 했다. 그런데 장성을 쌓자면 수많은 돌이 필요했다. 진시황은 어디서 가져온 것인지 모르지만 간산편을 들고

와 허공에 대고 휘둘렀다. 그러면 천하의 바윗돌들이 스스로 굴러와 장성 아래쪽에 모여드는 것이었다. 바위들이 생겼으니 이제 그것들을 옮겨다가 성을 쌓으면 될 일이었다.

그런데 당시 이런 이야기가 떠돌았다. 장성을 견고하게 쌓기 위해서는 산 사람이 필요하다는 것이었다. 성 쌓는 일을 감독하는 관리들 모두가 그렇게 말했다. 성을 1리 쌓을 때마다 살아 있는 사람 한 명을 그 속에 집어넣어 쌓아야 했으니 만 리를 쌓으려면 1만 명이 필요했다.

이런 소식이 퍼져나가자 모두들 자기가 뽑혀 장성의 밑에 묻힐지도 모른다는 생각 때문에 전전긍긍하며 걱정을 하였다. 때문에 곳곳의 민심이 흉흉해졌고 불안한 분위기가 떠돌았다. 관리들도 이런 모습을 보자 슬그머니 걱정이 되었다. 바로 그럴 즈음 어디서부터 전해져 온 것인지 이런 노래가 떠돌았다.

소주(蘇州)에 만희량(萬喜良)이 사는데
그 사람 한 명이면 만 명의 목숨과 같네

이 동요는 불리기 시작한 지 얼마 안 되어 마치 날개가 달린 것처럼 퍼져나갔다. 한 사람에게서 열 사람으로, 열 사람에게서 백 사람으로 퍼져나가니 곳곳에 이 노래가 유행하게 되었고 마침내는 관리들의 귀에까지 들어가게 되었다. 그들은 마음속으로 곰곰이 생각해 보았다. 소주의 만희량이라는 인물이 정말 그런 효용이 있다면 아예 소주로 가서 그를 잡아다가 성 밑에 묻으면 될 일이었다. 1만 명을 잡아오는 것에 비하면 골치 아픈 일도 훨씬 줄어드는 것이었기 때문이다. 그들은 의논 끝에 사람을 보내어 만희량을 잡아오기로 결정을 하였다.

그 동요는 어쩌면 그저 사람들이 지어낸 것에 불과했는지도 모르는데 하필이면 소주에 문약한 선비인 만희량이라는 인물이 정말로 살고 있었다. 관리들이 보낸 사신이 소주에 도착하기 전에 동요가 먼저 소주에 유행하기 시작했다. 만희량은 그 노래를 듣고 간담이 서늘해져 급히 간단한 짐을 꾸려 괴나리 봇짐을 만들어서 등에 둘러메고 부모님께 작별 인사를 한 뒤 먼 곳으로 도망쳤다.

길바닥에서 노숙을 하며 떠돌아다닌 것이 하루이틀이 아니었다. 그러던 어느 날, 송강부(松江府)에 도착했을 때 길 가던 사람들이 나누는 이야기를 듣게 되었다. 진시황이 만리장성을 쌓는데 〈한 사람으로 만 사람의 목숨을 대신할 수 있다던〉 만희량이라는 사람을 잡지 못하게 되자 다른 인부들 모두가 재앙이 자기에게 닥칠까봐 도망가 버렸다는 것이었다. 그리고 그렇게 되니 일할 인부들이 모자라기 때문에 곳곳에서 사람들을 끌어간다는 이야기였다.

만희량이 이런 말을 들으며 겁에 질려 있는데 마침 저편 큰길에 먼지가 일어나는 것이 꼭 말을 탄 관리들이 사람들을 잡아가는 것 같았다. 만희량은 겁이 덜컥 나서 견딜 수가 없을 지경이 되었다. 그런데 마침 길가에 집이 한 채 눈에 띄었다. 그는 야트막한 담장을 넘어 그 집의 뜰로 들어갔다.

그 집은 맹원외(孟員外)의 집이었다. 맹원외 부부는 나이가 오십이 되었지만 아들도 딸도 없어 맹강녀라는 양녀를 키우고 있었는데 부부가 모두 그녀를 무척이나 아꼈다.

맹강녀가 원외의 집에서 자라게 된 것에는 참으로 기이한 내력이 있었다.

어느 해 맹씨 집의 맹흥(孟興)이 정원 모퉁이에 호박을 한 그루 심었다. 호박 덩쿨은 무럭무럭 자라 담장을 넘어 뻗어나가더니 옆집의 강(姜)씨 할머니 집 지붕에까지 올라가서 커다란 호박 하나를 맺었다. 맹흥은 그 호박이 자기가 기른 것이기 때문에 자기 것이라고 주장하였고 강씨 할머니는 자기 집 지붕 위에 열린 것이니까 자기 것이라고 우겼다. 두 사람은 호박 때문에 한나절을 싸우다가 마침내 반으로 똑같이 잘라 나누어 갖자고 합의를 하였다. 그래서 맹흥이 칼을 가지고 호박을 자르려고 하는 찰나, 호박 속에서 느닷없이 아기 울음소리가 들렸다. 맹흥과 강씨 할머니는 깜짝 놀랐지만 맹흥은 남자인지라 대담하여 조심조심 그것을 잘라보았다. 그랬더니 그 속에는 하얗고 통통하며 이목구비가 수려한 여자아이가 들어 있는 것이었다. 두 사람은 이번에는 서로 아기를 갖겠다고 싸웠다. 그러나 아기는 호박처럼 나누어 가질 수가 없었으니 참으로 딱한 노릇이었다. 마침 맹원외에게 아이가 없는 터인지라 맹원외는 그 여자아이를 양녀로 맞아들였다. 그리고 강씨 할머니는 맹씨 집에 살게 되었는데 늙어 죽을 때까지 맹원외가 먹고 입을 것을 대주었다. 그리고 여자아이는 맹씨와 강씨 집 사이에서 태어났기 때문에 맹강녀라고 부르게 되었는데 이제 그 아이가 자라 17-18세의 총명하고 아름다운 아가씨가 되어 있었다.

만희량은 맹씨 집 뜰의 연못가 종려나무 밑에 잠시 숨어 있다가 아무런 기척이 느껴지지 않자 화원을 떠나 다시 길을 가려고 하였다. 그때 마침 젊고 아름다운 아가씨가 눈에 띄었다. 그녀는 설명할 것도 없이 맹강녀였는데 손에 하얀 부채를 들고 연못 저쪽에서 걸어오며 나비를 좇고 있었다. 노란 나비 한 쌍이 공중에서 춤을 추며 연못을 따라 하늘하늘 날아가는데 숨었다가 다시 나타나곤 하였다. 그녀는 땅바닥에 넘어지기도 하면서 계속 나비를 따라오다가 잠시의 부주의로 발을 잘못 딛어 그만 연못에 빠지고 말았다. 그녀가 비명을 지르니 나무 뒤에 숨어 있던 만희량이 급히 달려나와 그녀의 두 손을 잡고 끌어당겨 마침내 연못가 풀밭 위로 그녀를 건져내었다. 그러나 이미 그녀의 몸은 진흙탕 물에 거의 다 젖어 있었다.

맹원외는 딸의 비명 소리를 듣고 부인과 하녀를 데리고 급히 달려나왔다. 그런데 자기 딸이 어떤 낯선 청년과 얼굴을 마주한 채 연못가 풀밭 위에 서 있는 모습이 보였다. 게다가 그 청년은 자기 딸의 두 손을 꼭 붙잡고 있고 자기 딸은 몸이 반쯤 젖은 채로 얼굴이 발그레하게 물들어 있었으니 그 광경이 보기에 영 거슬렸다. 맹원외가 자초지종을 묻고 나서야 비로소 그 청년의 이름이 만희량이며 인부를 끌어가는 관리를 피해 자기 집으로 들어왔다가 우연히 물에 빠진 자기 딸을 구하게 된 것임을 알게 되었다. 딸을 구해 준 것은 고마운 일이었지만 예로부터 〈남녀칠세부동석〉이라 했거늘, 이제 그 지켜야 할 예절을 어기고 말았으니 이 일을 어찌하면 좋을 것인가? 상황으로 보건대 도망 중인 이 청년을 사위로 맞아들여야 문제가 해결될 것 같았다.

맹원외는 이런 자신의 마음을 만희량과 딸에게 설명하였다. 서로 나이가 비슷했던 두 젊은이는 그 우연하고 이상한 만남중에 이미 서로에게 마음이 기울어 애모하는 정이 싹트고 있던 터라 아무 말도 하지 않았다. 그래서 그날 저녁, 맹원외는 뜰에 식장을 차려놓게 하여 두 젊은이를 결혼시켰다.

그런데 결혼한 지 사흘도 되지 않아 만희량이 맹씨 집에 도망와 있다는 소식이 퍼져나가게 되었다. 그날 새벽, 신혼의 부부가 막 자리에서 일어났을 때였다. 맹강녀가 거울을 보며 머리를 매만지고 있는데 호랑이같이 무서운 관리가 갑자기 나타났다. 그는 손에 밧줄과 수갑을 들고 있었는데 도망친 죄수 만희량을 잡으러 왔다는 것이었다. 관리들은 이리저리 그를 찾아다니다가 마침내는 장작을 쌓아둔 광에서 장작더미가 흔들리는 것을 보고 그를 찾아내었다. 그러고는 앞뒤 가릴 것 없이 무조건 그를 줄로 꽁꽁 묶고 쇠사슬로 엮어 마치 고기만두처럼 만들어버렸다. 만희량은 신혼의 아내와 비통한 이별을 하는 수밖에 없었다. 그는 이번에 자기가 잡혀가면 아마 다시 돌아오지 못할 가능성이 많으니 아까운 청춘을 낭비하지 말고 다른 사람을 찾아 다시 결혼을 하라고 말했다. 맹강녀는 백성에 대한 진시황의 무지막지한 폭정을 목도하였다. 사랑하는 남편이 아무 죄도 없이 잡혀가다니, 그야말로 가슴이 찢어지고 간장이 녹아내릴 듯하여 눈물이 앞을 가렸다.

눈깜짝할 사이에 만희량이 잡혀간 지 반 년이나 지났지만 아무런 소식도 들려오지 않았다. 마침내 10월 초, 북풍이 휘몰아쳐 강가의 갈대꽃이 이리저리 흩날리고 사람들도 추위를 느끼기 시작할 무렵이었다. 어느 날 저녁, 맹강녀가 꿈을 꾸는데 꿈속에 남편이 밖에서 돌아와 문을 두드리며 이렇게 외치는 것이었다.

「하느님, 추워서 얼어죽겠습니다!」

꿈에서 깨어나 생각하니 가슴이 너무나 아팠다. 그녀는 남편을 위해 일찌감치 두꺼운 겨울옷을 준비해 두었고 자기가 직접 그것을 가져다주려 하였다. 그러나 원외 부부가 몇 번이고 말리는 바람에 실행에 옮기지 못했었다. 이제는 더 이상 참을 수가 없어 아버지와 어머니에게 애걸하였다. 원외 부부는 딸의 뜻이 굳은 것을 보고 더 이상 막을 수가 없어 허락을 하고 말았다.

맹강녀는 남편에게 줄 겨울옷과 갈아입을 옷 몇 벌만으로 간단한 행장을 꾸려 우산 하나를 어깨에 둘러메고 부모님께 작별 인사를 하고서 집을 떠났다.

한참을 걸어가던 어느 날, 그녀는 넓은 강가에 다다르게 되었다. 눈앞에는 망망한 강물만 펼쳐져 있을 뿐, 다리도 없고 타고 건널 만한 배도 없었다. 어떻게 이 강을 건너간단 말인가? 그녀는 강가에 앉아 상심의 눈물을 흘리며 손바닥으로 강가를 두드렸다. 그런데 이상하게도 그녀가 한번 두드릴 때마다 강물이 한 뼘씩 낮아지는 것이었다. 그렇게 낮아져서 마침내는 깨끗하게 말라버려 그녀는 강바닥을 가로질러 저편으로 건너갈 수 있었다. 그녀가 가는 길에는 이런 어려움이 셀 수도 없이 많이 닥쳤지만 그때마다 기적이 일어나 무사히 넘어갈 수 있게 되곤 하였다.

그렇게 길을 가다가 마침내 장성을 쌓고 있는 곳에까지 오게 되었다. 남편이 죽었는지 살았는지 알 수가 없으니 맹강녀의 가슴은 걱정과 불안으로 가득 차기 시작했다. 게다가 장성을 쌓는 곳이 이렇게 넓으니 도대체 어디 가서 남편을 찾아야 할지 알 수가 없었다. 그렇게 망설이고 있을 때, 길가 들판에서 갑자기 까마귀 한 쌍이 날아오더니 맹강녀의 곁을 맴돌면서 끊임없이 〈깍깍깍〉 울어대는 것이었다. 맹강녀는 이상한 생각이 들어 말했다.

「까마귀야, 나를 위해 길을 인도해 주겠다는 말이니?」

까마귀 한 쌍은 마치 사람의 말을 알아듣는 것처럼 〈깍깍〉 하고 울더니 앞으로 날아가는 것이었다. 맹강녀는 까마귀들을 따라 대충 2,30리쯤을 걸어갔다. 날은 저물어가는데 갑자기 숲 속에서 까마귀떼가 몰려나오더니 자기를 위해서 길을 인도해 주던 그 작은 까마귀 한 쌍을 둘러싸는 것이었다. 맹강녀는 고개를 들어 그 모습을 바라보다가 마음속으로 불안한 생각이 들었다.

「안 되겠어. 아무래도 작은 까마귀들이 빠져나오지 못할 것 같아」

그러나 작은 두 마리의 까마귀는 많은 까마귀 무리 속에서 한동안을 몸부림치다가 마침내 빠져나오는 데 성공했다. 두 마리의 까마귀는 비스듬히 화살처럼 빠져나와 근처의 화표목(華表木) 위로 내려왔다. 다른 까마귀들은 공중에서 시끄럽게 깍깍거리다가 각자 흩어져 날아가 버렸다. 그리고 화표목 위에 앉아 있던 작은 까마귀들은 다시 맹강녀를 이끌고 날아가 어느 작은 마을에 도착하였는데 그곳에 이르게 된 순간 까마귀들은 갑자기 어디론가 사라져버렸다.

맹강녀는 마을의 동쪽에 있는 어느 집의 문을 두드리며 하룻밤 머물고 싶다고 청하였다. 그 집에서는 노인 한 분이 나왔는데 스스로를 새옹(塞翁)이라고 불렀다. 그는 이 변경 지방에 여러 해 동안 살고 있었으며 바로 멀지 않은 곳에 장성이 있다고 말하는 것이었다. 그리고 그 장성을 쌓느라고 병들어 죽은 인부가 그 얼마나 많은지 모르며 또 죽은 사람들은 모두 장성 아래에 묻혔다고 말해 주었다. 맹강녀는 노인의 말을 들으며 가슴이 철렁 내려앉아 하룻밤을 묵은 뒤 노인께 작별인사를 하고 바로 길을 떠났다.

마침내 얼마 지나지 않아 장성 아래쪽에 도착했다. 장성은 과연 웅대하고 높이 솟아 있었으며 끝없이 이어진 산 위에 마치 한 마리의 용맹스러운 용처럼 꿈틀거리고 있었다. 아직 완성되지 않은 부분도 있었는데 돌을 들어나르고 벽돌을 옮기는 인부들이 성벽의 아래위에서 바쁘게 움직이고 있었다. 게다가 영차 영차 하는 소리, 고함치는 소리, 욕하는 소리 등이 한데 섞여 온통 시끌벅적하였다. 일을 하고 있는 사람들의 옷은 하나같이 남루하였으며 장작개비처럼 바싹 말랐고 수염을 못 깎은 부황든 얼굴에는 병색이 완연하여 보는 사람을 처연하게 만들었다.

맹강녀가 인부들 사이를 헤집고 다니며 남편을 찾아보았지만 아무리 해도 찾을 수가 없었다. 할 수 없이 공사장 감독을 찾아가 물으니 그는 이렇게 대답했다.

「만희량이라는 사람을 찾는다고? 그런 사람이 있기는 했소. 소주에서 도망친 죄수였지. 본래는 잡아온 즉시 처형하여 장성 밑에 묻으려 하였으나, 이미 죽어 장성 밑에 묻힌 자가 1만 명이 넘어 죽일 필요가 없었소. 그래서 여기서 계속 일을 하게 하였는데…… 그 사람이 몸이 약했던 탓인지, 잘 먹지를 못하더니 몇 달 전에 중병을 얻어 가엾지만 장성 밑에 묻어버렸소이다」

맹강녀는 감독의 말을 듣는 순간 하늘이 노래지면서 정신을 잃고 쓰러져버렸다.

사람들이 돌보아준 덕분에 그녀는 잠시 후 정신을 차렸다. 눈앞에 펼쳐진 장성이 쇳덩어리로 만들어진 것처럼 차디차고 무정하게 보였고 남편의 시체가 그 밑에 묻혀 있어 영원히 다시는 보지 못하게 되었다는 생각을 하니 눈물이 앞을 가렸다. 게다가 숱하게 많은 청년들이 모두 자기 남편과 같은 운명이 되어, 천지간에 셀 수 없이 많은 과부와 고아들이 돌아오지 못하는 자신의 사랑하는 사람들을 어리석게도 끝없이 기다리고 있을 것이라는 생각이 들었다. 또 현재 이곳에서 돌을 나르거나 벽돌을 운반하는 남자들 역시 지금은 그것들을 나르며 콧구멍에 한줄기 숨을 내쉬고 있지만 그들 앞에 놓인 것 역시 죽음뿐이라는 생각을 하니 가슴이 시려와 자기도 모르게 방성대곡을 하게 되었다. 울수록 가슴이 더 아파져서 눈물이 샘처럼 계속 솟아나왔다. 그녀의 눈물에 천지가 슬픔에 잠긴 듯 안개까지 엷게 깔렸으며 해와 달도 빛을 잃었고 사방에서는 누런 먼지 바람만 일었다. 그녀의 울음소리를 듣는 사람은 누구나 콧등이 시큰해져 함께 눈물을 흘리지 않을 수 없었다…….

맹강녀는 그렇게 장성에서 자기의 남편을 위하여 눈물을 흘렸다. 얼마나 울었는지 알 수가 없을 때, 갑자기 〈와르르르!〉 하는 소리가 들려왔다. 위풍당당하게 서 있던 장성이 40리쯤 무너져내린 것이었다. 그리고 먼지가 어느 정도 가라앉고 나자 무수하게 많은 백골들이 무너진 장성 아래의 진흙과 돌더미 사이에서 드러났다. 맹강녀는 눈물을 씻고 그 시체들을 하나하나 자세하게 살폈다. 그러나 모두가 서로 비슷비슷해서 어느 것이 남편의 시체인지 알 수가 없었다. 그녀는 자신의 손가락을 이빨로 힘껏 물어뜯어 핏방울을 백골 위에 떨구며 속으로 중얼거렸다.

「이것이 만약 남편의 백골이라면 피가 뼛속으로 스며들 것이고 남편의 것이 아니라면 피가 사방으로 퍼지리라」

그렇게 하며 10여 구의 시체를 지나갔을 때, 갑자기 어느 시체의 뼈에 자신의 피가 스며들었다. 다시 한번 해보았지만 여전히 또 스며들었다. 그것이야말로 남편의 시체임에 틀림이 없었다. 남편의 시체를 찾아내자 맹강녀는 또다시 서러워져 그것을 껴안고 가슴 아프게 울었다.

그녀는 보자기를 펴고 남편의 시신을 수습하여 고향으로 돌아가 묻어주려 하였다. 그런데 바로 그때, 요란한 북소리가 울려퍼졌다——진시황의 어가(御軻)가 도착하였던 것이다. 진시황은 황금빛 양산 아래의 마차에 앉아 있었는데 시종들이 그를 에워싸고 있었다. 그는 장성을 쌓는 작업이 어떻게 진행되어 가고 있는가를 보러 다니는 중이었는데 이곳에 와서 장성이 40리나 무너졌다는 소식을 듣고 몹시 화를 내고 있었다. 그는 장성이 무너지게 된 이유를 물었다. 그러고는 남편을 찾아온 여자가 너무도 울어서 무너졌다는 이야기를 듣고는 도저히 믿을 수가 없다고 하며 당장에 그 여자를 찾아오라고 하였다.

맹강녀는 붙잡혀서 진시황 앞으로 오게 되었다. 그녀의 뛰어난 아름다움은 진시황의 영혼을 온통 뒤흔들어놓고 말았다. 진시황은 속으로 생각했다.

「내게 삼궁육원(三宮六苑)이 있지만 저 여자의 발뒤꿈치에도 못 따라가지!」

그는 화를 내지 않았을 뿐 아니라 오히려 기쁨에 넘쳐 늙은 얼굴에 가득히 웃음을 담으며 맹강녀에게 물었다.

「이 장성이 네가 울어서 무너졌다는데 그것이 사실이냐?」

맹강녀는 당당하게 대답했다.

「그래요, 내가 울어서 무너뜨렸습니다. 그게 어떻다는 것인가요?」

진시황이 다시 말했다.

「울어서 장성을 무너뜨린 죄가 가볍지 않다는 사실은 알고 있으렷다?」

맹강녀가 대답했다.

「무도하고 어리석은 임금이시여, 장성을 쌓느라고 얼마나 많은, 무고한 생명이 사라져갔는지 아시오? 당신이 그들을 죽인 것까지도 좋다고 해둡시다. 그러나 어째서 그들의 시체까지 장성 밑에 넣고 묻어버려 부자나 부부가 영원히 다시는 서로 만나지 못하게 만든단 말입니까? 말씀해 보시오. 그 죄는 가벼운 것입니까?」

진시황이 보니 그녀는 얼굴만 예쁘게 생긴 것이 아니라 말재주 또한 뛰어났다. 그래서 더욱 기분이 좋아져 이렇게 말했다.

「네 재주와 미모가 뛰어난 것이 내 마음에 들었다. 장성을 울어서 무너뜨린 죄를 묻지 않을 것이니 나를 따라 궁으로 가자. 너를 황후로 삼을 것이니라. 네 생각은 어떠냐?」

맹강녀는 진시황을 보자 울화가 치밀어올라 백성들을 괴롭히는 이 잔악무도한 왕을 갈기갈기 찢어버리고 싶은 생각이었는데 지금 이런 말을 하다니, 도저히 용납할 수 없는 일이었다. 그녀는 얼굴이 붉어져 막 화를 내려고 하다가 마음을 고쳐먹고 이렇게 생각했다.

「이자는 포악무도한 임금이다. 함부로 그에게 덤벼들었다가는 오히려 더욱 커다란 모욕을 당하게 될 거야. 이자를 한번 희롱해 주자. 그리고 깨끗한 몸으로 남편을 보러가야지」

맹강녀는 치밀어오르는 화를 억누르면서 일부러 웃는 얼굴을 지어 보이며 진시황에게 말했다.

「좋습니다. 그러나 우선 제 부탁 세 가지를 먼저 들어주셔야 합니다」

진시황은 그 말을 듣고 기분이 좋아져 얼른 말했다.

「어서 말해라, 세 가지가 아니라 서른 가지라도 들어주마!」

맹강녀는 곰곰이 생각하다가 천천히 말했다.

「첫째, 장성 바깥쪽 압록강(鴨綠江)에 긴 다리를 만들어주십시오. 마치 하늘의 무지개처럼 아름답고 웅장하여야 합니다」

진시황이 대답했다.

「오냐, 오냐. 두번째는 뭐냐?」

맹강녀가 말했다.

「둘째, 장성이 있는 곳에 사방 10리의 네모진 분묘를 만들어

주십시오. 그곳에 내 남편의 시신을 묻어주셔야 합니다」

진시황은 속으로 생각했다.

〈정말 커다란 무덤이군!〉

그러나 입으로는 이렇게 대답했다.

「오냐, 그것도 네 뜻대로 해주마. 세번째는 무엇이냐?」

맹강녀가 대답했다.

「셋째, 당신이 베옷을 입고 내 남편의 무덤에 절을 해주십시오. 내 남편은 당신 때문에 죽었으니까요. 그리고 만조백관들 역시 제 남편에게 곡을 하며 제사를 올리도록 해주셔야 합니다」

이것은 진시황을 곤란하게 만들었다. 만조백관이야 제사를 올리게 할 수도 있지만 황제의 몸으로 어찌 상복을 입고 일개 백성에게 제사를 올린단 말인가? 만일 그렇게 한다면 내가 그의 아들이 되는 것 아닌가? 그러나 할 수 없는 일이었다. 만약 거절한다면 눈앞에 있는 떡을 놓칠 판이었다. 미인의 얼굴을 보아서라도 한번 그자의 아들이 되어주면 되는 것이지. 그래서 진시황은 대답했다.

「좋다, 세 가지를 모두 네 뜻대로 해주마」

그러고 나서 어가를 돌려 궁으로 돌아갔다.

다리를 만드는 일과 분묘를 만드는 작업은 빠르게 진행되었다. 석 달이 채 되지도 않아 두 가지가 모두 완공되었다. 진시황은 정말로 베옷을 입고 만조백관을 데리고서 만희량의 무덤에 가 절을 하였다. 그리고 장성을 벗어나니 바로 압록강이었다. 압록강의 강물이 넘실넘실 흐르는데 가운데에 하얀 돌로 난간을 세운 다리가 정말 하늘의 무지개처럼 서 있었다. 진시황은 문무백관을 거느리고 다리에 서서 멀리 10리 넓이의 분묘를 바라다보았다. 무덤의 사방에는 소나무를 심었고 제단이며 울타리 등등…… 모든 것이 갖추어져 있었다. 맹강녀 역시 이날 온몸에 상복을 걸치고 제단에서 사람들을 따라 함께 제사를 지내었다. 진시황이 문무백관을 거느리고 제단에서 제사를 마친 후, 상복을 벗어버리더니 고개를 돌려 맹강녀를 보며 말했다.

「네가 원했던 세 가지 일을 모두 해주었다. 이제 나와 함께 궁으로 돌아가 결혼식을 올리자」

맹강녀는 한마디 대꾸도 하지 않고 벌떡 일어나더니 제단의 밖으로 달려나갔다. 진시황이 물었다.

「어디 가느냐?」

맹강녀는 대답도 없이 발걸음을 재게 놀리며 뛰어갔다. 그녀는 열심히 달려 다리의 끝부분에까지 왔다. 거기서 그녀는 진시황을 향해 노기등등한 목소리로 외쳤다.

「이 어리석은 임금아, 정말이지 눈이 멀었구나! 너는 내가 부귀영화가 탐이 나서 남편을 팔아먹는 여자인 줄 알았느냐? 잘못 생각해도 한참 잘못 생각한 것이지. 나는 그런 부끄러운 짓을 하는 여자가 아니야. 그런 염치없는 짓은 높은 자리에 있으**면서** 사람의 옷을 입고 있을 뿐인, 그런 금수 같은 인간들이나 **하는** 짓이다. 네가 장성을 쌓는 것은 오랑캐를 막아 너의 나라를 보존하려고 하는 것이라지만 그것이 무슨 소용이 있다는 말이냐? 너 때문에 장성의 땅 속에 묻힌 그 영혼들은 막지 못할 것을. 그들의 원망이 산 사람들의 원한과 결합된다면 조그만 힘도 들이지 않고 너의 그 나라를 빼앗아갈 수 있을 것을……. 어리석은 임금아, 너무 잘난 척하지 말아라. 너의 나라는 결코 오래가지 못할 거니까!」

맹강녀는 말을 마치더니 비단 치마를 뒤집어쓰고 높디 높은 다리 위에서 몸을 날려 강물 속으로 뛰어들고 말았다. 강물은 소용돌이치며 푸른 파도만 높게 일어날 뿐, 사람의 그림자조차 보이지 않았다.

진시황은 놀라서 멍하니 다리 아래에 서 있다가 정신이 돌아오자 물질을 잘하는 사나이들을 보내어 그녀를 구해 오게 하였으나 허사였다. 아무리 찾아보아도 그녀의 모습은 보이지 않았던 것이다. 진시황은 부끄러움이 가득한 표정으로 힘없이 어가를 돌려 장성을 떠나 궁으로 돌아왔다.

전설에 의하면 강물에 빠진 맹강녀는 죽은 것이 아니라 그대로 용궁으로 들어가 용왕의 융숭한 대접을 받은 뒤 하늘로 올라가서 선녀가 되었다고 한다.

제21장
진시황릉과 용모 전설

진시황 시대에는 거대한 토목공사가 끊임없이 계속되었다. 만리장성을 쌓은 것 이외에도 아방궁(阿房宮)을 지었으며 황릉을 만들었다. 아방궁이 살아서 즐기기 위하여 지은 것이었다면 황릉은 죽은 뒤의 영화를 위해 만든 것이었다. 죽은 뒤에 누리는 영화 역시 일종의 향락이 아니었을까? 장생불사의 소원을 이루지 못하게 될 바에야 아예 묘 안에서라도 생전에 누리던 것들을 그대로 누리고자 하였던 것이다.

우선 아방궁에 대해서 이야기해 보자. 아방궁의 규모는 정말로 컸다. 대략 300리에 달하는 지역을 차지하고 있었으며 이궁(離宮)과 별관(別館)들이 산과 계곡마다 들어차 있었다. 마차길들이 서로 이어져 여산까지 이르는 80리 복도〔閣道〕가 만들어져 있었으며 남산의 산꼭대기를 궁의 문으로 삼았고 번천(樊川)을 궁정의 연못으로 만들었다. 아방궁의 그 전전(前殿)만을 예로 들어 이야기해 보아도 얼마나 컸는지 저절로 입이 벌어질 정도이다. 대전의 동서가 50보였고 남북이 50길은 되었으며 궁전

아래쪽에는 5길의 깃발을 꽂을 수도 있었고 전 위에는 1만 명의 사람이 앉을 수 있었다. 그것보다 더 크다고 하는 이야기도 있는데 궁전의 동서가 1천 보, 남북이 50길 혹은 동서가 1천 보, 남북이 300보라고 하기도 한다. 또 궁전에는 10만 명이 들어갈 수 있었다고 한다. 이런 것들로 보아 아방궁은 전설적인 색채가 농후한 고대의 궁정이지만 도대체 본래 모습이 어떠했는지는 자세히 알 수가 없다. 다만 당나라 때의 시인 두목(杜牧)이 지은 「아방궁부(阿房宮賦)」의 마지막 여덟 글자, 〈초나라 사람이 불을 질러 아깝게도 초토가 되어버렸네(楚人一炬, 可憐焦土)〉라는 구절만이 명백하고도 확실한 기록일 뿐이다. 아방궁은 진나라 말기 농민들이 일으킨 혁명전쟁중, 함양에까지 들어온 초나라의 왕 항우(項羽)의 군대에 의해 불타버려 재만 남았던 것인데 맹렬하게 타오르던 그 불길은 세 달이 지나도록 꺼지지 않았다고 한다.

아방궁에 관한 이야기를 하자면 장적(長狄)에 얽힌 신화전설을 언급하지 않을 수 없다. 고대의 전설에 의하면 장적은 방풍씨의 후손이었다고 한다. 춘추시대, 장적족(長狄族)의 형제 세 사람이 중국 땅에 와서 말썽을 부리는데 어떻게 하여도 그들을 막을 수가 없었다. 돌멩이나 기와 조각을 던져보아도 끄떡도 하지 않았다. 그런데 노나라에 숙손득신(叔孫得臣)이라고 하는 활을 잘 쏘는 용사가 있었다. 그는 활을 쏘아 그들 삼 형제 중의 하나인 교여(僑如)라고 불리는 거인의 눈을 맞추었다. 그 뒤에 부부종생(富父終甥)이라고 하는 용사가 말을 타고 나가 창을 휘둘러 그 거인의 목을 찌르니 거인은 죽고 말았다. 그 광경을 본 나머지 두 거인은 형세가 불리하다고 판단을 하였던지 모두 도망쳤는데 나중에 다른 나라에서 잡히거나 죽임을 당했다. 한편

숙손득신(『炎黃』)

장적족의 교여는 죽어 쓰러져 누웠는데 그 면적이 자그마치 9무(畝)의 넓이가 되었고 그의 살찐 머리를 잘라 수레에 실으니 눈썹 부분이 높이 튀어나온 것이 수레의 횡목 밖으로까지 나왔다.

이렇게 하여 장적족은 한동안 잠잠했는데 진시황 시대에 이르러 중국 서북쪽의 임조(臨洮: 지금의 甘肅省 岷縣) 지방에서 다시 출몰했다. 그들을 본 사람들의 말에 의하면 모두가 북방 호인(胡人)의 복장을 하고 있었으며 키가 다섯 길은 되었고 발 크기만 해도 여섯 자나 되었다고 한다. 그러나 그들은 나타났다가 바로 사라졌을 뿐 별다른 말썽은 부리지 않았다고 하였다. 지방관이 이렇게 보고를 해오자 진시황은 그것이 상서로운 징조라고 여기고서 육국을 멸망시킬 때 사용했던 무기들을 모두 녹여 장적족 모양을 본뜬 구리 인형 열두 개를 만들어 아방궁의 문 앞에 세워놓았다. 인형 한 개의 무게는 무려 24만 근이나 되었다고 하며 그 이름을 〈금적(金狄)〉이라고 불렀다. 그리고 그들의 가슴에는 모두 승상 이사(李斯)가 쓴 명문(銘文)을 새겨놓았다.

한나라 초기에 그 인형들을 미앙궁(未央宮)으로 옮기기 전까지도 사람들은 그 인형의 유래를 잘 알지 못했으며 그것들을 〈옹중(翁仲)〉이라고 불렀다. 진시황 시대에 키가 한 길하고도 석 자나 되는 거한인 완옹중(阮翁仲)이라는 장수가 있었는데 그는 병사들을 이끌고서 임조를 지켰었다. 그의 명성이 드높아 당시 흉노족들은 모두 그를 보면 벌벌 떨었다고 한다. 그래서 구리로 만들어진 그 인형들을 옹중이라고 불렀던 것이다. 그러나 장적이건 옹중이건 모두가 아무도 확실하게 말할 수 없는 신화전설이기 때문에 별 상관이 없다. 다만 구리로 된 인간을 만들어 궁정을 장식했던 것만은 사실인 것 같다.

아방궁 이외에 또다른 거대 토목공사로는 진시황릉을 꼽을 수 있다. 자고로 제왕들은 자신의 삶과 죽음에 대해서 철저한 준비를 해왔던 것 같다. 진시황도 나이 열몇 살, 즉 막 왕위에 올라 젖내도 아직 가시지 않았던 시절부터 여산 기슭에 자기의 능을 짓기 시작했다. 나중에 천하를 통일하고 황제가 된 후에는 아예 70여만 명의 인부들을 동원하여 대규모로 작업을 계속하게 하였다. 여산 아래쪽까지 통하는 지하도를 만들었으며 바깥쪽 관은 구리로 만들었다. 분묘 안에는 궁궐과 만조백관의 자리까지 만들어놓았다. 또 가지각색의 기이한 물건들, 진주와 온갖 보물들까지 헤아릴 수가 없을 정도로 많이 가져다 놓았는데 모두 사방 각지에서 긁어온 것들이었다. 이 밖에도 장인들을 시켜 쇠뇌 같은 것을 설치해 놓도록 하여 누군가가 그 보물들을 훔치러 들어오면 저절로 화살이 발사되도록 하였다. 또한 수은을 사용하여 강과 바다를 만들었으며 기계를 사용해서 그 강 위를 돌아다니도록 하였다. 게다가 해와 달, 별 등의 천문 형상까지도 모두 만들어놓도록 하였다. 인어의 기름으로 불을 붙였는데 영원히 그곳을 밝히기 위하여 충분한 양을 준비해 두었다. 한편 거대한 분묘를 만들기 위해서는 많은 돌이 필요했는데 진시황이 만리장성을 쌓을 때 사용했다고 하는 그 간산편은 이제 별 기능을 하지 못했기 때문에 사람들이 그것을 다 날라야 했다. 위수(渭水)의 감천구(甘泉口)에서부터 돌을 날라오는 그 작업은 보통 힘드는 일이 아니었다. 그래서 이런 민가(民歌)가 전해지고 있다.

감천구(甘泉口)에서 돌을 날라오니
위수(渭水)도 흐르지 않네

천인(千人)이 노래하고 만인(萬人)이 들어올리며 날라와
분묘를 만들고 남은 돌이 거대한 배만큼이나 되네

그렇게 많은 인력을 들여서 쓰고도 남을 만큼 쓸데없이 많이 날라다가 버려두고 쓰지 않다니, 그 얼마나 백성들을 괴롭히는 행동이란 말인가! 이 짧은 노래 한 곡에 백성들의 원한이 가득 담겨 있는 것을 느낄 수 있다. 그러나 제왕들은 자신의 생존 당시와 죽은 뒤의 안락함을 위해서 그런 것에는 관심조차 두지 않았다.

이것보다 더 기이한 전설도 있다. 그것은 진시황릉의 비밀이 새어나가지 않도록 하기 위해서 황릉의 건조작업에 참여했던 인부들을 모조리 그 분묘 속에 산 채로 매장했다는 이야기이다. 이것은 당연히 있을 수 있는 일이었다. 고대에도 명검을 만든 장인을 또다시 그런 것을 만들지 못하게 하기 위하여 그 검으로 베어 죽이지 않았던가. 묘를 만든 인부들을 그 속에 매장하였다고 하는 것도 역사 속에서 얼마든지 그 예를 찾아볼 수 있다. 많은 재능 있는 인재들이 인류의 지혜로움의 결정이라고 할 수 있는 능력을 통치자들을 위해 억지로 발휘했지만 그들을 기다리고 있는 것은 늘 죽음뿐이었다. 그런데 더 이상한 것은 진시황릉이 발굴되었을 때 그 인부들이 아직 살아 있었다는 것이었다. 도대체 그들은 어떻게 살아 있을 수 있었을까? 분묘 속에는 충분한 양의 마른 식량이 있었기 때문에 어느 정도는 살아 있을 수 있었겠지만 물과 공기는 어디서 구할 수 있었을까? 인어의 기름으로 장명등(長明燈)을 밝혔다는 것을 보면 공기는 좀 있었겠지만 그렇게 충분한 양은 아니었을 것이다. 또한 물은 어디서 나왔을까? 그건 그렇다 하더라도 더 괴이한 것은 그 인부들이

그냥 살아 있었던 것이 아니라 장생불사하는 사람들처럼 살고 있었다는 점이다. 오랫동안 아무 할일이 없었기 때문에 그들은 각자 자신의 능력과 문학적, 예술적인 재능을 발휘하여 분묘의 기둥에 용이라든가 봉(鳳), 선인(仙人) 등의 모습을 살아 있는 것처럼 생동감 있게 그려넣었고, 또 비문(碑文)을 새기고 글을 짓기도 하였다. 그 비문과 글 속에는 대부분 원망의 말들이 들어 있었기 때문에 사람들은 그것을 〈원비(怨碑)〉라고 불렀다. 이런 이야기들은 물론 어느 정도 말이 안 되는 면이 있다고 할 수도 있겠지만 그것들은 결국 압박을 받으며 살아갔던 사람들의 원한에 찬 슬픔을 내보여주고 있는 것이기 때문에 여기서 간단히 서술해 보았다.

진시황 시대에 관해서는 두 가지의 또 다른 전설이 전해지고 있는데 후대의 전설에 비해 비교적 보편적 성격을 띠고 있다. 그것은 함호(陷湖)에 관한 전설과 용모(龍母)에 관한 전설이다.

함호의 전설은 대략 이러하다. 전설에 의하면 유권현(由拳縣)은 원래 진나라 때의 장수현(長水縣)으로 지금의 절강성(浙江省) 가흥현(嘉興縣) 남쪽 5리쯤 되는 곳에 있었다고 한다. 그곳에는 산이 하나 있었는데 어느 도사가 그 산 위에 왕의 기운이 있다고 하는 말을 듣고 사형을 받은 죄수들을 보내어 산을 파헤치게 해서 산 위에 서려 있다고 하는 왕의 기운(王氣)을 없애버리려 하였다. 그러나 그곳에서 산을 파던 죄수들은 너무 힘이 들어 어느 날 모두 도망쳐 버렸다. 그래서 사람들은 그 산을 수권산(囚倦山)이라고 불렀고 산 옆에 현이 생기니 그 현은 수권현(囚倦縣)이라고 부르게 되었다. 그런데 후대에 오면서 발음에 착오가 생겨나 유권산(由拳山)이라고 불리게 되었고 수권현 역시 유권현(由拳縣)으로 불리게 되었다. 진시황 때 그곳에는 이런 동요가 유행했다.

성문에 피가 묻어 있으면
성이 호수로 변할 거야

이 동요를 듣고 몹시 걱정이 된 어느 노파가 매일 성문으로 가 정말 그곳에 피가 묻어 있는지를 살펴보았다. 성문을 지키던 병사가 노파의 행동이 미심쩍은 데가 있는 것을 보고 그녀를 붙잡으려 하였다. 그러나 그녀가 사정 이야기를 하자 모두들 웃으며 들은 척도 하지 않고 그냥 그녀를 놓아주었다. 그러던 어느 날 어떤 사람이 개를 잡아먹고 개의 피를 성문에 발랐다. 그리고 약간 정신이 이상한 그 노파를 생각해 내고는 모두들 농담을 하면서 웃었다. 그런데 정말 노파가 왔다. 그녀는 성문에 피가 묻어 있는 것을 보고는 몸을 돌려 도망을 치며 다시는 뒤를 돌아다보지 않았다. 그녀가 그렇게 떠난 후 얼마 지나지 않아 갑자기 물이 불어나더니 성이 물 속에 잠길 지경이 되었다. 그때 간(干)이라고 하는 주부(主簿)가 급히 달려가 이런 상황을 현감에게 보고하였다. 현감은 주부의 머리를 유심히 바라보더니 이상한 듯이 말하였다.

「왜 그대의 머리 위에 물고기 한 마리가 잡혀 있는가?」

주부가 현감의 머리 위를 보며 역시 이상한 듯이 말했다.

「나리의 머리 위에도 물고기가 있습니다」

바로 그랬다. 그렇게 두 사람이 이야기하고 있는 사이에 큰 물이 이미 가득히 밀려들어와 삽시간에 유권현의 성을 호수로 만들어버렸던 것이다. 그리고 개 한 마리를 끌고 도망친 그 노파는 북쪽으로 60리를 급히 달려 이채산(伊茱山) 꼭대기로 올라가서야 비로소 그 재앙에서 벗어날 수 있었다. 이런 민간전설들은 이 밖에도 비슷한 것이 상당히 많다. 각 지방의 지방지(地方志)를 살펴보면 그런 기록이 적지 않게 눈에 띄는데 안휘성(安徽省)의 〈고소석구(古巢石龜)〉[13]라든지 〈역양호(歷陽湖)〉,[14] 산동성(山東省)의 〈동명석사(東明石獅)〉 등이 모두 그런 것들이다.

용모(龍母)의 전설은 다음과 같다.

성이 온(溫)씨인 할머니가 살고 있었다. 그녀는 단계현(端溪縣) 사람이었는데 단계현은 지금의 광동성(廣東省) 덕경현(德慶縣)에 있었다. 그녀는 물고기를 잡아 생계를 유지하고 살았다. 어느 날 물고기를 잡고 있을 때 물가에 머리 크기만한 알 하나가 눈에 띄었다. 그녀는 알을 가지고 집으로 돌아와 상자에 그것을 담아두었다. 열흘이 지난 뒤 열어보니 한 자쯤 되는 도마뱀 모양의 동물이 알껍질을 뚫고 나와 상자의 가장자리를 기어다니는 것이 보였다. 할머니는 조금도 무서워하지 않고 그것을 집 안에서 마음대로 드나들며 기어다니게 하였다. 떠나려면 떠나고 있으려면 있으라는 식이었으니 조금도 억지로 다루지 않았다. 그놈이 점점 자라 다섯 자쯤 되니 이제는 물 속에 들어가서 하루에 열 마리쯤의 물고기를 잡을 수도 있게 되었다. 그리고 두 길쯤으로 커졌을 때에는 더욱 많은 물고기를 잡아왔는데 모두 할머니에게 갖다바쳤다. 그리고 그때부터 다시는 뭍으로

---

13) 고소(古巢) 지방의 노파가 용왕의 아들이 변한 물고기를 먹지 않아 마을 전체가 물에 잠기는 재앙에서 유일하게 살아남았다는 이야기이다.
14) 역양현(歷陽縣)의 한 노파가 늘 어질고 착했는데, 성문에 피가 묻으면 그곳이 물바다가 될 것이라는 예언에 따라 산으로 피하여 혼자 살아남았다고 한다.

나오지 않고 파도를 타고 놀면서 할머니의 곁에서 맴돌았다.

그러던 어느 날 할머니가 물가에서 도마 위에 생선을 놓고 그것을 자르다가 실수로 그 동물의 꼬리를 자르게 되었다. 그 동물은 피를 흘리며 물가에서 잠시 헤엄을 치더니 멀리 떠나 다시는 돌아오지 않았다. 그러다가 몇 년이 지난 뒤 다시 할머니 곁으로 돌아왔는데 머리에는 뿔이 돋아 있었고 비늘에서는 번쩍거리는 빛이 나는 것이 분명히 용의 형상을 하고 있었다. 할머니는 감탄을 금치 못하며 소리쳤다.

「나의 아들 용이 돌아왔구나. 내 아들 용이 돌아왔어!」

그 용은 할머니 곁에서 여전히 유유히 헤엄치면서 예전과 다름없이 친근한 모습을 보여주었고 다시는 할머니 옆을 떠나지 않았다.

진시황은 이 일을 알고서 기쁨에 가득 차 말했다.

「용 아들의 일은 모두가 나의 덕이 높아 생긴 일이 아니겠느냐!」

그러고는 사신을 보내어 검은 옥구슬을 할머니에게 바치면서 할머니를 모셔오게 하였다. 할머니는 고향을 떠나기가 싫었다. 아득히 먼 서울로 가서 부귀영화를 누리는 것이 영 못마땅했던 것이다. 그러나 사신이 자꾸 재촉을 하는 통에 할 수 없이 억지로 배를 타고 시흥강(始興江)에까지 오게 되었다. 시흥강은 단계에서 천 리나 떨어진 곳이었지만 용은 여전히 할머니가 탄 배를 따라오고 있었다. 용은 할머니의 마음을 알았기 때문에 배를 끌고 돌아갔다. 하루 저녁도 되지 않아 할머니는 다시 고향으로 돌아올 수 있게 되었다. 이런 상황이 몇 번이나 계속하여 벌어졌다. 사신은 겁이 나기 시작했지만 별다른 방법이 없어 진시황에게 그대로 보고하였다. 그리고 결국엔 할머니를 서울로 데려오지 못한 채 그 일에서 손을 떼고 말았다.

얼마 후 할머니가 죽어 강의 남쪽에 묻히게 되었다. 용은 자주 큰 파도를 일으켜 할머니의 무덤 앞까지 오곤 하였다. 또 파도로 모래를 움직이게 해서 그 모랫더미를 원래의 무덤 위에 덮어씌워 할머니의 무덤을 아주 크게 만들어주었다. 사람들은 후에 이 용을 굴미용(堀尾龍)이라고 불렀다. 그리고 꼬리가 잘린 용의 모습을 한 배를 만들어 그 용을 기념하였다. 이러한 용모(龍母)의 전설은 후세에까지 여러 곳에서 전해지고 있는데 강소성(江蘇省) 고순현(高淳縣)에 전해지는 〈망낭만(望娘灣)〉 이야기,[15] 절강성 온주시(溫州市)의 〈용모사당〔龍母廟〕〉 전설 등이 모두 그런 것들이다. 또 어떤 전설은 함호의 전설과 합쳐진 것도 있는데 사천성 서창현(西昌縣)의 〈함호(陷湖)〉 전설이 그러한 것으로, 이야기 구성이 상당히 복잡하다.

진시황에게는 또한 그런대로 좋은 평을 지닌 이야기도 전해져 내려온다. 그는 다녔던 곳마다 모두 유적을 남기고 있는데 그에 따라 간단한 전설들도 전해지고 있다.

예를 들어 하북성(河北省)의 진황도(秦皇島)를 보기로 하자. 본래 명칭은 진황산(秦皇山)이었다. 전설에 의하면 진시황이 이 산에 와서 가시나무를 보고 넋을 잃은 채 이렇게 말했다고 한다.

「내가 어려서 스승에게 배울 때 스승께서 이 나무로 회초리를 만들어 나를 꾸짖으셨지」

---

15) 이것은 매우 유명한 민간 전설 중의 하나이다. 물고기를 잡으며 살던 온붕(溫朋) 모자가 있었는데, 온붕이 물고기를 살려주고 구슬을 하나 받아와 부자가 되었다. 주인 노파가 그 구슬을 훔치려 하니 온붕이 구슬을 삼켰고, 구슬을 삼킨 온붕은 용이 되어 어머니 곁을 떠나게 되었는데, 어머니가 24번을 불렀고 온붕은 24번을 뒤돌아보았다. 그때 온붕이 돌아볼 때마다 개울이 하나씩 생겨 모두 24개의 개울이 생겼다고 한다.

그러고는 얼른 말에서 내려와 그 가시나무를 향해 절을 하였다. 가시나무는 황제가 자기에게 이렇게 대하는 것을 보고 고개를 숙였는데 그것은 마치 사람이 머리를 숙여 인사하는 것과 같은 형상이었다. 전설에 의하면 몇 년이 지난 뒤 그 섬의 가시나무들은 모두 이런 모습으로 변했다고 한다. 그리고 바위 위에 시황이 말에서 내렸을 때의 발자국이 새겨져 있다고 하여 그 산은 진황산으로 불리게 되었다. 혹은 진황도라고도 하는데 삼 면이 바다로 둘러싸여 있어 풍광이 아주 빼어나다.

또 하나의 예를 들어보기로 하자. 제(齊)나라 격성(鬲城)의 동남쪽에 포대(蒲臺)라고 하는 누대가 하나 있다. 높이가 여덟 길이나 되고 그 누대를 한바퀴 돌면 2백 보쯤 되었다. 그런데 왜 포대라는 이름이 붙게 된 것일까? 이는 진시황이 동쪽으로 바다 구경을 다닐 때 이 누대 밑에서 부들풀(蒲)로 말을 묶어 두었기 때문이라고 한다. 그 후 몇 년이 지난 뒤에는 그곳의 부들풀들이 모두 무엇인가를 묶어둔 형상처럼 구불구불 얽히고 설켜서 자라났다.

이것과 비슷한 전설로는 제나라 지방의 조당침호(鳥當沉湖)에 90개의 누대가 있고 각 누대 밑에는 모두 얼키설키 얽힌 부들풀이 자라났다고 하는 이야기가 있다. 진시황이 이 누대에 와서 노닐 때 이곳의 부들풀을 가지고 말을 묶어두었다고 하는데 그 이후로 자라난 부들풀이 모두 똬리를 튼 형상으로 얼키설키 얽혀 이런 이름이 생겨났다는 것이다.

또 동해 해변가에는 진시황이 진주를 받았다고 하는 누대, 즉 수주대(受珠臺)가 있다. 진시황이 동해안을 순수하면서 이곳에 왔을 때 해변가의 어떤 어부가 존귀한 황제께 그 진주를 바쳤다고 하는데 거기서 비롯된 이름이다. 강소성 동해현(東海縣) 서쪽에는 공망산(孔望山)이 있다. 산 앞쪽의 바위에는 두 개의 세숫대야 같은 것이 있는데 옛부터 그것은 진시황의 세숫대야라고 전해져 오고 있다. 그 옆에는 정말로 머리카락 같은 자국이나 있고 산 위에는 진시황이 탔다는 말의 발자국이 남아 있다.

강소성과 절강성에는 각각 진망산(秦望山)이라는 곳이 있다. 절강의 진망산은 소흥현 남쪽 20여 리 되는 곳에 있는데, 진시황이 이 산에 올라가 남해를 바라보았다고 한다. 산 위에는 진시황이 앉았던 돌이 있고 그 양쪽에는 승상 이하의 신하들이 앉았다고 하는 네모진 돌이 여덟 개가 있는데 그 돌은 승상석(丞相石)이라고 불린다. 강소성의 진망산은 강음현(江陰縣) 서남쪽 20여 리 되는 곳에 있는데 본래 이 산은 사천성에 있었다. 진시황이 그 산으로 동해를 메우려고 간산편으로 여기까지 몰고 왔지만 산이 더 이상 움직이려 하지 않자 할 수 없이 이 산에 올라가 사방을 바라보며 어디가 문제인가를 살펴보았다고 한다. 후에 와서 사람들이 그 산의 남쪽에서 사천에서 생산되는 유구옹(油九甕)을 발견했는데 그것으로 보아 그 산이 분명히 사천에서부터 온 것임을 증명하였다고 한다. 이런 명승고적과 거기에 얽힌 전설들을 통해 우리는 어지럽던 전국시대를 끝내고 통일 중국을 만든 진시황에 대해 사람들이 그래도 여전히 흥미를 가지고 있었으며 또한 존경하는 마음을 가지고 있었음도 알 수 있다.

이 밖에 석인(石人)에 관한 전설도 있다. 진시황이 석인을 보내어 노산(勞山)을 쫓아가게 하였지만 석인은 노산을 잡지 못했다. 결국 키가 한 길하고도 오 척이나 되며 허리 둘레가 열 아름은 되는 석인은 채자국(菜子國)의 해변가에 멈춰 서고 말았는데 그때부터 영원히 그곳에 서 있게 되었다. 그리고 진시황이 동해에 산대(算袋)를 빠뜨렸는데 그것이 묵어(墨魚)로 변했다고도 한다. 묵어는 오적(烏賊)이라고도 하며 하백도사소리(河伯度使小吏)라고도 한다. 커다란 물고기가 다가오면 먹물을 내뿜어 자기 몸을 가리는데 그 생김새가 정말로 산대를 닮았다. 게다가 양 옆에는 길다란 리본 같은 끈도 달려 있지 않은가. 한편 진시황이 동쪽으로 유람을 다닐 때 호구(虎丘: 지금의 江蘇省 蘇州市)에 이르러 옛날 오나라 왕 합려가 숨겨놓았다고 하는 보검을 찾았다. 그런데 그 호구의 분묘 위에 하얀 호랑이 한 마리가 앉아 있기에 칼을 들어 그 호랑이를 내리쳤는데, 호랑이는 도망치고 내려친 칼은 그만 반 토막이 나고 말았다. 후에 그곳이 무너져내려 연못이 되었는데 그것이 바로 지금의 검지(劍池)이다.

이런 이야기들은 민간전설 속에서 진시황이 그저 일개 제왕일 뿐 아니라 신성(神性)을 갖춘 영웅으로 나타나고 있음을 보여주는 것들이다. 고대 신화전설에 나오는 하걸(夏桀)이나 은주(殷紂) 등의 폭군과는 함께 비교할 수 없는 면이 있다고 하겠다.

작품 해설

『중국신화전설』 제1권이 〈신화〉적 성격(우리가 보통 알고 있는 보편적인 개념으로서의 신화)이 강한 것이었다면 제2권은 역사적 인물에 관한 〈전설〉로서의 성격이 두드러지게 나타난다고 할 수 있다. 그래서 제1권의 작품 해설에서는 주로 〈신화〉에 관한 것을 언급했는데, 제2권에서는 책의 성격상 〈전설〉에 관한 해설을 쓰지 않을 수 없다. 또한 그렇게 함으로써 저자의 중국 〈신화전설〉에 관한 독특한 관점을 이해할 수 있고 우리의 시각에서 비판도 할 수 있기 때문이다.

제2권에서 주로 다루어지고 있는 것은 동주(東周) 이후 역사적 인물들에 관한 전설(傳說)이다. 신화와 전설을 어떻게 구분할 것인가에 관해서는 많은 학자들이 여러 가지 견해를 내어놓은 바 있으므로 여기에서 다시 그것을 모두 인용할 필요는 없으리라고 생각한다. 일반적으로는 신화와 전설을 구분하는 가장 중요한 기준은 등장 인물의 〈역사성〉 여부라고 할 수 있다. 등장 인물이 역사적 실존 인물이라면 그에 관한 이야기는 전설이라고 볼 수 있다는 것이다. 말하자면 어느 특정한 역사 시기, 특정한 인물에 관한 이야기가 전설이다. 그에 비해 실존성 여부와 관계

없는 이야기들은 민담(民譚)으로 여겨진다. 물론 이러한 구분이 절대적인 것은 아니며 신화와 역사와의 경계가 불분명한 중국의 경우에는 특히 그러하다.

신화와 전설을 연구하는데 비교론적인 시각에서 세계 각지의 신화를 살펴 그 보편성을 찾는 것은 물론 중요한 작업이지만 동시에 각지의 신화가 갖고 있는 문화적 개별성을 인정하는 시각은 매우 중요하다. 각각의 개별적인 문화 현상(신화를 포함해서)에 비교론적인 시각으로 접근할 것인가, 혹은 문화의 독창성을 인정하는 상대주의적인 시각으로 접근할 것인가 하는 것은 문화에 관한 논의가 시작된 이후 계속 논쟁의 초점이 되어왔고 지금도 계속되고 있는 중요 쟁점 중의 하나이다.[1]

신화의 연구에 있어서도 조셉 캠벨 같은 사람은 융의 심리학을 전세계의 신화에 적용시켜 인간 심리의 보편적인 유사성을 찾아내는데 중점을 두고 있고,[2] 미르치아 엘리아데 역시 융의

1) 문화의 개별성을 강조하는 상대주의적 연구 방법과 보편성을 강조하는 비교론적 연구 방법은 서로 보완 관계에 있을 때 가장 효율적이고 합리적일 수 있다. 문화 현상을 파악하는 내재적 관점과 외재적 관점 등에 대해서는 『인류학의 문화이론』을 참조하기 바란다. 19세기 진화론자들이 등장한 이후 문화의 진화론적 흐름에 관심을 가졌던 서구 학자들이 특정한 문화의 발달에 대해서 비교론적이고 외재적인 관점을 지닐 수밖에 없었던 이유를 살펴볼 수 있다.(데이비드 카플란·로버트 매너스 지음, 최협 옮김, 나남출판사, 1994.)

2) 조셉 캠벨 Joseph Campbell은 그의 저서 곳곳에서 보편적인 시각을 강조한다. 그 자신이 서구인이면서 기독교적인 문화제국주의(그의 표현에 의하면 〈문을 닫고 돌아앉아 있는 신〉)의 폐해를 자주 언급하고 있고 열린 시각(들판에나 산에나 어디에나 존재하는 신의 이미지)을 가질 것을 주장하고 있다. 그에게 있어서 중요한 것은 〈개인을 지역적 동아리와 동일시하게 만드는 대신 지구라고 하는 행성과 동일시하게 만드는 신화가 필요한 것〉이다.(조셉 캠벨·빌 모이어스, 『신화의 힘』, 이윤기 옮김, 고려원, 1995.)

원형 관념과는 좀 다르지만 전세계 신화 속에 등장하는 보편적인 성(聖)의 현현(顯現, hyerophany)를 찾는 데 관심을 보였다. 그들이 인간 정신의 보편적 현상을 찾으려 열린 가슴으로 노력했다면 레비스트로스로 대표되는 구조주의 신화학자들은 주체나 역사를 배격하고 다만 신화의 구조를 찾는 데 힘을 기울였다. 나타나는 내용은 지역에 따라 각기 다르더라도 신화의 근본적인 구조는 똑같다고 보는 그의 견해는 일견 건조해 보이긴 하지만 그때까지 서구 사회를 지배했던 우월적인 사고 방식에 신선한 충격을 주었다. 프로이트적인 견해를 색다른 각도로 변형시킨 라캉식의 해석이나 한때를 풍미하던 푸코의 사상을 지나 포스트모더니즘마저 퇴색해 가는 지금, 신화 연구는 각 지역별로 특징적인 유형을 찾으려는 데에 치중하고 있는 듯이 보인다.[3] 물론 각 지역이나 나라별로 자기들의 특징적인 문화를 찾아내고 그것을 유형화하여 민족의 동질성을 강조하는 것이 국가주의나 민족주의로 흐를 염려는 다분히 있다. 또한 그것이 지금 세계 각 지역에 유행처럼 번지고 있는 민족·종족간의 갈등을 부추기는 정신적 요인이 될 수 있는 것도 사실이다. 그러나 그러한 경향이 왜 양대(兩大) 이데올로기의 대립이 사라진 이후 지역적으로 강조되고 있는가 하는 것을 생각해 볼 필요가 있다. 그 뿌리는 서구 제국주의의 침략이 시작되던 시절로까지 거슬러 올라갈 수 있다. 전성기를 구가하던 빅토리아 왕조 시절 영국의 인류학자들이 인류의 발전 과정에 대해 갖게된 보편을 빙자한 오만한 편견,[4] 스페인·포르투갈 등 서구 국가들이 올

3) 이러한 흐름에 관해서는 『문화란 무엇인가』(크리스 젠크스, 김윤용 옮김, 현대미학사, 1996.)의 제1장과 제2장 부분을 참고하기 바란다.

4) 19세기 진화론자들의 연구는 그 선구적인 태도로 인하여 긍정적인 평

멕·마야·아즈텍·잉카 등 인류의 오래된 문명 지역에 대한 몰이해에서 행했던 파괴적 행동[5] 등으로 인하여 동양이나 남미의 오래된 문명들은 오랫동안 그 나름대로의 특성을 잃고 그들의 정체성을 찾지 못한 채 서구적 사고 방식에 이끌려 다녔다. 멀리 다른 문화권을 볼 것도 없이 중국과 우리의 문화만 들여다보더라도 그 과정은 명확하게 드러난다. 문화의 〈보편성〉이라는 것이 서구화를 의미하던 시절, 우리는 우리 나름대로의 〈개별성〉을 일종의 촌스러움, 버려야 할 유산, 미신적인 것 등으로 여기고 그것들을 매도하는 데 목소리를 높였다.[6] 그러다가 경

가를 받아왔지만 동시에 많은 비판을 받은 것도 사실이다. 특히 모건을 비롯하여 프레이저에 이르기까지 현지 연구를 충분히 하지 않은채 〈안락의자에 앉은 채〉 저술하였다는 호된 비판을 받고 있다. 또한 그들은 대체로 〈자기민족중심적 ethnocentric〉이었다. 말하자면 당시 빅토리아 왕조의 전성기를 구가하고 있던 그들은 그 시대를 모든 문명이 궁극적으로 도달해야 할 정점으로 여기고 있었으며 그 단계에 도달하기 위하여 동일한 연속적 단계를 거쳐야 한다고 주장했던 것이다. 물론 이후의 진화론자들은 이러한 맹점을 극복하려고 새로운 이론들을 제시했지만 19세기 당시의 진화론자들이 지녔던 단선론적인 한계는 명백했었다.

5) 16세기 스페인과 포르투갈의 정복자들이 중남미 고대 문명에 대하여 자행했던 문화파괴 행위는 영원히 인류의 치욕으로 기록될 것이다. 기독교의 신에 대한 믿음을 그곳에 전파하기 위하여 우상으로 여겨지던 많은 신전과 조상들을 파괴하여 그 지역 문명의 생성과 전파 과정에 대한 연구의 실마리를 모조리 없애버렸다. 또한 그 지역에서 성행하던 인간 희생의 제의(祭儀)에 대해서도 인간을 잡아먹는 야만적인 풍습으로만 파악할 뿐, 그 제의적 기능은 완전히 무시하였다. 이러한 뿌리깊은 시각은 문화유물론의 대표론자인 마빈해리스의 저서에서도 찾아볼 수 있다. 인간을 제물로 바치는 습속을 단지 〈단백질을 공급하기 위한 것〉으로 해석하는 시각(마빈 해리스, 『식인과 제왕』, 정도영 옮김, 한길사, 1996.)은 그 사유의 독창성과 다양하고 풍부한 자료에도 불구하고 단편적이고 공허한 것으로 여겨진다.

6) 이윤기는 『세계의 영웅신화』를 번역하면서 그 책을 번역하게 된 동기를 다음과 같이 서술하고 있다. 우리 땅에서 오랜 세월 우리의 것이 〈보

제적인 발전이 궤도에 들어서게 된 이후 문화의 〈개별성〉을 찾아 나서게 되었다. 동아시아학이 거기에서 비롯되었고 잘못된 오리엔탈리즘에서 벗어나 아시아인으로서의 정체성을 찾자는 목소리가 강력하게 나타나게 된 것이다. 이러한 경향이 앞에서 언급했듯이 국가주의나 민족지상주의로 흐를 위험이 있다는 것은 인정할 수 있지만 이러한 〈개별적〉 특성을 확인하는 과정을 거친 후에야 진정한 〈보편성〉을 찾을 수 있다는 생각이 든다. 중국의 경우 역시 예외는 아니었다. 위대한 고대 문명을 지녔고 중화사상이라는 독특한 사상적 특징을 지니고 있었던 그들 역시 서구문명의 진입 이후 심각한 정체성의 위기를 겪었다고 보아야 한다. 특히 몇 십년에 걸친 마르크스주의의 지배는 민족 문화의 〈보편성〉뿐 아니라 〈개별성〉에 있어서도 별다른 특징을 찾을 수 없게 만들었다. 유물론적인 이론의 확립에 있어서는 많은 발전이 있었겠지만 학문의 다양화라는 측면에서는 역시 한쪽으로 치우쳤다는 한계를 지니고 있었다. 개방 이후 중국에는 막혔

편성〉을 가지지 못한 것이라 하여 매도되었던 상황을 잘 묘사하고 있다는 생각이 들어 좀 장황하지만 인용해 본다.: 〈걸핏하면 조상이 우상으로 단죄 되고, 하나의 신학을 옹호하기 위해서라면 오랜 역사 살림을 꾸려 온 민족까지 우상의 자식들로 치부하기를 마다하지 않는 이 시대, 기댈 곳 없던 민중의 문화가 〈미신〉으로 업어치기를 당하고, 충정에서 우러난 비판 정신과 각자의 자유를 겨눈 정신적 편력의 간증이 〈사탄〉의 소리 수작으로 간주되는 이 시대에, 모든 민족의 문화와 종교를 고루 짚어 보며, 그 바른 뜻을 더듬는 이 책을 우리 글로 옮긴 뜻은 다른 데 있는 것이 아니다. 다른 이들의 믿음, 다른 이들의 종교라면 듣도 보도 않고 흰눈을 하는데, 그럴 것이 아니라 그들에 대한 바른 이해가 주체적인 종교 정신을 곧추세우는 데 밑바탕 삼을 수 있다면, 남의 집(종교)도 좀 기웃거려 보는 네 인색해서야 되겠느냐는 뜻에서다.〉(조셉 캠벨, 『세계의 영웅신화』, 이윤기 옮김, 대원사, 1994. 「역자 후기」에서 발췌)

던 봇물이 터지듯이 여러 가지 문화 사조가 한꺼번에 밀려들었고 그 속에서 중국의 지식인들은 자기 문화의 〈개별성〉을 찾는 것을 잊고 있었던 듯이 보인다. 그러나 최근 들어 중국의 지식인들 사이에서도 중국적인, 다시 말하면 〈개별성〉 있는 중국학을 하자는 목소리가 커지고 있다.

신화는 문화의 일부분이다. 신화와 전설의 구분이라는, 사소해 보이는 문제에서도 우리는 개별성과 보편성의 문제를 생각하지 않을 수 없다. 은(殷)나라나 주(周)나라는 이미 역사 시대로 접어든 시대인데 사서(史書)에도 등장하는 역사적 인물들의 이야기를 왜 전설이라고 하지 않고 신화라고 하는가, 왜 중국에서는 신화전설을 확실하게 구분하지 않고 한꺼번에 묶어 같은 범주에 두는가 등의 문제들은 중국만의 〈개별적〉인 특성을 이해해야 대답이 가능한 것들이다. 서구의 보편적 틀에 맞추어 〈이것이 신화이고 이것은 전설이다〉라고 일도양단식으로 답을 내릴 수 있는 문제가 아니라는 것이다. 그것은 우리 설화의 경우도 마찬가지라고 할 수 있다. 신화·전설·민담이라는 서구식 삼분법으로 우리의 구전 설화들이 모두 유형화되어 질 수 있는가 하는 것은 생각해 보아야 할 문제이다. 왜 꼭 서구식 삼분법에 우리의 구전 설화들을 분류해 집어넣어야 하는 것인가, 우리의 구비 전승들을 분류해 담을 수 있는 우리 나름대로의 개별적인 그릇은 없는 것인가. 스티스 톰슨 Stith Thompson은 일찌기 민담의 모티브 분류에 신화와 전설들까지 모두 포함하여 유형별로 분석한 바 있고[7] 그것은 지금도 전세계 설화 연

---

7) 스티스 톰슨은 1928년에 *Type-Index*를 간행하였고 뒤이어 *Motif-Index Of Folk Literature*를 1932－1936년에 헬싱키와 미국에서 간행하였다(Indiana University Press). 이 책에서 그는 신화와 전설, 민담 등을 총망

구자들의 기초 자료가 되고 있다. 우리나라에서는 정인섭이 최초로 서구의 삼분법을 도입하여 이야기를 신화·전설·민담으로 구분하였다.[8)]

또한 일찍이 장덕순이 설화를 분류한 바 있는데[9)] 그는 구비전승을 포함한 설화를 신화와 전설·민담으로 구분하고 있다.[10)] 그의 분류를 기준으로 보면 우리나라에서는 신화·전설·민담을 모두 포함하는 상위 개념으로 〈설화〉라는 용어를 사용하고 있음을 알 수 있다.

중국의 경우에는 〈민간 고사〉와 〈전설〉을 구별하여 사용하고 있다. 이것들은 모두 민간 문학(民間文學)의 일부분으로서, 중국의 민간 문학은 신화와 전설 뿐 아니라 민간 가요와 수수께끼 등을 포함하는 넓은 의미의 구두 전승(口頭傳承)을 의미한다.

그중에서 전설은 역사 전설과 인물 전설·지방 풍물 전설·동식물 전설 등으로 나뉜다. 역사 전설이란 역사적 사건이나 역사적 인물과 관련된 전설이다. 그것은 다시 역사 사건을 간단하게 서술하면서 중심인물의 묘사와 구성은 완벽하지 않은 전설, 그리고 역사 인물이 중심이 되어 완벽한 구성을 지닌 전설

라하여 유형별로 분류하였다. 한편 핀란드의 안티 아르네Antti Aarne가 1910년 여러 학자들의 도움을 얻어 발표한 *The Types Of Folktale*을 그의 사후 톰슨이 1929년에 정리하여 영역 발표하였다. 아르네와 톰슨의 분류는 AT분류법이라 하여 지금도 민담과 전설을 연구하는 사람들의 기초 자료가 되고 있다.

8) 최인학은 우리나라 최초의 구전 설화집인 손진태의 『조선민담집』(1930)에는 아직 삼분법이 적용되지 않았음을 알 수 있으며 정인섭이 *Folk Tales From Korea*에서 처음으로 신화·전설·민담의 분류법을 적용하였다고 하였다.(최인학, 『구전설화연구』, 새문사, 1994, 15쪽.)

9) 張德順, 「文獻에 나타난 民族說話의 分類」, 『民族文化硏究』 제2호 (1966. 12)

10) 張德順, 『韓國說話文學硏究』, 서울대학교출판부, 1970.

로 나뉜다. 인물 전설이란 맹강녀(孟姜女) 전설 같은 것으로 양산백(梁山伯)과 축영대(祝英台)·노반(魯班)에 관한 전설·공자(孔子)와 뽕 따는 아가씨에 관한 이야기 등이 여기에 속한다. 지방 풍물 전설이란 지방의 유명한 명승지에 얽힌 이야기들을 가리키며 동식물 전설은 동식물에 얽힌 이야기인데 이것은 엄밀하게 말하면 민간 고사에 속한다고 보아야 할 것이다. 한편 오병안(烏丙安)은 전설이 특정한 역사 시기에 특정한 지점에서 일어난, 특정 역사 인물에 관한 이야기라고 해서 전설을 역사적 사건의 실재적 반영이라고 보아서는 안 된다는 것을 강조하였다.[11] 그는 전설이란 어쨌든 구두로 전승된 예술 작품이기 때문에 그것을 역사적 사건의 복사판이라고 보아서는 안 되며 다만 그 속에 포함되어 있는 역사의 본질을 파악해야 한다고 했는데, 그것은 상당히 객관적인 시각이라고 보여진다. 역사 사건을 그대로 전하려면 역사서의 기록으로 족하다. 그것이 민간 전설이 되어 오랜 세월 전승된다는 것은 나름대로의 이유가 있기 때문인데 그것은 그 전설들이 일반 국민들의 정서에 부합되기 때문이다. 또한 전승 과정에서 많은 부분이 보태어지거나 빠지게 되는데 그것이 또한 전설의 구전 문학적 예술성일 수 있다. 이처럼 1930년 이래 중국의 민간 문학은 중국적인 특색에 따라 여러 가지 복잡한 형태로 나뉘어 연구되어 왔다. 우리나라에 비해 분류법도 여러 가지이고 여러 학자들의 견해가 상반되거나 중복되는 현상이 비일비재하였다. 이러한 분류 방법들이 일견 무질서하고 복잡해 보이기는 해도 개별적 특성을 모색하는 과정이라고 볼 수는 있겠다. 한편 80년대에 들어와 중국이 개방되

---

11) 烏丙安, 『民間文學概論』, 春風文藝出版社, 1980, 104쪽.

기 시작한 이후 다른 여러 가지 새로운 연구 방법이 나타나고 있는데 현재 중국에서는 보통 AT분류법에 의한 민간 전설과 민담에 관한 연구가 보편적으로 이루어지고 있으며, 신화와 전설을 이 분류법에 의거해 유형별로 분석하는 책들도 보이고 있다.[12] 뿐만 아니라 한족(漢族) 중심의 일원적 신화 연구에서 벗어나 비한족(非漢族) 신화 전설의 연구에도 관심을 기울이는 다원적 신화 연구가 활발하게 진행되고 있다. 이러한 여러 과정을 거치면서 중국의 신화와 전설은 중국적인 특색을 지닌 분류 기준을 갖게 될 것이라고 생각한다.

그러나 이 책에서 다루어지고 있는 것은 명백히 특정 역사 시기, 역사적인 인물들에 관한 전설이다. 저자는 신화의 범위에 관해 언급하면서 전설까지도 넓은 의미의 신화에 넣을 수 있다는 주장을 펼친 바 있다. 역자는 물론 그의 주장에 전적으로 동조하는 바는 아니다. 신화의 범위를 너무 넓혀가다가 보면 신화가 발생했던 당시의 원시 사유에서 너무 멀어져 신화의 특색을 어떤 것으로 보아야 할 것인가 하는 근본적인 문제가 발생하기 때문이다. 신화의 개별적인 특성이라는 측면에서 볼 때 중국의 신화전설에는 나름대로의 특징이 존재하고 있는데 신화 전설과 역사와의 밀접한 관계가 바로 그런 특성 중의 하나라고 볼 수 있다. 이런 특성으로 인하여 중국의 신화전설을 분류하는 것이 기존의 서구 학자들이 분류했던 것과는 다를 수도 있다. 우리나라의 경우 전승되고 있는 민담이 매우 많아 색다른 분류가 가능한 것도 같은 경우이다. 신화와 전설의 구분에 관한 기존의

12) 陳建憲의 『神祇與英雄』은 AT분류법에 의거, 민간 전설에 등장하는 영웅들의 이야기를 유형별로 모아 분석하여 놓은 책이고, 본격적으로 모티프 분석법에 관한 이론서로 내놓은 것이 『神話解讀』이라는 책이다.

분류는 몇 가지 애매모호한 기준에도 불구하고 여전히 유효하다고 보는 것이 역자의 기본 관점이지만, 저자가 나름대로의 이유를 갖고 중국 신화의 범위에 관한 이론을 제기한 것이므로 저자의 주장을 긍정적으로 수용할 수는 있다고 생각한다.

한편 본래 단편적인 중국의 신화 자료들을 모아 〈체계적 신화〉로 정리한 그의 작업에도 문제가 없는 것은 아니다. 단편적인 이야기들을 모아 서사 구조를 지닌 이야기로 만들어가다가 보니 저자의 상상력이 가미되어 이야기들이 인위적으로 연결된 부분이 눈에 띄기도 하고, 부분적인 신화 인물에 관한 해석에 있어 저자의 주관이 개입된 부분이 많이 보이기도 한다. 그러나 이러한 단점들로 인하여 그의 작업이 폄하될 수는 없다고 생각한다. 단군 신화나 몇몇 건국 신화를 제외하고는 연구가 제대로 되어 있지 않은 우리나라 신화 연구의 상황을 돌아볼 때(물론 그 동안의 꾸준한 작업과 최근의 신화에 대한 관심 등으로 인하여 많은 논문들이 나오고 있기는 하지만, 『한국의 신화』라는 이름으로 이만큼의 체계를 갖춘 책은 아직 나와 있지 않다), 그의 작업은 여기저기 고대 전적에 흩어져 수록되어 있던 중국 신화를 한데 모아 널리 〈읽히는 신화〉로 만들었으며, 그것을 계기로 하여 중국 신화에 대한 연구를 촉진시키는 계기가 되었기 때문이다. 물론 그의 작업을 계기로 하여 촉발된 중국의 신화학이 자칫 새로운 중화주의로 흐를 염려 역시 다분히 있기는 하다. 그러나 우리는 이러한 그의 작업을 폄하만 하고 있을 것이 아니라 우리에게도 전승되고 있는 여러 신화들(이를테면 구전 창세 신화 같은 것들을 포함하여)을 한시라도 빨리 수집하고 정리하여 모든 사람에게 널리 〈읽히는 신화〉로 만들어야 하지 않을까 생각한다. 우리가 갖고 있는 구두 전승(口頭傳承)들이 사라지기 전에 그것을 〈읽히는 신화〉로 만들어 〈금줄 없이 태어난 세대〉[13]에게 우리 자신의 독특한 개별성을 알려줄 필요가 있다. 우리에게 전승되어 오는 이야기들의 독특함을 이해하고 난 후에라야 다른 민족이 갖고 있는 신화 전설의 중요함을 깨닫게 될 것이고 그런 후에야 진정한 의미의 〈보편성〉, 세계를 향해 열려 있는 시각으로 〈지구인〉의 신화 전설을 이해할 수 있게 되지 않을까. 그리하여 우리에게도 나름대로의 고집스런 시각으로 폭넓게 숨겨진 자료들을 정리하여(구전 자료뿐 아니라 고대 전적에 숨어있는) 많은 이들에게 두루 읽혀질 수 있는 우리의 신화책을 쓰는 이가 있으면 좋겠다. 이 책은 그러한 작업에 작은 도움이 될 수 있을 것이다. 그리고 그러한 작업, 문화적 〈개별성〉을 중시하며 우리의 것을 제대로 정리하고 소화시킨 뒤에야 문화적 〈보편성〉으로 나아갈 수 있음을 믿는다. 자신의 것을 알지도 못하고 중시하지도 않으면서 보편성만을 외치는 것은 어쩐지 허망하지 않은가. 그리고 그런 후에 우리는 과학 문명이 극도로 발달하여 인간의 고립감을 심화시킬 것이 분명한 21세기를 바라보며 원초적인 신화에 기대기 시작하는 사람들의 가슴에 〈인간에 대한 사랑〉이라는 신화의 기본적 메시지를 전할 수 있게 될 것이다.

제2권에는 동주(東周) 이후 역사적 인물들에 관한 전설들이 서술되어 있다. 권모 술수가로 묘사된 장홍(萇弘)과 지모가 뛰어난 외교관 숙향(叔向), 충직하고 지혜로운 악관 사광(師曠)에 관한 이야기에서 시작하여 공자와 노자·묵자 등 사상가들에 관한 전설들이 흥미롭게 펼쳐지고 있다. 괴력난신에 관하여 언

13) 민속학자 주강현이 『우리 문화의 수수께끼』에서 사용한 용어. 우리 문화에 대하여 오히려 생소해하는 젊은 세대를 일컬음.

급조차 하지 않았다고 하는 공자와 그의 제자들에 얽힌 기이한 이야기들이 일종의 아이러니를 느끼게 하며 흥미를 자아낸다. 노자와 공자의 만남에 관한 이야기, 공자의 여러 특징 있는 제자들, 즉 자로(子路)와 자공(子貢), 안연(顔淵)과 자하(子夏)에 관한 여러 가지 전설들이 흥미롭게 전개된다. 이어서 공수반(公輸般)과 묵자에 관한 이야기가 등장한다. 성(城)의 공격법을 두고 서로 다른 각도에서 지략을 겨루는 두 사람의 대화가 재미있다. 묵자라는 인물의 인간성을 구체적으로 느낄 수 있으며 그것을 통해 그의 사상을 더욱 가깝게 이해할 수 있게 하여 준다. 역사적 인물에 관한 이야기를 읽는 것은 그것을 통해 그 인물의 사상을 친근하고 쉽게 이해할 수 있기 때문이 아닐까. 특히 노반(魯般)에 관한 전설은 과학적인 상상을 불러일으키는 동시에 색다른 느낌도 준다. 오월춘추(吳越春秋) 시대 부차(夫差)와 구천(勾踐), 오자서(伍子胥)와 범려(范蠡) · 문종(文種) 들이 엮어 내는 이야기는 비장하고 사실성이 뛰어나다. 갈등 구조를 지니고 있는 이 이야기에 등장하는 인물들은 그 성격이 뚜렷하고, 사건 또한 얽히고 설켜 한편의 영웅 서사시를 읽는 느낌을 준다. 극적인 인물, 영웅적 요소를 지닌 인물이기 때문에 오자서에 관한 이야기는 변문(變文)으로도 씌어지고 또한 후대 희곡의 소재로 자주 다루어지는 것이 아닐까. 특히 그 시절의 이야기는 그리스 신화의 트로이 전쟁을 연상케 하여 재미있다. 등장하는 영웅들 사이에 얽힌 원한과 사랑 등이 그러하고, 영웅들의 뚜렷한 성격과 전쟁 후에 영웅들에 관해 펼쳐지는 이야기 역시 그렇다. 두 이야기의 서사 구조와 등장 인물들의 성격 등을 비교하는 것은 매우 흥미로운 작업이 될 수 있지 않을까 생각한다.

한편 합려(闔閭)의 시대에 칼을 만드는 장인이었던 간장(干

將)의 이야기는 우리나라 신화 전설과도 매우 흡사한 점이 있어 눈여겨 볼 만하다. 간장과 막야(莫邪)의 아들인 미간척(眉間尺)이 아버지의 원수를 찾아가는 과정에서 나타나는 〈아버지 찾기〉는 세계 각지의 신화에서 등장하는 주요 모티브 중의 하나이다. 뒤이어 등장하는 한빙(韓憑)과 그의 아내에 관한 전설, 폭군에 대항하는 절개있는 여인의 이야기 역시 낯선 것은 아니다. 다음으로는 우리가 많이 들어온 이름과 관계된 짤막하고 재미있는 이야기들이 소개되고 있다. 소사(蕭史)와 농옥(弄玉)이라든가 백리해(百里奚)와 그의 아내, 귀곡자(鬼谷子), 자객인 형가(荊軻)와 연나라의 태자단(太子丹)에 관한 전설 등이 그것이다. 많은 사람들이 익숙하게 알고 있는 이름에 관련된 전설들을 저자는 꼼꼼하게 소개하고 있다.

진시황(秦始皇)에 관한 이야기는 공(功)과 과(過)가 뒤섞인 영웅에게서 흔히 보이듯이 매우 다양하다. 위대한 인물로 보는 측에서 만들어낸 전설과 독재자로 보는 쪽에서 만들어낸 이야기들이 혼재하고 있다. 그중에서도 맹강녀 전설은 가장 홍미로운 이야기 구조를 지니고 있는데 그 속에는 탐색해 볼 만한 많은 자료들이 들어 있다.

이렇게 하여 진시황의 시대에서 중국의 전설 부분은 막을 내리게 된다. 수십 년에 걸친 저자의 증보 작업이 이 부분을 끝으로 하여 일단락을 짓는 것이다. 그의 작업에 대해서 과장된 찬미와 불필요한 폄하가 존재하는 것은 사실이지만 앞에서 언급했던 대로 그의 작업이 중국 신화 연구의 역사에서 갖는 의미만은 절대로 과소 평가할 수 없다. 이 책을 쓸 당시에는 그의 시각이 아직 편중되어 있어 소수 민족의 신화라든가 구전되어 내려오는 신화 등에 많은 부분을 할애하지 않은 것은 사실이며 또

한 마르크스·엥겔스의 시각에서 벗어나지 못하고 있고, 또 신화의 의미를 너무 넓게 해석해 논쟁의 소지를 남겨두고 있는 것은 사실이다. 그러나 학자의 시각이라는 것은 인생의 폭과 더불어 넓어지는 것이 아니던가. 그는 최근에 소수 민족의 신화에도 많은 관심을 기울이고 있다. 물론 신화를 넓은 의미에서 파악한다는 관점만은 여전히 고수하고 있지만. 특히 1996년은 그가 태어난 지 80년째 되는 해였으며 중국 신화학계의 대스승(大師)인 그의 신화 연구 생애 50년에 대한 기념 학회가 10월에 사천성(四川省) 성도(成都)에서 열리기도 하였다.

『중국신화전설』 1, 2를 번역, 소개하는 것의 의미
——신화의 세기에 부쳐

모두가 21세기를 이야기한다, 기대보다는 두려움이 큰 마음으로. 새로운 밀레니엄을 맞는 사람들의 가슴속에는 희망보다 커다란 두려움이 또아리를 틀고 있다. 사람들은 날마다 새로운 것들을 개발해내는 과학문명을 바라보면서 희망적인 미래를 떠올리는가, 아니면 암울한 미래의 전조를 보는가. 아쉽게도 과학이 사람들에게 늘 대답해주지는 못했다. 하나의 의문에 대한 답을 찾아내면 더 풀기 어려운 또다른 의문이 생겨난다. 그래서 21세기를 바라보는 이 순간, 〈복잡성의 과학〉이라는 학문이 등장하고 있는 것이 아닌가.

복잡성의 원리란 무엇인가. 인간 자체가 복잡한 미로와 같은 존재인 것을 우리는 오랫동안 잊고 있었던 것이 아닐까. 냉철한 이성과 서구적 합리성은 발전의 필요충분조건이었다. 모든 것은 명확해야 했고 합리적으로 해석되어야 했다. 그러나 생각해 보라, 우리가 사는 세상, 어느 것 하나 미로 아닌 것이 있는가. 사랑하는 친구 엔키두의 죽음을 슬퍼하여 불로초를 찾아 떠났던 수메르의 영웅 길가메시, 다이달로스가 만든 미궁에 들어가 영웅적 임무를 수행해 내었던 테세우스, 고향으로 돌아가는 길을 찾기 위해 오랜 세월 바다 위를 떠돌아다녀야 했던 이타카의 영웅 오디세우스, 아버지를 찾아 온갖 모험을 겪어야 했던 나바호의 쌍둥이 전사, 부러진 칼을 들고 아버지를 찾아 나섰던 유리왕, 아버지의 원수를 갚기 위해 길을 떠나 복수할 방법을 찾아 헤매던 위대한 장인(匠人) 간장(干將)의 아들 미간척(眉間尺)에 이르기까지, 여러 가지 다른 형태로 나타나는 이야기의 원형은 하나, 목적을 달성하기 위하여 온갖 어려움을 헤치며 미로 속을 헤매는 위대한 영웅의 모습이다. 그것은 다가올 세기에 대한 막연한 두려움을 몸으로 느끼면서도 여전히 용감하게 길을 찾아 나서는 우리의 자화상이며, 또한 필요한 정보를 찾기 위하여 밤새워 인터넷의 미로 속을 헤매는 오늘날 우리들 모습의 투사이다.

한번 들은 옛날 이야기를 듣고 또 들어도 지루하지 않았던 유년의 기억, 사람들은 〈이야기〉를 들으며 푸근해 했던 유년의 시절을 기억한다. 그래서 성인이 되어 앞길이 어두운 미로와 같다고 느낄 때, 유년에 들었던 이야기들을 기억해 낸다. 신화 속에 등장하는 수많은 영웅들에 관한 이야기를 들으며, 사람들은 이 복잡성의 시대에 미로를 헤쳐나갈 수 있는 지혜와 용기를 기다린다. 모든 것이 불확실하고 불투명한 시기, 사람들이 신화를 다시 이야기하고 그 속에서 위로와 해답을 찾으려 하는 것은 어떻게 보면 당연한 회귀인 것이다.

20세기 말, 양대 이데올로기의 대립이 종식된 후 새롭게 대두되고 있는 문제가 바로 민족간의 갈등과 분쟁이다. 서로 다른 종교를 가진, 서로 다른 민족 사이에 일어나고 있는 지역적인 분쟁들은 오늘날 우리가 풀어가야 할 문제들 중의 하나이다. 그러한 분쟁의 시작에는 늘 지나친 민족주의가 자리잡고 있고 배타적 민족주의는 항상 갈등의 불을 지핀다. 민족주의가 문제가 되는 것이 사실이기는 하지만 무리지어 사는 것은 인간의 본성이 아니던가. 민족주의를 분쟁 발생의 원인이라고 매도하기만 할 것이 아니라 민족간의 다양성을 존중하며 어울려 살아가는 방법을 찾아야 할 것이다. 우리의 인접국인 중국과 일본이 신화를 민족 동질성 회복의 수단으로 삼고 그것으로 타민족에 대한 자민족의 우월성을 강조하려 한다면 당연히 경계하여야 할 일이지만, 어차피 우리 또한 단군의 자손임을 외치며 민족의 단결을 외치고 있지 않은가. 문화의 다양성을 존중하며 한데 어울려 살아가는 일이 오늘날 민족간의 분쟁을 풀어가는 중요한 단서가 되는 것이라면, 각 민족이 오랜 세월 보존해 왔던 신화의 상대주의적 특성을 인정하며 객관적 시각으로 그것을 들여다보는데 인색해서는 안 될 일이다.

그러나, 우리는 참으로 오랫동안 서구의 신화만을 들여다보고 살아왔다. 어려서부터 읽어야 할 고전 목록의 맨 앞에는 늘 『그리스·로마 신화』가 자리잡고 있었다. 신들의 제왕은 제우스였고 그 아내는 헤라였다. 신들의 사자는 헤르메스였고 바다의 신은 포세이돈이었다. 우리에게는 천지왕이나 마고할미, 브라흐만이나 반고, 이자나기와 이자나미보다 익숙한 이름들이었다.

19세기를 풍미했던 서구 우월주의자들의 진화론은 20세기까지도 맹위를 떨쳐, 에너지 소비량과 기술의 발달 정도가 그 사회의 문화 발전 정도를 결정짓는다는 기계적 기술결정론까지 유행하게 되었다. 물론 이러한 콧대 높은 우월주의는 레비스트로스를 선두로 한 구조주의학파에 의해 반성의 계기가 마련되었지만, 아쉽게도 우리나라에서는 그렇지 못했다. 그들의 이론은 곧바로 우리의 근대화에 접속되어 경제적 발전이 바로 문화의 발전을 의미하는 것이라는 착각을 불러 일으키게 되었으며, 경제적 발전은 또한 우리에게 문화적 예속까지 강요했다. 오랫동안 불러온 신들의 이름 대신 우리는 낯선 신들의 이름을 불러야 했고, 우리의 신들은 미신이라는 욕된 딱지를 달고 우리의 의식 속에서 비켜나야 했다. 경제적, 문화적 발전이라는 것이 편향된 서구화를 뜻하는 것이 아닐텐데 우리도 모르는 사이에 서구적인 것은 이성적이고 합리적이며 앞서가는 것이라는 의식을 갖게 되었다. 사이드의 오리엔탈리즘을 다시 들먹이는 것은 진부한 느낌이 들지만 어찌 하랴, 아직도 수많은 지식인들 사이에 여전히 뿌리 깊은 것이 그러한 의식인 것을.

그러나 이제는 달라져야 하지 않겠는가. 지금은 우리 자신과 〈타자〉를 바라보는 우리의 시각에 자신감을 실어야 할 때이다. 멀리 떨어져 있는 서구의 신화에서 벗어나 우리와 우리를 둘러싼 인접국들의 신화에도 눈을 돌려야 할 것이며, 우리의 신화라고 하면 단군 신화와 몇몇 건국 신화만을 떠올리고 중국이나 일본에 무슨 신화 같은 것이 있는가 하는 선입관에서 벗어나보자. 우리에게는 보존하여야 할 창세 신화가 존재하고 있으며 중국에는 단원적 체계를 갖추고 있지는 못하지만 별처럼 많은 신화가 있다. 그리스·로마 신화처럼 체계화되고 완벽하게 짜여진 신화는 우수한 것이고 체계를 갖추지 못한 중국이나 우리나라의 신화는 열등한 것이라는 관념에서 벗어나야 한다. 잘 짜여

진 일본의 신화가 오히려 후대에 만들어진 것이라는 점을 우리는 간과하고 있는 것이다.

우리가 갖고 있는 신화에 화려한 신들의 계보는 나타나지 않지만, 또한 비극적 결말로 끝나는 이야기는 많지 않지만, 수많은 구전 설화들에 우리 민족의 원초적 심성이 담겨져 있음을 우리는 잊고 있다. 권선징악으로 끝나는 전설들을 들으며 「해피 엔딩은 지겨워……」라는 말은 하지 말아야 한다. 비극이 가져다주는 카타르시스가 서구인들에게 중요한 것이었다면 해피 엔딩으로 끝나는 우리의 설화에는 어울려 함께 가려 하는 민족의 심성이 들어 있다. 우리의 영웅 이야기에 서구와 같은 비극적 아름다움을 지닌 영웅이 등장하지 않는다고 한숨 쉬며 열등감을 느껴야 할 하등의 이유가 없는 것이다. 우리는 우리식의 영웅 형상을 만들어 권선징악형의 해피 엔딩에서 카타르시스를 느꼈기 때문이다.

또한 신화·전설·민담이라는 서구의 고전적 삼분법에 우리의 신화와 전설들을 꿰어맞추려 하지 말아야 한다. 우리에게 전승되고 있는 창세 신화가 들어 있는 서사 무가(巫歌)들은 그러한 분류틀을 적용시키기에는 무리이다. 또한 중국에 전해지고 있는 신선에 관한 수많은 이야기들(仙話) 역시 그 독특한 성격으로 인하여 고전적 삼분법으로 분석하기는 힘들다. 인도의 신화 역시 마찬가지이다. 고대의 철학적 사유와 깊은 관련이 있는 그들의 신화 역시 일도양단식으로 분류하기는 힘들다. 각 민족의 신화에는 각각 다른 특색이 있으며 그것이 바로 서로 다른 분석틀이 필요한 이유이다.

앞에서도 이미 언급하였듯이 중국의 신화에는 역사적인 요소가 특별히 많이 들어가 있다. 『삼국지』에 등장하는 관우(關羽)

는 역사적 실존 인물이지만 그는 지금도 전국 각지의 사당에서 떠받들어지고 있는 신이다. 마오쩌뚱(毛澤東)이라는 위대한 영웅 역시 찬양과 비판을 동시에 받는 현대의 인물이지만 중국인들의 마음속에서 그는 이미 신격화되어 있다. 택시 기사들이 안전운행을 위해 그의 사진을 부적처럼 창에 매달고 다닌다는 것이 그것을 증명한다. 역사적 실존 인물을 신격화하는 그런 행위를 우리는 황당하다고 여기지만 그들에게 그것은 역사 시대 이전부터 지속되어 온 당연한 행위이다. 그것이 바로 그들 민족의 개별적 특성이다. 인간적 나약함까지 지닌 신들이 등장하는 것이 그리스·로마 신화의 매력이자 특징이라면 역사적 인간이 신으로 등장하는 것 역시 중국 신화의 매력이자 특징이 아니겠는가.

한편 21세기를 앞두고 극히 성하고 있는 대중 문화, 특히 영화와 광고 속에 등장하는 이미지들은 어떠한가. 『제5원소』라는 영화의 제목은 우리에게 많은 것을 시사해 준다. 그리스인들의 관념 속에서 세계를 이루고 있는 것이 물과 불, 흙과 바람이라는 네 가지 기본적인 원소였다는 것을 알지 못한다면 『제5원소』라는 영화 제목은 전혀 생소한 것일 수밖에 없다. 첨단 테크놀러지가 동원된 미래의 세계에서 지구를 구할 수 있는 것이 가장 감성적인 〈사랑〉이라는 점이 특이하다. 『스타워즈』에서 주인공 루크가 결정적인 순간에 컴퓨터를 끄고 자신의 직관에 의지하는 것과 통하는 대목인데, 신화가 전하는 기본적인 메시지가 〈인간에 대한 사랑〉이라는 점을 확인시켜주는 부분이다.

SF의 고전이라 일컬어지는 『스타워즈』는 여러 가지 신화적 모티프가 들어 있는, 아예 고전 신화의 현대적 패러디라고 할 만한 작품이다. 조지 루카스가 신화학자인 조셉 캠벨에게서 많은 계시를 받았다는 것은 영화에 관심이 있는 사람이라면 누구나 알고 있는 사실이지만, 그의 작품을 관통하고 있는 것은 주인공 루크 스카이워커와 아버지인 다스베이다와의 〈대립과 화해〉라는 신화적 원형이다. 아버지 찾아가기와 아버지와의 대립, 그리고 화해는 서구 신화의 여러 전형 중의 하나이다. 나바호 인디언 신화에 나오는 쌍둥이 전사가 거미 여인의 도움을 받으며 여러 가지 어려움을 이겨내고 아버지인 태양을 찾아가 아버지와의 경쟁을 거쳐 아들로 인정받는 과정은 그 대표적 형태를 보여주고 있다.

한편, 레아 공주와 루크가 오누이였다는 사실, 레아 공주의 도움으로 목적을 달성할 수 있었다는 것에서 우리는 레아 공주가 루크의 〈아니마 anima〉였다고 해석하기도 하며, 혹은 레아와 루크의 합작에서 〈양성구유(兩性具有)〉의 완벽한 신의 모습을 찾아내기도 한다. (이것은 마치 복희와 여와가 서로 꼬리를 꼬고 있는 모습으로 등장하기도 하고 남매로 나타나기도 하는 것과 같은 맥락에서 바라볼 수 있을 것이다.) 일견 중세 영웅담의 현대판으로 보이는 이 영화 속에서 우리는 영화 전체를 이끄는 중요한 주제, 즉 〈아버지와의 대립과 화해〉라는 고전 신화의 모티프를 찾아낼 수 있다. 미래 세계를 이야기하는 공상 과학 영화 속에서 우리가 찾아낼 수 있는 것은 여전히 고전적인 신화의 원형이었던 것이다. 어디 『스타워즈』 뿐이겠는가, 우리 젊은이들의 눈시울을 적시게 했던 중국의 영화 『청사(青蛇)』와 『양축(梁祝)』속에서도 우리는 끊임없이 이어지고 있는 〈전설〉의 매력을 찾아낸다. 봉건적 윤리에 희생당한 젊은 남녀의 애절한 사랑이라는 모티프는 시대만 바뀌었을 뿐, 지금도 이 땅에서 여전히 나타나고 있는 주제가 아니던가. 양산백(梁山伯)과 축영대(祝英

台)의 이루지 못한 사랑이 나비로 변하였다고 한다면, 또한 한빙(韓氷)의 아내가 남편을 그리워하여 죽어갈 때 그녀가 입었던 옷이 나비로 변하였다고 한다면, 그 〈나비〉는 이제 단순한 〈기표〉가 아니라 기표 저 너머의 그 무엇, 그야말로 〈기의의 미학〉(질베르 뒤랑이 『신화비평과 신화분석』에서 사용한 용어)이 되는 것이다.

신화는 아주 오래전 인간의 무한한 상상력으로 만들어진 것이지만 오랜 이성의 세기를 지난 지금, 그것은 〈시적 환상과 유희적 자유〉(이상일이 『변신이야기』에서 사용한 용어)로서 우리에게 다가오고 있다. 그것은 이미 굳어버린 화석이 아니라 지금도 여전히 싱싱하게 살아서 세기말적 우울에 빠진 사람들에게 무한한 용기를 불어넣어 주는 상상력의 원천이 되고 있는 것이다. 사람들이 신화에 관심을 갖기 시작하게 된 세기말, 『중국신화전설』의 번역 소개는 오랫동안 우리가 들여다보지 못했던 또다른 사유 세계가 우리 곁에 존재하고 있음을 알려주고자 하는 데 가장 큰 목적이 있다. 그리하여 독자들이 좀더 열린 시각, 열린 마음으로 세계를 바라볼 수 있게 되기를 희망한다. 서구의 것이든 우리의 것이든, 신화는 지금도 여전히 살아 움직이고 있는 〈실재체〉(앞에서 인용한 질베르 뒤랑의 용어)인 것이다. 그런 의미에서 조셉 캠벨의 다음과 같은 말은 신화의 현대적 의미를 다시 생각하게 해주는 구절이 아닐까 한다.

〈이 시각에도 현대판 오이디푸스의 화신(化身)과 『미녀와 야수』의 속편은 41번가와 5번가가 만나는 네거리에서 교통 신호가 바뀌기를 기다린다.〉(『천의 얼굴을 가진 영웅들』 중에서)

작가 연보

1916년 중국 사천성(四川省) 성도(成都) 출생.
청소년 시절부터 성도의 문예잡지에 〈뼁성(丙生)〉 〈위앤짠(袁展)〉이라는 필명으로 잡문을 기고함. 사천대학 재학 중에 필화로 인하여 성도 화서대학(華西大學)으로 전학.

1941년 쉬소우창(許壽裳)선생의 지도로 졸업논문 작성(「중국소설명저4종연구(中國小說名著四種研究)」), 사천 각지의 중등학교에서 교편을 잡고 있다가 스승인 쉬소우창이 대만(臺灣) 편역관(編譯館) 관장으로 가게 되자 스승을 따라 대만으로 가 편역관 일에 종사하며 신화 연구 시작.

1948년 『중국고대신화(中國古代神話)』 초고 완성.

1949년 첫번째 신화 논문 「산해경의 여러 신들(山海經裏的諸神)」을 《대만문화(臺灣文化)》에 발표함(3만여 자).
성도로 돌아옴.

1950년 『중국고대신화』 출판, 상무인서관(商務印書館). 중경(重慶) 서남인민예술대학(西南人民藝術學院)에서 교편 잡음.

1953년 작가협회(作家協會) 사천분회(四川分會)로 보내져 그곳에서 문학 창작에 종사했으나 적성에 맞지 않음을 알고 다시 『중국고대신화』에 대한 자료 보충 작업 시작.

1956년 모교인 사천대학(四川大學)에 반년 간 머물며 도서관 자료를 이용해 자료 보충, 30여만 자로 늘어남. 『중국고대신화』 중판.

1960년 중화서국(中華書局)에서 초판본 『중국고대신화』 출판.
문화혁명이 일어나기 전에 『고신화선석(古神話選釋)』의 초고를 완성했고 10여 편 이상의 신화 논문을 썼으며 『산해경(山海經)』의 「해경(海經)」 부분 교주작업을 끝냄.

1963년 중국청년출판사(中國青年出版社)에서 『신화고사신편(神話故事新編)』을 출판(1979년 재판).

1972년 중국신화사전을 만들고자 하는 생각을 가지고 자료 수집을 시작, 그러나 환경이 여의치 않았음. 집안도 어려웠고 주위의 오해와 편견도 많았음.

1980년 사인방(四人幇)이 제거되고 문화혁명이 끝남.
『고신화선석』이 인민문학출판사(人民文學出版社)에서 출판됨.
상해고적출판사(上海古籍出版社)에서는 『산해경해경신석(山海經海經新釋)』에 「산경(山經)」을 보충하여 『산해경교주(山海經校注)』를 출판.
『신화선석백제(神話選釋百題)』를 상해고적출판사에서 출판.

1982년 『신화논문집(神話論文集)』 출판(상해고적출판사).

1984년 『산해경교주』로 사천성 철학사회과학연구성과 일등상 받음. 중국 학술계에 큰 영향.
문화혁명 기간동안 수집했던 자료들을 보충하여 『중국신화전설(中國神話傳說)』을 출판, 60여만 자, 중국민간문예출판사(中國民間文藝出版社)에서 출판. 1986년의 재판까지 합치면 17만 5천 부 인쇄.

1984년 5월 중국민간문예가협회의 주관 하에 아미산(峨眉山)에서 〈중국신화학회〉 성립, 主席이 됨. 《중국신화》라는 잡지를 출판하기로 결의했으나 내부간행물인 《신화학소식(神話學信息)》만 세 번 내고 1987년 하반기에 정주(鄭州)에서 학술토론회를 개최한 후 여러 원인으로 실현되지 못함.

1985년 『산해경교역(山海經校譯)』 출판(상해고적출판사).
『중국신화전설사전(中國神話傳說詞典)』출판, 상해사서출판사(上海辭書出版社), 초판본 50만 부를 인쇄.
조수인 조우밍(周明)과 함께 신화 자료 정리, 『중국신화자료췌편(中國神話資料萃編)』출판, 사천사회과학원출판사(四川社會科學院出版社).

1988년 상해문예출판사에서 최초의 중국신화사인 『중국신화사(中國神話史)』 출판.

1989년 『중국민족신화사전(中國民族神話詞典)』 출판, 사천사회과학원출판사.

1991년 『중국신화통론(中國神話通論)』을 출판, 파촉서사(巴蜀書社).

1996년 『원가신화론집(袁珂神話論集)』 출판, 사천대학출판사.
〈경축원가선생팔십탄신과 신화연구오십주년(慶祝袁珂先生八十誕辰神話硏究五十周年)〉이라는 부제가 붙어 있음.

1998년 20여 년의 세월을 투자하여 수집한 자료를 〈고적기재(古籍記載)〉와 〈민족전문(民族傳聞)〉으로 분류, 백여만 자에 달하는 대저작인 『중국신화대사전(中國神話大詞典)』을 출판, 사천사서출판사(四川辭書出版社).

세계문학전집 17

중국신화전설 2

1판 1쇄 펴냄 1999년 2월 15일
1판 42쇄 펴냄 2023년 10월 17일

지은이 위앤커
옮긴이 전인초, 김선자
발행인 박근섭, 박상준
펴낸곳 (주)민음사

출판등록 1966. 5. 19. (제 16-490호)
서울특별시 강남구 도산대로1길 62(신사동) 강남출판문화센터 5층 (우편번호 06027)
대표전화 02-515-2000 팩시밀리 02-515-2007
www.minumsa.com

ISBN 978-89-374-6017-3 04800
ISBN 978-89-374-6000-5 (세트)

* 잘못 만들어진 책은 구입처에서 교환해 드립니다.

민음사 세계문학전집

세계문학전집 목록

51·52 내 이름은 빨강 파묵 · 이난아 옮김 노벨 문학상 수상 작가
53 오셀로 셰익스피어 · 최종철 옮김 서울대 권장도서 100선
54 조서 르 클레지오 · 김윤진 옮김 노벨 문학상 수상 작가
55 모래의 여자 아베 코보 · 김난주 옮김
56·57 부덴브로크 가의 사람들 토마스 만 · 홍성광 옮김 노벨 문학상 수상 작가
58 싯다르타 헤세 · 박병덕 옮김 노벨 문학상 수상 작가
59·60 아들과 연인 로렌스 · 정상준 옮김 《뉴스위크》 선정 100대 명저
61 설국 가와바타 야스나리 · 유숙자 옮김 노벨 문학상 수상 작가 | 서울대 권장도서 100선
62 벨킨 이야기 · 스페이드 여왕 푸슈킨 · 최선 옮김
63·64 넙치 그라스 · 김재혁 옮김 노벨 문학상 수상 작가
65 소망 없는 불행 한트케 · 윤용호 옮김 노벨 문학상 수상 작가
66 나르치스와 골드문트 헤세 · 임홍배 옮김 노벨 문학상 수상 작가
67 황야의 이리 헤세 · 김누리 옮김 노벨 문학상 수상 작가
68 페테르부르크 이야기 고골 · 조주관 옮김
69 밤으로의 긴 여로 오닐 · 민승남 옮김 노벨 문학상 수상 작가 | 미국대학위원회 선정 SAT 추천도서
70 체호프 단편선 체호프 · 박현섭 옮김
71 버스 정류장 가오싱젠 · 오수경 옮김 노벨 문학상 수상 작가
72 구운몽 김만중 · 송성욱 옮김 서울대 권장도서 100선 | 국립중앙도서관 선정 청소년 권장도서
73 대머리 여가수 이오네스코 · 오세곤 옮김
74 이솝 우화집 이솝 · 유종호 옮김 논술 및 수능에 출제된 책(1998~2005)
75 위대한 개츠비 피츠제럴드 · 김욱동 옮김 《타임》 선정 현대 100대 영문소설
76 푸른 꽃 노발리스 · 김재혁 옮김
77 1984 오웰 · 정회성 옮김 《타임》 선정 현대 100대 영문소설 | 《뉴스위크》 선정 100대 명저
78·79 영혼의 집 아옌데 · 권미선 옮김
80 첫사랑 투르게네프 · 이항재 옮김
81 내가 죽어 누워 있을 때 포크너 · 김명주 옮김 노벨 문학상 수상 작가
82 런던 스케치 레싱 · 서숙 옮김 노벨 문학상 수상 작가
83 팡세 파스칼 · 이환 옮김
84 질투 로브그리예 · 박이문, 박희원 옮김
85·86 채털리 부인의 연인 로렌스 · 이인규 옮김
87 그 후 나쓰메 소세키 · 윤상인 옮김
88 오만과 편견 오스틴 · 윤지관, 전승희 옮김 미국대학위원회 선정 SAT 추천도서
89·90 부활 톨스토이 · 연진희 옮김 논술 및 수능에 출제된 책(1998~2005)
91 방드르디, 태평양의 끝 투르니에 · 김화영 옮김
92 미겔 스트리트 나이폴 · 이상옥 옮김 노벨 문학상 수상 작가
93 페드로 파라모 룰포 · 정창 옮김
94 차라투스트라는 이렇게 말했다 니체 · 장희창 옮김 국립중앙도서관 선정 청소년 권장도서
95·96 적과 흑 스탕달 · 이동렬 옮김 국립중앙도서관 선정 청소년 권장도서
97·98 콜레라 시대의 사랑 마르케스 · 송병선 옮김 노벨 문학상 수상 작가 | BBC 선정 꼭 읽어야 할 책
99 맥베스 셰익스피어 · 최종철 옮김 서울대 권장도서 100선 | 미국대학위원회 선정 SAT 추천도서
100 춘향전 작자 미상 · 송성욱 풀어 옮김 서울대 권장도서 100선
101 페르디두르케 곰브로비치 · 윤진 옮김
102 포르노그라피아 곰브로비치 · 임미경 옮김
103 인간 실격 다자이 오사무 · 김춘미 옮김
104 네루다의 우편배달부 스카르메타 · 우석균 옮김

105·106 **이탈리아 기행** 괴테 · 박찬기 외 옮김
107 **나무 위의 남작** 칼비노 · 이현경 옮김
108 **달콤 쌉싸름한 초콜릿** 에스키벨 · 권미선 옮김
109·110 **제인 에어** C. 브론테 · 유종호 옮김 BBC 선정 꼭 읽어야 할 책
111 **크눌프** 헤세 · 이노은 옮김 노벨 문학상 수상 작가
112 **시계태엽 오렌지** 버지스 · 박시영 옮김 《타임》 선정 현대 100대 영문소설 | 《뉴스위크》 선정 100대 명저
113·114 **파리의 노트르담** 위고 · 정기수 옮김 미국대학위원회 선정 SAT 추천도서
115 **새로운 인생** 단테 · 박우수 옮김
116·117 **로드 짐** 콘래드 · 이상옥 옮김 《뉴스위크》 선정 100대 명저
118 **폭풍의 언덕** E. 브론테 · 김종길 옮김 미국대학위원회 선정 SAT 추천도서
119 **텔크테에서의 만남** 그라스 · 안삼환 옮김 노벨 문학상 수상 작가
120 **검찰관** 고골 · 조주관 옮김
121 **안개** 우나무노 · 조민현 옮김
122 **나사의 회전** 제임스 · 최경도 옮김 미국대학위원회 선정 SAT 추천도서
123 **피츠제럴드 단편선 1** 피츠제럴드 · 김욱동 옮김
124 **목화밭의 고독 속에서** 콜테스 · 임수현 옮김
125 **돼지꿈** 황석영
126 **라셀라스** 존슨 · 이인규 옮김
127 **리어 왕** 셰익스피어 · 최종철 옮김 서울대 권장도서 100선 | 《뉴스위크》 선정 100대 명저
128·129 **쿠오 바디스** 시엔키에비츠 · 최성은 옮김 노벨 문학상 수상 작가
130 **자기만의 방 · 3기니** 울프 · 이미애 옮김
131 **시르트의 바닷가** 그라크 · 송진석 옮김
132 **이성과 감성** 오스틴 · 윤지관 옮김
133 **바덴바덴에서의 여름** 치프킨 · 이장욱 옮김
134 **새로운 인생** 파묵 · 이난아 옮김 노벨 문학상 수상 작가
135·136 **무지개** 로렌스 · 김정매 옮김
137 **인생의 베일** 서머싯 몸 · 황소연 옮김
138 **보이지 않는 도시들** 칼비노 · 이현경 옮김
139·140·141 **연초 도매상** 바스 · 이운경 옮김 《타임》 선정 현대 100대 영문소설
142·143 **플로스 강의 물방앗간** 엘리엇 · 한애경, 이봉지 옮김 미국대학위원회 선정 SAT 추천도서
144 **연인** 뒤라스 · 김인환 옮김
145·146 **이름 없는 주드** 하디 · 정종화 옮김
147 **제49호 품목의 경매** 핀천 · 김성곤 옮김 《타임》 선정 현대 100대 영문소설
148 **성역** 포크너 · 이진준 옮김 노벨 문학상 수상 작가 | 퓰리처상 수상 작가
149 **무진기행** 김승옥
150·151·152 **신곡(지옥편 · 연옥편 · 천국편)** 단테 · 박상진 옮김 《뉴스위크》 선정 100대 명저
153 **구덩이** 플라토노프 · 정보라 옮김
154·155·156 **카라마조프가의 형제들** 도스토옙스키 · 김연경 옮김
157 **지상의 양식** 지드 · 김화영 옮김 노벨 문학상 수상 작가
158 **밤의 군대들** 메일러 · 권택영 옮김 퓰리처상 수상 작가
159 **주홍 글자** 호손 · 김욱동 옮김 서울대 권장도서 100선 | 미국대학위원회 선정 SAT 추천도서
160 **깊은 강** 엔도 슈사쿠 · 유숙자 옮김
161 **욕망이라는 이름의 전차** 윌리엄스 · 김소임 옮김
162 **마사 퀘스트** 레싱 · 나영균 옮김 노벨 문학상 수상 작가
163·164 **운명의 딸** 아옌데 · 권미선 옮김

165 모렐의 발명 비오이 카사레스 · 송병선 옮김

166 삼국유사 일연 · 김원중 옮김 서울대 권장도서 100선

167 풀잎은 노래한다 레싱 · 이태동 옮김 노벨 문학상 수상 작가

168 파리의 우울 보들레르 · 윤영애 옮김

169 포스트맨은 벨을 두 번 울린다 케인 · 이만식 옮김

170 썩은 잎 마르케스 · 송병선 옮김 노벨 문학상 수상 작가

171 모든 것이 산산이 부서지다 아체베 · 조규형 옮김 《타임》 선정 현대 100대 영문소설

172 한여름 밤의 꿈 셰익스피어 · 최종철 옮김 미국대학위원회 선정 SAT 추천도서

173 로미오와 줄리엣 셰익스피어 · 최종철 옮김 미국대학위원회 선정 SAT 추천도서

174·175 분노의 포도 스타인벡 · 김승욱 옮김 노벨 문학상 수상 작가 | 《타임》 선정 현대 100대 영문소설

176·177 괴테와의 대화 에커만 · 장희창 옮김

178 그물을 헤치고 머독 · 유종호 옮김 《타임》 선정 현대 100대 영문소설

179 브람스를 좋아하세요... 사강 · 김남주 옮김

180 카타리나 블룸의 잃어버린 명예 하인리히 뵐 · 김연수 옮김 노벨 문학상 수상 작가

181·182 에덴의 동쪽 스타인벡 · 정회성 옮김 노벨 문학상 수상 작가

183 순수의 시대 워튼 · 송은주 옮김 《뉴스위크》 선정 100대 명저 | 퓰리처상 수상작

184 도둑 일기 주네 · 박형섭 옮김

185 나자 브르통 · 오생근 옮김

186·187 캐치-22 헬러 · 안정효 옮김 《타임》 선정 현대 100대 영문소설

188 숄로호프 단편선 숄로호프 · 이항재 옮김 노벨 문학상 수상 작가

189 말 사르트르 · 정명환 옮김

190·191 보이지 않는 인간 엘리슨 · 조영환 옮김 《타임》 선정 현대 100대 영문소설

192 왑샷 가문 연대기 치버 · 김승욱 옮김 퓰리처상 수상 작가

193 왑샷 가문 몰락기 치버 · 김승욱 옮김 퓰리처상 수상 작가

194 필립과 다른 사람들 노터봄 · 지명숙 옮김

195·196 하드리아누스 황제의 회상록 유르스나르 · 곽광수 옮김

197·198 소피의 선택 스타이런 · 한정아 옮김 퓰리처상 수상 작가

199 피츠제럴드 단편선 2 피츠제럴드 · 한은경 옮김

200 홍길동전 허균 · 김탁환 옮김

201 요술 부지깽이 쿠버 · 양윤희 옮김

202 북호텔 다비 · 원윤수 옮김

203 톰 소여의 모험 트웨인 · 김욱동 옮김

204 금오신화 김시습 · 이지하 옮김

205·206 테스 하디 · 정종화 옮김 미국대학위원회 선정 SAT 추천도서 | BBC 선정 꼭 읽어야 할 책

207 브루스터플레이스의 여자들 네일러 · 이소영 옮김

208 더 이상 평안은 없다 아체베 · 이소영 옮김

209 그레인지 코플랜드의 세 번째 인생 워커 · 김시현 옮김 퓰리처상 수상 작가

210 어느 시골 신부의 일기 베르나노스 · 정영란 옮김

211 타라스 불바 고골 · 조주관 옮김

212·213 위대한 유산 디킨스 · 이인규 옮김 서울대 권장도서 100선 | BBC 선정 꼭 읽어야 할 책

214 면도날 서머싯 몸 · 안진환 옮김

215·216 성채 크로닌 · 이은정 옮김

217 오이디푸스 왕 소포클레스 · 강대진 옮김 서울대 권장도서 100선

218 세일즈맨의 죽음 밀러 · 강유나 옮김

219·220·221 안나 카레니나 톨스토이 · 연진희 옮김 서울대 권장도서 100선

222 오스카 와일드 작품선 와일드 · 정영목 옮김

223 벨아미 모파상 · 송덕호 옮김

224 파스쿠알 두아르테 가족 호세 셀라 · 정동섭 옮김 노벨 문학상 수상 작가

225 시칠리아에서의 대화 비토리니 · 김운찬 옮김

226·227 길 위에서 케루악 · 이만식 옮김 《타임》 선정 현대 100대 영문소설 | 《뉴스위크》 선정 100대 명저

228 우리 시대의 영웅 레르몬토프 · 오정미 옮김

229 아우라 푸엔테스 · 송상기 옮김

230 클링조어의 마지막 여름 헤세 · 황승환 옮김 노벨 문학상 수상 작가

231 리스본의 겨울 무뇨스 몰리나 · 나송주 옮김

232 뻐꾸기 둥지 위로 날아간 새 키지 · 정회성 옮김 《타임》 선정 현대 100대 영문소설

233 페널티킥 앞에 선 골키퍼의 불안 한트케 · 윤용호 옮김 노벨 문학상 수상 작가

234 참을 수 없는 존재의 가벼움 쿤데라 · 이재룡 옮김

235·236 바다여, 바다여 머독 · 최옥영 옮김

237 한 줌의 먼지 에벌린 워 · 안진환 옮김 《타임》 선정 현대 100대 영문소설

238 뜨거운 양철 지붕 위의 고양이 · 유리 동물원 윌리엄스 · 김소임 옮김 퓰리처상 수상작

239 지하로부터의 수기 도스토옙스키 · 김연경 옮김

240 키메라 바스 · 이운경 옮김

241 반쪼가리 자작 칼비노 · 이현경 옮김

242 벌집 호세 셀라 · 남진희 옮김 노벨 문학상 수상 작가

243 불멸 쿤데라 · 김병욱 옮김

244·245 파우스트 박사 토마스 만 · 임홍배, 박병덕 옮김 노벨 문학상 수상 작가

246 사랑할 때와 죽을 때 레마르크 · 장희창 옮김

247 누가 버지니아 울프를 두려워하랴? 올비 · 강유나 옮김

248 인형의 집 입센 · 안미란 옮김

249 위폐범들 지드 · 원윤수 옮김 노벨 문학상 수상 작가

250 무정 이광수 · 정영훈 책임 편집 서울대 권장도서 100선

251·252 의지와 운명 푸엔테스 · 김현철 옮김

253 폭력적인 삶 파솔리니 · 이승수 옮김

254 거장과 마르가리타 불가코프 · 정보라 옮김

255·256 경이로운 도시 멘도사 · 김현철 옮김

257 야콥을 둘러싼 추측들 욘존 · 손대영 옮김

258 왕자와 거지 트웨인 · 김욱동 옮김

259 존재하지 않는 기사 칼비노 · 이현경 옮김

260·261 눈먼 암살자 애트우드 · 차은정 옮김 《타임》 선정 현대 100대 영문소설

262 베니스의 상인 셰익스피어 · 최종철 옮김

263 말리나 바흐만 · 남정애 옮김

264 사볼타 사건의 진실 멘도사 · 권미선 옮김

265 뒤렌마트 희곡선 뒤렌마트 · 김혜숙 옮김

266 이방인 카뮈 · 김화영 옮김 노벨 문학상 수상 작가 | 미국대학위원회 선정 SAT 추천도서

267 페스트 카뮈 · 김화영 옮김 노벨 문학상 수상 작가 | 국립중앙도서관 선정 청소년 권장도서

268 검은 튤립 뒤마 · 송진석 옮김

269·270 베를린 알렉산더 광장 되블린 · 김재혁 옮김

271 하얀 성 파묵 · 이난아 옮김 노벨 문학상 수상 작가

272 푸슈킨 선집 푸슈킨 · 최선 옮김

273·274 유리알 유희 헤세 · 이영임 옮김 노벨 문학상 수상 작가

275 픽션들 보르헤스 · 송병선 옮김 서울대 권장도서 100선
276 신의 화살 아체베 · 이소영 옮김
277 빌헬름 텔 · 간계와 사랑 실러 · 홍성광 옮김
278 노인과 바다 헤밍웨이 · 김욱동 옮김 노벨 문학상 수상 작가 | 퓰리처상 수상작
279 무기여 잘 있어라 헤밍웨이 · 김욱동 옮김 미국대학위원회 선정 SAT 추천도서
280 태양은 다시 떠오른다 헤밍웨이 · 김욱동 옮김 《타임》 선정 현대 100대 영문 소설
281 알레프 보르헤스 · 송병선 옮김
282 일곱 박공의 집 호손 · 정소영 옮김
283 에마 오스틴 · 윤지관, 김영희 옮김
284·285 죄와 벌 도스토옙스키 · 김연경 옮김 미국대학위원회 선정 SAT 추천도서
286 시련 밀러 · 최영 옮김
287 모두가 나의 아들 밀러 · 최영 옮김
288·289 누구를 위하여 종은 울리나 헤밍웨이 · 김욱동 옮김 노벨 문학상 수상 작가
290 구르브 연락 없다 멘도사 · 정창 옮김
291·292·293 데카메론 보카치오 · 박상진 옮김
294 나누어진 하늘 볼프 · 전영애 옮김
295·296 제브데트 씨와 아들들 파묵 · 이난아 옮김 노벨 문학상 수상 작가
297·298 여인의 초상 제임스 · 최경도 옮김 미국대학위원회 선정 SAT 추천도서
299 압살롬, 압살롬! 포크너 · 이태동 옮김 노벨 문학상 수상 작가
300 이상 소설 전집 이상 · 권영민 책임 편집
301·302·303·304·305 레 미제라블 위고 · 정기수 옮김
306 관객모독 한트케 · 윤용호 옮김 노벨 문학상 수상 작가
307 더블린 사람들 조이스 · 이종일 옮김
308 에드거 앨런 포 단편선 앨런 포 · 전승희 옮김 미국대학위원회 선정 SAT 추천도서
309 보이체크 · 당통의 죽음 뷔히너 · 홍성광 옮김
310 노르웨이의 숲 무라카미 하루키 · 양억관 옮김
311 운명론자 자크와 그의 주인 디드로 · 김희영 옮김
312·313 헤밍웨이 단편선 헤밍웨이 · 김욱동 옮김 노벨 문학상 수상 작가
314 피라미드 골딩 · 안지현 옮김 노벨 문학상 수상 작가
315 닫힌 방 · 악마와 선한 신 사르트르 · 지영래 옮김
316 등대로 울프 · 이미애 옮김 《타임》 선정 현대 100대 영문소설 | 《뉴스위크》 선정 100대 명저
317·318 한국 희곡선 송영 외 · 양승국 엮음
319 여자의 일생 모파상 · 이동렬 옮김
320 의식 노터봄 · 김영중 옮김
321 육체의 악마 라디게 · 원윤수 옮김
322·323 감정 교육 플로베르 · 지영화 옮김
324 불타는 평원 룰포 · 정창 옮김
325 위대한 몬느 알랭푸르니에 · 박영근 옮김
326 라쇼몬 아쿠타가와 류노스케 · 서은혜 옮김
327 반바지 당나귀 보스코 · 정영란 옮김
328 정복자들 말로 · 최윤주 옮김
329·330 우리 동네 아이들 마흐푸즈 · 배혜경 옮김 노벨 문학상 수상 작가
331·332 개선문 레마르크 · 장희창 옮김
333 사바나의 개미 언덕 아체베 · 이소영 옮김
334 게걸음으로 그라스 · 장희창 옮김 노벨 문학상 수상 작가

335 **코스모스** 곰브로비치 · 최성은 옮김
336 **좁은 문 · 전원교향곡 · 배덕자** 지드 · 동성식 옮김 노벨 문학상 수상 작가
337·338 **암 병동** 솔제니친 · 이영의 옮김 노벨 문학상 수상 작가
339 **피의 꽃잎들** 응구기 와 시옹오 · 왕은철 옮김
340 **운명** 케르테스 · 유진일 옮김 노벨 문학상 수상 작가
341·342 **벌거벗은 자와 죽은 자** 메일러 · 이운경 옮김 퓰리처상 수상 작가
343 **시지프 신화** 카뮈 · 김화영 옮김 노벨 문학상 수상 작가
344 **뇌우** 차오위 · 오수경 옮김
345 **모옌 중단편선** 모옌 · 심규호, 유소영 옮김 노벨 문학상 수상 작가
346 **일야서** 한사오궁 · 심규호, 유소영 옮김
347 **상속자들** 골딩 · 안지현 옮김 노벨 문학상 수상 작가
348 **설득** 오스틴 · 전승희 옮김
349 **히로시마 내 사랑** 뒤라스 · 방미경 옮김
350 **오 헨리 단편선** 오 헨리 · 김희용 옮김
351·352 **올리버 트위스트** 디킨스 · 이인규 옮김
353·354·355·356 **전쟁과 평화** 톨스토이 · 연진희 옮김
357 **다시 찾은 브라이즈헤드** 에벌린 워 · 백지민 옮김
358 **아무도 대령에게 편지하지 않다** 마르케스 · 송병선 옮김
359 **사양** 다자이 오사무 · 유숙자 옮김
360 **좌절** 케르테스 · 한경민 옮김 노벨 문학상 수상 작가
361·362 **닥터 지바고** 파스테르나크 · 김연경 옮김 노벨 문학상 수상 작가
363 **노생거 사원** 오스틴 · 윤지관 옮김
364 **개구리** 모옌 · 심규호, 유소영 옮김 노벨 문학상 수상 작가
365 **마왕** 투르니에 · 이원복 옮김 공쿠르상 수상 작가
366 **맨스필드 파크** 오스틴 · 김영희 옮김
367 **이선 프롬** 이디스 워튼 · 김욱동 옮김 퓰리처상 수상 작가
368 **여름** 이디스 워튼 · 김욱동 옮김 퓰리처상 수상 작가
369·370·371 **나는 고백한다** 자우메 카브레 · 권가람 옮김
372·373·374 **태엽 감는 새 연대기** 무라카미 하루키 · 김난주 옮김
375·376 **대사들** 제임스 · 정소영 옮김
377 **족장의 가을** 마르케스 · 송병선 옮김 노벨 문학상 수상 작가
378 **핏빛 자오선** 매카시 · 김시현 옮김
379 **모두 다 예쁜 말들** 매카시 · 김시현 옮김
380 **국경을 넘어** 매카시 · 김시현 옮김
381 **평원의 도시들** 매카시 · 김시현 옮김
382 **만년** 다자이 오사무 · 유숙자 옮김
383 **반항하는 인간** 카뮈 · 김화영 옮김 노벨 문학상 수상 작가
384·385·386 **악령** 도스토옙스키 · 김연경 옮김
387 **태평양을 막는 제방** 뒤라스 · 윤진 옮김
388 **남아 있는 나날** 가즈오 이시구로 · 송은경 옮김
389 **앙리 브륄라르의 생애** 스탕달 · 원윤수 옮김
390 **찻집** 라오서 · 오수경 옮김
391 **태어나지 않은 아이를 위한 기도** 케르테스 · 이상동 옮김 노벨 문학상 수상 작가
392·393 **서머싯 몸 단편선** 서머싯 몸 · 황소연 옮김
394 **케이크와 맥주** 서머싯 몸 · 황소연 옮김

395 **월든** 소로 · 정회성 옮김
396 **모래 사나이** E. T. A. 호프만 · 신동화 옮김
397·398 **검은 책** 오르한 파묵 · 이난아 옮김 노벨 문학상 수상 작가
399 **방랑자들** 올가 토카르추크 · 최성은 옮김 노벨 문학상 수상 작가
400 **시여, 침을 뱉어라** 김수영 · 이영준 엮음
401·402 **환락의 집** 이디스 워튼 · 전승희 옮김
403 **달려라 메로스** 다자이 오사무 · 유숙자 옮김
404 **아버지와 자식** 투르게네프 · 연진희 옮김
405 **청부 살인자의 성모** 바예호 · 송병선 옮김
406 **세피아빛 초상** 아옌데 · 조영실 옮김
407·408·409·410 **사기 열전** 사마천 · 김원중 옮김 서울대 권장도서 100선
411 **이상 시 전집** 이상 · 권영민 책임 편집
412 **어둠 속의 사건** 발자크 · 이동렬 옮김
413 **태평천하** 채만식 · 권영민 책임 편집
414·415 **노스트로모** 콘래드 · 이미애 옮김
416·417 **제르미날** 졸라 · 강충권 옮김
418 **명인** 가와바타 야스나리 · 유숙자 옮김 노벨 문학상 수상 작가
419 **핀처 마틴** 골딩 · 백지민 옮김 노벨 문학상 수상 작가
420 **사라진 · 샤베르 대령** 발자크 · 선영아 옮김
421 **빅 서** 케루악 · 김재성 옮김
422 **코뿔소** 이오네스코 · 박형섭 옮김
423 **블랙박스** 오즈 · 윤성덕, 김영화 옮김
424·425 **고양이 눈** 애트우드 · 차은정 옮김
426·427 **도둑 신부** 애트우드 · 이은선 옮김
428 **슈니츨러 작품선** 슈니츨러 · 신동화 옮김
429·430 **세계의 끝과 하드보일드 원더랜드** 무라카미 하루키 · 김난주 옮김
431 **멜랑콜리아 I-II** 욘 포세 · 손화수 옮김 노벨 문학상 수상 작가

세계문학전집은 계속 간행됩니다.